长弓少年行

CHANG
GONG
SHAONIANXING

终结篇

下

圆太极 著

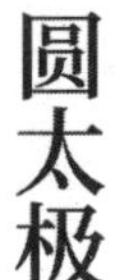

YUANTAIJI
WORKS

北京联合出版公司
Beijing United Publishing Co.,Ltd.

一未文化　　非同凡响

北京一未文化传媒有限公司
www.bjyiwei.com
出品

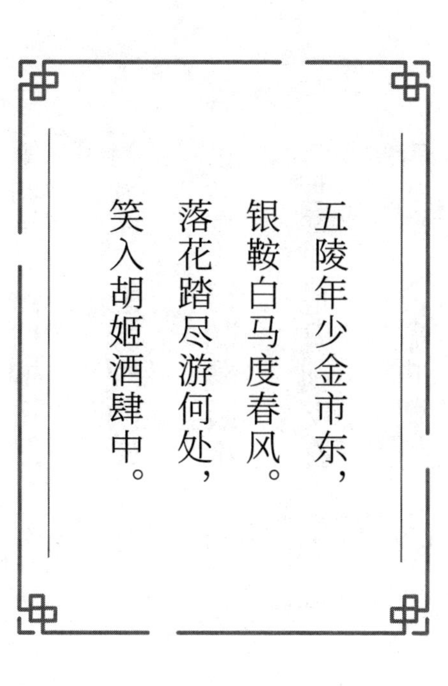

五陵年少金市东，
银鞍白马度春风。
落花踏尽游何处，
笑入胡姬酒肆中。

第四章 持弓搏奇浪 121
第五章 魅影现西楼 161
第六章 符图藏破水 203
第七章 暗鬼剥皮囊 243
第八章 舍命冲潮门 279
尾声 324

目录

楔子 001

第一章 觅踪闯洞庭 005

第二章 云梦多诡异 043

第三章 孤舟遇鬼船 083

楔子

长江中游，荆江之南，有八百里洞庭湖，古称云梦、云梦泽、九江。其势浩瀚，如云如梦。其实若是算上它北纳长江的松滋、太平、藕池、调弦四口，再算上它南连西接的湘、资、沅、澧四水以及汨罗等小支流，那是远远不止八百里的。

如此无垠水面，注水输水有九穴十三道。四江四口水流与之贯连，或出或入、时出时入，形成多变水系。加上湖中群岛孤山棋布，湖边凹湾凸角参差连绵，便有不少诡异水域、凶险暗流。就算在光天化日之下在正常水道行船，也必须十分小心。

范文正公撰《岳阳楼记》中有写洞庭湖的景象，“……若夫淫雨霏霏，连月不开，阴风怒号，浊浪排空；日星隐曜，山岳潜形；商旅不行，樯倾楫摧；薄暮冥冥，虎啸猿啼……至若春和景明，波澜不惊，上下天光，一碧万顷；沙鸥翔集，锦鳞游泳；岸芷汀兰，郁郁青青。而或长烟一空，皓月千里，浮光跃金，静影沉璧……”文中不管写阴写明、写雨写晴，似乎都在展现种种奇异，让人感觉洞庭湖之中蕴含了某种神秘的能量，在不由自主间生出些敬畏之意。

这天申末时分，一条大型军船由调弦口入湖，瞭斗旗杆上挂着的“九角垸水军辅营”竖长号旗，在夏末暖烘烘的湖风吹拂下，懒懒地抖动着鳍状镶边。

洞庭湖中有多个水军营盘，南宋水军兵力有很大一部分驻扎于此——一则因为位置重要，出可达八方水系，就像可蓄收和释放多方水势一样，所以此处的水军兵力是南宋各处水军的后盾和支撑；再则此处水面宽阔、岸线复杂，收可藏万船难觅踪迹，就好比九角垸辅营的位置就是极为隐秘难寻的，因为这是专门负责军中物需粮草的营盘。

这条去往九角垸的方头阔底军船吃水深、船头闷，一看就是运送物需的，虽然装满东西分量挺足，船速却不慢。这和微微的湖风关系不大，主要是船舵头把船控制在江水入湖的流道中，利用长江晚潮入湖的势头推着船在走。照着这个速度，估计天擦黑的时候，此船刚好到达九角垸。

“舵头，大概还有多久能到？”瞭斗里的瞭子兵转头朝船尾舵位喊道。

“快了，保证你到了九角垸的时候，接远船的酒还是热的。”舵头高声回道。

船上所有听到这话的人都会心地笑了。他们这次运送的物需关系重大，上头明确下令船上不许生火做饭，更不准饮酒。就连沿途的码头埠镇都不许停靠，否则他们怎么都会在调弦口落帆镇快活一夜明天再回九角垸的。

这么多天来所有官兵船夫一律喝清水、吃干粮，一个个嘴里寡淡出了鸟屎味，所以都急切地盼着早点回到九角垸。按水营规矩，那里会有一顿犒劳远途运送物需人员的上好酒肉等着他们。

瞭子兵咽了咽口水扭回头去，心中越是有着对酒肉的焦灼期盼，就越要瞭清水道走好船，尽早安全赶回。军船上的瞭子兵作用非常大，就相当于船的眼睛，不仅要看清水道方向，还要及时发现周边异常，所以能做瞭子兵的不仅要有好眼力，还要懂水势水形、光照风向。

今天这个瞭子兵却似乎疏忽了什么，在回转过头的刹那有一片抖烁的金光扑面而来，于是船的眼睛看不见了。

“水面有反光耀眼，船头方向偏西了。”眼不能见的瞭子兵仍是立刻做出判断，“刚刚还好的，怎么两句话的工夫就偏了？好像也没碰到什么暗桩潜流啊！”

状况出现得突然且奇怪，所以瞭子兵反而没有马上示警，未明情况的示警带来的慌乱和无措只会让状况更加复杂。他很有经验地先将视线避让到脚下瞭斗中，瞭斗里昏暗的角落可以让瞳孔快速调整来适应光线变化，然后再慢慢移转视线，从船上各个部位过渡，逐渐回到船头的方向。

船确实偏向了，船头正对了西落太阳。水面上有太阳洒落的耀眼金光，一望无际、粼粼闪闪，遮掩了水面，遮掩了视线，更遮掩了视线范围内的那一方世界。

“船向偏走了，瞭子察水流。”舵头也察觉不对。

洞庭湖中水流复杂、湖面宽广，观察水流本就极有难度，更何况周围的水面都被金光遮掩。但瞭子兵还是在这艰难状态下察看到了一股水流，诡异得会让人做一辈子噩梦。那水流是金色的，就像落日抖烁在湖面上的反光，竟然离开了水面流到空中，并且泼洒成个锐形的浪头。

瞭子兵大睁着眼，憋足了气，全力挣脱恐惧给他身体带来的僵硬感。就在他勉力挣脱僵硬感的一瞬间，小腹中憋住的底气直冲上来，从口喉间撕扯出一声惊吼:“转舵。”

船根本没办法转舵，因为突然有一艘巨船贴住了军船的右舷，没给它留下一点转舵偏向的余地。这巨船大小超过军船的双倍，要仰着头才能看全船的桅杆和瞭斗。没人知道这船是什么时候出现的，又是从哪里出现的，仿佛是从湖底直接钻上来的。而船上散发出的浓重腥臭气味，也只有某处沉积了腐肉朽骨、螺贝残骸的淤坑里才会有。

“溺魂船！”舵头呆呆地看着旁边贴紧自己的破船，从嗓子眼儿里滚出三个字。溺魂船不仅没给军船转舵的余地，贴紧之后还往前一带一送，军船便径直冲进前面的金色浪头。浪头顺着船身侧卷而过，军船沉寂了下来，再没有一丝生命发出的响动。

太阳落下，金光散去，巨型溺魂船如水汽般消失了。只有比溺魂船更像死船的军船随着湖中流道继续漂移，漂向越来越深的黑暗。

第一章

觅踪闯洞庭

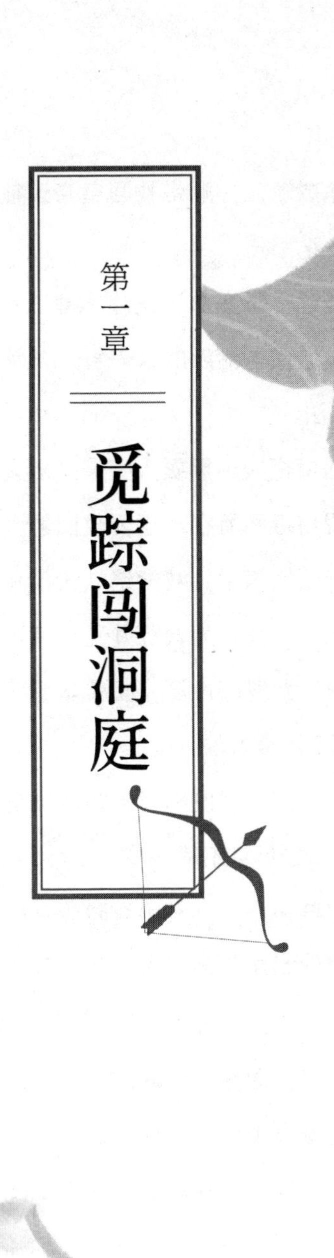

见衣动

袁不毂鲔山密杀成功，并顺带救回皇帝遣往西夏的密使丰飞燕，得皇上封赏华蓥三城游击守备之职。

滇蜀之地疫毒蔓延，毒变血尸夜冲华蓥三城，袁不毂方知事态严重，于是带领小队羿神卫护送代圣治疾的钦差舒九儿深入重峦叠障的蜀地，寻疫毒源头，找对症治疗方法。

才入鬼魂道便遇境相夫、黑衣人突袭，舒九儿被掳，袁不毂的任务变得更加艰巨，不仅要找到毒源所在，还要救回舒九儿。袁不毂在椒歌酒坊斗掘墓老虫，天光神殿战西域杀手，双索巡峡击溃鱼鳞盒，赤身钻鼠道，口弩突袭面具人，最终到达九婴池。为救舒九儿，袁不毂又奇思妙想设计天河飞石船，撞破箭壶山，消灭九婴藤毒源。回转华蓥三城后，袁不毂意外从中毒未得疫的老狱卒身上找到治疫方法。

也就是在这个时候，丁天发现袁不毂的义父和老弦子被人杀害、丰飞燕失踪，不知如何将此事告诉袁不毂。

丁天可能真的有些多虑了，其实有时候一些人、一些事根本不需要用言语来表达，当三具尸体摆在华蓥三城官驿大厅里后，袁不毂就已经明白了一切。毕竟他和黑袍客交过手，知道在这种杀人方式下难有幸免。

知道怎么回事容易，面对这样的结果却极其艰难，袁不毂仔细查看了袁老爹和老弦子身上的每一个伤口，这个过程痛苦之极，就仿佛是在自己身上戳割同样的伤口。死者伤口流出的血渍始终都未清理，这是丁天刻意留着的。只有保持最初的状态，验尸者才能更准确地捕捉信息。

袁不毂对那些血渍没有表现出一点畏血的不适。当一个人被亲人的鲜血刺激到冷血的程度时，悲愤催生的勇气足以让他面对一切，更别说这股红血迹了。

孟和的尸体传达的信息最多，虽然袁不毂并不认识孟和，但他在这个陌生人的尸体前凝视了许久，思考了许久。

“这是煞面判官孟和孟都尉。当初在择训院你畏血症发作，本该被遣送北三关，是孟大人将你留在了造器处。华舫埠血案唯一逃脱的人就是他。”丁天轻轻地走到袁不毂身后说道。

“这是个好人！从他的身体状态来看，他是第一时间迎面冲向对手的，想以身阻挡暗器护住后面的人。”袁不毂确定孟和是个好人，是因为当初他留下了自己，更因为他试图舍命保护老弦子他们。

“对，凶手应该和华舫埠血案是同一个，孟和之前吃过他的亏，好不容易才逃出。但是再次遇到后他竟然主动扑上而不逃躲，是想尽可能护住你义父他们。可奇怪的是，之前他又因何故要挟持他们？”

“还有其他痕迹和信息吗？”

“老弦子临死时说，除非练过射覆和盲射才有可能战胜凶手。‘不闻动静只看气，声势之前度其意，管他玄妙无穷杀，我自抢先取其命。’”

射覆，本是一种游戏，用瓯或盂罩住一物让别人猜。弓箭技法的射覆却不一样，是用布或帘罩住弓弩射械，然后从中发射箭矢，站在前面的人必须根据布帘的动态和机括的声响快速做出反应躲避箭矢。所以这是个玩命的游戏。

盲射与射覆相反，是将人的眼睛蒙起来，然后用各种弓射器械射他。被射者要能通过声响来判断、攻击，并及时躲闪和反击，此技练成后可在无法看到对手的状态下依旧实施射杀。

这两种训练最初是要被训者全身赤裸，承受棘头箭的攻击，虽然不致死，但是会非常疼痛。被训者每一次被射中都是在最紧张状态下体会强烈疼痛，从而刺激大脑强行保存这种感觉的发生过程。久而久之，被训者身体便会产生某种本能，下意识间就能躲避攻击并予以反击。

“唉，练成射覆和盲射谈何容易，就算能练成也不知道猴年马月，哪里还能找到凶手报仇？就算报了仇也不见得能救回丰姑娘。”袁不毂在悲痛和沮丧中纠缠，想到丰飞燕，更是生出加倍的内疚和疼惜。这个女子为了自己擅辞役职，陪着两个老人家来西南追随自己，却没想到会陷入凶劫处境。

“我想丰姑娘也经历过多番凶险，应该有些应对经验才是，不会轻易被掳，被掳后也不会束手待毙。或许她会在合适的时间、地点发出求救，那么我们不仅可以找到凶手，还能救回丰姑娘。”

丁天的话其实是安慰，袁不毂听了却眉角一挑，挺身站了起来：“丁大哥，快带我去事发之地。”

这一刻，袁不毂只想着找到丰飞燕留下的追踪线索，救回丰飞燕，杀死凶手替义父和老弦子报仇，却没有想过自己未曾修习射覆和盲射，真要追到凶手了，自己又如何能赢他。

清澈如镜的泉池里映照出丰飞燕的脸，已经是皱纹堆垒、白发如雪。她双目噙泪缓缓抬起头，看到正朝自己奔来的袁不毂，不由得悲怨地斥问：“你怎么才来？你怎么才来？我都已经老了，你是娶了人家女子吧？”斥问声越来越高，硬是将自己从梦中惊醒，丰飞燕醒来后发现自己真的满脸涕泪。旁边湖水潺潺、枯苇簌簌，似乎也在为这个悲伤而可怕的梦呜咽叹息。

丰飞燕伸手胡乱抹去已流挂到下颌的眼泪，就像急于抹去梦里的悲伤和害怕。这样的悲伤和害怕她最近真实经历过了一回，而且比梦中更为强烈。

当孟和、袁老爹和老弦子都仰跌在地后，丰飞燕就站在这三人组成的三角中心。三角之外是一个裹了黑色长袍的人，长袍很宽松，可以遮掩包括他身体在内的很多东西。

丰飞燕觉得地上的三个人都已经死了，而那个黑袍客很快也会让自己死。

所以她哭了，号啕大哭，涕泪横流的程度远胜过在梦里。

最开始她是因为害怕才大哭的。一起上路的三个人在眨眼间就都死了，让她如此真切地感受到死亡的突然和不可逆，以及瞬间失去所有的可怕。但是后来她却真的是因为悲伤在大哭，她意识到自己永远都见不到袁不毂了，意识到袁不毂已经失去了最亲近的人。就算能活着，她也无法向袁不毂交代面前发生的一切。还有袁老爹和老弦子，和她走了一路之后都已经认可她是袁不毂的媳妇了，但是他们都死了，她努力争取的一切全都破灭了。

“你别动，我还没哭好，等我哭好了你再杀我。”丰飞燕突然停住哭泣，盯住黑袍客。她在哭泣中发现黑袍客的袍子动了，全黑色中某一点的微动一般人是看不出来的，其实就算不一般的技击高手也很难看出来。但是丰飞燕不是一般的人，也不是技击高手，她是御绣坊中擅长织造刺绣的绣丞，每天里都是与不同的布料打交道，所以对于布料的一丝丝变化她都能敏锐地捕捉到。

“左手是要拿取右肋处的刀子吗？求你先不要。再等会儿，我一会儿就哭好了。”

黑袍客着实怔住了，一次的反应或许是偶然，两次的反应可就不是那么简单了。而且更让他难以置信的是，第二次丰飞燕不仅觉察到黑袍罩盖里面有动作，还准确说出了哪只手在哪个位置。

“啊……”丰飞燕见黑袍客一动不动，认为是自己的哀求起了作用，于是抓紧时间再次号哭。但她才起了个头，那黑袍客竟果断转身，跛着脚往远处走去。

这下轮到丰飞燕怔住，倒不是因为对方轻易放过她而感到意外，而是一下不知道自己该怎么办了。两个老头死了，她无法回去面对袁不毂，除非她杀了这个可怕的凶手，但那又是不可能的。眼见着黑袍客越走越远，她摸摸自己腰间的针线盒，毅然站起身来，往黑袍客走的方向跟过去。

丰飞燕从未奢想要用那机巧的针线盒杀死黑袍客，这东西现在只是她唯一可用来壮胆的东西。既然她无法杀死黑袍客，又无法回去面对袁不毂，那就只能用一个折中的办法，跟住黑袍客，然后一路留下记号。袁不毂的老爹和师傅死了，他得到消息肯定会赶过来。只要他看到自己留下的记号，就能追上自己、找到凶手，那么自己也算是有了个说得过去的交代。

黑袍客很快就被丰飞燕追上。他从天光神殿出口的悬崖跌落，采用的逃身方法确实出人意料，但只借助一件袍子滑翔，而且对崖底状况完全不知，最终落地能够只伤到腿脚已经是万幸。能够及时出手杀了孟和和两个老头也是万幸，而现在他并不知道还能不能万幸地摆脱丰飞燕。

黑袍客应该是很想把丰飞燕杀了以绝后患的，按他们阿萨辛派杀手的原则，是不应该留下任何一个看到凶杀现场的活口的。可当他想给哭哭啼啼的丰飞燕补一记杀招时，却没摸到武器。

天光神殿里一场短暂却激烈的对决，用掉了他大部分的随身武器。从悬崖上滑翔而下，他为了稳妥落地，过程中连扔带掉把一些可能影响落地的长而大的武器丢了。遇到孟和后因为有过之前的交手，他知道对方也是手段高超之辈，所以出手时毫不保留，将剩下的所有武器都用光了。

他摸索了两次身上，看看还有没有一两枚被遗忘的暗器，结果都被丰飞燕察觉，并准确说出位置。这让他觉得面前这个女子有些怪异，像是身怀绝技却故意捉弄自己，所以放弃徒手结束对方性命，果断决定远离，这对于摸不清底细的对手而言是最为妥当的做法。

女子竟然跟了上来，这让黑袍客证实了自己的想法。这女子果然是有其目的的，刚才的一切表现都是在装样。所以黑袍客紧张了，慌乱了，而越是紧张慌乱，受伤的腿脚越是走不快。于是他直接转入旁边的黑树林，想利用蛛网遍布、土腐叶烂的环境摆脱丰飞燕。

当黑袍客浑身裹满蛛网地从黑树林里钻出再次站到阳光下时，就仿佛看到一个新的世界。但是黑袍客眼中的新世界并不美好，而是充满恐惧和绝望。

留觅迹

不远处就站着丰飞燕，黑树林没能帮黑袍客摆脱她。而让黑袍客恐惧和绝望的是，丰飞燕手中举着一根小枝杈，上面裹满蛛网，而身上并未落下一根蛛丝。也就是说，丰飞燕能够在黑树林里看清蛛丝蛛网，行走中用枝杈先给裹卷掉，这样就不会沾得满头满身。而能做到这一点，这女子单就眼力来说便不是一般高手能够达到的层次。

其实，一个精于刺绣的绣丞，是在民间底层环境中修炼出的高超绣技，早就适应了各种或明或暗情形下的飞针走线、穿丝挑纱，对丝线织料的敏感度已经近乎下意识。黑树林里的蛛丝也是丝，别人无法觉察，丰飞燕却可以。而一个女子不管本身长得美不美，都会极力抗拒损坏自己形象的因素，但凡能发现和躲开的，哪怕是一粒尘土、一根蛛丝都不会轻易沾染。所以丰飞燕在黑树林里钻行时，拿一根树枝挑掉所有可能会裹上她身体的蛛丝。而这只是属于绣女的独特能力，却让西域来的顶尖杀手感到匪夷所思、心惊肉跳。

黑袍客越是害怕就越急着逃离，越急着逃离受伤的脚就越发步履艰难。他心里觉得这一阵急赶速度不慢，走出的距离也很远，应该可以摆脱追踪了，偏偏这个时候又看到丰飞燕已经在前面等着他。

丰飞燕不是善于辨查痕迹的追踪高手，但除了能看见黑暗中的蛛丝，她还能发现剐擦在枝杈、树皮、石尖上的织物遗留，哪怕是一段绒丝、一个线头。而黑袍客身上能够裹住全身的大黑袍是很容易到处剐擦的，外层又不具有内层所衬不死蚕纱那样的坚韧，一路留下丰飞燕能够发现的痕迹是难免的。

她始终没有被黑袍客甩下也就在情理之中。

丰飞燕一直紧跟却不出手，黑袍客最初认为这是对方像猫捉老鼠般在逗弄他，后来又觉得是要一直跟着自己找到背后操控自己的人。这样一来他索性不刻意摆脱了，而是径直往自己与雇主约定的地方而去。他觉得只有把威胁转嫁给雇主，自己才有机会摆脱危机。这也正是雇佣杀手最常出现的弊端，当杀手落到必须保存自己的地步时，是会不惜出卖雇主的。因为他和雇主之间除了交易，没有其他更加可靠的关系。

最初时两人一走一跟，全是风吹日晒的徒步跋涉。好在黑袍客腿脚受伤走不得艰险道路，选择的路径都还正常，丰飞燕跟着也不累。后来到了有车有马的路段，丰飞燕和黑袍客都会用自己的办法搭车或雇车。就这样走了近一个月，一个弱女子和一个受伤的杀手最终来到了洞庭湖边。

黑袍客发出信号后很快被小船接走，留下孤单的丰飞燕守在杀手入湖的水岸边。她也曾打算雇条船进湖，但是宽阔的湖面不会留下黑袍客的痕迹，再无从跟起，而她自己也同样无法留下记号，所以选择在原地等候应该是最正确的做法，等候袁不毂追来，说不定还能等到那杀手原路出湖。

其实对于袁不毂会追来的可能丰飞燕并没有一点把握，更不知道自己能将这样的等待坚持多久。一路走来，她已经将身上携带的钱钞用得所剩无几，而这个偏僻的湖岸就算有钱钞也很难买到东西，只能自己搞些螺蛳小鱼野菜芦根当食物，偶尔遇到过往船只才能从他们手中买些真正的食物。所以在到达洞庭湖后的日子里，丰飞燕过成了野人一般。但不到万不得已，她仍会坚持等待袁不毂到来。哪怕只是给他指下黑袍客离去的茫茫水面，她都会觉得自己有了个对得起袁不毂、对得起袁老爹和老弦子的交代。

袁不毂在丁天带领下来到袁老爹他们被害的现场。已经看过三具尸体的伤口和血迹，再看现场的痕迹，袁不毂轻易就将当时的情形在脑海里还原出来。这是一场完全使用飞射武器的杀戮。

根据地面痕迹、尸体伤口，袁不毂瞄出虚构的线条，勾勒出每种射杀的方式方法。其实只要其中有哪一招不是采用远射杀法，不精通技击的袁不毂就会瞄不出来，甚至还会影响其他结果的准确性。

根据瞄线还原的情形，袁不毂确定丰飞燕没有死，至少没有死在这里。然后他在不远处通往树林的小路口发现了一根彩色的丝线，这是用江南彩蚕丝织出的绸缎上才会有的丝线。

这样细短的丝线落在路口的草丛间，一般人难以发现，但丰飞燕那样具有高超绣技的绣丞能看到，能够瞄出树干上无形锯线的袁不毂也能看到，这还是有一次在造器处他们两个帮老弦子找须梳，偶然知道了两人的这个共同点。

袁不毂马上翻看了下马车上遗留下来的物品，有一套这种彩蚕丝绸缎缝制的衣服，但是这套衣服应该配有的一条宽腰带不见了。独独带走了腰带，他又在路口发现了丝线，那么这条腰带的作用应该就是留记号，留下只有袁不毂才能发现的记号。

果然，在这条小路进入一片小树林的位置，袁不毂又发现了同样的丝线。然后在穿过小树林后衔接上的道路上，发现了第三根丝线，他已经完全可以确定丝线就是记号。

就在袁不毂确认了记号准备一路追下去时，丁天断然阻止了他："你如今是御封的华蓥三城游击守备，不可擅离职守，那是会被砍头的罪责。之前还可以护卫钦差代圣治疾的名义有计划地活动，如今已经找到治疗疫毒的办法，钦差再无须险地行走，你现在连这个借口都没了。"

"那如何能走？"袁不毂没想到一入官家便如鸟入囚笼再难自由。

"与华蓥三城太守商榷一下，看他是否可以找个差事作为借口差遣你，让你自由行动。"

丁天出的是个不用试就知道行不通的主意。太守胡蔺举连给袁不毂正常配调兵力都横加刁难，让他冒险做有违正常职责的事情更没有一点可能。

袁不毂没有走成，在接下来的一段日子里，在华蓥三城里差点熬成失心痴。他每天呆呆地坐在那里，眼前全是黑袍客杀死袁老爹、老弦子的场景，幻想着丰飞燕可能陷入的各种悲惨境地。他嘴里反复念叨着老弦子留给他的话：“不闻动静只看气，声势之前度其意，管他玄妙无穷杀，我自抢先取其命。”一会儿念得哀声长叹，一会儿念得凶悍激昂，表情也是一样，一会儿怒目如凶煞，一会儿挂泪如痴汉。但他这样子无人能劝解，只能在一旁担心和同情，都怕袁不毂转不过这个硬弯，真就心伤至极成了痴呆。

死鱼、石榴倒也找机会求过胡蔺举，想讨到一支彻查清剿城外毒变人的令箭，借机去寻丰飞燕、追杀黑袍客，但是胡蔺举想都没想就摇头拒绝。他的理由很简单——第一，他们出去之后做什么他无法知道也无法控制，责任却是必须担的，而这责任担得对他而言没有任何好处；第二，他们如果再入山林深处，说不得会带回其他什么疫毒病症，要又是个延传他人没有治疗办法的疫症，那他胡蔺举的身家性命恐怕都得赔进去。

石榴和死鱼只好去找舒九儿想办法，可是满城转下来竟然没有找到舒九儿，她应该是躲在什么地方研制克制九婴藤毒的药物。鹊儿酒虽然能制九婴藤毒，但那毕竟不是药，需要大量地长时间地饮用才能克制。对刚刚中毒的人有很大效果，对中毒已深的只能暂时抑制毒性加重，彻底治愈的疗效还是太弱。她必须从中找到真正克制毒性的成分，直接提取制药才行。

就这样过了半个多月，舒九儿总算露面了。克制九婴藤毒的药物终于制成，她迫切地想把这份喜悦和成功和袁不毂分享。

当赶回官驿见到袁不毂后，舒九儿不禁吓了一大跳，第一反应就是袁不毂在去箭壶山的过程中染上了什么病症。区区半个多月的时间，他的面色变得虚乏枯焦，神情焦躁不安，身体始终绷着一股劲，充血的双眼露出野兽急欲吞噬猎物般的凶光。

“你怎么了？快让我把下脉。”舒九儿说完就伸手去抓袁不毂腕子，却被袁不毂下意识地缩腕躲过，那样子就像受惊后随时会反扑的野兽。

“舒姑娘你可是来了，我们找你好多回都没能找到。你别动他，等这股劲过去了再说。”石榴赶紧把舒九儿拦到一边，“这阵子正发着狠劲，过会儿他会哀伤得像扶不直的面袋子。”

死鱼也走了过来，没等舒九儿继续问，就把情况细说了一番。

“这是悲愤伤怀、急火郁气纠心症状。如不疏解，时日一长就会熬成癔障之症。”舒九儿凭死鱼所说情况就已经做出诊断。

“那舒姑娘你赶紧想想办法，找点好药给他治治。他这样子我们看着都觉得难熬。”死鱼看到舒九儿就像看到了希望。

“这是心病，不是药石能治愈的。要么如他所愿将心结解了，要么是有什么比寻找丰飞燕、追踪杀手更加重要的事情转移他的注意力。”舒九儿紧皱眉头，俏丽的面容变成阴云笼罩的皎月。

“这个、这个，这两个办法都有些难。”死鱼说的是实话，他们不是没有试过。但是胡蔺举不给令箭，袁不毂做不了解心结的事，至于转移注意力，他和石榴好吃的、好玩的没少闹腾，却都如祭供泥人，一点反应都没有。

“这个的确有些难，让我来想想，看有什么好的办法。”舒九儿说完转身走了，走得很急很慌。由此可见袁不毂的状态必须尽快缓解，而舒九儿对袁不毂的关怀也是情之切切。

之后两天舒九儿再没出现，也未再往官驿这边传递任何信息。众人完全不知道她准备怎么来解决袁不毂的问题，现在又在做些什么。

到了第三天晚上，通蜀门那里出事了，有人趁着守城兵将轮换交接时竟然打开城门跑了出去。交接的官兵很快发现这个情况，但是没一个人敢追出去。毒变人尚未肃清，蜀地依旧存在危险，毒变人冲城那夜出城兵卒的惨状仍让所有人心有余悸。

不过人们很快就知道是谁出了通蜀门。隔离治疗感染疫毒患者的医营传来消息，说有患者因病情迟迟不能好转，认为代圣治疾的钦差舒九儿没有好好给他诊治，所以发狂绑架了舒九儿，带她入蜀地再找解药专门替他诊治。

发狂的患者是莫鼎力，也只有他才有挟持钦差、逃出通蜀门的本事。

跟千里

胡蔺举听到这个消息后，也不管官袍长大、官靴厚重，抓着一支令箭连跑带跳地冲进官驿。钦差在他统辖的城池里被绑架，并且还顺利逃出了华蓥三城。一旦钦差性命有忧，他得用脑袋去担责。就算钦差性命无忧，那也坐实他城防不力、不宜镇守要隘的罪名。所以他不顾一切地奔往官驿，去命令其实也是恳求袁不毂出手救回钦差。

蜀地疫毒蔓延，有毒变人出没，具备能力和勇气追进蜀地的只有袁不毂和他的人。而且之前他们已经走过一趟，熟悉环境路线，能够及时追上莫鼎力救回舒九儿。再有莫鼎力本领高超，整个城里也就袁不毂能与之抗衡。

另外胡蔺举还想到更深一层的保障。一旦朝廷问责，胡蔺举可以说袁不毂是游击守备，守住出城的最后一道关卡是他的职责。让袁不毂出城去追，正好可以证明是他未能尽责，冒险去救钦差是为了弥补过失，否则谁会这么拼命。这样一来责任就很顺畅地落到了袁不毂身上。

也就是说，眼下不管化解危机还是当替罪羊，都非袁不毂不可。所以胡蔺举一见到袁不毂都恨不得跪在他面前，一会儿做情深似兄弟的亲近状，一会儿做涕泪交加的大义状，总之颠三倒四，就是要袁不毂赶紧去救舒九儿。

胡蔺举本来准备了连哭带闹的三套说辞来打动袁不毂，结果半套都还没用到，袁不毂便已经从昏蒙中彻底清醒过来，果断抢过胡蔺举手中令箭急步奔出。虽然胡蔺举心里对袁不毂的这种无礼态度颇为愤慨，但看到他二话不说带装备就去追赶莫鼎力解救舒九儿，心中暗生的侥幸和沾沾自喜早就把这点愤慨冲淡得所剩无几。

跟着袁不毂一起出城的只有石榴和死鱼，从九婴池回来，除了他们三个，就剩个小糖人。今天小糖人不知又去哪儿溜达了，没在官驿里。其实就算他在官驿里也不大可能跟着袁不毂再出通蜀门。上一趟他的活儿就已经做得超出职责，现在只是借着华蓥三城暂时落脚。按他那见机行事的贼品性，估计打死都不会再接任何冒险的活儿。

袁不毂他们三个人在出城下了高石阶的第一个路口就追上了莫鼎力。舒九儿就在他旁边，但从神情和状态来看，一点没有被挟持的迹象。而让袁不毂他们完全想不到的是除了他俩，竟然还有第三个人，而这人一脸的窘迫无奈，看着反倒像是个被挟持的。

第三个人是小糖人，他也真的是被挟持来的。莫鼎力没有绑架舒九儿，而是舒九儿带着莫鼎力绑架了小糖人。他们要想在守城兵将眼皮子底下开巨型闩锁出城，没有小糖人肯定是不行的。

“我们必须先出通蜀门，这样别人都不敢来追，胡蔺举只能找你们。既然你们也到了，我们现在马上绕行到城北，去丰飞燕留下记号的起始位置。”

舒九儿立着就像一朵夜荷，让别人的心随着她的一字一句而跳动。她没有多说一句解释的话，但所有人都已经听出这是她策划的一场假绑架，就为让袁不毂得到官方的指派出城做自己的事情。能够这样做绝非一般出于情义而做出的付出，实际上是将自己也搭了进来，一起踏上充满危险的追踪之路。

“华蓥三城三角封三道，恐怕很难找到绕到城北的路。”石榴说的是实情。

“没关系，有他在肯定能找到。”舒九儿指了下小糖人。这应该是他们绑架小糖人的又一个原因。

小糖人撇嘴笑了笑，却比哭还难看："君子无罪，怀璧其罪，嗐，谁让我胸有江河地理，眼有日月星辰呢。"

袁不毂没理会他，反而走向莫鼎力："莫大哥，你疫症未曾痊愈，可以先回华鎣三城将身体医好。"

"哈哈哈，都知道我绑架了钦差，我哪儿还能回去？再说了，要想医好病，就得跟着医生。我不跟着舒姑娘，转身回到都想要我命的城里，那不是傻子吗？"

"治愈疫毒的药物已经制出，我将方子和用药方法教会其他药师，不用我他们也能对症治疗了。莫大人所中疫毒已经封在不可发作状态。我出来时替他带足了药，不出意外的话，他应该可以在城里那些患者之前痊愈。"舒九儿替莫鼎力说话，也是怕袁不毂他们忌讳莫鼎力携带的九婴藤毒。

袁不毂转身来到舒九儿面前，两双清眸相对，其实不用多说一个字所有内心的话语就已经交流透彻。但袁不毂最终还是嚅动嘴唇轻声吐出三个字："谢谢你！"

舒九儿展颜笑开，就像一朵玉兰瞬间开放。她找回了原来的袁不毂，就像在去往猰貐坟的路上一样，始终保持着对别人的尊敬和些许羞涩。

"舒姑娘这一法子好是好，就是没有提前知会一下，搞得我们出来太过匆忙，只随手抓了些东西。也不知我们接下来要走多远的路，追踪到杀手后携带的装备够不够应对。"路还没开始走，死鱼已经担心。

担心是有理由的，他们三个匆忙间确实都只草草地携带了随身装备。而舒九儿他们三个人更是没有准备什么东西，就莫鼎力带了自己的雁翎雪花斩和一个装了治疗疫毒药物的包袱，其他两个人都是空着手的。

"我也是临行动之时才知道的，比你们还要匆忙。就这雪花斩和药还是舒姑娘给拿来的。"连莫鼎力都是临时知道的，被挟持的小糖人更不可能提前准备了。

“不提前告诉任何一个人，才能将泄露的可能性降到最低。至于一路上的需用，不是还有他吗？”舒九儿又指了下小糖人。

大家都笑了，连小糖人自己都气笑了。这个舒九儿也太会利用人了，把他挟持来除了开锁、带路，竟然还要解决一路需用。接下来六个人衣食住行看来都得靠自己去偷了，必要时，可能还要去偷些武器。

知道的人越少，动用的物件越少，引起别人怀疑的可能也越小，这才能保证计划顺利实施。但后续又要有财物补给，否则无法维持正常行动，所以舒九儿不仅计划周全，做法也是细密到极点。

莫鼎力看看小糖人，再看看舒九儿，感慨地说句:“聪明得让人害怕！”

事实很快证明选择小糖人是完全正确的，只用了半夜的时间，他就带领大家转到城北，到达孟和他们遭遇黑袍客的地方，然后就地休息了半夜等到天亮才又动身，因为袁不毂无法在黑夜中瞄出丰飞燕的记号。

已经差不多有一个月了，丰飞燕留在野外的记号很多已经移位变向，还有一些已经消失。所以袁不毂即便能瞄出那些记号来，要走对方向还是颇费周折的，多次出现重新调整路线和多次试走才找准方向的情况，这么一来难免浪费不少时间，整体算下来速度还不如丰飞燕和受伤的黑袍客。

追踪到第三天的时候，舒九儿决定把莫鼎力赶走。莫鼎力非常欣然地接受了舒九儿的决定，这决定再次显示出她让人害怕的聪明。

华蓥三城发出协助捉拿莫鼎力的通令，沿途州县都有缉拿榜文。钦差被挟持，胡蔺举肯定得做些事情来表明自己是有作为的。哪怕挟持者是往蜀地的深山密林去的，他都必须让州州府府都知道自己为救钦差在全力以赴。

莫鼎力拥有御前侍卫和捉奇司两个官署的腰牌，本来可以利用各方面力量帮助自己秘密行动，但现在腰牌对他不仅没一点帮助，还成了确认他真实身份的佐证。加上缉拿榜文到处都有，只要还在过州走县地行动，他迟早会被官家人闻到味道。

所以他离开大家单独行动反倒可以吸引各方面的注意力，也就相当于给袁不毂他们提供了方便，消除可能影响他们行动的一些因素，而这一层作用不知道是不是也早在舒九儿的筹划之中。

到第五天时，袁不毂发现自己追踪的是一条直线，径直往东的路线。在这之后即便一时找不到新记号，他也坚持往正东方向走。事实证明这个方法很明智，不管中间掉了多长距离的记号，往东总能找到新记号衔接上。

这个原则确定之后，他们的行动加快了很多，不仅是因为有了准确的大方向，还因为他们想尽早追到黑袍客。黑袍客是从疫情区域出来的，他们并不清楚他有没有中毒。而他一直往东是大宋的腹地，更有将疫毒带到临安周边的风险，即便已经找到对症药物，后果也是很难想象的。

就在袁不毂他们循记号一路追踪而行时，一份燎角紧急军折送到了岳阳镇守使府。岳阳镇守使之前应该已经听到有关这封军折的情况汇报了，所以根本没有拆，而是再加一份细报一起封好，让人急送临安。

细报中他将所知的所有信息都详加描述，就连一些猜测和道听途说的消息也都加上。这个细报倒并非为了说明更多问题，而是为了表明作为镇守使他已经尽心做了很多分内事情。这样一来即便那件蹊跷事件最终无法查出，那他也可以推卸掉很大责任。

当军折和细报急送到临安枢密院后，张俊竟然也不敢做主，而是很难得地亲自前往兵部共商此事。都是提葫芦卖药的老江湖，谁都没法给谁揭个膏药。所以张俊和兵部尚书两边一商议，决定暂时不将此事上奏皇上。自己连点边子都没捉摸到的事情，上奏之后一问三不知，那是自己跟自己的官帽俸禄过不去。再一个决定就是将外加的那份细报分别抄送三法司和捉奇司，这虽然是个歪肩卸担的不厚道做法，但三法司和捉奇司处理这类事件确实更有经验和实力。

细报到三法司，大理寺、刑部、御史台之间肯定还有一番斟酌。但到了捉奇司，酌急堂看个名称就立刻将细报直呈铁耙子王。细报的名称是“洞庭湖溺魂船再现，火药局御营运炮船失踪”，此事件诡异之极还在其次，重要的是留下极大后患。那一船的火炮、炮药若是落在心怀叵测的人手里，是可以制造出惊天大祸的。

失炮案

细报放到了赵仲珥案上，但他人并不在捉奇司里。今日早朝之后，皇帝将他和几个朝中重臣留在殿上，说要商量一下关于陕蜀吴家军的处置方案。

“你们都听说川南吴勋笺的事情了吧？”皇帝啰哩啰唆绕了半天弯子，终于是把话说到重点了。而赵仲珥和几位重臣都在耐心地等着，皇帝一提到吴家，他们立刻就猜到是怎么回事了。

虽说滇蜀距离临安甚远，又因疫情封闭诸多通道，但关乎社稷安危的大事自会有各自的渠道及时传递到临安。信息最快的还是捉奇司，因为围剿吴勋笺时，丁天他们就在一旁。而捉奇司飞信道加江湖道的信息传递渠道着实是又快又稳妥，只不过赵仲珥收到这信息后并未与皇帝奏报。吴勋笺已死，急报慢报其实已经没有什么区别。更重要的是这个信息极为尴尬，告诉给皇帝知道只会讨嫌不会讨好。

南宋西北疆域，全靠吴家军守卫秦陇、巴蜀的边界，屡次击溃金国觊觎之图。从吴玠到吴璘，吴家儿郎个个儿忠义可嘉、实力非凡，先后主持过和尚原大战、饶凤关大战、仙人关大战等等。偏偏这吴家出了个吴勋笺，竟然行谋反之事，这可是株连九族的大罪，而吴家在管束教导上也确实是有责任的。

有罪必责，这是官治法度必须要做的，也是给大宋所有官员、百姓一个交代。而吴家实力强大，是国家栋梁，一旦责罚不当，导致其心有不服、疏于职守，那就会让金国有机可乘，或直接逼得吴家继吴勋笺之后再出逆臣行谋反之事，那么大宋社稷恐怕就要改姓了。也就是说，孩子犯错得打，打得让旁人觉得教子有方，还不能打得伤筋动骨让孩子记恨。这火候的把握势必会愁坏了皇帝，急怒之下迁怒奏报的人泄火那是完全有可能的。

和赵仲珥有同样想法的人不在少数，是天武营围剿的吴勋笺，军信道肯定也早就把这信息传递回枢密院和兵部，兵部肯定再转奏中书省。但无论枢密院的张俊，还是中书省的汤思退，都没有向皇帝奏报情况，都是在等别人先开这个臭口。这就像羿神卫的潜射对决，谁熬到对方先行暴露，谁就会成为胜者。

“吴勋笺阵亡，吴家人心悲子嗣损伤之痛，竟然至今都未向朝中上呈奏折。”皇帝这话一说，赵仲珥便立时觉得不对。

吴家不呈奏折，是因为吴勋笺谋反，吴家其他人不知道该怎么来上这个奏折。但前面皇帝说了“吴勋笺阵亡”，谋反的人叫正法，不可能说阵亡。这样看来，皇帝得到的消息恐怕与自己得到的有很大出入，这背后难道还有其他什么隐情?

“不过梁王府的柴彬倒是上了一封奏折，是为吴勋笺报功请封的。”皇帝说的话越发奇怪。

虽然之前已经确定柴彬私离临安是因为老梁王身中疫毒，滇地无人主事，又逢疫毒蔓延，事态万分紧急，这才留信一封作别，直接赶回了滇地，但是柴彬又是如何与吴勋笺搅在一道的？而且还替死去的吴勋笺讨要封赏。

感觉越是奇怪，就越发没人说话，朝堂上就像皇帝在唱独角戏，这包袱不抖净之前恐怕谁都不敢贸然拉扯包袱皮儿。

“滇蜀之地疫情蔓延，梁王府无人主事。大理国乘机异动，突厥界也现石人望山异象。随后有大理蛮族和突厥贼匪率先侵入滇蜀境，好在柴彬归滇及时，率部截击。另有川南吴勋笺护其边背，共击外敌。只可惜战事将尽之时，吴勋笺遭遇伏击中箭身亡。”皇帝并未说明所述情况是柴彬奏折中所报，再加上各人各语气，让人听了有种错觉，就好像这些话原本就是皇帝说的。

赵仲珥则想到更深一层，皇帝话里的意思是将私离临安的柴彬完全择出去。幸亏他及时离开临安赶回滇地，这才保住大宋疆土不失，谋反的吴勋笺也变成了抗击外敌的英雄。这说法完全颠倒众臣之前所获信息，不是有人从中作梗蒙蔽皇帝，就是其中另有帝王策略。按道理报到皇帝手里的信息应该是无人敢蒙蔽的，所以皇帝把他们这些所谓重臣留下来，不是要商议什么，而是要他们听清一些事情，并证明这些事情的真实性。

“有功不赏犹如冬冰入怀，朕思虑再三，决定追封吴勋笺护国忠义大将军、云天伯，世袭上都尉。至于柴彬，之前已经说过不再追究他私离临安之责，就暂保原职代持梁王府，不再另作封赏。各位看朕如此做法可有失当之处？”皇帝很客气地征求大家意见。

赵仲珥依旧一副菩萨面容，以不变的笑脸支持皇帝的做法。他的心里很是清楚，一个皇帝如果真的想征求别人的意见，肯定会只说情况不说结果。哪儿有说完自己决定后再问臣子可有失当之处的？又有哪个臣子敢说皇上做法失当？

不过赵仲珥心里也着实佩服皇帝。不管他的信息是别人讹传还是他自说自话，也不管吴勋笺是英雄还是逆贼，他的做法都是最为合适的。反正吴勋笺已经死了，再不能为害，若是责罪吴家只会有弊无利。不如摆个高姿态让吴家人释怀，消除吴家人对皇上态度的疑虑和戒备，皇帝这样做能让吴家人感恩戴德，越发拼命守护川陕地界。

但是皇帝对柴彬的态度仍是奇怪，不责也不赏其实最容易引起猜忌，而且不做丝毫约束放任柴彬留守滇地，这多少还是有些冒险的。再有追封吴勋笺的事情是通过小小梁王的口说出的，这可以拉近吴家人和梁王府的关系，对梁彬主持滇地大局会提供极大支持和便利。

其他在场的也都是久经官场朝堂的聪明人。皇帝的话说完，不管是知道吴勋笺真实情况的，还是完全不知道的，他们几乎同时明白，皇帝留下自己就是为了证实皇帝每句话的真实性，所以这场商议根本没有余地，皇上话说完便已经结束。接下来，在场的人最着急做的事情就是把之前关于吴勋笺谋反的奏报全部销毁，让所有知道内情的人马上统一口径。

赵仲珥倒是不用把太多精力放在这些事上。捉奇司的流程严密，外信都是单线传递，传递者不知内容。知外信内容的都非一般人，他们最起码的能力就是保守秘密，不与司外人透露。所以在这种组织架构中，赵仲珥只需交代一两个人，事件真相就都会按他的意思整个颠覆过来。要说担心他倒是替张俊担心，围剿吴勋笺的天武营有一营官兵，想要全体纠正说辞是颇有些难度的。

不用费精力的赵仲珥回到捉奇司后却被案上的细报惊了心，立刻将手下两堂四处的执掌官以及亲信管事都召集至书房。各处关键人物齐聚，由此可见失船事件的严重程度。

火药局御营，是北宋徽宗时期从甲仗库单独分立出的禁军专用造械局，后来还扩充了军营，主要制造火炮及炮药，军营则是专门训练炮手的。当时的火炮虽然威力有限，运用也不及大弓重弩灵活，但在水上船战和攻城战中能发挥极大作用。因为宋代船只主要是木制，外部也无太可靠的护甲，一旦损坏没有可行的快速补救方法，再有宽阔水面上没有山体、大树一类的东西阻挡火炮的攻击，所以火炮对于木制船体的打击是摧毁性的，极为有力有效。

南宋的区域大部分是水面遍布、水道纵横的地理特征，所以水战可以说是南宋最强的一张底牌。当年黄天荡大战，韩世忠领八千兵将战十万金军，数胜一败就是胜在水军上。而最终一败让金军逃脱，是因为金军集中火箭反攻突围，而韩世忠水军已然炮药用尽。

洞庭湖算得大宋水军的大本营，水军的新训营、军需营以及对应各重要水道的后备水军军营都驻扎于此。如果那一船火炮是被抢的，那绝不是一般人敢做的，更不是一般人能做到的，其后必酝酿着巨大阴谋。

细报上也说了，洞庭湖多诡异，乱向流道、莫测漩涡还在其次，更重要的是有鬼魅出没、异物肆虐。以往客船、渔船乃至军船都曾有莫名失踪的事情发生，只是运送如此多火炮的军船失踪还是头一回。这军船有可能是没入湖底、撞碎在岛屿上，也有可能就在某一处再走不出，而别人也看不见。如果真是这样，那就更要追查清楚。毕竟洞庭湖是水军根本，要不查出个说法，一是之后此类事情无法规避，再一个军心畏惧，难以水面纵横。

两堂四处做得主的人，以及赵仲珥的亲信管事都垂首等在旁边。他们知道赵仲珥把大家召集了来，肯定会有重要外活儿布置。

“飞信急传，让莫鼎力前往洞庭湖查证运炮军船失踪一事，洞庭湖周边暗点全力配合。”赵仲珥吩咐手下人时，眼睛仍盯在细报上。

“王爷，莫鼎力中疫毒发狂，在华蓥三城劫持钦差潜逃，现川东楚西一带官府衙门全在追捕他。”这个信息其实酌急堂也是刚刚才拿到的。

“怎么回事？”赵仲珥的眼睛这才离开细报，以一种有些意外的表情转过头来。

“不知道怎么回事，可能只有莫鼎力自己知道。”

“那传信让丁天带人过去，孟和已死，他应该是在回临安复命的路上。”

“丁天和他的人确已离开华蓥三城，但之后就再没人见过他们踪影。而且在他们离开华蓥三城之前，已经有一半的人在江上辉带领下再没出现过。”

这个信息来得早一些，但是酌急堂的人觉得丁天、江上辉都是捉奇司临时调动的高手，行动中有些自己的主张或临时追查一些其他事情很是正常。而且他们目前只是人不见了，并没有证据证明已经遇害或者在做什么具有危害性的行动，所以就没有直接报上来。

“这滇蜀之地到底发生了什么？我捉奇司不仅信息滞缓，很多事情还要从他人口中后知后觉。而且派出的人也失了联系，连杜字甲都好些日子音信全无了。”赵仲珥心中辗转有一种怎么都难以舒畅的感觉。

丁天找到死去的孟和和老弦子、袁老爹，便立刻将信息传回捉奇司，之后带尸体去了华鋆三城。袁不毂悲痛之下只想着追查杀手、寻找丰飞燕，根本没有心情与丁天说自己九婴池历险的全部经过。所以杜字甲已死的消息赵仲珥这边尚未得到，这其实是人为造成的消息脱节，是捉奇司信道网络的大忌。

箭断苇

就在此时，李诚罡从门外急步走进，才进门就折扇敲掌心连声说道：“不好了，不好了！”

“何故如此？”赵仲珥心中本就不爽，李诚罡连声“不好”更是让他觉得晦气。

“王爷，杜先生已在蜀地遇难归天。”

“何人所传？所传之人是否亲眼见到？”赵仲珥惊问道。

“消息是从兵部传出的，由天武营上报。他们在蜀地箭壶山附近山脊上发现了杜字甲尸体。”

杜字甲尸体所在位置其实是季无毛告诉天武营的，让他们务必派人找到并妥善安葬。之后季无毛被隔离在疫病患者区域，再无法与外界联系。而袁不穀与丁天那边因为意外情况消息脱节，所以杜字甲已死的消息只能由天武营上报兵部。

而天武营围剿吴勋笺，双方伤亡的兵将都不在少数，伤亡报文需要送到兵部消册抚恤，登记时才发现有个单独的报文是杜字甲的。这也亏得人人都知道捉奇司里有个重要人物杜字甲，这才把信息告知李诚罡，否则一个不在兵部名册的报文早就当废纸扔了。

“他有什么话或东西留下吗？”赵仲珥脸上的微笑终于没了，不是为杜字甲悲伤，而是有一种奇怪的危机感将他的心渐渐缠住、收紧。

“没有，什么话都没有，什么东西都没留。”李诚罡说出这话后，右手折扇又猛地一敲左手掌心说声，“不对！”

确实不对。杜字甲就算临死之时把重要的东西藏起来，至少也会有些随身物件。而现在什么都没有，那就说明他的东西被人全都收走，目的应该是想从这些物件中查出端倪、找到线索。

“会不会是随他一起去的人把东西收了？”一个亲信管事说道。

“若是随他去的人还有活着的，那这死讯怎么都不会由天武营从兵部传回。”赵仲珥对自己的人以及自己的传信网络非常自信。

“他带的人都死了，天武营的官兵若知道杜先生身份绝不敢匿他身上物件。应该还有其他什么人，而且是很早就已经盯住杜先生的人。”说完这个，李诚罡自己先惊讶地张大了嘴。捉奇司做外活儿有人紧盯其后，这是件思之极恐的事情。因为他们的行动会专门注意坠尾的钉子，还会在一些暗点帮助下设局刻意甩尾钉。采用如此严密的做法仍被盯住，那么杜字甲这队人里恐怕有谁一直在悄悄泄露行踪。

“不一定是紧坠其后，也可能早就等在前面。”赵仲珥这想法更可怕。如果是这样的话，就意味了杜字甲行踪提前泄露。而提前知道他行踪和走向的人，身份肯定不同一般。

赵仲珥视线移转，盯在了李诚罡的脸上。李诚罡先是满脸疑惑地愣住，随即明白是什么意思，慌乱无措地又摇折扇又摇手，嘴巴急剧地开合几下却没能发出个“不是”来。

的确，杜字甲此行的计划和路线，捉奇司中只有赵仲珥和李诚罡知道。如果杜字甲未曾向其他什么人透露，那么唯一可怀疑的人只有李诚罡。

赵仲珥也用力摇摇头，收回目光。李诚罡是自己身边最可信赖的两个人之一，协助自己已经有些年头，而且当初是自己慧眼识珠直接提拔了他，收入捉奇司，并非其他什么人的安排。也就是说他的进入途径是偶然性的，不具备安插内鬼的可能。

李诚罡长长地舒出口气。突然间收敛了笑容狠若魔王的赵仲珥，连李诚罡也难得见到。面若菩萨时的赵仲珥都会莫名间给个杀人的指示，如此面若魔王更是什么事情都会做出。

赵仲珥也长长吐出口气:“传下令去，捉奇司所有执行中的活儿放缓。外驻的暗点尽量收敛蛰伏，近期非必要不再主动活动。”

“为何要如此？是什么地方出了岔子吗？”审事堂主事问道。

“不是出岔子，而是有人找岔子。近来诸多事情都有一股暗力走在我们前面，处处掣肘不如索性不动，待看清怎么回事后再做主张。”

“那洞庭湖之事怎么办？这个可是必要之事。”审事堂主事又问。

“这件事情我会让两河忠义社出面去查。唉，只是诸多事情发生后，也难保两河忠义社是可靠的。抑或他们本是可靠的，只是其中也出现了蛀枢的厉虫。”赵仲珥现在的感觉犹如枯叶落一片，处处是秋寒。

“王爷，我倒有一法子。两河忠义社那边你也派活儿，而捉奇司这边也悄悄出几个人同时进行调查。”李诚罡出了个更为妥帖的办法。

“捉奇司里可用之人各司各职，动了谁运转就要断链。虽有密杀、暗取的人手空闲，但这些人当不得调查此事的重任。”

“我去，只需给我几个护卫相随，我可急赴洞庭湖调查真相。”李诚罡猛然一下将折扇抖开，横在胸前。他神情十分坚定，再没有之前的慌乱和畏怯。

赵仲珥知道李诚罡这样主动要求，很重要的一个原因是要表示自己忠诚。毕竟关于杜字甲的事情他是最大的嫌疑对象，如若不能用实际的行动证明自己，这始终会是赵仲珥和他之间难以疏解的疙瘩。

赵仲珥微微笑着，目光从李诚罡的脸上转到他的手上，再从手上转到他的折扇上。扇面上是一幅正楷，抄录了范仲淹《岳阳楼记》的名句“先天下之忧而忧，后天下之乐而乐”。

停了一会儿，赵仲珥才用很理解也很愉悦的语气说声：“好！就让你去。”

当天晚上，李诚罡在一队精选护卫的保护下出了临安城，连夜奔往正西方向。

第二天一早，赵仲珥在花园四角亭见到两河忠义社的人，将一封书信和预付的银票一起交给对方，信里内容很简单，就五个字：“彻查李诚罡”。

袁不毂找到的最后一根丝线，是在沅江县东北的洞庭湖湖边。准确地说他这次找到的是一团丝线，被踩压在几支芦苇秆下面。不用细看就可以知道，这团线不是故意扯下挂放的，而是在慌乱中被芦苇秆绊拉下来的。线确确实实是丰飞燕做记号用的，但这团线不是要做记号。她当时应该经历着什么紧急状况，慌乱跌撞间才留下了这么个痕迹。

发现到这团丝线说不容易也容易。一路追踪而来，一行人最终到达茫茫大湖之畔，这里是一处混乱的湖岸，比任何一处湖岸都要混乱，遍地是异常痕迹。这团丝线就是异常痕迹之一，袁不毂查看其他痕迹时发现了它，算得上是必然结果。

这湖边原本有个用苇秆搭起的尖窝子（一种简易的窝棚，用苇秆搭成，圆锥形，只能半卧一人)，如今已经整个倒在地上。周围岸边的芦苇被成片地压倒、折断，苇花撒落满地。岸堤上零星的几棵树，枯叶飘落满地，树皮剥落满地。但无论满地的芦花、断枝，还是枯叶、树皮，都遮盖不住更为混乱的脚印。

大部分的脚印深深浅浅、歪歪扭扭，是在快速而纷乱的状态中留下的。只有少数脚印轨迹是直线，显得坚定而用力。脚印纹路显示所穿都是薄底快靴，非常统一。除此之外没有更多其他特殊痕迹，这符合江湖上做贼活儿的特征。再从脚印泥坑中的积水以及边缘泥土的软硬度来判断，这些脚印留下的时间并不长。

“有血迹，很少，散落各处。”舒九儿作为一个优秀的医官，最先发现血迹很是正常。

“的确到处都有，但都只一两点，应该是有人刻意清理过，只是在匆忙之间，又在野外，没清理得那么彻底。”石榴的思路是对的。

“有不少苇秆折断特征明显是箭射导致，还有那边树干和石块上，也有箭射痕迹。这里应该发生过一场规模不算很小的对射作战，双方加起来至少几十人。但是从脚印上看，移动方向单一，不像两方面对仗。除非……”

“除非有一方是在湖面的船上，这样所留痕迹才说得通。”死鱼接上袁不毂的话头，涉及水上的情况他肯定懂得最多。

“确有可能是船上与岸上的一场对射，但也不排除其他状况。”袁不毂并不肯定，因为在他眼中有一些现象是对应不上的。

“这些脚印脚尖重、脚跟轻，是后退走法，看样子岸上的一方在节节败退。”小糖人是最厉害的山中贼，盗取沿途客商必须擅长辨别车痕足印，所以他的判断毋庸置疑。

“按理来说，船上的与岸上的对射，船上的一方很吃亏。船体不稳影响弓射，躲闪空间有限，还有船的进退和移动也远不如岸上快速。”死鱼不仅擅长操弄船只，还熟悉水战的情况。这要么是有以往经验，要么是将羿神卫的弓射训练与操船技艺融会贯通了。

“是的，所以船上的一方要想胜过岸上，弓箭手的数量必须是压倒性的，弓射技法也要强过岸上，特别是在稳、快、准这三点上。”袁不毂总是从弓射技法上来评判结果。

“船上的一方或许三点都做到了，不仅射杀了岸上的所有人，而且是在极短时间内完成的，因为岸上的脚步移动变化很少。这倒和黑袍客的风格有些像。但他们杀光人后还处理了尸体和现场，这又和黑袍客的风格完全不同，黑袍客是只管杀不管埋。”小糖人说道。

“野外之地，偏僻水岸，还颇为细致地处理了尸体和痕迹，要么此地非常重要，要么船上之人踪迹不能暴露。”舒九儿医行之外的事情知道得竟也不少。

正说着话，袁不毂像是突然发现了什么，往旁边急走几步，视线快速从岸上石块移转到芦苇，再移转回湖面。

走圈线

“对了，湖面上的船借助了一道屏障，就像架起面盾牌。对攻范围中有很多箭射轨迹无法最终形成两点连接，正是为了避开中间屏障，或者是被屏障挡住了箭支。”这正是袁不毂之前觉得对应不上的现象。直到说通船岸对战后，他才悟出自己瞄出的一些连接不上的虚线应该是有一个屏障导致。

也就在这个时候，袁不毂瞄到了那团丝线，就在屏障遮挡的范围内。丝线并非刻意挂放，而是急切中绊挂下的，也就是说对射当时或者对射开始之前丰飞燕就在这里，发现自己遭遇危险后还有过快速逃避的过程。但她有没有逃出，又逃到哪里，他如今却不得而知了。

“这丝线和丰姑娘的记号线一样嘛，啊呀不好！那尖窝子要是她搭了住这里等我们的，不就正好落在这场对战中了吗？而且是在对射的主道中。”石榴傻乎乎地实话实说。屏障为盾遮挡的是最重要的部分，这范围中的射道无论能否射到目标，都是攻击最密集的主射道。

“小糖人，你看看有没有女子脚印？”死鱼朝小糖人喊道。

“看不出来，脚印太乱了，大小区别又不大。”这话倒是真的，丰飞燕的一双大脚和男子差别不大，确实难以分辨。

“你们看这些直行脚印，踩踏时略带侧向用力，应该是在拉什么东西，而且都是往湖边去的。”舒九儿根据人体特征看出点线索。

“拉尸体呗，把被射杀的人处理掉，最方便的做法就是扔进湖里。”石榴边说边抬手指指湖面。“死鱼，要不你下湖捞下，看看有没有丰姑娘的尸体。”

死鱼没有接话，而是狠狠地横了石榴一眼，这是责怪他没心没肺说话太扎人心。其实不管是袁不毂，还是他们两个和舒九儿，都曾和丰飞燕一起出生入死，那种死里逃生的共同经历，会让些莫名的情感下意识地积存在心里。更不要说丰飞燕对袁不毂的那份情感付出了，就算是个铁石的心，都会被敲打出些水波的纹。

“你们来看看这道痕迹，好像有些特别。”舒九儿的招呼及时化解了尴尬。那一处痕迹确实特别，不是脚印，而是一个洞眼——长圆形，一端还有条细缝。

“是弓头戳的。”袁不毂一眼就能肯定。但到底是什么弓，还需要进一步查辨究竟。于是他抽出腰间解腕尖刀，从洞眼中间切下，剜开半边湿泥，露出整个洞眼的侧面。

“雕喙弓，是蒙古人！”袁不毂的思绪立刻将所有迹象贯连起来，由洞眼开始往后倒转，一幕幕映入脑海。

一个使用蒙古雕喙弓的箭手用力拉着一具尸体往湖边走，脚下一滑，赶紧用弓撑下地，稳住自己。

这个箭手是从船上下来的，船是从湖面上突然出现的，并且一出现就对岸边一群人发动攻击。岸上的那群人或躲或逃或反击，留下杂乱脚印，压倒大片芦苇。

岸上携带武器弓箭的人是徒步快速跑到湖边来的。在他们到来之前，丰飞燕正走向湖边。

丰飞燕是朝着湖面上一个物体走去的，而这物体正在朝着即将成为对射屏障物的位置移动。

突然，一个褐色影子从苇丛顶上无声地滑飞而过，才在袁不毂他们眼中出现就又斜飞往上。那影子双翼展开后颇为硕大，但飞翔的姿态竟可以轻盈得像围绕灯火扑扇翅膀的夜蛾。

除了死鱼，所有人的视线都随着这褐色影子往远处移动，极力想在它最终消失之前辨认出那是个什么飞禽。死鱼并非没有看到那个影子，只是没有追着看。影子刚刚从他们头顶扇翅拔高远去，他就听到了一种很容易与水波拍岸混淆的声音。

“有水声！”死鱼发出警示。湖边听到水声最为正常，但死鱼发出警示肯定是听到了有异于正常水声的水声。

所有人马上散开，各自找合适的掩身位置。而湖岸之上可用来掩身的位置并不多，石榴和小糖人直接平趴在地上。死鱼索性往前去，半身入水半身藏于芦根间。袁不毂脚下一挑，把倒下的尖窝子挑竖起来，挡在自己身前，再拉舒九儿，将她藏在自己背后。

舒九儿虽然不是第一次遇到类似的突然情况，但仍是显得非常紧张，将身体紧紧贴在袁不毂后背上。若不是袁不毂身上穿着皮甲，那一对起伏柔胸紧贴背部的感觉，肯定会让他心神全乱，连应对危机的能力还是否具备都难说。

直到异常水声离得很近了，他们才看到船。这是因为沿湖岸的芦苇荡绵延得太长，左右两边的视野很受局限，所以沿湖边行驶的船不到很近的范围内，岸上人就只能听到船行声而看不到船。也正是这个原因，之前在这里对战的双方才会遭遇得全无征兆、无法躲避，岸上的一方甚至连一点作战的准备都没有。

湖面出现的是一艘不大不小的平头弧篷客船，配单帆单橹，非常专业，篷高舱宽，行驶平稳，是很舒适的短途客船。

当这船划行到正对尖窝子的湖面位置时，袁不毂之前瞄出的虚线变成实线了。没错，之前那个被利用的屏障应该也是一艘客船，丰飞燕看到客船后应该是想和上面的人交流些什么。但就在客船靠岸、丰飞燕走向客船的过程中，岸上的一帮人出现。丰飞燕感觉状况不对，跌撞着奔向湖边客船。就在岸上那帮人也快赶到湖边时，客船的另一面又出现一艘船，并且以客船为护盾朝岸上那些人发起攻击。

"瓢儿把子哪边指，汤里筷子挑的啥？"躲在水边芦根间的死鱼最先看清来的是艘客船，而且船上只有一个人，于是用水上船家的行话发出询问，大概意思是问对方从哪儿来到哪儿去，跑到这里干什么。

"绕锅边捞油的，找个不见的勺子。"对方回答的意思是他是沿着湖边行船送客挣钱的，到这里来找一条丢失的船。

"你们这是颠扣了槽子还是撞上了鱼齿？"客船上的人反问了一句，意思是——你们这样子是行船遇险还是遭遇水上盗匪？

"找同桨的，也找对篙的，正好跑到这里。"同桨的是朋友，对篙的是仇人。这客船上的人至少不是仇人，所以死鱼自己先现身，然后招呼大家都出来。

客船也靠了岸，船上的人个子不高、尖头尖脑，一副身材很是宽厚，就好像横着长的。他常年行船风吹日晒，拥有非常黝黑的肤色，黑得以至于无法看出实际年龄来。

袁不毂向船上那人表明身份。对于忠厚百姓来说，官家身份是可以得到更多信任和帮助的。

“各位官爷，小的是岳阳城顺水船行的挂帆老大朱满舱，走圈线挣脚钱的。因自己帆下有条客船送人未曾到点，所以出来寻找，看是否因什么意外暂停在哪处岸边了。”朱满舱见是遇到了官家人，赶紧自报身份、目的。

宋代船行是一种自发的民间组织，而非真正的商家店铺。这种组织的主要作用是按一定规矩和范围分配水上资源，货船、客船、渔船各取其利。所谓的挂帆老大就是掌控其中某一种资源的头领，朱满舱掌控的是客运资源，但只能沿湖岸搭乘，说白了就是以船代步、沿途停靠，就和近些年的乡村中巴性质相似。这其实算是船行中最差的资源，其他走湖中叉线运货送信送急客的，或者霸住一处水面打鱼捞虾的都比这实惠。干这个营生帆下（船行中分配后的分支以“帆”称呼）需要多条船才能运转，收入却有限，搭乘这种客船的大多是家不殷实又走不动远路的体弱之人。

“你这名字好玩，人家都说粮满仓、鱼满舱，你是朱满舱，这猪应该满圈才对，哈哈哈哈。”石榴觉得自己找到了很好笑的笑点，但其实除了他没一个人觉得好笑。

“走圈线挣脚钱可是没的大发头的，丢条船那得赔得滴血。”死鱼对内湖内河的船上营生也颇了解，否则刚才他也不可能会用船家行话与朱满舱交流。但其实江河湖泊的船家和海上渔家区别很大，也不知道这一套他是从何处学来的。

“我可置不起太多船，是一些兄弟带船入我帆下，我这营生才运转起来。现在莫名丢个兄弟丢条船，我怎么都得找回来呀。”

“那就难怪了，能自带船入圈线帆下的，一般都是其他帆缆断了。要是前底儿淘不干净，出事一点不奇怪。不过这样一来挂帆老大的罪责可就大了，难怪你会独自出来寻船。”死鱼说的话只有朱满舱能听懂，所以他尴尬地点点头。

“死鱼，你把话说清楚点，别搞得鸟叫一样光喳喳不明理儿。”石榴表示了抗议。

见其他人也都用疑问的目光看着自己，死鱼只能赶紧解释：“走圈线挣脚钱本大利薄，能自带船只做这营生的，大多是犯了事走投无路的人。所以用这些人之前一定要把他们以往老底了解清楚，拿住可控制他们的把柄要害。否则哪天这些人在圈线上再起贼心犯凶事儿，拿不到人罪责就都得由挂帆老大承担。”

“所以见有客船没能回去，朱老大就独自出来查找。一旦真出了什么事情，在没有其他见证人的情况下朱老大更好处理。”袁不毂一下就猜到朱满舱的意图。

“嗯。这个应该不会出啥事情。圈线上没有大财路，本就没处去的人就算见到大财路都不敢下手，取了没命花的。”

入湖去

朱满舱这话倒是真的。入了船行，不管你之前什么来路，只要坏了规矩，首先挂帆老大就不会放过。挂帆老大要是不能要了你的命，整个船行都会来要你的命。

“有没有可能不是人祸而是水难？”死鱼理解朱满舱的话，所以替他换个思路。

“也不可能，虽然洞庭湖水域复杂，确有诡异之处，但只是在老君庙、鳌山角、沉鱼湾这三处连线范围内。近些年来老君庙处最是莫测，有人传说是太上老君将他能吸万物的金钢琢丢在了那里，丢个船像抹个影儿一样。但是水有水流道、船有船行道，这三处只涉及湖中和北圈线，与我南圈线毫不搭边。”

朱满舱说的水流道和船行道在行船中是非常重要的，特别是宽阔无参照物的水面，航行方向基本都靠观日头和循水流来指引，阴天不见日头则必须循水流道走船。影响水流道的因素很多，有本身的水势走向，外来注水的起落变化，还有温度风向的变化。所以走圈线的挣钱少，走叉线横穿湖面的挣钱多，那也是靠冒险和经验获取的。这种情况直到元朝以后发明了牵星术才有改善。

“你的圈线最终是到哪里？”袁不毂问道。

“我的南圈线绕洞庭湖南线湖岸，终点是在岳阳城西门外的小鱼码头。”

“这西门是不是岳阳楼所在的城门？”舒九儿问道。

“是的、是的，楼在城上坐，人如湖中游。”

如果圈线终点是在如此热闹的地方，他要想找到自己遗失的船只还真是不能沿着圈线走。没有一个杀人凶手会带着杀死的人和抢来的船往那种地方去。

“你找船不能沿圈线找，真要出了事这船肯定不会再留在岸边。朱老大，若是从此处往湖中去，可行的流道能有几个去处？”袁不毂开始将话头往自己的目的上引导。

“这处水面看似平静，但只要往湖中行一里多就会出现多流分支。但在这些分支水流里行的船并不多，因为其中有两条支流可达封江营和镇远营。这是军中船道，平常百姓要不是非常必要一般不会走。然后有一道可去东台镇，这是个热闹的镇子，来往的大多是客船。但是这年月能自己走的都尽量自己走，走不动的也是骑马坐车的多过坐船的，所以每天也跑不了几条客船。”朱满舱说起流道和湖边情况如数家珍。“再有一道是去往十二总，十二总是本地州县协守的陆上军营。去那里的船有给他们运送粮草需用的，也有自己运货做交易的，算是官家民间共用的水道，但实际上走的船也是不多。”

洞庭湖沿岸总共有二十四总，都是人数三四百的小军营，不过全部集结起来也是实力很强的一支军队。表面上这些营总是配合周边州县治安和防御，实际这里又不是边关和军事要隘，根本不需要布设这样密集的军力。其主要作用还是为了湖里的那些水军营盘，起到一个外围哨岗的作用。一旦出现针对洞庭湖水军的陆上攻击，他们又是最前沿的阻击。

“还有吗？”舒九儿旁边问了一句。

“什么还有吗？”朱满舱没明白。

“还有其他流道吗？哪怕是没去处的。”

“还真的有，有一道在洗脚凳就停了，还有一道在积云荡散了。洗脚凳是湖中极小的一个小岛，正是因为太小，才起这么个名字，意思只够坐上面洗个脚。积云荡是一片离岸挺近的水面，因为有沿岸树木、大石和芦苇包绕，大量水汽会在此处聚积，整天地雾昭昭、灰蒙蒙。”

“朱老大，你要找船肯定得往这些地方去。这样，你把我们带上，我们帮着你一起找，顺带着我们也找找自己的朋友，还有官家差事也得一并完成的。”袁不毂很委婉地表达了自己想搭船的意图。

“我可不急着往湖中间去。不见的客船要进了军营或镇子，我根本不用往湖中走。如果真是去了洗脚凳和积云荡，我一人一船也不敢去，出点意外连个拖尸回家的人都没有。”朱满舱絮絮叨叨的，其实是拐着弯拒绝袁不毂搭船。

“这里刚刚发生过对仗，可能有很多人被杀死扔进湖里，我们必须马上进湖才能追上凶手，所以无论如何还请你让我们搭船。”袁不毂只能透露些这里的情况，让朱满舱意识到自己这些人所办是急事、大事、死了人的事。

这回朱满舱没有马上回话，而是趴在船舷探头看看水面，再提鼻子闻闻，最后很肯定地回道:“水面没有血色，也没有血腥味。至少在这湖边水下不曾有尸体扔进。”朱满舱竟然能凭着嗅闻血腥味来判断水下有没有尸体。传说成了精的鳖对血气最为敏感，而他尖头尖脑、宽肩厚背的样子也真像个成了精的老鳖。

袁不毂眉头微蹙，并非因为自己的说法被朱满舱找出问题，而是朱满舱的说法让他发现又一个和客船有关的情况。这里被射死的尸体并未采取最简单的处理方式扔进湖里，那么极有可能是被扔在客船上面拖走了。那么客船上除了尸体还会不会有活人？处于当时那种紧急状况下的丰飞燕有没有可能躲到船上去?

“官家进湖办案，现在开始征用你和你的船。你如若拒绝，与贼匪同罪重办。其实这样更好，我们就拿你回去交差倒也省力省事。”舒九儿弯秀眸微微一笑，俏唇轻启，吐几句清脆快语。

听到这话后朱满舱恨不得拉他们几个上自己的船，官家差役强加罪名拿人交差的事情他没少见。现在自己带他们进湖也就是多绕些路、多费些力气，要是不带他们，自己就得被当作罪人押进衙门，打板子坐牢都是轻的，强扣个罪名命搞没了都有可能。这么掂量下肯定是前者划算。

南宋时的洞庭湖，整体面积是现在的几倍大，现在洞庭湖周边的小水面、小河道原本都是在洞庭湖范围之中。就好比前面提到的洗脚凳，经过八九百年的水道淤积和地理变化，如今可能已经成为湖岸上的一座小山或矮坡。正是因为那时的很多淤积和地理变化始于水面之下，加上九穴十三道潮进潮出的作用，不可避免地形成众多水道暗流。

这些水道暗流也好也坏。若熟悉其规律走势，可借其力道控船、行船，确定方向方位。若不懂其中规律走势，或者走错行岔，那就犹如进了山林中的迷魂道，转着圈儿再难走出。而且水面之上无法做记号，也没有参照物，连原路退回都不行。更有甚者会渐渐往更加凶险的水域移动，陷入人船瞬间无踪的诡异之地。这状况比迷魂山林更加可怕，完全由不得自己。你能动时不知往哪里动，你不能动时水流会帮你动，但肯定是往要命的地方去。

袁不毂他们很幸运，遇到个朱满舱，他熟知洞庭湖水域流道的程度远远超出了大家想象。

当船一入多条水流道分岔区域，朱满舱顿时没了圈线挂帆老大的怯懦样，一股神气自内而出，挺直的身躯便如镇邪的撞柱立在舵位上。低舷高篷的客船本不适合在乱流高浪中行驶，一遇岔流中忽斜忽横的暗力很是难控，但这客船在朱满舱的摆弄下始终稳稳当当，只有轻微起伏。

“先往哪条线上走？”朱满舱问一句。

“往积云荡。”舒九儿抢在所有人之前指定方向。

“为什么？”死鱼对舒九儿的决定感到奇怪。

“杀人的人肯定会往没人的地方躲藏，杀人的人如果还有一条大船，那么最有可能是往没人去且看不清楚的积云荡。”舒九儿作为一个医官能给出这样的推断挺让人意外。

“你这是官家人的想法，做贼的可能恰恰相反。小糖人，你凭良心说，要是你的话会往哪里走？”石榴竟然也学会了换角度思考问题，这和以往的他差别太过明显。

“舒姑娘说的积云荡是个躲藏的好地方，一般盗贼都会选那里，兵家和六扇门剿匪捉贼也首先会想到那里。所以聪明的贼不会选积云荡，如果是我的话，我会走十二总。”

“为什么？”死鱼又问。

“十二总的水流道上有军船有民船，无论杀人的船是哪种船，都不会被别人怀疑。而十二总是陆上军营，主要针对陆上的检查和防御，就算有怀疑也无法对湖中的船只进行盘查，所以哪怕是在这条水流道上来回地走，都要比其他地方安全。”

“没错，这才是贼匪最佳的做法。难怪都说聪明的贼总是混在人群中，最聪明的贼则是混在官家里。”石榴赞了小糖人一句，显得他也是很懂贼道的。

“确实有道理，但我们还是应该去积云荡。”袁不毂说话了，“因为我们要找的不是杀人的船，盏茶之间就将岸上那么多强手杀光的一艘船，我们这几个人找到它又能做什么？”

袁不毂这说法其实是有些违心的。作为一个优秀的箭手也好，还是官家的游击守备也好，发现弓射实力超强的船只，还有蒙古雕喙弓的痕迹，他肯定有极大兴趣和责任去确认到底是怎么回事的。而他刻意避开这艘杀人的船，其实是为舒九儿的安全担心。

“为何仍是要去积云荡？”舒九儿微微撇嘴一笑，便如一阵清爽湖风撞入袁不毂怀中，让袁不毂蓦地从心底生出些惬意的酸麻感。

袁不毂把脸扭转向湖面，或许这样才能从舒九儿无意间给予的美好感觉中走出来:“我们要找的是在对战中充当了湖上一方护盾屏障的船，对战结束后这船应该被用来装了尸体，朱老大没有发现水下有抛尸痕迹正是这个原因。而丰姑娘无论是死是活，都应该是在那船上。”说到这里袁不毂心里刚刚的美好感觉一下荡然无存，一种难以言表的郁闷和心痛充斥了全身。

“没错没错，杀人的人是不会带着杀人证据的，而是会尽快处理掉装满尸体的船。他们只需将装尸体的船带入水流道，就算没有帆桨力道，水流最终也能将船带到他们指定的地方。而积云荡的确是个抛弃尸船的好地方。”朱满舱是走圈线的挂帆老大，见多识广，所以非常赞同袁不毂的想法。

“对呀朱老大，我们说的这船会不会就是你要找的客船啊？”其实其他人都想到了，就是没有像石榴这样直冲冲地说出来。

朱满舱这才意识到真有这样的可能，顿时把个脑袋一耷、嘴一撇，就像个被生生晒死的老鳖。

“不管是不是，都得找到了、看过了才算数。好在我们的目标一致了，那就抓紧赶过去吧。”袁不毂这边确实需要抓紧，一艘只有尸体的船在茫茫水面上漂荡。如果丰飞燕真在这船上，长时间靠不了岸又没有救援，饿也都会饿死。

众人只感觉脚下漂荡一下，有种横飞出去的感觉，是朱满舱猛然转舵从杂乱的水流道中脱出，直蹿进另一条婉转快速的流道，这是去往积云荡的起始段。

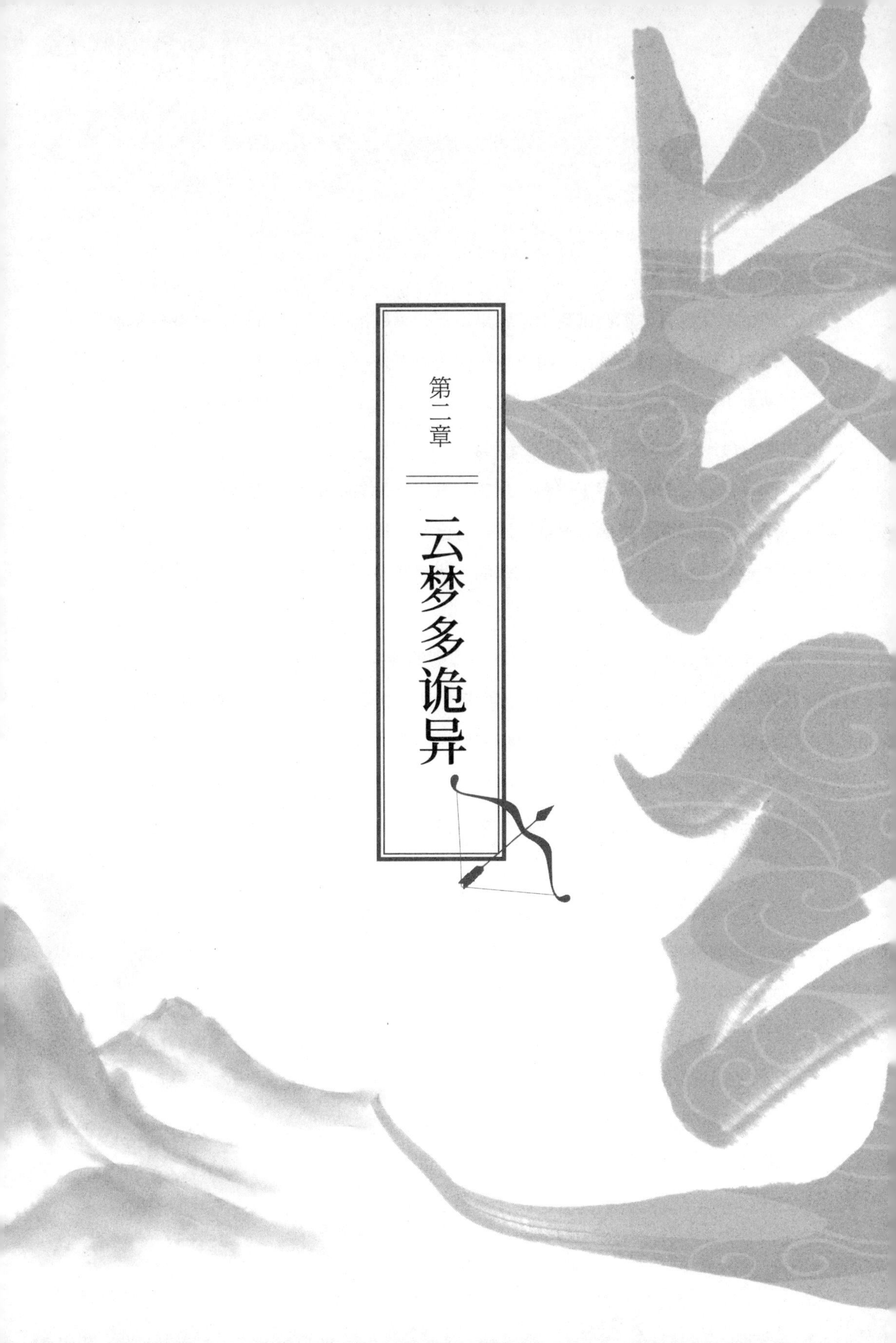

第二章

云梦多诡异

后羿诀

丰飞燕应该不会饿死，但如果不及时采取措施，会在饿死之前死于鲜血流干。她眼下的确是在一艘全是尸体的船上，也的确是在河边那场对战之后被拖上船的。之所以还没死，是因为中了一支别人以为已经把她射死的箭，她被当作尸体和其他尸体扔在一起。

是湖上的凉风将丰飞燕吹醒的，醒来之后更加难受，疼痛、害怕、恶心全都涌来。她刚费尽力气推开压住自己的尸体，船一晃就又有另一具尸体翻落过来再压住她半截身子，翻落的尸体面青眼白，就凑在她的脸旁，吓得她一阵剧烈挣扎。

挣扎让不大的客船出现一阵不规则的摇晃，这很容易引起别人的注意，特别是以为船上全是尸体的人，所以旁边缓慢同行的大军船上有人把头探出舷窗，仔细查看这装尸的船因何而动。

幸亏伤口的疼痛让挣扎停止，发现自己仍在流血的丰飞燕再不敢乱动，而此时客船也正好碰到水下什么东西跳动了一下，掩盖了之前因挣扎导致的摇晃。

“看什么呢？”一个长了络腮胡子的水军执桨长问道。

“看那挂船晃荡几下，以为是有没死透的活转过来了。”探头的军卒回道，“细看下又好像是碰到暗障子了。”

“死人活转过来，亏你想得出，自己吓唬自己。”执桨长嘴里这么说，但也探头往下看了一眼，而此时下面客船恰好又跳动一下。“确实是碰到暗障子了。这里的船道设得窄，只够我们战船过去，旁边多挂条船肯定会有些磕碰的。”

客船闯入对射战场，恰好被当作了军船的掩护屏障，双方的乱箭不仅将船上船夫、乘客全部射死，还在船篷上留下无数洞眼。从大军船上面往下看，离得太远没法通过洞眼看到什么，但是下面的丰飞燕离洞眼近，可以通过洞眼看到探头探脑的两个水军。

“是宋军，这是大宋的水军？”丰飞燕看出两个军卒的头盔和衣甲都是宋军装备，于是挣扎着“喂！”了一声，但失血后干涩的嗓子只发出声怪异的低音，而且刚刚出声就牵带了伤口，袭上脑顶的疼痛将声音戛然截断，所以甲板上的两个军卒虽然也听到了声响，但最终只以为是船体摩擦在了什么东西上，这次连头都懒得探一下。

疼痛稍缓，丰飞燕逐渐平静下来——既然旁边的是宋军战船，那么自己只要说明身份就可以得到救助，现在最重要的是处理自己的伤口，把血止住。

箭射在胸肋交接处，是别人以为会死的位置，但是丰飞燕比别人丰腴许多，而且长期趴压在绣架上劳作，会让胸肋部的皮肉更加丰厚结实。即便这样，射中的箭也直到撞断两根肋骨才被卡住，没有继续往内脏中钻，因此丰飞燕才会特别疼，才会不停流血。好在她的意识始终清晰，不是那种内脏受损后意识很快模糊的状态。

在猰貐坟脱险之后，丰飞燕曾帮舒九儿处理过伤口，有点这方面的经验。再加上箭伤不影响双手动作，伤口又是在够得到的位置，这些都是没让丰飞燕失血而死的重要条件。不过她实在没有勇气将箭支拔出，而是用随身带的小剪刀将露在肉外的箭杆一点点铰断，只留了半指长的一段。这过程虽然尽量轻手轻脚、小心翼翼，但仍是让她疼出满身大汗。然后她拿出针线盒，将箭头连皮肉带箭杆缝牢。

缝伤口的疼痛牵带了箭伤的疼痛更加折磨人，丰飞燕索性连声音都发不出了，只能大口大口地倒吸凉气。全处理好之后，她又闭眼喘息了好一阵才缓过来。她的针线技艺无人能比，皮肉包紧着箭杆再无血液渗出，但这样子只能算暂时处理，时间长了会导致伤口发炎和肌肉坏死。另外一旦再次发生撞击，会把箭头推入更深位置伤及内脏。

她从旁边尸体上撕下些布条在身上严严实实地裹了几道，尽量固定露出的箭杆，同时也不让断骨出现移位。这个完成之后，丰飞燕才把身体试着动两下，觉得没有太大问题，便开始从尸体堆中一点点挪出，往船篷外面挪去。

“呀！”当丰飞燕用胳膊撑着上半身侧落在客船前甲板上后，她干涩的嗓子里终于发出摆脱了一堆尸体后的愉悦欢呼。这一声在空空茫茫的湖面上漂荡，仿佛一只孤鹗掠过水面时发出的惊鸣。

丰飞燕在甲板上把脑袋左右转了下，没看到之前贴紧同行的大军船。不知道什么时候那军船已经离开了，就留下这条装满死尸的客船随波漂荡，一会儿直，一会儿横，一会儿快，一会儿慢。

丰飞燕把身体抬起，湖面上能看到零星几堆芦苇，还有飞鸟的影子在水天相接处飞翔，看样子真的是一只孤独的鱼鹗。

朱满舱操控的船很稳，在水道流动力和偏帆风力共同带动下，船速并不算慢。但是湖面太大，水道曲折，一个目的地不走上半天一夜是到不了的。

波平船稳，水路漫长，于是无事可做的袁不毂拿出了杜字甲临死托季无毛转交的淮王金字圭。这东西到他手中有些日子了，直到现在他才第一次能够有闲暇来认真琢磨下。

淮王金字圭所录是不是关于山水局相的秘诀，袁不毂没能琢磨出来，正面的金字他根本就没能看懂，也不知道是用的什么字体刻上去的。金字圭反面的一篇竖列文字，袁不毂倒是认识的，而且一下就看懂了，因为那内容是与弓射有关的。

“后羿诀：一静射，开弓如山、箭射如虹。二突射，意料之外、意识之中。三拦射，抢位预杀、自行自灭。四追射，顺逃之向、直箭其后。五迷射，借光借暗、迷视再杀。六绕射，偏射绕行、避障击藏。七摧射，重弓强势、所向披靡。八潜射，不知箭处、难逃杀戮。九惊射，惊心破胆、即动即杀。十无射，无处不在、无孔不入，无射即射、无杀即杀。”

袁不毂口中反复默念后羿诀，眼前渐出幻象，现出十个灼毒太阳烘烤大地。而他站在裂土枯河之间，弯弓搭箭正对太阳。他已经给予了最后的警告，十个太阳仍是没有把他放在眼里，继续嬉闹嘲笑于他。

第一箭目标平静，他射得也平静，因为没有一个太阳认为他敢伤害自己。所以这一箭弓拉得恰到好处，劲强速疾。一个太阳落下，其他太阳都呆住。这瞬间，第二箭很突然地被他射出，正中离得最远的那个太阳。

余下的太阳开始四散逃跑，第三箭，他没有射太阳，而是射在一个太阳惊慌逃走的路线上，那太阳在急逃过程中正好撞上这支箭。

第四支箭，他从背后射中试图远逃的一个太阳。箭是直对逃走方向射出的，这样前面在逃的目标无法回头或转身察看，也就无法躲避。

第五箭被他从光影迷乱的角度射出，被射中的太阳无法看清眼前状况，更无法看清迷乱中的箭支。

第六箭略有弯曲，箭头、箭羽两边轻重大小都有些差别，箭支绕个弯射中躲到扶桑树后的一个太阳。

第七箭直接摧毁海边大山，他将躲在山后的一个太阳射落。

他射出第八箭时，余下太阳正忽左忽右地乱窜。它们忽然间找不到箭手了，不知道箭从哪里射来，也就无法知道该往哪里逃走。于是有个太阳在乱窜间直冲暗藏的箭头而去，几乎是面对面地近距离被他射下。

第九箭弓弦声响之后，太阳疾速侧向躲避，但只有弦响没有箭。当它正诧异怎么回事时，真正的第九箭到了，太阳坠落。

天上只剩一个太阳了，袁不毂呆呆地看着。第十箭射不射？若要射，这无射又该怎么射？

“不毂、不毂，你醒着吗？”轻柔的声音带着若兰的气息，将袁不毂从燥热干枯的幻象中拉回四面临水的现实。

“怎么了？”袁不毂没敢转头，因为舒九儿的脸离他很近，几乎是搁在他的肩膀上，他再扭头很有可能会鼻子碰到鼻子。

“我觉得我们得防着些朱满舱。走圈线的大多是犯了大事或得罪大势力后走投无路的凶徒，能把控这样一帮人的挂帆老大肯定不一般。”

“这个我想到了，我已经让死鱼盯着他。水上操船的道道，我们知道的都比不过死鱼。朱满舱要玩什么花样的话，他肯定能看出来。”袁不毂轻声回道。

“不只是操船上玩花样，行船水道上也有可能玩花样。我瞧着他好像并没有完全按水流道走，而是根据其他指引在走。”舒九儿抿了下嘴，以示此事的重要。

“其他指引？你从哪里看出的？”

舒九儿手指偷偷往船头前方指了指，那边空中有个褐色影子在飞翔，很像是在朱满舱出现之前从芦苇顶上掠过的那只飞禽。

袁不毂凝神眯眼，仔细看那影子。那个不大的影子就像个神秘的精灵，在天水之间灵动地飞舞，一会儿从粼粼波光上飞掠，一会儿连续扑扇直冲天上，一会儿转个大大的弧形直滑而下，快要落入水面时突然一个折转又往旁处飞去。

“那是什么？”袁不毂回头问朱满舱。

“你问哪个？”朱满舱的表情有些茫然，也有些不自然。

“前面那个飞着的是什么？”袁不毂站起了身。

“那个呀，是……不对！抓稳！”朱满舱没把话说完，那船便突然间一跳，随即猛然斜向加速，并且在加速中渐渐打横过来，船身也大幅度地往右倾斜。这对船舷低矮的客船来说是相当危险的。

船体走势的变化让人不由自主地往右前方滑动，小糖人反应快，抱住了一根篷柱，随即伸手拉住了舒九儿的胳膊，否则舒九儿肯定会直接滑到角落去。石榴没人给拉一把，就连滚带翻地到了舱底的右前角，一路从身上零零碎碎掉落不少东西出来。

朱满舱和死鱼原地未动，两人都是极好的船家，对于水面上出现类似的紧急状况都有自己的应对办法。朱满舱本就攥着舵把，加上预先瞧出了船体可能发生的变化趋势，及时调整身体重心保持了平衡。

死鱼则是径直往桅杆贴靠过去，脚下一挑将帆绳头子拿在手中，再甩绕一下，他就已经和桅杆缠在一处。这是海上行船的惯用技巧，海上浪大时根本无法靠自身力道保持平衡，只能使用固定自己的方式。

袁不毂也原地未动，而且没抓住任何东西来保持稳定。船体打横并倾斜的幅度并没有让他觉得比站在斜架的圆木上困难，更没有在屋顶瓦面上困难，特别是那种削磨过的竹瓦。在目前的状况下，他不仅能站稳，还能开弓射箭，就像站在圆木上瞄准一条无形的线拉锯一样。

尺沉礁

“水流道中有挡子，把流向变了。”朱满舱说的“挡子”是船家行话，是指水下的暗礁、暗堤、拉索、挡网之类的东西。就在他说话间，船体又轻跳一下，应该是再次撞到了挡子。这还幸亏朱满舱船控得滑溜，吃劲半收半放。要是个半吊子的舵把子，遇到个硬挡子说不定一下就能把船撞翻。

“不要强扳，顺着势头颠瓢。”死鱼是行家，马上提醒道。

“那是肯定的，没摸清底下什么挡子就强扳，不是翻锅就是破锅。”船家喜欢把船比作锅呀瓢呀的，因为这确实是他们挣吃挣喝的家伙。朱满舱说的“翻锅”“破锅”就是撞翻船、撞破船的意思。

“势头稍缓些后，你把瓢悬一下，我们摸一把底下挡子，看到底是什么东西。”死鱼很是好奇，如此浩荡的水面，流水道又相当宽绰，可不是一般挡子就能改变流势走向的。而且这水底挡子应该出现得不久，否则朱满舱这个在湖上走圈线的挂帆老大不说走过，至少也该听人说起过。

朱满舱没有说话，只是很认真地微微转动舵把，将打横的船身慢慢调整过来。随着船身逐渐与流势对应，侧偏的状态也恢复过来。

小糖人松了口气，放开拉着舒九儿的胳膊，也放开抱住篷柱的手臂。石榴一骨碌爬了起来，知道自己滚倒的姿势太难看了。

但是就在这时，船身突然再次变向，比刚才更快更急。这一回不仅石榴重又跌倒滑向角落，连舒九儿和小糖人也都跌滑出去。三人滚到同一个角落，石榴比刚才更狼狈。小糖人的屁股正好坐在他的脸上，舒九儿的脚又踩在他扶住舱壁的手指上。手指的疼痛让脸变形，屁股的重压不仅让脸变形，还把他想发出的痛呼生生堵住。

船在很小的旋转幅度中整个掉转过来，速度很快。但更让人不可思议的是，转过来的船竟然在水流道中逆流而行。这情形即便不懂行船的人都能看出，没有一身过人的操船绝技是绝不可能做到的。

“啊！阴半舱、逆流行！”死鱼爬起身后轻声说道。

“什么意思？”袁不毂好奇地问道。他始终都盯着朱满舱，而朱满舱除了瞬间单手从旁边绕绳桩上拉起一根船帆的附绳外，整个人几乎没有一丝改变，双脚依旧牢牢站立原地，另一只手依旧牢牢握住舵把。

“舵把推为阳转、收为阴转，一般阳转比阴转更难控制。而不管阳转、阴转，一把舵整个地掉转头尾都叫转半舱。他这个朱满舱估计不是真名而是外号，应该是阴转、阳转都能操控，所以叫满舱。”死鱼解释给袁不毂听。

朱满舱听到死鱼的话后笑道：“呵呵，你果然是行家，但是多想了。朱满舱真是我父母给起的大名，要是用个满舱做外号，我都觉得砢碜。”说话间舵把微动，船帆侧偏，船在刚才流水道改变方向的位置附近不停晃荡。由于船无法在流动的水道中完全停止，只能以这种晃荡的状态尽量减小移动的幅度。

死鱼松开绕住自己的绳子，但手里的绳头依旧抓紧。他两步纵跃到船舷边上，脚钩住船舷内侧，身子向外侧整个探下去，直接把上半身都探到了水下。

时间过得挺长，在流动的水道下面要想看清楚些东西不太容易。直到袁不毂担心死鱼倒挂入水时间太长无力上来准备过去帮忙拉一把时，死鱼才翻出水花直直地把身体抬起收回。这姿势必须利用水的浮力和自身强劲的腰腹力量才能实现，没有超凡的水性和技巧是做不来的。

死鱼上来后先甩头喷气将遮眼的水滴和鼻中存水去除，然后开口说个：“行了。”

朱满舱似乎就在等死鱼这句话，马上全身一松。他的身体一松，船便如摆脱了羁押的奔骡，连旋带颠地顺水流道急漂，犹如快速且顺畅地滑入一个低谷。

“水下有暗挡子，是乱石叠起的。”死鱼知道大家都急于知道下面情况。

“有暗挡子！不是沉船？”朱满舱很惊讶，看来这个结果出乎了他的预料。

的确，如果是一艘大型沉船，那倒不算太奇怪。洞庭湖连接诸多江河，水势变化很是复杂，就算在平静顺畅的水流道，也可能会出沉船意外。再有之前朱满舱说的三处诡异区域，以及它们之间的交夹范围，更是经常会有大小船只失踪。失踪的船一般都会沉入湖底，在湖底暗流的推涌下，移动到某处水域、挡住某条水流道是很正常的现象。

但现在挡住他们的不是沉船而是乱石垒起的暗坝，就太过怪异了。因为石头不会自己跑到湖里来，不会在湖底移动，更不会叠垒成暗坝，所以只可能是人为的，而且是需要花费巨大人力、物力才能完成的工程。

“不是沉船、不是意外，而是人为刻意改道，意图阻挡别人去往积云荡。”死鱼很肯定地说。

“那倒不至于，洞庭湖湖面浩荡，积云荡水面也颇为宽广，一处水道暗挡子虽然能改变水流方向，但走过一段之后，绕个弯还是能进积云荡的。”朱满舱否定了死鱼的判断。

“所以别人并非不让人进积云荡，而是不想让人走原来的路线进积云荡。”舒九儿坐在舱板上说道。她怕站起来仍会摔跌，索性坐着，更加稳当。

“朱老大，能不能回到原来的水流道线路上？别人想要掩藏的，说不定正是我们要找的。”袁不毂话说得客气，其实就是命令。

“只要你们不怕往祸头上撞，哪怕是湖里精怪的睡窝子我都带你们去。”话没说完，朱满舱手中的舵把、绳头一起动，船立刻偏转方向。看样子他倒是比谁都要迫切。

很快，船头出现连续的跳动和偏转，这是摆脱水流道时，船身与水流偏向撞击才会出现的现象。这现象持续时间的长短，决定于操船者的技艺以及对湖中水道的熟悉程度。

客船很快就摆脱水流道，恢复了平静。但失去水流道的推力后，船行变得极为缓慢。要是湖风再弱一些，他们的船几乎要静止在湖面上。如此缓慢的行驶往往能发现更多情况，比如船底摩擦的声响，比如船真的停了下来。

“又碰到挡子了。”听到船底摩擦的声音，朱满舱很平静地说道，看来他已经想到会出现这样的情况。“这也就是我的船吃水浅，否则得被这挡子拖住。”就在朱满舱说出这话的时候，客船完全不动了，感觉是一下顶住了什么，船身显得很是沉重。

“这次的挡子应该不是暗坝，而是有东西挂住你船底的零碎了。”死鱼说完拿起船舷边的钩篙，探入水中拨弄。他没敢像之前那样探身水底，可见平静水面下可能存在的危险比流道中的更加可怕。

听了死鱼的话，朱满舱脸上微微泛红。死鱼之前探身到水下不仅看清了乱石叠垒的暗坝，还看到船底设计。不过死鱼没有追问，肯定是觉得那些设计很是正常。于是泛起的红色未及消褪，他的眉头就又拧紧了。能将这些看成正常设计的人，熟悉的恐怕不只是行船打鱼了，应该还有劫船杀人。

没人关心朱满舱的表情变化，都看着死鱼能从水底挑出些什么。死鱼手中的钩篙一下就挑准了地方，但是水下的东西太过沉重，即便借助水的浮力他都无法挑出水面。

石榴赶紧过去帮忙，抓住篙尾一起往上用力。钩篙像弓一样弯曲了，一侧的船舷被两个人运力踩压得都快灌进湖水了，水里的挡子这才被挑上来一点点。就这一点点，已经足够他们看出那是用多个半沉浮桶悬铺于水下的钢网。因为可以始终保持在水面下一定的深度，所以这整个装置被叫作“尺沉礁”。

尺沉礁很重，又绊住船底，是没法完全挑上来的。但只要它能露出水面一些，他们看到网与浮桶的系扣所在，并将其卸开，那么钢网就能落下水底，摆脱对船的纠绊。但是这里的尺沉礁有些不一样，并非整张大网铺挂水下，而是五张小网呈梅花形相连。按理来说这并非坏事，因为除了浮桶上的系扣可解，中间连接点的系扣也可以解，而且中间的点一解五网全落。

“别动！撑住！别再挑了，也别让网沉下水。”袁不毂高声提醒。他不仅看到了钢网，还看到了弩箭。

所有人顿时紧张了，不知出现了什么问题。而袁不毂此时无法做出解释，他发现的是一个随时都会要了他们命的装置。

钢网被挑出了水面，而且正好是五网的连接点。但这个点并非简单的系扣连接，而是用环形弩连接的。这种弩其实应该算一种机关，弩弓整个呈圈形排列，所有压好的箭由浮球压板统一控制。圈弩一旦出水，浮球升高会让弩箭发射。但他们如果立刻将钢网重新放回水里，水面推动压板一样会让弩箭发射。

圈弩上朝向客船的至少有五支箭，其中三支差不多是正对的。挑起钢网的死鱼和石榴首当其冲，不仅距离弩箭近，而且是用力持篙的姿势，无法快速丢掉钩篙躲避。更何况一圈弩箭射出，往旁边躲闪仍是会遭到其他箭支射杀，所以他们两个现在只能一动不动，全力保持现有状态，等其他人想办法解救。

保持目前状态，就要使劲挑住钢网，这样一来船身受力太大，左舷过度倾斜，舷沿已经有湖水漫溢进来。这要是短时间进些水也无所谓，时间一长湖水持续漫入是会有沉船危险的。

“余下人全都往右舷靠，压住船身！”朱满舱边喊边调整船位，让船整个往挑起的钢网那边移过去，这样可以尽量让左侧船舷的吃力往中间分摊一些。

“我们得有人过去将弩机解了。”袁不毂说得没错，现在他们需要先解弩机再解系扣才能脱身。但是解弩机比解系扣更加危险，浮球和压板稍有起伏就会导致弩箭发射。而解弩机的人必须靠到圈弩跟前，一旦发射，所有正对客船的箭都会在一臂长的距离里射中解弩机的人。而且多个人压到左舷并探身出去，肯定会让船身倾斜更加厉害，湖水将更快更多地漫进船舱。

解网扣

朱满舱将船身再偏移了一些，然后才开口回道:“只能这样了，过去解弩机的人动作要快。虽然现在这样子进船的水会少些，但时间长了船仍是会沉的。”

他说这话的意思很明白，解弩机的人不仅需要稳稳地不让浮球和压板触发，而且还要和漫进船舱的湖水比速度。

“我不行，手头稳不住，而且对着那箭也紧张。”小糖人首先打了退堂鼓。他本该是最适合解弩机的人，那浮球和压板的系绳绳扣他是最了解的，而且经过水泡的麻绳绳扣会很紧，只有他那能够打开子母锁的精巧手法才能稳妥解开。

“或许我可以过去把弩上箭支摘下来。”小糖人觉得自己的拒绝有些说不过去，所以想采用另外一种自己有足够把握的方法解决。

“圈弩上的箭支重量平衡，摘箭支更容易触发发射。”袁不毂虽然是第一次见这种水中圈弩，但在造器处中的见识让他对此武器的功用非常了解。

“能不能快点？我们撑不住了！”连石榴都说撑不住了那是真撑不住了，弯曲的钩篙已经出现了微微颤抖。

“我来解，你在旁边告诉我怎么解。”袁不毂果断做出了决定。他相信自己有足够的稳劲，但是需要小糖人给他讲解该怎么去做。采取这方法时间会延长许多，而且要右舷少个人、左舷多个人，能否比过湖水漫入的速度很难说。

“这个、这个，我可以告诉你是什么绳扣……”小糖人其实心里仍是不愿意往弩箭头子上凑的，但是袁不毂不等他把话说完，就已经抓住他手腕一起朝左舷缓滑过去。袁不毂需要知道的不是什么绳扣，而是解开的方法和步骤。

船的晃动加剧了，特别是在往里漫水之后。水面波动加剧了，特别是船的晃动加剧后，钩篙的抖动带动着钢网抖动，船的晃动和水面波动加剧后，同样使得这两种抖动越发明显。几种不稳定累加起来后，袁不毂面对的难度已经超过在鲔山夹子堡放那只盛酒的碗。而比夹子堡更加凶险的是，他还要快速解开自己并不熟悉的且被水浸透收紧的绳扣，一旦失手就会命丧当场，这是手法和心理的双重考验。

"浮球上的是双圈扣，必须先解开上面的半扣，然后一手固定住上面系绳，另一手拉动绳头就能解开。"

袁不毂憋住一口气，在抖动中找到最合适的时机，按照小糖人的说法一步一步稳稳出手，全然不顾漫入船舷的湖水已经将身体浸透。

"解开了，下一个。"袁不毂借助说话时机，转换下憋了许久的气息，这也说明他正好用了一轮换气的时间就将浮球的绳扣解开了。

"压板上是绕搭扣，共绕了四道，是正、反、反、正。你得将扣环拉松，然后一个个绕搭退出才能解开。"

袁不毂舒展一下双手手指，像第一次抚摸女人胴体一样搭上绳扣。其实他还从未真正抚摸过女人胴体，是否能够掌控好这种感觉真的很难说。

"快点呀！我要撑不住了！"石榴又喊一声。他没说假话，钩篙抖动得越发厉害了。而死鱼始终没有发声是因为已经无法发声，撑住的一口气息一旦松脱，整个身体的运力状态便会彻底崩溃。

"必须撑住！否则会害死不够的！"舒九儿在说话的同时不顾一切地冲了过来，伸手去抓钩篙要帮石榴和死鱼。因为这时一旦松下钢网，圈弩动作，所有指向客船的箭都会射在袁不毂一人的身上。

问题是舒九儿这么一动反而坏了事，船身一下倾斜得更加厉害，湖水快速灌入船舱，袁不毂探出的身体往下没入水面。更可怕的是随着船身倾斜，死鱼二人勉强撑住的钢网也会随之往下沉落，已经退出一个绕搭的压板绳扣，也将会随着袁不毂的身体没入水中。

“再撑高一些！”小糖人看出情况不妙，再不能让钢网往下了，于是也移步过去帮着抓住钩篙。

朱满舱立刻松开舵把，一个转身到了船身右侧，并且尽量将身体往舷外够出。他是想用自己身体当压砣减小船身倾斜，另外，一旦圈弩触发，船尾舵位会被斜对客船的箭支射中，他这样子可以躲避随时都会射出的弩箭。

袁不毂人已经完全没在了水中，只有一双手将绳扣托举在上面，但压板仍是距离水面越来越近，并且是以一种不可阻止的趋势。

“嘎嘣”一声脆响，钩篙断了。钢网轰然落下，倾斜的船舷猛然弹起，抓住钩篙的四个人都跌了出去，另外一侧的朱满舱差点被甩出船去。只有袁不毂随着这弹起的船舷抬起身体，并稳稳地站在船舷的边沿上。

水花四溅，波起浪打，客船横向激荡而出，船底的纠绊摆脱开了。

弩箭始终不曾射出，就在钩篙断裂前的一点点时间里，在眼睛无法看到绳扣的状态下，没入水中的袁不毂竟然凭着一股稳劲和巧劲，凭着之前对整个绳扣结构的记忆，解开了压板上的系绳。

而更让人难以置信的是，就在钢网落下的瞬间，他竟然以连射般的速度，以刚才解开绳扣时触类旁通的技巧手法，将五网的连接扣也解开了。这样一来不仅弩箭未能射出，客船也脱出能行了。

“把船控好，当心还有其他装置！”袁不毂虽然解开了绳扣，但是心有余悸。他知道自己能够成功主要靠有个小糖人，再有，也是运气不错。同样情形若再重新来一次的话，他都不能保证自己还能够做到。

“应该还有。尺沉礁是水军营寨用的防御器物，不会随水流漂移。而防御器物成片布设才有效果，能遇到一个就可能会遇到十个、百个。”朱满舱赞同袁不毂的想法。

“有没有能辨别尺沉礁的痕迹特征？”袁不毂提出的这个问题是继续行动

的前提。

“怕是没有，这边的水面太过平静了，装置又在水面下，很难通过痕迹发现装置的存在。”死鱼摇着头。

“不一定、不一定，哪怕水面再平静，只要有异物存在就肯定会有迹象显示。只是有些迹象不够明显，非一般眼力可以看出。”朱满舱不同意死鱼的说法。这也不奇怪，死鱼的本事是海上练出来的，海上水深浪高，水面下藏点东西真就像没有一样。湖面上却不同，越是平静越容易看出差异。

“一般会有怎样的迹象？”袁不毂追问。

“水面下无物，水波一致，呈圆鳞状。水下若有大面积的物体，此处水面的水波会呈尖鳞状或偏鳞状，就像湖水拍岸一样的形状，只是幅度很小，波动极快，很难区分。如若水面下有带尖带角的装置，波纹则会出现间歇的断线。”朱满舱的回答再次显示他是个不同一般的挂帆老大。

“好，你只管行船，我来看波看线。”袁不毂没想到辨别的方法竟然如此简单，就和自己在铜钱湖上辨别水下怪流一样。有所不同的是这里水面宽广，迹象更难捕捉。

船帆一转，客船继续前行，袁不毂挺立在船头，眯眼瞄线仔细辨别周围水面。他现在所做的事情其实就和军船上的瞭子兵一样，只是更加细致、更加微妙。瞭子兵要看的是湖上船只、水势，而袁不毂是要在茫茫水面上查看形状异常的波纹。

异常的波纹真的有，但是不多，远远近近地分布着，排布得也很不规则。波纹的形状很多，并不像朱满舱说的那么简单。也可能朱满舱只是说的大概形状，而袁不毂从中区分出更多的种类。

形状的区别虽然很细微，但只要有区别，就意味着水面下挡子有所不同。这不同可能是因为大小，可能是因为形状，可能是因为布设的方式，但袁不毂发现了更加重要也最容易被忽视的一点，就是这些挡子的方向和位置全然不同。方向和位置不同，经过的水流就会不同，因为这些都是和水流有关的，所以方向也是出于利用的目的而确定的。

袁不毂拿出羿神卫做暗活留记号用的炭棒在甲板上圈圈点点，把自己发现波纹异常的位置角度都大概标了出来:“这里的尺沉礁好像排设成了一个颇为奥妙的布局。知道其规律路线的，可以到达目的地。不懂的要么被尺沉礁困住，要么在一些特定位置顺水流从中走出，再回不到布局里面。”

舒九儿很认真地看着袁不毂画出的圈圈点点，而且是转着圈地看，推开其他人更换不同远近高低的位置看。蓦地，她冲过来一把夺去袁不毂手中的炭棒，趴在袁不毂画的那些圈圈点点上一阵乱描。点与点逐个被连起，圈线转折回旋，这样乱描出的图案虽然看着很杂乱，但袁不毂一眼就看出舒九儿想要表现出的到底是什么。因为最终连出来的图案很像一张符图，至少是像符图的一部分。

“你看这与猰貐坟上的符图像吗？”舒九儿问道。她虽然见过猰貐坟的石刻符图，并且可能是几个人中记得最清楚的一个，但那毕竟是在仓促的逃命中，并没能完全记住符图的画法。

“不知道，我没记下猰貐坟石刻的样子。”袁不毂说的是实话，说话的同时看一眼小糖人。小糖人怎么都算是理水神坊的门人，说不定知道自己门中那个符图。

小糖人知道袁不毂这一眼的意思，微微摇了摇头，也不知道是在回答画出的图形和理脉神坊的符图不同，还是在说自己不知道。但他眨眨眼想了想还是开口说了句:“其实还可以和天上河的走势比对比对。”

这话提醒了袁不毂，他在箭壶山上看那天上河时是有所领悟的。虽然这宽阔湖面和山脊顶上的河流差得天上地下，但用挡子把湖中原有水流道阻隔引导成天上河那样的走势也是有可能的。

“我来看看，我来看看。”说这话时袁不毂竟然显出些紧张，是那种类似开箱见宝的感觉。连他自己心里都觉得奇怪，这种感觉是初次运用陌生技艺的好奇和无措，还是触碰到了身体中深藏的某些东西？

舒九儿很能理解袁不毂此刻的心境，有意无意地伸手扶住袁不毂左上臂，微微用力握一把，仿佛是将自己心中的温柔化作勇气与智慧注入袁不毂身体里。

“不对呀，这里有破口，这里也有破口。”袁不毂在符图上连续找出破绽，“都不对，天上河要是这样的话，肯定漏得没一滴水流到龙头卷子。”

“等等，让我也看看。”朱满舱突然探头过来。“你指的几个口子位置蹊跷嘞，前两个和第四个都会让船重新回到变向之前的水流道，第三个和第五个可以让船进到东北方的回岸水道。”

“进入这几条水道有何后果？”舒九儿问。

“顺水而走呗还能有什么后果？”朱满舱回道。

“不进入水道又会有什么后果？”舒九儿继续问。

“也没啥后果，看角度方向，只要不碰那些装置，应该也可以行到积云荡。”朱满舱说完这句后自己反倒有了疑问，“奇怪，这些装置既不是为了阻止别人行船，也不是为了困住别人的船，那会是派啥用场的？”

泥漂子

船上沉寂了一会儿，然后还是舒九儿最先开口：“积云荡情形特别，会引起很多人注意，要做什么大事应该不会放在这样一个容易被人注意的地方。倒是去往积云荡的路上不知有没有什么特殊的地方，而且这个特殊点很容易因为积云荡的特别而被人们忽视。如果有这样的地方，那倒有可能是做这些装置的目的。”舒九儿的分析就和她检查病症一样缜密。

“这一路真没什么特别的去处，湾静波平的，都是上好的渔场蚌滩。而且其中有大片的水面还是私水，日常都有人进出捞捕和巡视。”

“什么是私水？”小糖人插嘴问道，他对水上的事情知之甚少。

“就和私田一样，属于个人财产。”死鱼回答了小糖人的问题。

“这就是特别的地方！”舒九儿眼中灵光闪动。

“你的意思是这些装置是那处私水的防护网，不让别人盗捞那里的鱼虾蟹蚌？应该不至于，那是‘秽殡房’樊大善人的私水，精到骨子里的老东西肯定不舍得花钱设这些挡子。他情愿别人去盗捞然后抓住了数倍罚还，否则送官坐牢。”朱满舱觉得不大可能。

“有道理，而且这些装置要么是工程极大的暗堤暗坝，要么是军家专用的尺沉礁，都不该是民间财主采用的方式。”死鱼也觉得不可能。

“或许拥有私水的樊大善人并非一般财主呢？再或许这樊大善人被什么不同一般的人控制着呢？”舒九儿坚持自己的想法。

“那我们就逆势从这几个口子反向而行，看看到底会遇到些什么。”石榴好奇心一向挺强，但如此勇敢倒是少见。

“对，咋回事只有亲眼见过才知道。”舒九儿也同意石榴的建议。

“既然你们都这么说，那就走一趟呗。”朱满舱竟然爽快答应，这是最奇怪的。他是来找丢失的客船的，按理说应该顺流而行，现在却不惧冒险要逆流查看异常，明显和他的初衷不是一回事。

袁不毂还没有完全反应过来，船就已经顺着暗挡子设定的线路行驶起来。不过他并没有制止，因为丰飞燕如果真在运尸的客船上，那么有很大可能会被带到一些敌方不愿意被外人发现的地方。再有这种蹊跷怪异的地方，极有可能也是黑袍客的藏匿地。

船行了半个多时辰，才从舒九儿连线勾画的符图范围中转出来。这片范围其实不大，但是回旋路很多，需要来回折转。再有经过袁不毂点出的几处破口时花费的工夫也超过他们预料，他们原以为只要摆脱顺势水流继续在符图中行驶就行。而实际上对方选择这些位置为破口是有用意的，这几处水流都流势急促、暗力强大，再加上装置设得刁钻，只要有半分舵向偏差、一把帆力不够，这船要么滑入流水道再难掉头，要么就是撞在尺沉礁上。

他们走出符图范围后，状况并未得到改善。因为之前袁不毂目力所及只有那么大，但出了这范围仍然是类似的水下设有装置的波纹异常的水面。这也正是舒九儿勾画的符图看着像是只有部分的原因。所以接下来，袁不毂必须边瞄线边指示朱满舱操控方向，这情形肯定比之前有图可循艰难许多。

好在袁不毂在铜钱湖里瞄线走过筏子，在魂飞海子也瞄线行过木槽，在这方面算是很有经验的。另外这里水下各种装置虽然密匝曲折，但朱满舱的客船不大，在其中行驶还是颇为宽绰的，就算水险流急的弯头、涡头，回旋起来仍有很大余地。

“奇怪，布了装置后的水道是可以走大船的，难不成樊财主的那处私水被官府征用了？”

“具体能走多大船？货船？军船？”舒九儿问。

“估摸下应该可以走比军船还要大的船。”

“比军船还要大？什么船能比军船还大？”死鱼知道这句话背后影射的信息很多也很怪，那时候人们普遍认为军船已经是最为高大强悍的。

“有！就在这洞庭湖里，传说中的溺魂船。”

“溺魂船？”

“对，当年杨幺起事时曾在洞庭湖造巨船，三四层楼高，可容纳近千人。舱内装摇摆击水板，往来飞快。又设拍竿抛石，遇敌船可飞石击船。另外还有木老鸦、飞鱼叉、弩拿子等远射、投掷武器。此船当初在洞庭湖之上所向披靡，直到杨幺起事失败后才没了踪迹。有人说那船满载了金银财宝和杨幺的家属亲信自凿沉湖了。”

“已经沉湖了的船你说了啥意思？”石榴毫不客气地说了朱满舱一句。

“怪就怪在这里，偏偏有人说在湖里又看到这船出现。”

“大白天见鬼了吧。”石榴嘴巴一撇。

“你说得没错，真是大白天见鬼。这些人每次都是在大日头下见到那船的，不过只能看到个虚影。野猫坳的阴阳先生赵金盘说，溺死鬼不受阴阳时辰限制，只要有水就能魂游鬼漂，在白天的湖面上出现并不奇怪。所以人们就把这船叫作溺魂船。”朱满舱越说越诡异。

“你不会想打退堂鼓才故意编故事吓唬我们吧？真要是艘溺魂驾驭的鬼船，还需要这么些暗挡子、尺沉礁给它定水路？”死鱼一句话就点出朱满舱所说的破绽。

“也不一定。或许当初那船未沉呢，或许有人模仿原来船样子再造一只呢？”舒九儿说道。

“还有一种可能，此处水面下的种种装置是有人故意设下的套儿，就为捉住传说中的溺魂船。”袁不毂的思路又换了个角度。

说话间，朱满舱操控客船又逆势闯过一个水道破口。而此时太阳已经偏西，天光开始暗淡，西坠斜阳在湖面上洒落的波光却显得越发耀眼，如层层金鳞一般。但也有局部湖面是没有一点波光闪动的，哪怕日头的光亮再灼烈，那位置始终都阴阴沉沉，死灰中带些暗绿。

“那是什么？”袁不毂问，大片没有波光的阴沉处是他瞄线中出现的意外。

“那是泥漂子，由流水道带动的淤泥天长日久在此聚集而成，而且早晚会与湖岸相连，将湖面缩小并分割成多块。”朱满舱知道袁不毂问的是什么，因为面前水面唯一的不同之处就是那片阴沉地。

“我们现在是在泥漂子偏靠湖心的一头，所以这里都还是淤泥。看着上面有些草绿植物覆盖，实则人踏上就得下陷。满布白苇的另一头沙土已经硬实，很多捕捞船家行到那里可以靠上去搭野灶烧煮食物。当地人把这种硬漂子叫作捞家灶。”

“捞家灶那头是不是已经靠近湖岸？”袁不觳问。

“离湖岸还有一段距离，否则船家又何必在这里搭灶做饭？直接回岸上就是了。”

“像这样的泥漂子湖面上多吗？”袁不觳再问。

“怎么说呢，大的泥漂子土实地硬后成了滩涂、洲地，可以与岸相连分割湖面，其实已经算不得泥漂子了。小的泥漂子只有几丛芦苇，哪一天潮大浪急就可能不见了踪影，其实也算不得泥漂子。再有一些水面下的浅滩，虽然范围很大，常常搁浅不熟水系和夜间强行的船只，但没有出水面只能算作暗滩，不能叫作泥漂子。这样算下来，整个洞庭湖之中像这样能靠船搭灶的泥漂子也就可数的十几块而已。”朱满舱的啰唆解释，足以让人心中知晓洞庭湖中水系复杂、水形多变。

“其实泥漂子在治水行中叫作淤盘子或淤坨子，像这湖面之上，平坦的就叫淤盘子，若淤盘子与水岸相接，逐渐积聚成堆成坡，那就叫淤坨子。淤泥随水流移聚沉积，造成水面分割、水流改道。天长日久，很多的淤盘子、淤坨子最终会远离水域，成为陆岸上的地块土坡。”小糖人怎么都算得理脉神坊的传人，相关知识多多少少还是知道些的。

“淤盘子、淤坨子？玉盘坨！”袁不觳一下联想到这个名字，莫鼎力先前以为自己会死，把追查的细节全部告知他时，多次提到玉盘坨。

没人注意到袁不觳顺口溜似的嘟囔了什么，注意力都在小糖人这边。小糖人接着在说:“淤盘子、淤坨子一般都是在大水势的尾端或侧端出现，像这种宽阔湖面，则应该是水下暗势头形成的。这样形成的淤盘子、淤坨子会逐渐影响水道水势，将其分岔或者偏转。”

话刚说到这儿，舵位上的朱满舱突然惊讶地吆喝一声:“你们看下，那端白苇后面露出一角的是不是栅墙？”

大家一起顺着他所指看去——随着水道转向，泥漂子上白苇遮掩的阴森墙体更多地暴露在视线中。众人借助夕阳的昏光看那墙体的确有些像水军营盘的栅墙，却似乎要比正常的水军营墙单薄，而且内外没有附加的防护。墙上旗幡破旧，雕斗塔楼构造也极为简单。越过栅墙看不到高大军船的船桅，这倒也可能是水营范围特别大，军船靠停的船坞都在远离栅墙的位置。或者这不是一个负有军事责守的水营，是作为其他军营辅助需求设置的。当然，也有可能根本就不是水营栅墙，只是水面上的一处隔断，与暗堤、尺沉礁类似的某种装置。

“这墙看着不算陈旧，建起的时间不长。以前都没听说捞家灶这里有水军驻扎，也不知道这水营是什么时刻添造的。”朱满舱的疑问别人可能不是非常理解。像他这种船行中的挂帆老大，不管是为了行船安全，还是有其他目的，也不管是道听途说，还是实际经历，这湖中的每一个小小变化都是有所掌握的。之前的暗堤、尺沉礁从表面上看不出来，以往凑巧碰到并顺利脱出的事例又少，没及时获取相关信息情有可原，但是一座水营的存在太过明显，没得到丝毫信息就有些奇怪了。

“要不靠过去看一看呗。”死鱼提议道。

“我们暂时还是不要与军家接触的好。”舒九儿说。行医之人最是谨慎，再有他们此番设计出来也确实不宜与地方官府以及军家有所交涉。

“靠不靠过去你们赶快决定，前面又有个破口，水流暗势比刚才几个更强，得提前掉转方向。”朱满舱在催促。

“我就说吧，淤盘子会将水势头偏转或分岔。这里应该是偏转，正好可以利用偏转后的水势做成个破口。”小糖人抓住机会炫耀自己睿智。

“过去，看看到底是怎么回事。”死鱼坚持要去看看。

朱满舱陡然掉转船帆，将手中舵把缓缓回拉，船身开始微微抖动起来，这是要从暗流劲道中挣脱出去，就在这时袁不毂突然喊声:“等等！”

驴粪套

朱满舱一惊之下快速反应，将船绕了个小圈，无法立马停止的船体采用这样的方法至少可以保持在原有位置周围移动，给下一步的行动变化留下余地。

“怎么了？不会真的天还没黑就见鬼了吧？”石榴口无遮拦，其实是之前听了溺魂船的事情心里闹腾，下意识间就表现出来。

“不是鬼，是活人！那边漂着的一节芦苇秆上系着五色丝，丰姑娘应该还活着！”袁不毂心中涌起的激动和兴奋也在下意识间尽情表现出来，此刻完全没了一个优秀箭手该有的镇定。

“这倒有可能，水下暗势往前，会在水面形成反作用的波向。只要漂浮的物体不大，达不到被水下暗势影响的深度，这东西是会往反方向漂移的。”死鱼的解释是在证明袁不毂的说法，否则其他人很难相信。因为所有目光都在往破口方向的水面寻找，但除了粼粼波光，他们再看不到其他什么。

只有袁不毂，先是凝神看到一段筷子长的芦苇秆，后面牵带着一根闪动多种色彩的细丝，然后又看到第二、第三段乃至更多的芦苇秆，之间都有彩丝相连。芦苇秆带着彩丝可以不让湖水浸没，在阳光照射下更易被发现。

这样的连接方式就像钓鱼线上的线浮，有没有看不见的钩子在下面挂着无从知晓。但是不管有没有钩子都无法左右袁不毂的决定，他很用力地朝朱满舱挥下手:“出破口，顺势往前去。”

莫鼎力到达岳阳城外时正好是午饭饭点，但他没进城吃饭，只是在南城门外买两个蒸饼、讨一碗汤水，坐在路边石礅上慢慢咬嚼慢慢嘬，眼睛却快速扫视路上过往的每一个人。他现在已经是个被通缉追捕的逃犯，城门口就挂着他的画像。要想进城，他必须借助些其他手段才行。

本来进不进岳阳城对他而言并没有太大关系，逃亡之人虽然越往热闹处越不会引起注意，但是城门口的兵卒捕快不是好糊弄的，天天各种人从眼前过，自然而然会把眼光养毒了。像莫鼎力这样的，就算再乔装得难辨相貌，举手投足间透出的气势仍是会让行家一眼瞧出不同。

他想办法要冒险进城，是因为在离岳阳城不远的一处捉奇司暗点获知，李诚罡竟然亲自赶来洞庭湖。这位李大学士是捉奇司第二号大人物，连他都出临安赶远活儿，肯定是出了什么重大问题或者诡秘难解的事情。

李诚罡来洞庭湖应该会落脚岳阳，所以莫鼎力也想进到城里。他觉得自己需要暗中和李学士联络下，首先是要把自己现在的处境解决一下。捉奇司的暗点能依旧给他提供信息，说明他和舒九儿演的那出戏，只从官信道或六扇门的捕信道传递了华蓥三城发出的协捕令。捉奇司还没将他列为背逆对象，最多也就是在验证查实阶段。所以，他直接找个捉奇司中做得主的人说明情况，可以最快最简洁的方式改善自己目前处境。另外他也想了解下李诚罡此来到底为了什么，是否和袁不彀追踪的黑袍客有关，或是与自己之前追查的真相有关。

莫鼎力的两块蒸饼咬了半天都没咬完，因为每一口间隔的时间太长，咬下的蒸饼块没有吃进肚里，而是吐在脚边。每一口蒸饼块都代表一双黑绒皮底扎靴，他追查的黑衣人每次出现都是穿的这种靴子。如果在人来人往的城门外偶尔见到一两双同样的靴子并不奇怪，但是脚边一堆的蒸饼块明确显示这不是偶然。而且所有靴子都是往岳阳城里去的，那就更不会是偶然了。

“进了三十二个，就算其中有碰巧也穿同样靴子的平常百姓，那同伙而入的也不会少于二十四个。这应该是一队人马，在这之前可能还有更多的已经进了城。”莫鼎力心中嘀咕着。

“根据暗点信息推算，李诚罡应该还没到岳阳。这些穿了平常装束的黑衣人抢先进入，要么是想设局对付李诚罡，要么就是想抢在李诚罡之前掌控住什么东西。”

莫鼎力扔掉只剩个边角的蒸饼，放下汤碗走向城门，想了想转头往来路方向走几步，但马上又停住。他忽然想到一个极为重要的问题：“李诚罡亲自出来处理事情，接的必然是重要的密活儿，行踪必须隐秘。可那些黑衣人又是如何知道他的行踪，并且提前进入岳阳城中的？看来捉奇司中有着听音的耳朵、漏风的嘴，并且在很高的级别，或者就在李诚罡身边亲信和护卫里，否则不会知道李诚罡的出行细节。”

有了这个疑问，莫鼎力便必须认真考虑自己该怎么办了：“自己是应该先混进城里设法查清这些黑衣人的目的呢，还是提前在路上拦下李诚罡给他告警？进城会有风险，搞不好没摸到黑衣人的尾儿，自己就先被官家人抓了去。半路拦下李诚罡告警，对他来说倒是没有风险，但谁又知道李诚罡走的旱路还是水路，是走东门还是南门。再有，自己告警之后同样有可能会被漏风的嘴暴露行迹，接下来不仅官府衙门会对自己进行围捕，有很大可能他还要遭到黑衣人的追杀。”

就在莫鼎力拿不定主意自己该怎么办时，远处有一群人走来——中间的人侧骑着一只黄毛小驴，戴着顶遮阳斗笠，周围十几个人随毛驴步行，看着不急不慌，脚下却不被毛驴落下半步。像这样的一群人，要不是江湖行家能够看出随行者的异样，都只会以为是行色匆匆的赶路人。

莫鼎力是绝对的行家，所以先注意的是那些随行人。这些人身形脚步一看就是练家子中的高手，实力都不在他莫鼎力之下。然后他才注意到毛驴上的人，并一眼确定那人正是李诚罡。

如果是在其他地方，莫鼎力肯定急步上前施礼叩见了。但此时此地他却未动声色，倒不是城门口人多眼杂，而是因为刚刚进去的那些“黑靴子”。黑衣人刚到，李诚罡也就到了，所以莫鼎力完全有理由觉得他们是要对李诚罡下手。这时候自己与李诚罡相认只是给对方多添一个目标，而隐在一旁倒说不定可以在关键时刻起到大作用。另外对方如果要对李诚罡暗中下手的话，必定会安排钉子坠尾，自己要能找出钉子并悄悄坠上钉子尾儿，说不定就能探到他们的巢穴将他们一锅端了。

李诚罡那群人从莫鼎力旁边过去了，和其他路人一样急促让开道路的莫鼎力像傻子似的转半个圈晃两下脑袋。也就在这半圈两晃间，他快速扫视了周边的几个点，找寻异常的脸色、异常的目光。莫鼎力是这方面的行家，知道钉子一般都不会直面目标，只有在目标过去后才会偷偷查看目标及其护卫的状态。

让莫鼎力失望的是他什么都没有发现，本该算是关键点位的城门口，竟然没有一个暗中盯住李诚罡的钉子。很有可能是对方已经知道李诚罡铁定是要进城的，且不可能改道其他道路和城门，所以撤了暗钉直接到城里做局等候。

想到这里，莫鼎力加快了脚步，跟上李诚罡那群人并保持在二十步的样子。

李诚罡那群人快到城门前的时候，有一人急步赶到前面。跟守门将官低语两句，并翻掌给他看了下腰牌，于是那将官立刻慌乱退后，并招呼手下兵卒和协查捕快让路。

李诚罡那群人风一般顺滑地进了城门后，莫鼎力赶紧快跑两步。就在守城将官重新移步准备横身将进城道路拦住时，莫鼎力在他眼前翻掌亮出自己腰牌，并低声简短说句：“保护李大人的暗卫。”

一个人最好的乔装方式就是装成他自己。莫鼎力本就是御前侍卫，无论是举手投足间的架势，还是说话的气势，都是御前侍卫的原版，手中的御前侍卫腰牌也是原版。再加上李诚罡确实就是在前面几步进的城，乔装打扮成暗中保护的侍卫滞后两步合情合理，所有一切都在佐证莫鼎力的真实性。于是，莫鼎力也像股风似的溜进了城。

莫鼎力进城之后却没见到李诚罡那群人，他们真像风一样消失了。不过莫鼎力眼珠一转马上就找到了风走的方向，这岳阳是大城，城门口带瓮城。要想很快消失在内外两道城门的视野中，除非在转过第二道城门后立刻再转，贴紧城墙内侧的道路快速离开。

到底是往左转还是往右转，却是个问题，好在左边道路上离城门不远有几块新鲜驴粪，这还在冒着热气的臭东西帮莫鼎力确定了方向。

李诚罡骑的黄毛小驴可能是有些跑肚，走不多远就又是一堆屎。这对于莫鼎力来说倒是好事，不用费劲就能盯上李诚罡。

当出现第四堆驴粪时莫鼎力觉出些不对劲，果断转身准备原路退回。就在这时，前面传来毛驴的叫声。叫声不高却带着些凄厉和害怕，是那种遭遇威胁后发出的。

这样的驴叫别人听到会快步离开，生怕祸事殃及自己，但是对于莫鼎力这样的追查高手来说，异常的驴叫带来的可能是转瞬即逝的线索。所以莫鼎力想都没想重新转身，急步奔到前面的路口，站在路口就可以看到毛驴，只是毛驴上没了李诚罡的踪影。

“不好！是个套儿。”只一眼莫鼎力就确定自己上当了。与此同时，有劲风刮过，几道身影交错扑来，竟没给莫鼎力留一丝挪让的空隙。

几道身影随便哪一个实力都在莫鼎力之上，不用费劲就可以将他一击而杀。但具备这样实力的几个人一同扑出，反不会是为了杀人，而是要将目标完好无缺地拿住。

系苇丝

莫鼎力清楚自己的处境，没有反抗，也没有机会逃遁。半盏茶的工夫之后，他已经像被捆了四蹄的驴子般横搁在黄毛小驴的背上。别人依旧在像风一样奔走，莫鼎力却只能听听别人奔走的风声和驴奔的蹄声了。

搁上驴背后，别人还马上给他盖了一件黑色长氅，这样子看起来就像在驴背上搭了个黑布口袋。莫鼎力无法看见自己在往哪里去，路人也无法看到黑氅下有什么。只要莫鼎力不出声，没人会想到这驴背上还捆了个人，而莫鼎力自己也真就不敢随便发声。他是个被通缉的罪犯，落在地方官衙手里不如落在李诚罡的手里。就算拿住自己的不是李诚罡的人，他也可以顺势接触更多自己想要探知的事情。

虽然眼睛看不见，但是莫鼎力能计算驴子的步数。根据直线步数加上拐弯次数，来确定最终的距离和方位。特别是在岳阳这样布局齐整的大城里，四门对正、道路有规、建筑有序，以莫鼎力的追踪定位术和获知的有关信息，推算出自己在城里的哪个位置点并不算难事。

“左走八百尺、拐右四百尺，此处有家脂粉店。再拐左五百四十尺，拐右九百七十尺，这好像是贴着西城墙内侧在走。此处有芝麻焦香，应该有家烤饼店，还有叫卖糖卷和煎糕的。这些小食在茶馆门口最好卖，所以这附近还有个大茶馆……”凭着这些条件，莫鼎力推断自己已经快到整个城池的东西轴线了。城池主街南北交叉，一般买卖货物的商铺集中在南北街，吃喝玩乐的店家集中在东西街。

“不对，怎么又左拐了？有牲口臭味和鱼虾腥气。这是又出了城吗？”这个推断让莫鼎力害怕了。

刚刚从南门进的城，里面遛半圈又从西门出城，这要么是发现城里有什么异常，直接穿城而过脱出别人的设局，要么是要把自己弄出城，找个没人知道的地方解决了。

“这是要去哪里？我要见李大学士！”莫鼎力再无法泰然处之，赶紧开口询问。

没人回复他，询问后得到唯一清晰的反应就是行进的速度加快了。

莫鼎力更加慌了，此时才真正意识到自己犯了个错误。以往无论在何种艰难境地中，他都会先抓住一两个保命的倚仗才采取行动，而今天绝对是被李诚罡误导了，没做任何准备就坠上他们。万一李诚罡正处于危险之中，他一出现立刻就会被当作刺客处理，李诚罡连他是谁都没看清；或者刚进城，李诚罡就和大部分护卫分头行动，而莫鼎力正好落在处理危机的护卫手中。

“我是莫鼎力。”莫鼎力报出名字，希望李诚罡听到，并且记得捉奇司有这样一个名字的人。至于其他官衔身份，他都不敢说，捉奇司的规矩，做外活儿不得随便向不清楚来历的人表明身份——是怕被人家顺势摸出更多捉奇司底细，更怕被加以利用从而对捉奇司不利。现在莫鼎力双眼看不见，那么周围所有的人都可算作不清楚来历的。

没有得到任何回应，于是莫鼎力又加了料:“我曾发回捉奇司一个齐云字样的图样。”依旧是没头没脑的模糊话，但他觉得从玉盘坨水根穴找出来的线索，到捉奇司后李诚罡肯定会看到。而如此重要且特别的东西，李诚罡怎么都不应该忘记。

还是没得到回应，莫鼎力只能继续加料:“前些日子我偶遇杜先生并一起去了毒疫源头。”

这次毫无反应后，莫鼎力怀疑李诚罡真的不在旁边，看来只能听天由命了。

“你挟持的钦差呢？把她杀了吗？”就在此时，有人问话了，声音确实有些像李诚罡，但与曾经在令房给自己派活儿时的李诚罡又不太一样，莫鼎力觉得这声音带着锋芒一般的寒意。

终于得到回应，莫鼎力松了一大口气，这意味了有回转的余地:“不是挟持，那是舒姑娘设的局，为了让袁不觳有正当手令出来追踪杀父仇人。”

“那么他们现在在哪里？你怎么没有和他们一块儿？”声音中的寒意消退不少，疑惑之意却是浓重起来。

“我眼下是个被缉拿的罪人，和他们一起会惹眼惹事，所以分开来行动。从脚程和路线上推算，他们一行差不多也该到岳阳附近了，也可能从洞庭湖西或南直接入湖——这得由他们追踪的痕迹来确定。”

“你能找到他们吗？我此趟来有重要的事情要查清，需要他们暂时放下手中事情过来帮忙。”

将袁不觳他们找来岳阳城给李诚罡帮忙，按理说有些绕圈子了。袁不觳已经是华鍌三城游击守备，不归捉奇司统辖。再有袁不觳他们目前行踪难定，捉奇司能不能找到他们是个问题，多久能找到他们也是个问题，找他们帮忙远不如直接从附近官府、军营和捉奇司各暗点调人来得方便。但是莫鼎力对于李诚罡的这个委派并没有产生任何疑问，因为他马上联想到之前发现的那些黑衣人。黑衣人的对仗实力以及运转能力早在均州就已经显现无余，而这之后只有袁不觳几次将其行动打破，真算得黑衣人的克星。若李诚罡所做事情存在黑衣人这一阻碍，让袁不觳过来帮忙确实极为合适。

“可以试试，怕就怕他们真的已经入湖。这湖上不同于岸上，难有踪迹可循，而且得有船只才能寻找。我现在是被缉拿的逃犯，怕是雇不了船也雇不到船夫。”莫鼎力提出的是实际存在的难题，他是绕洞庭湖半圈后到达岳阳城的。至少在这半圈中他没有发现袁不毂他们的痕迹，也就是说有一半的把握可以认定袁不毂他们直接入湖了。

“从现在开始你不是逃犯了，会有金披令通知各处官府衙门。至于船只船夫你也不用雇，可去千马涂的上善庄找樊惠丙樊庄主，需要什么他都会给你安排好的。”声音越来越像李诚罡的，语气却不像李诚罡那么宽厚，而是带着一种傲然。

莫鼎力默默回味刚才的话，没想到捉奇司的权力这么大。以往以捉奇司的身份出去各处官府衙门都会给钱给物给方便，但是出金披令解除缉拿令还是首次。看来李诚罡这次出来接的活儿的确非常紧急，否则不会动用如此特殊的权限。

连带着黑氅从驴背上慢慢滑落地上，莫鼎力动下身子，发现捆住自己的绳子不知什么时候已经松了。稍作挣扎脱开绳索，掀掉盖住自己的黑氅，待视线适应了，他往四周看了看，驴子已经跑远，自己已在城外——而且是城外的荒僻地方，连岳阳城的城墙都看不见了。

莫鼎力检查了一下，随身的东西一样没动，包括兵刃和暗器。李诚罡如果从一开始就已经认出莫鼎力的话，确实没必要搜拿身上东西；如果从一开始就准备把他带到没人的地方杀了的话，也同样没必要搜拿身上东西。

莫鼎力情愿相信是第一种情形。而不管哪一种情形，接下来都必须按李诚罡的吩咐去做，于是他站起身来，朝西面湖边跑去。

他不知道千马涂在哪里，但只要到了湖边就能打听到。就算无人能打听，他沿着湖岸走也总能走到。

莫鼎力到达洞庭湖边时，斜阳已然更低，映入眼中的是满湖闪烁的金鳞。

看着在水面鳞光中起伏着的芦苇秆，袁不毂的心情也激荡到了极点。他说不清这是一种怎样的感觉，是因为马上就要找到丰飞燕了，还是因为已经接近杀父杀师的仇人？

一只柔荑轻轻抚住袁不毂的手臂，有了这样温柔的触碰，袁不毂才意识到自己的身体绷紧得非常难受。而且舒九儿亲昵的抚碰并未能让他放松下来，反而又多生出种尴尬，就好像被妻子发现的正在偷情的丈夫，那种状况下爱的是什么、要的是什么，完全无法捋清。

“不用太紧张，丰姑娘吉人天相会没事的。”舒九儿很坦然地安慰袁不毂。

袁不毂轻轻摇了摇头，丰飞燕算得个幸运的人，遭遇很多危险都能化险为夷。但是一个人的运气是有限的，不会一直持续。否极泰来、泰久否至，当运道出现折转后，还想冲过险关那就得凭真实本领了。而丰飞燕的真实本领应该是无法应对刀箭威胁的。

“这一趟救回丰姑娘后，我得央求她给我缝一套嫁衣，别再闹出个啥事情让她跑没影了，整个大宋恐怕都难找到比她更好的绣丞。”舒九儿的话里有种半隐半明的意思，但仍没能转移袁不毂的注意力。

“其实吧，我倒觉得应该先去瞧瞧另一边的军营是怎么回事。这丰姑娘要没事我们去不去她都没事，要是有啥事情，眼睁睁看了反而不好。”石榴在旁边嘟囔着，听着还颇有道理。心理上未曾准备好面对的事情，暂时放在一边的确算个办法。

“她可能正处于危险中，恐惧、孤独、无助，这种时候哪怕是远远一眼，一声召唤，都能给她坚持下去的勇气。”袁不毂多次经历过类似状况，特别能理解那种处境下绝望的心情。他又回头朝朱满舱挥下手:“一直循着我指的方向走，速度最好能快些。”

朱满舱用力点下头，手上微微调整，船的速度明显提升上来，破开鳞光遍布的湖面，朝西北方向驶去。

系着苇秆的丝线很快就不见了，这一点都不奇怪。五色丝委实太细了，只要水流带动苇秆的力道大些，就会将丝线挣断。更何况他们的船逐渐走入一条两边都是泥漂子的水道，虽然很宽，但是走向曲折，苇秆带着丝线很容易被两边的泥漂子挂住。不过出现条水道也不算坏事，这样就不需要再找苇秆丝线了，顺着水道往前走就行。

“这地方有些怪异呀。”朱满舱降下船帆，把船速放慢，这一看就是老江湖的谨慎做法。

“哪里怪异了？”袁不毂赶紧问道，连朱满舱这个以洞庭湖为家为业的人都说怪异，那肯定是真的怪异。

“这位置以往没见有这么大的泥漂子呀，只可见几处刚能出水的苇草墩。而且你们看那泥漂子周围水色混浊，显然土质松散。偏偏上面芦苇、蒿草茂密，就像故意撒种长成一样。”朱满舱倒也不隐瞒，将自己所见异常如实叙说。可能是因为袁不毂他们之前表明了自己官家身份，让他觉得可以信任。

“如果确实是人为长成，你觉得是为了达成怎样的效果？”袁不毂继续问道。

“这个嘛，无非是要遮掩些什么吧。”朱满舱的回答其实大家都能想到。

“还有一种可能，让泥漂子短时间内形成，并且稳固、扩大。”小糖人是从理脉神坊技艺的角度分析的。

“对对对，留土扎堤。这个我听说过，以水中原有暗礁、明礅填石延伸，将水道上流经的沙土滤挡下来，然后在露出水面的土层上植草种苇，可以逐渐形成坚实土堤。这是利用自然环境改善水流水道的一种方法。”死鱼能说出治水的道理来很让人意外。他虽然谙熟水势水性，但都是海上技艺，和江湖河道有着极大的差异。

袁不毂眉头微皱一下，觉得自己好像在哪里见过“留土扎堤”的字样。只是他见到的字似是而非，如果不是死鱼提到这样一个名称，那是很难将那字样联系上的。

“也就是说这里的泥漂子就算是人为，那也是为了改善水流水道？”朱满舱觉得有些不可思议。

“也不尽然，反过来讲是同样的道理，这做法可以让正常水流水道出现凶险水势。但一般来说没人会这么做，都是尽量将水势趋好才对。不过这技法还有一种功用，就是圈围自己需要的水面。”小糖人并非要辩驳死鱼的说法，而是从这里的湖面环境来看，圈围水面的目的是最有可能的。就好比刚才他们远远望见的水营，或许就需要在这里围出一片适合军船训练的湖面。

“你说得太对了！”朱满舱之所以同意小糖人的说法，是因为已经从水流变化上看出前面有着蹊跷。他双手快速在褂子上蹭两下，把手心的汗擦干，然后将船帆重新拉满，再把舵把握牢——迅速调整状态是为了应对可能出现的各种突发情况。

朱满舱的一番动作无形之中制造了紧张气氛，让其他人都觉得马上要进入一片险恶的水域。而此时天色已经暗沉下来，西边的夕阳只剩浓郁的殷红。红色余光铺洒湖面，虽然再无刺眼鳞光，但仿佛泼满血的水色让人莫名生出种恐惧，不敢直视。

船绕过弧形的泥漂子尾端，轻滑地驶入一片平静宽阔的血色水面。这水面太平静了，曲折的水道缓解了水流的动力，两边的泥漂子阻挡了远处湖面延伸过来的波动，泥漂子上的蒿草芦苇遮掩了贴近水面的湖风。没有流动，没有波动，连湖风都感觉不到，这样的一片水域沉沉地接纳了夕阳的全部殷红，并与暗黛的水色混杂在一道，凝固成一种透着死亡气息的深沉。这感觉和九婴池非常相像，只是这里的水面宽阔得难摸边际。

“前面有船！”石榴低吼一声，就像遇到危胁的猛兽一样，有些紧张、有些兴奋，还有些好奇。

前面是有船，而且不止一条，有军船，有客船，有渔船，全无规律地静泊于湖面，一动不动。

“这些船死了一样，没一个人，也不动，是被水下什么东西固定住了吗？”小糖人也很好奇。

“不是的，这些船其实在动，只是没有湖风水波的推力，动得非常缓慢，以至于看着像是一动不动。”朱满舱纠正了小糖人的说法。

“但这船也真像是死了的，不仅没人，而且帆绳、舵把、斗梯上有一层泛白，应该是堆积的鸟屎。这些都是船上活动经常需要动到的部位，就算船上再脏，这些地方的鸟屎都是留不住的，除非许久不曾有人碰这船了。”死鱼这话针对的是离得最近的一艘军船。其他船离得远，众人看不清上面的情形。

“那边是什么？”舒九儿惊问一句，同时用一只手紧紧抓住袁不毂的胳膊，显得很是害怕。

“好像是沉船。”死鱼不敢肯定，因为此时光线已经很难看清远处泥漂子边一大堆一大堆的到底是什么。

“样子的确像些侧倒、扣翻的破船只，但是怎么会有这么多沉船都堆积到这里来了？沉船入水，再要出水非一般人力能为。而这里这么多翻沉的船不仅出了水，还搁上了泥漂子，真的让人难以置信。”朱满舱单就洞庭湖上的见识不可谓不丰富，但从来没听说过、更没见过这种事情。

“万船冢！传说中修蛇的捕食之处，所有沉船都会流聚于此。”舒九儿语气中透着股子凉意。

“修蛇是古代妖兽，被后羿斩杀于洞庭湖。要这样说的话，这地方倒真是有些诡异。前面那些暗堤、尺沉礁啥的，有可能就为了阻止别人来这个凶险莫测的地方。”石榴一颗心本就提着，舒九儿这么一说他马上想当然地附和。

“又是与后羿传说有关？”袁不毂心中嘀咕一声，“不要自己吓自己，如果之前的装置真是为了阻止别人来这里，那又何必用圈弩？阻人是为了让人活，而圈弩是会把人射死的。还有一点不要忘了，岔口处的水流是顺势往这边的方向，往水营那边反倒是断流头。”心中虽然也有疑惑，但袁不毂仍是极力用事实制止别人心生畏怯，否则没办法找到丰飞燕。

“进来此处的水道曲折蜿蜒犹如蛇行，就算此处不是什么修蛇食场，也不排除有人刻意利用了这个概念。”死鱼的思路比较客观。

“这倒有可能，你们看那军船，明显是未曾沉过水的，而且上面各种器具都齐全。除了看着脏一些，其他都和正常航行的船只没什么两样。”袁不毂道。

“这倒真是的，船上船帆锚钩啥的，全都是航行状态下的，而非泊船状态。三桅杆的船帆也都是升起的，只是无人操控而处于乱向的状态。”朱满舱旁边说道。

“要不靠上去看看。”死鱼的提议比以往都要大胆，是因为他熟悉水性和船只。要换作山岭荒漠，他断然不敢提出这样的建议。

袁不毂没有马上决定要不要靠近军船。这里死气沉沉的船很多，相比之下那军船船高壁滑的，比较难攀爬。而且从丰飞燕离开湖边的痕迹以及朱满舱寻找船只这事来推断，她最有可能是在一条客船上。

袁不毂还未做出决定，朱满舱就已经操控客船朝军船轻滑过去。他倒不是对那军船感兴趣，而是想利用这样的大船做遮掩，然后逐渐接近泥漂子那边成堆的破船，看看到底是怎么回事。

“咦，怎么有一截芦苇秆绊在军船上？”袁不毂终于再次找到五色丝系住的苇秆。但是这次找到的这一段不长，差不多双臂展开的长度。而且丝线是绊挂在军船舷箍的一枚大钉钉头上，苇秆拖在船舷下方接近水面的位置。

一般来说，制造船体要尽量保证船舷外壁光滑密封，少用连接和附加物。但是军船不一样，特别是配备攻杀装置的战船，都会在船头船尾以及外壁加装护角和舷箍。这些都是用重铁打造，大头铁钉固定。主要用于对战中的冲撞和防护。

“你是说挂在箍钉上的那截苇秆？别看离着水面近，但水涨船高，这个还真不是湖水送上去的。”朱满舱可能无法看清丝线，但垂直挂下原地不停打转的苇秆却是可以看到的。

“你意思是说船上有什么东西将漂浮在水面的丝线苇秆带上去的？”

“还有可能是水面上的人爬上船时带上去的。”朱满舱真正想说的是这个。“你没瞧见吗？挂了苇秆的位置正好是船舷软梯的位置。”

袁不毂抬头往上看，军船船舷上果然搭挂了一段软梯。这在正常状态下本该是要全部拉上去的，但不知出于什么原因，此刻留了一段挂搭在船舷外面。

“要不要上去看看？”小糖人问袁不毂。

袁不毂稍做下思考，然后才略带犹豫地说：“也好，就算上面找不到人，那还可以找些线索，就算找不到线索，那也至少有了条更稳妥的船。”

这个想法确实不错，周围的湖面诡异莫测，丰飞燕要是行动自如的话，应该找个更大更牢靠的地方藏身。另外袁不毂他们要想在这诡异湖面上保证自己的安全，也确实需要有个能冲能撞的大船才行。

“好的，那就上大船。”死鱼似乎早就在等这句话，“好”字出口的同时，已经是将客船上的钩篙竖起，钩住软梯用力拉下来。

软梯放下来后，小糖人第一个攀爬上去。这爬梯登高本就是他做贼的拿手活儿，而爬上去后查看虚实、辨别人迹，也同样是他做贼的拿手活儿。

小糖人刚上甲板，就已经从各种状况痕迹判断这是艘无人的船只。他知道这个判断结果不是袁不毂所希望的，不管找到丰飞燕也好，还是寻到黑袍客也好，首先得是在有人迹的地方。所以小糖人啥都没说，只是摆下手示意下面的人可以上去。

死鱼虽然不擅长走山路攀悬崖，这软梯却爬得非常顺溜。海船上软梯的使用十分频繁，爬软梯对于他来说就和走甲板一样随心所欲。

死鱼上去后首先检查了船的操控部分，然后检查其他重要部位有没有破损。最终发现这船除了有些脏，其他一切都是完好的。

袁不毂也抓住软梯往上攀爬，而就在爬到一半的时候，意外状况出现了。

血色是最接近黑暗的色彩，当天边一片血色，水面也一片血色时，黑暗随时都会猝不及防地来临。而今天这湖上应该有些特别，夜色推动黑暗来临时，人们都瞬间觉察到黑暗之中还有黑暗。

黑暗中的黑暗不算太黑、太暗，甚至还带着些淡淡的灰色光泽。黑暗中的黑暗来得很是强劲，就像股妖风，猛地摇曳而起，冲撞而来。黑暗中的黑暗像风更像浪，是呈一道弧线波形扩散开来，将平静的湖面颠簸出个深深的起伏。

客船和军船都剧烈摇晃起来，朱满舱赶紧将客船从贴紧军船的位置让开，避免两船相互碰撞摩擦。客船离开军船后，船身颇高的军船便摇晃得更加厉害，攀了一半的袁不毂随着软梯荡来荡去，几次重重撞在船体外壁上，差点把他震掉下去。

一轮弧波过去后，摇晃却未减缓，黑暗中的那团黑暗在移动、在靠近，而赶在黑暗之前的是两道破开的高浪，对直冲来，硬生生切在军船和客船之间。

所有人都真切感受到突如其来的异常，但是没一个人能看清黑暗中的黑暗，无从知晓这一切因何而来。所以即便快速来临的是某种危险，他们也都只能无措又无奈地等待着。

就在此时，一声尖啸紧追高浪而来。尖啸之后是一道疾速飞行的褐色影子，影形比平常鸟雀要肥大许多，但飞行的姿态轻盈且多变。

褐影竟然赶上了高浪，超过了高浪，掠过浪头，从两船之间的狭窄水面上穿插而过。这过程中啸声未停，听起来像是追赶鱼群的水鸟。

朱满舱在听到啸声的一瞬间，就像是有什么机括扣动了他的神经，整个身体触发式地一动，果断扳动船舵，船帆也陡然随拉动的帆绳摆转。

当褐色影子掠飞过去时，客船转向的趋势正好迎合了冲来的高浪，斜向一冲竟然跳上浪头，并在水浪之上滴溜地旋转一圈，然后依旧从最初的方向滑落浪底。

“全满舱，竟然是全满舱！”军船上的死鱼发出一声惊叹。他被朱满舱的操船技艺所震撼，连近在咫尺的危险都忘记了。

第三章

孤舟遇鬼船

遇鬼船

正所谓外行看热闹，内行看门道，朱满舱冲浪转圈的妙处也就只有死鱼能看出门道。之前他只以为朱满舱的满舱是头尾掉转的阴满舱或阳满舱，却没想到朱满舱竟然能做到旋转三百六十度的全满舱。这种操作方式可以在不改变既定方向的状态下躲让强势冲击，甚至可以在洪流潮头上逆行。非操船的顶尖高手绝不可能身怀此等绝技，能身怀此等绝技的绝不可能是船行里普通的挂帆老大。

“你们快看！那是什么？”小糖人的声音显得有些呆滞，这一般是在极度疑惑又极度恐惧的情况下才会发出的声音。昏暗中他的一双贼眼相比其他人要敏锐得多，但是敏锐的贼眼也没有看出过来的到底是什么。

比小糖人贼眼更靠谱的是袁不毂瞄线的眼力，听到小糖人的惊呼后，挂在软梯上的袁不毂下意识地扭头看去。但是这一回他没有瞄到线，因为出现在眼中的是一团混乱的线，一片虚化的线，而且在混乱和虚化中还有着动态的光泽，就像一条不停挣扎翻滚的怪鱼闪动的鳞光。

其实在目前状况下能看到这些已经非常不错了，但袁不毂仍在努力控制自己摆晃的身体。他觉得瞄不准线是因为自己处于不稳定状态中，找不到基准的点线。

冲来的高浪没有给袁不毂控制好自己的机会，军船不仅摇晃得更加厉害，而且被猛地往一旁推去。

袁不毂感到一阵气闷，他瞄到的乱线、虚线挟带着鳞光，像座山似的朝他压过来。而即便到了这种程度，他依旧无法瞄出那是个什么东西。

黑暗中的黑暗，靠近之后不再那么黑暗。不再黑暗的东西，他们依旧看不清楚，这会比黑暗更加可怕。好在那黑暗并没有贴上军船，而是偏向了朱满舱的客船，否则挂在船壁外面的袁不毂不知会不会就此被这乱线带走。

“那是一条船吗？”小糖人贼眼没看出来，袁不毂瞄线没瞄出来，死鱼却从黑暗中看出来个船样子。这除了有他熟悉船形船体的缘故，还和他见过很多大型海船有着极大关系。只是此时他看出的大概船样子比海船还要大许多，所以流露出不敢相信的神情。

“那船在不停地摇晃！不对，它是以摇晃的船体作为攻击手段。”死鱼很快补一句，这一次很是肯定。

军船呈倾斜状被高浪推移出去，这是值得庆幸的。否则即便黑暗中那个摇晃的船体是往客船偏移的，也有可能把袁不毂拍烂在军船外壁上。

军船被推开一段距离后，他们反倒可以看清黑暗的整体形状。而且这时已经是侧面相对，所以袁不毂也瞄出了船形。他瞄出的船形是由亮线构成，是那种若隐若现、如同水流的莹光。

“它在追击朱老大的客船，死鱼！赶快把我们这船转过去，替客船挡一下。”袁不毂瞄清了船形也就看清了形势，这山一般的大船可以瞬间将客船碾碎、压沉。而客船上还有舒九儿、石榴、朱满舱，自己带人出来找丰飞燕、追黑袍客，别啥边碴都还没摸到就又折损了贴己的人，那从哪头说都是说不过去的。

死鱼听到了袁不毂的喊声，但没去转舵也没去转帆，而是朝软梯下面伸出手:“嘘嘘，不要出声！快！先上来。我们这军船已经在此处很久，那鬼船上的东西认为军船上没有人，所以只把刚刚出现的客船当作追逐目标。”

袁不毂没有完全听清死鱼说的什么，见他伸手让自己上去，便想都没想便趁着船身被高浪推动的倾斜度还未恢复，软梯贴紧船壁便于攀爬，往上急攀几阶抓住死鱼的手，赶在船身重新摆回另一边之前的瞬间跳上甲板。

上了甲板后，袁不毂随手抄起旁边一架填满箭、拉满弦的五箭平弩。五箭平弩可以五箭同时射出，是战船专用的，主要用于敌船贴紧时快速乱射，这在混乱且不稳定的攻杀防守中极为实用。除了五箭平弩，军船上其他各种攻击、防卫武器齐全，而且都处于即发状态。这说明船上的人离开时是处于全然的备战状态，也可以肯定当时他们遇到了极为可怕的危险。

“趴下，噤声。”袁不毂才操起五箭平弩就被死鱼重重按下身体。

此时小糖人早不知躲到什么地方去了，应该是看清鬼船后吓得躲藏起来。

“我们得去救舒姑娘他们！”袁不毂依旧想用力站起来。

“救不得，只能靠他们自己逃命。我们要是去救，那鬼船砸翻军船远比砸翻小客船要容易，你现在其实比舒姑娘他们更加危险。”死鱼在袁不毂耳边低声说道。

这话是真的，巨大的鬼船是以摆晃的方式来拍撞攻击目标的，越是往上摆晃幅度越大，攻击力道也越大，靠近船底基本没有什么摆晃幅度，除非直接冲撞碾轧。所以军船高大也就更容易受到大力度的摆击，而客船那样的低舷船反倒是摆击不到的，只能直接碾轧。

袁不毂很快就明白死鱼什么意思，但仍挣脱压住自己的死鱼，从船舷边探出头去看巨型鬼船与客船的追逐。毕竟那边有着自己心爱的人和共过生死的同伴，眼睁睁地看着他们遭遇危险却无能力救助，他心中肯定如同火烧火燎一般。

客船很矮、很小，特别是与巨型鬼船相比，所以袁不毂这边看不到被隔挡在鬼船另外一侧的客船，更无法知道他们正在经历怎样的一番凶险。

客船竟然很快就摆脱了被碾轧的凶险，从鬼船船尾处再次出现。而且它是以一种快速的、不可思议的形式出现的，像跳又像飞，样子和在水面上抛扔后连续弹跳的瓦片一样。

没人知道朱满舱是用怎样的技法和器具让船跳起来的，即便死鱼也只能猜测这应该和他船底加装的一些装置有关，而一般以这种方式逃脱的肯定是被逼到绝处了。慌不择路往往都不能很好控制自己的方向，只求尽量远离碾轧而来的危险，这样一来便无法确定自己逃遁的方向是否合适。这会不会本就是鬼船的意图，逼他们走它为他们指定好的方向？

客船在漂飞弹跳间怪响连连，惊人心魂。那是撞击声、崩弹声，是箭矢破水破空声。这是撞到水下尺沉礁、漂扣子[①]导致的状况，让人有理由担心客船随时会破碎开，也有理由相信最终消失在黑暗中的客船是沉入了湖底。

“死鱼，你看清舒姑娘他们的船去哪儿了吗？”虽然心中也觉得客船可能沉了，但袁不毂仍希望死鱼给自己的是另外一种答案。

“没看清，也看不清，还从未见过船能这样子移动的。”死鱼确实没看清，但可以确定朱满舱绝非一般的挂帆老大。舒九儿和石榴落在他船上同样危机四伏，死鱼不把这个事实说出来是怕袁不毂太担心。

“快过来帮忙！我们用炮打那鬼船！”小糖人从甲板靠前的一个底舱舱口探出头来，低声招呼袁不毂和死鱼。

“用炮打？什么炮？”袁不毂虽然由羽林卫入军役，随后又在造器处和羿神卫待过，但是接触的主要武器就是弓箭，其他武器，特别是火炮，他真没见过。

“到这儿来，快到这儿来。”小糖人说完便又缩回底舱舱口。

南宋时的木制军船一般分三层——最上面一层是瞭台，设瞭斗，船员可远眺周围情况；下面一层，也就是甲板这一层，叫航室，就相当于船长室和船员休息室；航室往下是船舱，也叫底舱，主要用于放置粮草货物，有些大船的底舱还会再分层，这样就能分存不同种类货物。

袁不毂和死鱼马上跟了过去，进舱之后小糖人立马把舱门一扣，然后点燃一支净瓶烛。净瓶烛是一种特殊蜡烛，形状像观音手中净瓶。它的主要特

① 漂扣子：设置在水面的机关暗器。

点是燃烧一段时间后如果不拨掉烛油就会自动熄灭，这主要用于需要控制火源的地方，比如船舱、粮仓、草场。

过去的木制船舱中是严格禁火的，必要时，船员也只能使用船舱内配置的短暂照明物。而这艘军船的船舱禁火手段更加严格，为避免外来火种意外进入舱中，不管舱门还是舱窗，都采用了封闭严密的构造。专门的透气通道不仅隐蔽，还有多重曲折，就算光线都无法直接透进透出。

船舱中让袁不毂感到震惊的东西太多，堆得满满当当，大部分用固定的箱笼盛放。其中有些东西袁不毂认识，比如说小糖人曾经使用过的火雷子。只是这里的火雷子实在太多了，配有铁格网门的大搁笼整整放了八大笼。

还有些东西袁不毂听说过却没见过，比如说铸炮。这种用生铁铸造的火炮只有火药局御营才有，炮体不大但炮击力强，射程远。

之前的城防、军船也会配炮，但一般都是箍木炮。那是用圆木加多道铁箍制成的炮，装药量少、炮丸轻，这是因为炮身材质不够坚固。药量多了、炮丸重了都可能引起自爆；但药料少、炮丸轻又会导致攻击力和攻击距离明显不足。

铁铸的炮却不一样，看着比箍木炮要小，但材质牢靠，炮药爆发的推动力只会沿炮管冲出。使用的炮丸可铁可石，铁丸分量重直击力度大，石丸爆射中可能会出现破碎，形成大面积打击。

“这船舱壁上就有多个炮口，我们把炮移到边上去，打那鬼船。”小糖人边说边解固定铸炮的绳子，这些铸炮都安置在单独的炮架上，并用绳子固定好。

“炮丸、炮药都是现成的，还真是第一次见这么多。”这些其实根本不用小糖人说他们就能看到，铸炮炮架旁边就是很大的带盖铁筐，里面装了炮丸和炮药桶。

袁不毂不知道用炮打那鬼船是否合适，但自己必须做些事情来救助舒九儿他们，所以想都没想就过去帮着小糖人一起移动炮架。但是这炮架显然不是专用的炮战炮架，而是临时运送木架，没有走轮，移动起来非常吃力。

去无形

用尽力气也没把炮架移动多远，袁不毂赶紧扭头招呼还站在哪里发怔的死鱼:“别发呆了！快来搭把手。”

“鬼船能打吗？我们不会惹鬼上身吧？还有这炮能不能打动鬼船？”死鱼发怔竟然是在思考这些问题。

“管他呢，行不行打了就知道了。你赶紧过来帮忙！”小糖人似乎对打鬼船颇有兴趣，言语间透着种兴奋。

死鱼没再说什么，赶紧过来帮忙。三人合力把一门铸炮拉到炮窗跟前，并马上将炮窗挂板翻下来。炮口与窗口高低不太对应，炮口明显低了些，架子下垫块木板才勉强可以搁在窗沿上。袁不毂一眼看出这不是炮架的问题，而是炮窗的问题。因为这窗口原本应该是射窗才对，其高度正好适合正常身高的射手立身开弓。

“这不是炮窗而是射窗，这条军船没设炮窗和炮座，应该是用来运送这些武器的货船。”袁不毂说道。

小糖人和死鱼往四周看了看，这里除了铸炮和炮药炮丸，还有火雷子、弓弩箭支，以及长杆的矛叉钩刺。而且数量都极多，显然不是用于这一艘军船装备的，应该是送到哪个水军营里加强战船攻守实力的。

“别管啥窗口了，能打出炮就行，先给那鬼船来几下看看到底怎么回事。”

炮丸、火药桶都用铁筐装着，虽然可以看得清清楚楚，但如果打不开盖子上的狴犴露齿锁，那是绝对拿不到里面那些东西的。

看着粗大的狴犴露齿锁，在小糖人手中捏面人般地摆弄几下就开了。他拎出火药桶和炮丸急步来到铸炮边装药装炮丸。

小糖人装药手法熟稔，装炮丸却有些犯怯，由此可知小糖人往日里常常摆弄火药，但并不擅长炮击。炮丸好不容易放入炮里，他反而有些呆滞地停下手来。

“怎么了？”死鱼问道。

“不见了，那鬼船不见了。”

这话让人难以置信，巨大的船体刚刚还像山一样近在咫尺，这才盏茶的工夫，怎么就一下不见了？

袁不毂急步奔上舱口，死鱼马上打开船舱另外一侧的射窗——两种做法目的一致，都是为了确认鬼船到底去哪儿了。它是消失了，还是转到军船的另一边去了？而袁不毂还想看看朱满舱的客船到底怎么样了，有没有能够逃过鬼船的拍撞、碾轧。

一轮秋月正好从云层后面探出即将圆满的脸来，把银光洒落湖面。月光加上大片反射的粼粼波光，让周围湖面颇为明亮。明亮的湖面上没有鬼船，就好像月光的出现将黑暗以及黑暗中的黑暗抹擦得无影无踪。

袁不毂仔细扫看了下周围情景，往西、往南水波澹澹、月光闪闪，瞄不出丝毫异常的线来。往东接近湖岸，水面沉寂，浪势更缓，仿佛在逐渐地凝固。远处只隐约有些模糊影子，是岸边山立坡叠的形状，也有些是近岸小岛、礁石的侧影。往北是大片的泥漂子，泥漂子虽然低平，但上面有许多倒扣的、侧翻的船只，这些同样可以勾勒出类似山岭土坡般的暗影。而且由于泥漂子离得近，这些暗影比东边远山远坡的影子更加清晰，也更加高大。湖面上那些死了一样的船都还在，借助月光也基本能够看清。这些船只虽然数量不少、位置凌乱，但是要想借此掩藏那山一般的鬼船是不可能的。

“还真是条鬼船，说没就没了。”小糖人跟在袁不毂的身后，“就算是钻入水底，那也该有点水浪漩涡，看这水面上啥异象都没有呀。”

“确实奇怪，但那鬼船之前出现得就突兀，莫明间不知从哪里冒出来的。现在突然不知所踪了也算不得太意外，能那样来就能那样去。”

“会不会是借团雾而遁？”死鱼跟了上来，听到袁不毂和小糖人的对话后提出自己看法。他所说的团雾是一种自然现象，多出现在水域和潮湿地区，是某一处地气或水汽短时间内聚集产生的雾团，范围虽然极小，但浓度高、可视度差，出现得突然，移动很快，消失得也快。有很多船难都是团雾造成。

“团雾的出现不可预料，鬼船不可能那么巧正好借着团雾遁形。而且之前它突然出现时，我们的视线还算好，并没有看到有什么雾气。”小糖人不同意死鱼的说法。

“且不管它是如何出现又是如何遁形的，我们现在能做的就是小心再小心，防止它再度突然出现袭击我们。对了，你们看到朱满舱的船了吗？”真正让袁不毂心中担忧的是最后这个，凭他的眼力竟然都没瞄到朱满舱的客船在哪里，莫不是真被鬼船压翻到湖底了？

“这边各种船只太多，夜色中又无法看得太真切，朱老大的船没有非常突出的特征，混在这些船里很难分辨出来。”小糖人做山中贼时，在暗夜之中跟踪商队并准确找到带有贵重物品的车辆，采用的方法就是记住特征。有些时候车辆没有什么特征，他就会预先找机会自己做上特征明显的记号。

“不对，那船是有特征的。”死鱼不同意小糖人的说法，“此处水域船只虽多，却都如死了一般，最多随风随浪任意地移动。但是朱老大的船不一样，他的船是有目的地移动，我们可以先找移动方位不同于其他船只的船。”

“如果移动可以作为辨别特征的话，那我们这艘军船也可以行驶起来，这样朱满舱他们也容易发现我们。而且我们也正好可以四处走走，看看周围到底有什么鬼祟。”袁不毂不仅是要查看周围诡异状况，更是想主动找寻客船所在。

“军船这么大，要动起来怕是不大容易。”小糖人很难想象这么大一条船，凭他们三个人怎样才能让它航行起来。

“能行倒是能行，就是湖面现在风弱，船上配有的辅桨又无人划动，移动起来速度会很慢。再则这处水域明显没有流道，借不到水流推力。”死鱼说的辅桨一般只有军船才有，这是为了在对战中运动更加灵活快速，但是需要很多人力才能划动。

“慢些就慢些，总比在这里定住了的好。”袁不毂心中焦急。但凡能走起来去找寻舒九儿他们，他肯定是不愿意停在原地的。

死鱼没再啰唆什么，也不要别人帮忙，自己在甲板上跑来跑去一通忙活。当他最终在舵位立定时，军船真的开始缓慢移动起来。这军船要比客船大出好多倍，死鱼单凭一人之力就能让它行驶，由此可见他的操船技艺并不在朱满舱之下，而且更擅长操控大船。再一个也说明这条军船的各种设施都保持在可航行状态，很多需要多人才能完成的操作已经完成，只是不知道操作的人都去了哪里。

其实浮于水面未曾落锚拴缆的船一般都处于移动中，只是有时候移动得太缓慢，乃至觉察不出，从而让人误以为是静止的。死鱼操控军船，是让它顺应最大的移动趋势，这趋势或来自风，或来自水，或两者兼而有之。而操船高手的高明之处，也正是在这微妙的控制和变化上。

军船在湖面航行，尽量远离其他漂浮在水面的船只。那些和军船一样，都是没一个人的死船。但是死鱼担心万一其中哪条船是活船，或者有什么人利用死船做船堡，旁人一旦接近就会遭遇狂风般的攻击。类似事情死鱼听说过很多，海上的海盗就经常伪装死船袭击过往商船。更有胆大的海盗将自己藏于船上的封舱暗柜之中，等时机成熟后偷偷溜出袭杀登船的外来人。

袁不毂显然也担心会出现突发情况，所以在死鱼操弄军船时沿船舷甲板前后走了两圈，检查了船上的防御设施。

这些设施中有巨大的三弓床弩，三弓带动一支杆锚大箭，一记就能射穿船壁、射断桅杆。这种床弩都配有专门的车架，这样才可灵活移动位置，调整攻击方位。宋代时攻城兵将也只能配备双弓案弩，由此可推断出三弓床弩的威力非同一般。

船上还有前面提到的五箭平弩，可五箭同射，用于双船靠近后的乱战，这种求密不求准的弩箭，可强势压制对方。由于五箭平弩是五箭同时射出，需要强大的弦劲，射出时的后坐力也极大，所以都用前后撑形式的木架撑起，前后撑可以保证平弩平稳无后错，同时还可以左右掉转方向。

除了这些固定设置的武器，沿船舷内侧还挂有许多正常射弓。每几步就放置一只箭箩，里面都有成捆成捆的箭支。固定的大型武器用完之后，防守的兵将仍可以继续用常规弓箭打击对方。

军船才移动了很短一段距离，他们就已经看出死鱼绝对是操控大型船只的高手。他不仅可以让军船以巧妙的航线避开湖面上漂浮的死船，与它们保持足够的安全距离，而且不管如何迂回绕行，都始终朝着朱满舱客船消失的位置。在夜色之中，在各种各样船只四散漂浮的湖面上，单人操控大型军船如此移动难度是非常大的。

“差不多就是这里。”死鱼并没有从船舷往下看，就确定已经到达了客船最后一下颠簸所在的位置。

“再往前走些，他们的船能到达这里，只要没有被鬼船直接压沉，就算破损严重也都可以往前再移动一段。”袁不毂的分析有几分道理，但主要是不死心。

“要是这方向是往泥漂子去的还好一些，就算船沉了也还有可能游到泥漂子上。可惜的是这方向是往湖中去的，往回游会碰到尺沉礁和一些其他装置。”小糖人首先想到的是最有可能的逃命线路。

“那泥漂子平薄无草木，搁浅的残船都入土几分。所以那上面是立不住人的，挨边就会陷在淤泥中拔不出来。”死鱼说的情况应该早在天色未曾全黑时他就已经观察清楚，因为以他们现在的位置，除了泥漂子上残船的模糊暗影，他们根本无法看到更多细节。

“有一点比较奇怪，如果客船破损沉没，船上的人怎么都应该挣扎呼救一番，但我们丝毫没听到类似声响。而且朱满舱是湖上挂帆老大，水性肯定了得，湖上又有那么多死船，怎么都能游到个搭手落脚的地方。”小糖人依旧从自己的角度加以分析。

“还有一种可能，就是客船顺利逃脱了鬼船的攻击。”死鱼沉声说了句。

“那也不对呀，如果已经成功逃脱，鬼船消失后他们应该回来找我们。”袁不毂皱紧眉头。

死鱼干咳一声:“咯，我还没说完。我的意思是客船成功逃脱，然后朱满舱将船上两人带走了。”

见飞燕

“带走？你是想说绑走吧？啊！你这一说倒真是像的，那朱满舱样子虽然憨厚老实，但走水道的挂帆老大都是少见的厉害人物。就他那身形和本事，天生就是个水贼湖盗模子。”小糖人像是恍然大悟。

“这个可能性不大，我们身无长物，之前也已经表明身份。就算是巨盗强匪，也是要量财而动的，而且一般不会招惹官家军家。再说朱满舱已经是个挂帆老大，更犯不上染入黑道。”袁不毂的看法和死鱼相反。

“有时候绑人并不一定图财，他们被绑可能正是因为我们表明了身份。舒姑娘以钦差身份被劫持，这事情估计早就被通报大宋所有州府关隘。为了救回舒姑娘，上面说不定还会发布不菲悬赏，所以谁带走舒姑娘是能有正当回报的。”死鱼虽然是在推断，但细想下还真觉得有这样的可能。

“我仍觉得可能性不大。就算朱老大想绑舒姑娘，那船上还有石榴在。这个石牛般的憨憨儿朱老大一个人怕是对付不了。”小糖人也不赞同死鱼的说法。

“你知道操控一艘船瞬间全满舱需要多大的臂力、腕力吗？这么说吧，就算在硬实陆地上，石榴那身蛮力也不见得就能斗过朱老大，更何况这是在船上、在水上。”

袁不毂眉头紧蹙，气息微急:“唉，就算斗得过，石榴会不会为了保护舒姑娘而与强手相斗也难说。”他竟然没有把石榴作为一个舒九儿的保护者来考虑。

“为何这么说？”死鱼口中问着，却没有丝毫惊讶的表情。

“同渡者不一定同心。愿望一致时，可齐力而进。遇到祸害时，只求自身全然。”袁不毂只含糊应答，并未将心中话说出。因为很多情况他并不能确定。

小糖人是个开窍的人，一下就从袁不毂的话里听出余音:“那就是一船三方人，各有各心、各怀各意。要是这样的话顾忌更多，他们反倒不会轻易撕破面皮下手。”

“你可能真的说对了。看那边！漂过来一艘客船，不知道是不是朱老大他们。”死鱼站在舵台上看得远，最先发现漂荡在水面的客船。那船从远处的黑暗中出现，只能从大概船形上进行辨别。

“我来看看。”袁不毂急步走到船头，站上左侧的缆墩，“那是艘客船，但不是朱老大的。”

按理说辨认船形特征的本事袁不毂怎么都不会高过死鱼，但是袁不毂有瞄线的特长，特别是对一些建筑轮廓的线条。客船就像一栋可移动的建筑，所以当初朱满舱的客船才出现，袁不毂就已经将它的轮廓线条全瞄在眼中，并记下一些特征。所以当他瞄清漂来的客船并将特征大小与记忆中的加以比较后，立刻就断定那船不是朱满舱的。

“那船全舷偏短（指船头至船尾长度），吃水较深，但抬头高，左右似有不均衡重压。”袁不毂继续说他辨别的依据。

“你说对了，朱老大的船下有装置，所以船头被压得低，需要时启动装置，船才能借势漂弹而起。这一点是与一般客船有着极大区别的。”死鱼证实了袁不毂的说法。

“既然不是朱老大的船，那我们赶紧闪让开呀。”小糖人紧张地说道。这湖上怪异之处太多，已经让他神经处于紧绷状态。

“不不，靠过去，赶紧靠过去。”袁不毂语气很坚决，“这很可能就是朱老大丢失的客船，也极有可能是湖边那场对战中意外出现的船。”袁不毂没有把话说完，他心里认为这应该还是丰飞燕当时唯一能够逃命藏身的船。但是这船上能不能找到丰飞燕，丰飞燕是否还活着，这些都是他不敢直面的问题。

“你说这个是对战中的客船？那怎么会跑到这里来？距离远不说，经过的好几个岔流水道也都不会让船漂到这里来的。”死鱼觉得不大可能。

“唉，是不是都得靠过去看看，丰姑娘有很大可能就逃到了那艘误入战场的客船上。”袁不毂发出一声悠长叹息，带着忐忑和畏怯。他迫切想靠近客船找到丰飞燕，又害怕最终见到的是一个让他悲痛的结果。

死鱼明白了袁不毂的意图，没再多说一个字，而是转动舵把，让军船慢慢往客船那边靠拢过去。

客船漂浮的轨迹有些怪异，一则是没有动力，再则周围杂乱的船太多，船与船、船与泥漂子之间的水流水波变化比较大，因此死鱼操船的技艺虽然高超，但轻碰几次都未能与客船贴靠住。

“小糖人，找个锚绳。军船太大，客船不稳，水势又有些怪，不钩住拉一把恐怕贴不上去。”死鱼吩咐小糖人。

“这船上好像没见到什么锚绳。”小糖人嘟囔一句。

“肯定有的，军船对仗拉住敌船，还有临时找位置靠岸时，都是要用这个的。”死鱼很肯定。

但是死鱼这一回真错了，这艘军船是用来运送重要军需的，不许临时靠岸，也不许与其他船只靠搭，所以真没有锚绳。到目的地的码头时，码头上自会抛靠岸桩绳上来。

半天没靠上客船，又半天没找到锚绳，死鱼心里焦急了：“水势难控，又找不到锚绳。除非客船上有人操船，两边合力往一处靠才能贴上去。”

袁不毂也心焦了，听了死鱼的话后探头到船舷外面，压着嗓子低喊：“有人吗？下面的客船上有人吗？”

他才喊了一声，那客船便剧烈摇晃起来，一个人菜虫蠕动般滚爬着出了客船船舱，发出嘶哑的哭腔：“不够、不够！是我，我在这儿呢！”

“啊！是飞燕！好、好！你还活着，活着好！”袁不毂声音顿时含混了，那是从哽咽的喉口硬挤出来的。

“哈哈哈！不够，我知道你会来的，肯定会来找我，会来找杀父仇人报仇的，哈哈！”丰飞燕翻身躺倒在客船船头上，哈哈的笑声中仍带着哭腔。

“你受伤了？别动，别乱动！死鱼，把船控稳。小糖人，想办法放我下去，我去把她背上来。”袁不毂嘴里连串地吩咐，眼中却只有客船上的丰飞燕，完全漠视了周围的一切。

其实这个时候小糖人已经在往这边船舷拖成捆的软梯。死鱼虽然依旧无法把船贴靠住，但也转过船帆不借风力，这样至少可以让两只船保持目前距离。

小糖人的软梯只拖过半边甲板就停住了，然后怔怔地直起身体看着不远处的水面，疑惑道:“那是什么？”

山中贼常于黑暗中行动，常于黑暗中行动的人往往对光亮更加敏感。小糖人看到的是一团光亮，但是什么发出的光亮看不清楚。这团光亮从泥漂子那边移动过来，在众多死船中间穿梭、折转，最终是往袁不毂他们这边过来的。

“是龙宫球，有船过来了。”光亮接近一些后，死鱼认出那是专门用于船上的灯盏龙宫球。这灯盏就像一只琉璃球，分内外两部分——里面的部分可始终保持平衡状态，油不漏，风不进，就算翻滚几下，依旧保持不灭。这是针对船只航行中颠簸、遇风而专门设计的灯。

“不会是鬼船又出来了吧？”小糖人打了个哆嗦。

“应该不是，鬼船不会点灯盏，而且过来的船也远没有鬼船那么大。”

“我看还是先藏躲一下，看清情况再说。”小糖人心里依旧不安。

“藏怕是不行了，这船应该是听到我和丰姑娘的声音才出现的。”袁不毂摇了摇头。

“有人出现算不得坏事，至少可以打听下周围情况，找找朱满舱那条船去哪儿了。”死鱼想法和小糖人恰恰相反。

“要是来的湖匪水贼那该咋办？”

袁不毂没有回答小糖人的问题，不过凤尾寒鸦已经被他拿在手里并藏于身后。

“不是湖匪水贼，”死鱼又一次肯定道，“龙宫球只有临安官造坊才能做出，即便军中也只供水军使用。来的应该是这湖上某处水营的官兵。”

“那就对了，之前我们转过来时不是看到一处水营边角吗？你们说，他们在这里出现会不会正是为了对付那鬼船？”小糖人松了口气，还向逐渐靠近的船挥了挥手。

袁不毂依旧没有作声，看一眼逐渐靠近的船只，再看一眼下面客船上的丰飞燕，心中清楚这时候已经来不及把丰飞燕弄上来了。但愿来的真是大宋水军，他和对方交涉过后，能有机会将丰飞燕救起。

挂了龙宫球的船靠近了，靠近后有更多的火把和灯笼亮起。灯火足够亮，是为了看清别人的船只，也可以让别人看清自己，这样就不会出现误会。几人借着光亮看船型和旗号，来的真是一艘大宋军船，和他们所在军船船型非常接近的三桅军船。

一个全副装备的将官傲然立于船头，正挥手指挥自己的船往这边靠过来。当那边船上扑闪的灯火已经在袁不毂脸上闪动时，船头上的将官高喊一声："对面船上什么人？趁夜在此做何鬼祟之事？"

袁不毂还是没有作声，极力想把对方模样看清楚，但映入眼中的始终都是一副模模糊糊的面相，就像戴了一副面具。而实际上面具真的没有，看不清的关键是那将官的站位，也就是常说的灯下黑、背道光，船上虽然灯火明亮，将官的位置角度却不让一丝光亮照在脸上。

船乱射

"我等乃临安羿神卫，领捉奇司之令在此做活儿。"死鱼主动发声回应。为了能将对方震慑住，他表明的是羿神卫身份，并抬出了捉奇司。而其实他们随袁不毂去往华蓥三城任职后，便不再归属羿神卫辖管。

"拿出号牌印鉴来与我验看。"对方明显没有被死鱼镇住，而是要查验身份。这时候对方的船也已横转过来，将丰飞燕所在的客船挤在了两艘大船的中间。而丰飞燕不知什么时候已经退进了船舱，只通过舱篷上许多被箭支射穿的破洞查看上面两船的交涉。而破洞凌乱、灯火扑闪、船身摇晃，所以她眼中实际上是一片恍惚。她唯一看得清晰的就是两边大船的船壁在不停摇晃，仿佛轮番往她身上压倒过来。

军船上面的情形有些尴尬，死鱼报的是羿神卫身份，但事实上他们现在已经没有羿神卫的号牌。对方要求验证，他们陷入两难。

“你们是什么人？有什么资格查验我们身份？”小糖人急中生智，反过来质问对方。

“在下洞庭东湖水营宣节副尉，云济号军船值战队正。”

“把你号牌印鉴拿来，我要验看。”小糖人并不十分了解官家规矩，是在学着对方的话在说。但这话一出其实是犯了大忌，你在人家的地盘上，在别人的武力控制之中，还要验证别人身份，这明显是不合规矩的。

让人很奇怪的是对方并没有暴怒，反而沉默无声了。只可惜无法看清那将官面容，不知他是怎样的一种心理反应。

“赶紧拿出号牌印鉴来，你难道不知见到捉奇司的人都要主动验证身份的规矩吗？”死鱼见小糖人瞎咋唬起了效，马上言语跟进，以逼迫对方来给自己解围。

“好，我给你们拿印鉴。”对方那将官竟然爽快答应了小糖人的要求。

袁不毂眉头一皱，心中暗道不对。对方如此爽快答应，一种可能是根本不了解捉奇司和军中规矩，那这船水军就应该是湖匪水贼或其他什么人假冒的。还有一种可能就是他们将要采取什么行动，答应给印鉴验证只是为了掩饰。

自己这边已经表明是捉奇司做活儿的，对方就算不信也该继续交涉才对，但以假象掩饰并采取行动，说明他们不是真正的水军，到此来是别有所图。

那将官真的拿出一个布袋，样子看上去也确实是装官印的印袋。对方没有用挑篙（水上船只间递送东西的竹篙），也没有用甩篮（利用杆横杠挂绳吊篮，将东西荡到对船或岸边），而是手一甩直接扔过船来。

“这不对！”袁不毂的心急跳起来——任何一个官员都不会将代表自己身份地位的印鉴如此乱扔，而且这是在湖面上的两船之间，稍有不慎就会掉入湖里。印鉴一旦丢失，轻者罢官，重者砍头。除非这印鉴不是他自己的，或者是个假印鉴。

还有，如果对方是指挥一船兵将的队正，那么绝不应该是他亲自站在船头查问别人的身份，万一对方真是潜入大宋的敌人，可以擒贼先擒王将他废了。再有，他刚刚说自己是例行巡湖。夜间巡湖是极少的，而例行巡湖就是说经常在这里巡查，难道就没觉得这里有如此多的死船很是奇怪？难道他就没发现死船中还有艘漂泊许久的军船？他更没上到军船上看看到底有些什么。

印鉴被扔了过来，袁不毂没有去接，依旧一动不动地站在那里，尽量保持自己身体的稳定和肢体的平衡。他的眼珠却在极速转动，寻找异常，寻找危险，寻找对方采取行动的征兆。

“假的！他们是假的，射他们！”下方客船上传来丰飞燕撕破喉咙的喊声。

躺在下面船舱里，透过篷顶洞孔，丰飞燕只能看到两船摇晃的船壁和不断左右变化方位的天空。但是就在刚刚一瞬间，这没有变化的景象被打破了，突兀地多出了一只手臂，将印袋扔到对面船上的手臂。

一只手臂，一甩之间，如果是舒九儿，或许可以看出这人的用力习惯、抛扔方式，以及筋骨间可能存在的老伤新痛。这些丰飞燕肯定看不出，她向来对活人的手臂不感兴趣，除非是袁不毂的。但她对套在手臂上的衣袖感兴趣，对衣袖的布料绣工感兴趣。虽然只是瞬间，衣袖上的刺绣图案却未能逃过她的眼。那图案是条红背鲤，用的是钩穿绣法。

官衣上配饰红背鲤，要有从六品的官阶才有资格配。但刚刚上面那将官说他是宣节副尉，那是八品的官职。高职着低职衣饰有可能，升职之后的旧官衣有人偶尔也是会替换着穿的。但低职穿高职的官衣绝不可能，这是冒充职务品级的重罪。再一个，钩穿绣法是非常粗糙的绣法，只有北方偏僻地界才会用，南宋界内不要说官家和军中绣品了，就连民间都不会采用如此低劣绣法。所以丰飞燕立刻断定这个将官职务是假冒、官衣是伪制。

丰飞燕错愕了一下，异常的情况需要分析才能得出结果。好在这个分析的过程极其短暂，她果断强撑起身体往舱外甲板上一扑，同时发出撕破喉咙般的警告。

对方不合理的做法已经让袁不毂全身绷紧，处于一触即战的状态。按他的出箭速度以及凤尾寒鸦的迅猛便捷，他足以在丰飞燕喊出第一个“假的”之后就将对面将官射翻。但是“假的”只意味对方有个不确定的身份，并不能确定是会危害自己的敌人，万一对方有着什么特殊理由和苦衷呢？所以他的箭并未轻易射出，箭出之后别人的性命就再难收回了。

不过就在丰飞燕喊出“假的”之后，袁不毂瞬间瞄出更多的线，并且分层、分格、贯连、锁定。随着这些线的收缩、纠缠、旋转，无用的细节一个个泡影般快速破灭，他的眼中最终只余留下一件异常的东西锁定在线格之中。

那是一个光滑闪亮的铜物件，就在对面将官身后闪跳的灯火中，就像一只弯曲的鸟喙，只有雕喙弓的弓头才会采用这样的形状设计和材质。

发生对仗的湖岸边，湿滑泥地上有雕喙弓撑地的痕迹，那是处理尸体时留下的痕迹。由此可知使用雕喙弓的是船上一方，就像对面这样的大军船。更重要的是他之所以能看到这个雕喙弓的弓头，是那张弓正在抬起、拉弦，把箭尖对准了他。

当丰飞燕喊出“射他们”时，袁不毂就像释放的弓弦，翻转身后的凤尾寒鸦三支连射，正好与丰飞燕喊出的“射他们”合拍。

袁不毂毫不犹豫地将三支凤尾寒鸦全都射到雕喙弓后面的昏暗里，不求准确命中目标，只求不让对方箭支及时射出。双方距离太近了，对方也已是开弓的状态，能够有效阻止对方已是千好万好。

三支凤尾寒鸦的威力对方难躲也难挡，全都无所阻碍地飞射进灯火后面的昏暗。不过对方的雕喙弓也把箭射了出来，只比凤尾寒鸦晚了一点点。也就在这一点点的先机中，凤尾寒鸦钻进了箭手的身体，让他直立的身体出现后仰。后仰的身体让雕喙射出的箭支往上斜飞，远离了袁不毂。

凤尾寒鸦刚刚射出，袁不毂的左手就已经控住旁边一架五箭平弩。他根本来不及瞄准也没有刻意找寻目标，才搭上手便扳动释弦机括。五支箭散乱着射出，大部分按袁不毂心中的念头射入灯火之外的黑暗中。

袁不毂的这个念头是在转瞬间冒出的。对方船上灯火明亮却看不到什么人，那么他们的人肯定躲在灯火之外的阴暗里，所以阴暗处就是攻击目标。至于射中了谁，伤亡程度如何，袁不毂全不用去管。这就像一个被围殴的人可以不管不顾地朝任何方向任何人发起攻击，因为他面对的只有敌人，无须有任何关于误伤误杀的顾忌。

对面船上倒也先后出现几支射偏的箭，应该是暗射袁不毂的射手被凤尾寒鸦射杀后其他射手及时补充的攻击。但这些及时的攻击都没能快过袁不毂，弓才拉开便已遭到五箭平弩的乱射。

暗射也好，补射也好，都是需要弓箭手及时觉察并快速反应的。执行暗射指令的没有成功，后续补射的也没成功，那么其他原本就没有弓射准备的就更不可能成功。因为袁不毂的身形没有一丝停顿，连续地在船舷边闪身、纵步、移动，忽高忽低，忽远忽近，就像一串训练许久的连贯舞步。他每一步的踩点都必然是在一架武器的位置，有五箭平弩，有三弓床弩。右舷这半边所有即发状态的武器全被他运用了，一箭不剩地射入对面船上的阴暗中。

当所有固定设置的弓弩用完之后，他来不及摘下自己身上的弓、抽出自己箭壶里的箭，而是以更短时间直接拿起放置在船舷内侧的弓箭，持续以最快的连射速度朝着对船猛攻。

也不知道袁不毂到底射出多少支箭，整个过程中他拉断了三张弓。对面船上一片狼藉，钉在甲板、桅杆上的箭支仍微微颤动未能静止。而三弓床弩射出的大箭支则穿透舱房，击碎舷窗，深入了船体内部。

船上的灯火更加明亮，是持火把、灯笼的人被射倒后，火把、灯笼掉落在上过许多遍桐油的舱篷上、甲板上、船缆上，木制船体顿时被引燃。火光中有惨叫和呻吟，也有人影闪动。箭伤重的痛苦地在火光中翻滚，受伤轻的和没受伤的，都试图转移到安全的隐蔽位置。但是不管翻滚的，还是转移的，只要被袁不毂瞄到，都立刻会有箭支追上并准确钉入身体。倒也不是袁不毂的杀心重，他主要是害怕对方的反击。对方人多，一旦组织起反击，自己这边只三个人，就算弓射再快再准，也难以对抗群体的同时攻击。所以必须尽一切力量消除对方反击的可能，只要看到还能动的，他就让其永远不再能动。

不过射出了这么多支箭，却没有一支射中船头的那个将官。并非袁不毂不懂擒贼先擒王的道理，只是这个摆在明处的将官是个傀儡，而且位置明显，也没有持任何危险的武器。正所谓不挟凶者不杀，其他躲在暗处的敌人却是必须当即解决的。

那将官显然被吓蒙了，竟然始终站在原地丝毫不动。或许他已经被袁不毂如此疾速的射杀吓得挪不动步子了，或许他觉得一动不动才能让袁不毂没有射杀自己的理由。

“远撤，西南六角马星。”对方船上有人发出指令，声音很近，但是袁不毂竟然没能找到具体位置。

接到指令后，对方的船猛然扳舵偏帆转方向，船尾横向挤撞丰飞燕所在的客船。客船被挤在了两艘军船之间，高大结实的军船船壁把客船挤压、摩擦得嘎嘣乱响，感觉单薄的船体随时会碎裂。

“推开它，快推开它！”袁不毂直到这个时候才暂停了连续快射，一边高声朝死鱼喊着，一边探头关注下面的客船。

客船在两边军船的推挤碰撞下，一下前翘后沉，一下又左倾右抬，就好像随时会翻覆过来。满满一舱的尸体不断被甩出船去，本就在舱门口的丰飞燕要不是死死抓住舱篷立柱，肯定第一个就被扔进湖里。

但是这样的状态她坚持不了多久，插入身体的箭杆虽然缝合紧密，但在这样的大力作用下已经崩裂开来。

全满舱

“射他！”对面船上有人又发出指令——声音清晰，距离很近，而且很明显是针对袁不毂的。

袁不毂听到了指令，马上缩身移位，躲到船舷下面。也就在他缩下身的刹那，连续几支狼牙箭贴着他后脑尖啸飞过。从声响可以听出，对方的箭箭势极强，不是一般的箭手可比。而且几支箭同时射出，说明对方厉害的箭手远不止一两个。于是双方形势顿时发生了转换，袁不毂在关切丰飞燕状况的瞬间失去了弓射封杀的先机，被对方多个箭手压制在船舷之下不能抬头，更无法回射。接下来对方肯定会有更多的箭手从隐蔽处出来，对死鱼、丰飞燕他们采取行动。

袁不毂此刻心中无比懊恼，知道自己做了一件非常愚蠢的事情，并非是关切丰飞燕而放弃持续弓射的先机，而是放过了对方船上的真正指挥者。

此人能够指挥战船往自己需要的点位转移，能够抓住袁不毂停止攻击的瞬间抢到先机，不仅要有非同一般的指挥能力和极好的战局分析力，更重要的是能掌握双方对战状态的每个微妙细节，特别是对客船进行观察并做出判断，更是眼中有景、心中有情。这样此人才能从丰飞燕不顾一切冲出提醒袁不毂的样子推断他们之间的关系，从而在远撤的同时挤压客船让袁不毂投鼠忌器。

对方船上能够看到这些的只有一个人，就是站在船头的将官。这是个假的大宋水军队正，却是对方船上的真正指挥者，一个会被认定是傀儡的真正指挥者。这样的傀儡很容易被对手忽视，连几近疯狂的乱射都下意识地放过他。敢以这样一种方式来控制局面，此人不仅极具心计，还艺高人胆大，敢在那样的乱射中不躲不让，绝不可能只是单单凭着胆量和运气。除此之外他肯定还有着更为可靠的把握或防护，比如确定自己能够躲闪开任何一支射向自己的箭，比如身上穿着大部分箭支无法穿透的盔甲。

面对这样一个对手，袁不毂至少输了三筹。首先他被对方骗过了，其次他被对方夺回射杀先机，再有对方掌握了客船对他的重要性，让他投鼠忌器处于被动状态。而且将官目前还未参与真正的对战，要是弓箭相对，袁不毂能不能赢过对方也都难说。

“快推开军船，把下面客船让出来。”袁不毂还在喊，可能是怕死鱼没有听懂他的意图，因为到现在为止死鱼都没有任何行动，整艘船是随着对方船只的偏转而偏转。

其实死鱼早就听到了袁不毂的喊声，也明白他的意思，但没法动。对方抢到攻击先机后，他所在的舵位马上就遭到密集的弓射。战船舵位一般都会装设些防护物，但是密集弓射之下仍需要藏身躲避。

再一个他也是心中矛盾，自己是否应该扳船让开？对方如此操作就是想远撤拉开距离，一旦有了距离，混乱的急射就会变成有序的对战，人数、实力等条件的重要性就会彻底显现。袁不毂单人单弓就算速度再快都无法与其众多箭手对抗。也就是说，近距离是船与船斗，远距离那就变成三个人和一船的人斗。所以两船不仅不能分开，而且还要更紧地贴靠过去，推撞过去，那样袁不毂才有可能再次夺回射杀先机。

但是如果坚持沿用船贴船的对战方式，丰飞燕所在的客船就会再次成为牺牲品。如此单薄低矮的客船夹在两艘军船的纠缠搏击中，轻易就会被撞翻撞碎。

所以死鱼心里希望此时有谁可以让对方军船的转向和移动停滞一下，那样他就能驱动自己的军船加速偏转，绕开客船直接侧向撞击对方船头。撞击之后不仅可以将船身后半部的客船让出来，他还能让对方船只大幅侧偏，夺回攻击先手。

“咚”的一声巨响，仿佛山崩一般，袁不毂被吓到了，死鱼被吓到了。而最受惊吓的是对方的军船，随着这声巨响，他们靠近舵位的船舷被击碎开来，碎木、铁件四处乱飞，碎屑散落在燃烧的船体上，火苗顿时连蹿三蹿。

“是小糖人打的炮！唉，可惜了，这要是打断他们的桅杆或者舵杆就好了。”死鱼又兴奋又惋惜。

“我来！”袁不毂说话间挺身而起，刚刚一炮将攻击先手抢了回来。他脑子里摒除一切杂念，所有注意力全在弓和箭上，以及弓箭瞄准的目标上，然后快速不停地将自己面前的一捆箭支全射到对方船上去了。

射完这捆箭，袁不毂并没有停止，紧接着从自己箭壶里抽出箭来。这箭和其他箭支有些不同，外面包着厚棉纸。厚棉纸是为了防潮，也为了避免摩擦和撞击，因为这是一支磷头箭。

磷头箭和一般火箭不一样，是不需要另外火源点燃的。箭头白磷石划风疾射便会有火星爆闪，而箭杆是浸过火油的松煤木，一点即着，一着即旺。平常火箭射出是一个火头，而磷石箭射出那是一条火道。

袁不毂张口咬住箭上的厚棉纸，头一扭将之撕掉，然后一箭射出。落在对方军船主帆上的是一条粗长的火蛇，附着之后再不离开，只是又扭蹿了两下，瞬间把火势连到了前后船帆上，在整条大船的上方勾勒出一条盘卷翻滚的火龙。

船帆很快化作几块灰片四散飞去，只留下光秃的桅杆和帆架仍在激烈地吞吐火苗。而比它们更早屈服于火势的是帆绳，帆绳被烧断，帆架的几根横杆带着火哗然落下，砸落的火苗铺散开来，给甲板、舱篷再添一层火势，给昏暗的湖面再加两分光亮。

这意外的光亮将很多原先灯下黑的部位照清，让袁不毂看清更多的人形。这些人形有活的、有死的、有伤的，而袁不毂根本不去区分，只管以最快的速度给看到的人形补上一支箭，全成死的也就不用区分了。

“好！”死鱼喊一声，不知道是在赞什么。随着这声喊，船头猛转，划个小弧线往对方船头的左侧撞去。

距离太近，速度不够，所以撞击的力道并不强劲。加上军船体大，横向吃水阻力大，这一撞未能将船推开。没能推开，双方也就是抵靠在了一起，袁不毂他们的船头吃住了对方船壁，让那船往右倾斜了许多。死鱼抓住这个机会，立刻转帆借力，将对方的船死死抵住。这时要是再有个可借助的外来大力，将对方的船推翻都有可能。

“再撤，正西半角驼峰星。”还是对方那将官的声音。能在这种状况下依旧及时发出指令，更说明了此人极其镇定。刚才的一场混战完全出乎对方预料，若是正面迎战，袁不毂他们恐怕很难与之抗衡。

对方的船倾斜后，甲板上的火堆裹挟着物品和人都往右舷滑去。这样一来，袁不毂反倒找不到可射杀的目标了。而且对方反应很快，随着将官的指令，立刻又往西边转，船体偏转让开些船头的抵压，然后借着水的浮力顺势从船头前硬挤着跃出。船头与船身摩擦发出龙吟般的闷响，整个船体也到处都是爆豆般的“嘎嘣”声，这是船体构架各连接部位受力变形乃至断裂发出的。

没了船头被抵的重压，对方的军船一下纵滑出很远，彻底摆脱了袁不毂他们的军船。这状况其实对袁不毂他们很是不利，一旦对方船上攻守布局调整过来，摆脱目前混乱状况下的无措和慌张，按对仗规则与他们对抗，那么袁不毂他们是很难有胜算的。

但是袁不毂心中倒是满意这样的结果，对方的船滑开，就不会对丰飞燕所在的客船造成威胁。就算他眼下腾不出手来将丰飞燕救起，也不会让客船在两艘军船间挤碎。

“套索子，带羊羔！”对方将官发出指令的声音非常高，这也是没有办法的事情。船上混乱，烧灼声、惊呼声、惨叫声连成一片，要想自己的指令能够被人听到并马上执行，就必须放开嗓门高喊。

指令的声音太高，连袁不毂都听到了。但他并不明白是什么意思，只是朝着喊声发出的大概位置射出一支箭去。在确定对方船上的真正指挥者正是那傀儡般的将官后，他早就想着要将其一箭射翻。

箭射中的位置没有任何反应，也没再发出声音，但这些都不能用来确定对方被射中了。对方指令发出后，其他地方却是有人快速行动起来，且是袁不毂完全没有预料到的行动。

一圈绳索被对方从船尾抛出，正好套落在丰飞燕那艘客船的帆桅上，立刻绷紧，客船像个年迈老者跌撞两下后随着对方军船晃荡而行，很快就离开了袁不毂他们的军船。

“他们拉走了丰姑娘，快追上去！”袁不毂这时才明白对方指令的意思，是用索子套住客船这只羊羔。

其实不用袁不毂说，死鱼已经发现了对方的行动。但是这个时候不管是撞击对方还是逼退对方，都很难实现，因为他们牵拉着丰飞燕的客船，逼撞过去势必会先将客船撞翻。而且对方拖拉的是客船桅杆顶端，这是非常不稳定的拖拉点，导致客船在随行过程中始终颠撞摆晃着。不要说军船追上后发生碰撞了，就是拖拉得再快些，都有可能直接让其翻覆。

而在这个时候，对方军船上的桨孔打开，有长杆桨从中伸出，开始划桨行船。此处水域不在流道上，船的船帆又被烧毁，眼下唯一能驱动船只航行的只有人力划桨。但是船上打开的桨孔并不多，只零零落落伸出七八支桨。由此可见最初两船靠近时的乱射让袁不毂占尽了便宜，射死射伤对方不少人。划桨的人不够，划行的力道也就明显不足，后面再拖条客船更显得吃力。

死鱼操控帆舵紧追前面的船，但是此时湖面只有微微轻风，船帆的推动力很小。他们只有三个人，没多余人手可去划长桨，所以死鱼虽然竭尽全力选择最佳的风向和线路追赶，但仍落后对方半个船身位，横向也保持一船多宽的距离，这是生怕碰撞到丰飞燕的客船。

湖面上有很多四零八落的死船，泥漂子附近还有许多翻覆的破船。两艘大军船就在这些死船破船之间追逐着，速度看着不快，辗转往回间却是非常地巧妙。前面的军船不断设法利用湖面上的死船来阻挡袁不毂他们的船，每次将要被后船追上时，还会利用拖拉的客船逼迫死鱼将船放缓。

夜排浪

死鱼的操船技艺肯定比前面那艘军船的操船手更加高超。他在不断逼近并试图再次冲撞前面军船的同时，还要避让对方航线上故意贴近的死船。有几次即将撞到前船时，死鱼一方不是被死船逼得避让，就是被丰飞燕的客船拦阻。

此时丰飞燕的客船摇晃颠簸得更加厉害，一则是因为前面拖拉的军船航线变化太多太急，再则剧烈的摇晃颠簸将船上的部分尸体甩到了湖里，少了载重，船体变得轻飘，摇晃颠簸的频率加快、幅度加大。

在追逐中，小糖人又放了两炮，但都不曾击中目标，炮丸远远地落在湖中，击起高高水浪。小糖人并非真正的炮手，装炮缓慢、瞄射不准是一个原因。他们刚刚只拉了一架火炮，而且设置在左舷的炮窗位置。前面的军船现在是偏右侧行驶，只在一些迂回折转的情况下会暴露在炮口下。这种时机短暂难抓，抓住了就只能急急射出，来不及细细瞄准，这也是一个原因。

无法给对方造成有效打击，那么对方便可以肆意反击了。对方的船除了火未全灭，其他方面已经恢复过来，特别是攻击能力，已经完全不是刚才灯下黑时单人单弓的伏袭状态，而是将船上能使用的大型武器都运用起来，展开有规有矩的反击。袁不毂抢到的射杀先手，对方连续几发三弓床弩就夺了回去。三弓床弩强攻之后是密集的轮射，这其中有对方箭手的针对性攻击，也有五箭平弩的乱射。

“这不是宋军水营的弓射阵式。”死鱼提醒袁不毂注意。

“确实不是，他们用的是雕喙弓。而且指挥方位的星名也不是宋军日常运用的，什么马星、驼峰星，像是草原大漠中的辨星术。”刚才虽然处在急促的攻击对抗中，但袁不毂没放过对方暴露出的一些细节。

双方驾驶的都是大宋水军的船，船型差不多，配置的武器也差不多，但是有个差距是袁不毂这边无法弥补的，就是床弩和平弩射光之后再次上弦装箭不仅需要时间，还需要人力，单人很难绷弦上箭。而对方船上各司各职、各就各位，大弩强弓始终不停，除非箭支全部射完或者袁不毂这边放弃追击，那才有可能停止。

不过对方的军船始终没有放炮，这点倒也不算奇怪。南宋时虽然已经出现火药类武器，但是运用并不广泛。火药局御营的制造力远远不够，除非是重要的关隘和有特殊需要的军营，其他一般都不会配给火炮。水军也是一样，只有重要水营的重要船只才有数量极少的火炮可供装备。

其实袁不毂他们所在的军船也是不配火炮的，它只是一艘秘密运输铸炮、火药的军船。只是小糖人恰好懂鼓捣火药火炮，这才临时将运输的铸炮拉到射窗前使用。

"死鱼，你将船右转些，我用炮打他们！"小糖人从舱口露出热汗直流的胖脸。在不停折转、往来追逐的船上装炮药炮丸不是一件容易的事情，更何况他也只有一人，费了半天工夫才又填好了一发炮。

"转不过来，会撞到丰姑娘的船。而且一旦落后，我们就再难追上。"死鱼没法满足小糖人的要求。

"先不要用炮打，万一误伤到丰姑娘。我们还是想法追上去，对方船上的火还很旺，足以让我瞄清情形用箭射他们。"袁不毂也制止了小糖人。他现在已经移位到船头右侧，躲到缆桩后面。这不是躲避对方的最好位置，很容易遭到大箭大弩的攻击，但这是对方很难想到的位置，一般人不会认为躲避箭支的人会把自己摆到最前端，也是最容易遭受弓射的点位上。

"奇怪，他们为何不先将火灭了？"小糖人感到疑惑。木制战船最怕火烧，船上火势已经烧成一片，三根桅杆更是像巨烛高高照亮，对方却没设法扑灭，而是优先选择阻击和摆脱袁不毂的船。

"他们来不及灭火，是怕不够的箭又快又准。"死鱼回道。

"可是现在他们压制住了袁大人呀。也就是说，真要对射的话，他们在人数、实力上绝对占上风。根本不用拼命逃跑，而应该反过来追击我们才对。"小糖人还是觉得难以理解。

"可能是怕你的炮打他们，也可能是怕我用船撞他们。"死鱼这话说得很不自信。小糖人的炮只打碎对方一块船壁，过了半天才又装第二发，根本不具备多炮连续攻击击沉对方的可能。而两船船型大小相等，相撞之下只会出现胶着态势。对方攻杀状态已经完全恢复，胶着之下只会对对方更加有利。

"他们不是在躲我们，而是要抢时间转移到什么地方去。"袁不毂在小糖人的提醒下想到了这一点。"啊！不对，抢时间转移会不会是为了躲避什么可怕的东西？"袁不毂被自己的想法吓到了。如果对方全力而行是为了躲避什么可怕的东西，那么自己不是更应该躲避吗？

“不能再追了，我们得靠上那个泥漂子。”死鱼的想法是对的。不管是从对敌实力上来考虑，还是从对方拼命想要躲避不明物事的反应来考虑，他们此时选择一处相对稳实的旱地停靠，都应该是最为明智的做法。

“暂时还不行！我们得先把丰姑娘救回来。”袁不毂根本不同意死鱼的明智做法，坚持要救丰飞燕。

“不够，丰姑娘的船被他们带着或许更安全。”死鱼不死心，仍想劝说袁不毂放弃一意孤行的解救。

“人落到他们手里就再没有安全可言。你先把住走向，我来想办法套住丰姑娘船，把船桅的索子卸了。”袁不毂说着话从缆桩背后探出半张脸查看丰飞燕客船的情况，结果扑面而来的是乱箭划空的疾风，连半眼都来不及看全就又缩了回去。

躲过一片乱箭后的袁不毂立刻再次探头，这倒不是因为一轮箭射之后会有短暂间隙可以利用，而是在刚刚的半眼中，恍惚间有些让他惊奇的东西，迫使他再次仓促确认。

“死鱼赶紧把周围瞭看下，是我们的船走快了，还是周围的死船都动了起来？”袁不毂再次探头真真切切地瞄了一眼，确定之前并非自己恍惚，但依旧不敢确定自己的发现，所以让死鱼验证一下。

死鱼的处境并不比袁不毂好多少。水上对仗，设置大型武器和固定武器的攻击位是对方重点锁定的目标。另外就是舵位，也是对方集中攻击的位置。因此军船的舵位都装有盾板防护，但要想在乱箭纷飞的对战中探身出来瞭看周围情况还是颇为危险的。

“我们的船速快了，”死鱼没有出盾板瞭看就已经确定这点，是通过船壁传上来的划水声确定的，“周围死船动没动我没眼瞭，对方飞钉子追得紧。”

“我们的船会不会进了什么水道暗流？”

“湖面风力未变，我们的船加速肯定是因为有流动水势出现，是不是水道暗流无法确定。但如果周围的死船都动了，那反倒可以肯定不是水道暗流，而应该是整片水域出现水势变化。”

两个人一个在船头、一个在船尾，之前扯着嗓子喊还能听清对方的每句话，这次却有些不对，死鱼的话越来越模糊，最后袁不毂竟然无法听清。

“是什么在响？你们快看看是什么在响？”舱口处的小糖人惊惧地喊道。舱口在船的中间，所以小糖人的喊话前后两个人都听清了。

其实不用小糖人提醒，袁不毂他们也都听到水面上有嘈杂声滚动而来。正是这嘈杂声混淆了死鱼的声音，导致袁不毂无法听清后面的话。而嘈杂声通过船舱的空腔放大变音，人在舱门口听着不仅更加明显，而且极其可怖。

经过两三次试探，袁不毂惊讶地发现前面军船竟然完全停止了射击。他缓缓地从缆桩背后探身出去，而死鱼也正从舵位盾板后面现出身来。

死鱼判断得没错，他们的船真的提速了，但是提速后反而被前面军船拉开了半船距离。因为前面军船不仅和他们一样被变化的水势提速了，而且船上有更多的桨孔打开，更多的长桨伸出。原来他们放弃继续攻击是需要更多的人下去划桨，由此看来划桨加速比制止袁不毂他们的追逐撞击更加紧急。

周围零零落落的死船也真的动了起来，漂移着、起伏着、旋转着，并且移动的速度在明显加快。

有些死船是朝着两艘军船的航向移动过来的，这样就显现出前面军船划桨的优势，不仅可以控制速度，而且能助力转向，轻易就避让开移动的死船。袁不毂他们的船却不行，水势的推动力与那些死船的动力一样。除此之外就只有船帆的动力，要想避让死船就得完全依靠舵向调整和风力的利用。

死鱼的操船技艺绝对高超，高超到让人难以想象。但是在如此局限的条件下操控船只仍是惊险频出，连续与多条死船贴擦而过。一番折腾之后，他们被前面军船又多拉开了半船左右的距离。

两船距离拉开并非坏事，后面的船至少视野开阔了，有更大空间躲让那些移动过来的死船，特别是前船上的火势未灭，高挺的桅杆如三支巨烛照耀，照亮大片水面。

如果没有前面军船的火光照耀，湖面也好、波浪也好，都只会是一片暗黑。有了火光的照耀，水色依旧是漆黑的，波浪却凸显出了一道道翻滚的白色。光亮足的地方是晶莹的白，光亮暗的地方是灰淡的白。照不到的地方虽然依旧是深深的黑，但通过局部可见的、运动着的白色，可以联想出黑暗的不可见处是一番怎样的情形。

晶亮也好、灰淡也罢，当可见的水面都被一道道白色铺盖，当不可见的水面有同样的波浪翻滚而来，以一种无可阻挡的势头，带着鬼哭狼嚎般的喧嚣，让人顿时觉得自己误闯入一个妖魔肆虐的末日世界。

“那是什么？怪声就是从那儿来的！”被吓出舱口的小糖人也看到了那一道道矮墙般的白色，正朝自己这边快速移动过来。

“是排浪，船行加速、死船移动都应该是排浪的缘故。”死鱼认出那是一种特殊的潮浪现象。

再回城

莫鼎力沿湖堤走了一段路，眼见着日头渐渐西坠，满是金鳞的湖水成了墨色。人都是这样，一到天黑，心中便蓦然生出几分疲饿和落寞，多出一些警觉和惧怕，这种时候总希望能找到一处温暖安全的地方，将自己深藏其中。最好再有一桌热酒热饭，那是可以将肉体和灵魂整个抚慰一遍的。

湖边很荒凉，没有这样的好地方。即便有，莫鼎力也没抚慰自己的闲暇。但是当他看到湖边有一簇炉火，闻到一抹鱼香时，仍是不由自主地改变方向，朝着湖边的一叶小渔舟走去。

月光洒满静湖上，酌酒品鱼汤，这该是神仙才有的日子。偏偏莫鼎力看到的两个老头没一点神仙的模样，而是很仓皇地蹲在船头的小泥炉边，眼巴巴地盯着炉子上熬着的一锅杂粮粥。粥锅里面丢了几尾小鱼小虾，远远闻着有股子鲜味，近了却是腥得很。但要连这点腥气味道都没有，那么两个老头喝的粥就只剩湖水的味道了。

突然出现的莫鼎力让两个老头吓了一跳，几乎同时用身体挡在粥锅前面，眼中露出警觉的目光。

“两位老汉，在下打听个路，从此处往千马涂怎么走？”莫鼎力朝船上拱手问道。

“这要看你去千马涂哪里了。”一个长脸老汉回道。

“这话怎么说？”

“如去千马涂水角，你沿湖边一直往北转就成。如去千马涂岛头，那最好是乘船从湖上横插过去，否则要过了水角再倒转往岛头走，双倍的路程都不止。”

莫鼎力虽然不熟悉洞庭湖周边地形，但走惯了江湖，知道水角、岛头是什么意思。看来这千马涂应该是个伸入湖面的半岛，岛与湖边的夹角就叫水角，伸入湖中的顶端就叫岛头。而从那老汉描述的走向和距离来判断，千马涂应该是从东北方向斜探入湖。

“我要去千马涂的上善庄，不知是在水角还是岛头？”

“上善庄在岛头，你最好坐船过去。”老汉回道。

就在此时，另一个红鼻头老汉脸色突变，朝着回话的长脸老汉斥道：“你个老东西，等会儿让烧煳的粥烫烂你的嘴，免得没事吃风吐屁管闲事。”

“呃，嗯，这个、这个……”长脸老汉先被骂傻了，随即像是明白了什么，涨红了脸噎在那里。

莫鼎力眉头微皱，他最擅长的就是由相知心，两个老汉的反应明显是对自己提到的上善庄有着什么忌讳。

“那能不能麻烦两位老汉驾船送我上岛头？佣金我定加倍奉上。”莫鼎力并不一定要雇这两个老汉的船，只是想从他们的反应中了解更多情况。

“不行不行，去不得、去不得！”长脸老汉此时已经彻底回过味来，抢着摇手拒绝。

“为何去不得？”莫鼎力紧接着问。

“没啥没啥，我们年老眼花，行不得夜船。”

“那没事，您二位在船上休息，我来操船就是了。”莫鼎力一句接一句，毫不放松。

“那也不行，你一个远路来的人，进湖就是送死。”

“不见得吧，说不定我不会送死，反会让别人死呢？”莫鼎力突然改换为恐吓方式，说话同时还故意握了握雪花斩的刀柄。

两个老汉真被吓到了，颤抖着身体说不出话。从这情形来看，莫鼎力至少已经可以确定，上善庄并不上善。这湖上渔民很是惧怕，搞不好在那里是会丢掉性命的。

“这个、这个，好汉莫发火，且听我说。其实也没什么死不死的，我是吓唬你呢。只是千马涂岛头以及周围水面是樊家的私产，樊家当家的外号‘秽殡房’，毒狠刻薄。我们湖中捞食的万万不敢沾他的边，否则挨打受罚还是其次，搞不好扣个罪名就被送官坐牢了。”红鼻头老汉脑子活，马上把话回旋过来，“再有也是不巧，这几日正逢月半潮生，湖中水势随时会出现异变。我们这船窄小破朽，吃不起异变水势，这时强入湖中倒真是会要了命的。”

莫鼎力能看出老汉没有说谎，知道这是自己恐吓出来的效果：“可是我听说上善庄庄主是个大善人，在岳阳这一带颇有声名。”莫鼎力继续诱探两个老汉的话。

“别说岳阳了，从湘阴到长沙再到岳阳，绕洞庭湖一圈儿，恐怕没人不知道樊庄主名号的。听说他还和临安里的大官有往来，上回临安有些公公、大官被人杀害，还有官家人专门跑来查问樊家。”

这话让莫鼎力彻底惊愕了，他马上联想到华舫埠那个案子。记得此案死者中有个姓樊的湘阴大商，后来三法司说那姓樊的商人是别人冒充的，原来就是冒充的这个上善庄的樊庄主。但他的惊愕并非因为这个樊庄主曾经被死人冒充过，而是李诚罡是如何认识这个地方水霸的，还让自己来找这个人安排进湖事宜？

且不说樊某人在此的恶名，也不说此人在此盘踞岛头水面是否有什么其他意图，就说他如此招摇的做派就不可能与捉奇司存在关系。因为捉奇司所有外线、暗点都是极为隐秘的，全是以最为正常的身份不露痕迹地隐藏于民间。而捉奇司的整个布局又是极为严密的，有一线一点的暴露，损失的将会是很大区域的联络和暗实力。就算某些地方有特殊需要必须采取不同形式的布局，也绝不可能像樊庄主这样张狂放肆。

再有华舫埠血案发生之后，捉奇司非常难得地以旁观的态度对待，并未有任何实质参与。如果樊庄主真是捉奇司的人，那么这样做只有两种可能，一个可能是早就有后备的弥补计划，还有一个可能就是那个被杀的樊庄主本就是被用来试水的死棋。如果真是这样的话，那么捉奇司最初的目的又是什么？采用这种方式冒险伸手进宫有何必要？赵仲珥何等心思的人，绝不可能做如此没脑子的事。

赵仲珥不可能，不代表手下人不可能，比如李诚罡。他让自己去往上善庄真的是要找回袁不毂他们？姓樊的和他又是什么关系？有些事情站在自己角度想可能并不觉得有什么问题，但是放开自己站到审视整个事情的角度，那就会发现许多的不合理。

莫鼎力脑子里在飞快地转着，但都是徒劳的。他思考的问题可参考条件太少，很难得出确切的结论。不过莫鼎力仍是很快确定了一点，就是李诚罡刻意要将自己支出岳阳城。

“李诚罡要在岳阳城办些事情，怕被我发现，所以拿住我后直接送到城外，再找个寻到袁不縠的借口将我支派到湖上去。也不知道袁不縠他们有没有到达洞庭湖，更不知道有没有进湖。就算他们真进了，茫茫大湖，我要想找到他们谈何容易？这样一来李诚罡便可以放开手在岳阳城里做他不想让别人知道的事情。”

莫鼎力皱眉沉思，那张阴沉的脸让两个老汉以为他在考虑如何处置他们，不由得声不敢出，抖若筛糠。

“其实李诚罡拿住我之后可以先将我囚禁起来。若是觉得我会影响他的利益，甚至可以灭口，他之所以没有这么做，应该是怕我留有后手，安排了其他钉子在一旁跟随，所以打发我走是最好的方式。我一走，所有可能是我安排的暗钉都会跟着走。”

莫鼎力朝两个老汉踱过去两步，口中喃喃自语，鼻尖微微耸动。两个老汉越发害怕，但是此时连挪动一下脚掌的力气都没有。

“他没有让我找水军大营要船，而去上善庄要船，是因为他并不能马上解除对我的缉拿令，或者根本就没打算解除缉拿令，这样我就无法随心所欲地再回岳阳。另外估计他要做的事情也不能惊动官家军家。没让我找捉奇司的暗点，又不让官家军家参与，那么他这趟到岳阳做的活儿到底是谁派的？看来我应该回去看看才对。”

想到这里，莫鼎力面色突然一正，停止了自语，也停止了鼻子的耸动，抬手指了指两个老汉，两个老汉吓得腿一软差点没跪下。

“粥煳了，赶紧把火熄了。”莫鼎力平静地提醒下，说完转身就走。

才走出几步，他就听到后面一阵乱响，回头看去，是两个老汉手忙脚乱地把粥锅弄翻在船板上了。这回倒不是莫鼎力恐吓导致的粥飞锅打，而是小渔船出现了剧烈的震荡，船底像有什么东西在往上拱。

莫鼎力看了下湖面，靠近岸边的水势变化并不厉害，波浪起伏也不明显，但是水面下像有什么暗力，涌到湖边后立刻翻转回去，然后在远离岸边的地方冲出水面，卷起重重浪花，一道道朝着湖心滚动而去。

“水势果然变了，而且是回头浪，那老汉没说谎，今夜湖上真是去不得。”

湖上去不得，莫鼎力便更加坚信自己回岳阳的决定是正确的。但这回头浪也提醒了莫鼎力，他被李诚罡指派前往千马涂要船，再去寻袁不觳他们，要想回头重入岳阳可不像回头浪那么容易。擅自回去属违抗捉奇司指令，若被以此为把柄拿住，他被就地处决都有可能。而且李诚罡身边有着一众高手，他回去难保不被他们再次发现并捉拿成囚，到那时他该如何解释自己的行动?

这种担忧只在心里忽闪一下，莫鼎力就已经找到了应对办法:“我入驴粪局被擒后，与李诚罡对话过于惶急。而他们离开得也突然，整个过程我始终都未与他提起黑衣人的事情。此趟回去要是再落入他们手中，我可说我是回去提醒李诚罡的，防止黑衣人对他们采取行动。”

主意拿定了，莫鼎力便再不理湖上什么情况，纵身朝着岳阳城方向疾奔而去。留下狸猫般轻盈又谨慎的背影，带走一抹烧煳鱼粥的焦香。

第四章

持弓搏奇浪

白色的排浪其实早就在已经在湖面上出现，只不过开始时是正常微波，幅度不大，没有翻滚起那么明显的白色和声响，而现在势头明显提升了，滚动的白色越来越高，前后的浪道也越发密集。

“湖中无潮无风，凭空从哪里起的排浪？”死鱼对自己确定的结论提出疑问。

“这洞庭湖连接多条大江大河，此时正值秋潮季节，灌入湖中后是有潮推排浪的可能的。”小糖人怎么都算理脉神坊的人，与水脉有关的知识还是懂些的。

“还是不对，排浪是由湖岸那边过来的，秋潮起浪怎么都不会是从岸上往湖心的吧？而且浪道如此密集，就算海中风急时也很难见到。”死鱼仍是觉得蹊跷。

就在此时，他们所在的军船发生了变化，不仅出现前后的起伏颠簸，左右也剧烈摇晃起来。前后颠簸可以理解，一道道排浪从前往后滚过船底肯定会出现这样的效果，左右摇晃却是有些奇怪，难不成每道排浪中还有左右推拉的力道？

“确实不对！我们这船受的劲道好像是自旋方向的！”这个情况是袁不毂最先发现的。

“控住方向，紧跟上前面的船！”小糖人发出惊喊，是意识到了危险，“前面那条船是在赶时间躲避怪浪！”

这话一说，袁不毂顿时明白了很多之前想不通的现象。与他们对仗的军船之所以放弃占了上风的攻击转而加速驶走，肯定知道这个时候会出现怪浪。他们惧怕怪浪拼命逃避，应该是因为船只无法抵御怪浪冲击，只能抓紧时间躲到浪低水平的地方去。但他们又害怕在躲逃的过程中遭到袁不毂军船的纠缠和撞击阻拦，这才拉了丰飞燕的客船作为要挟和牵制。而其实他们的船如果无法抵御怪浪，那么袁不毂这艘船也同样无法抵御。

排浪越来越高、越来越密，前面的军船有人划桨还算好，可以强行在浪和浪之间挤行。周围那些死船没人控制，完全顺着水势浪劲而动，虽然盘旋折转无序，反倒顺畅无碍，翻覆风险不大。

袁不毂所在的军船却是不行了，越是想控制住就越难控制。整艘船像抽了风一样，又颠又扭、连晃带甩，人在船上根本站不稳。

比袁不毂他们的船更加危险的是丰飞燕的客船，船桅被前面军船紧紧拉着，在排浪的起伏中跌宕。而客船的船身轻、吃水浅，远没有军船稳定，被军船拉着无法顺势而动，在强劲且持续的排浪冲击之下，船尾渐渐翘了起来。只要浪再急点或船再快点，客船铁定会在水面上翻起筋斗来。

“不行了，我们不能再往前强追了，得松了劲随浪走才对。”死鱼扯着嗓子喊道，他不是征求袁不毂意见，而是在通知他们做好准备。

一旦他将舵把松了，所有借力全变成作用力，方向则变得无法预料。整条船随着水势浪劲而动或许不会顿时翻覆，但船上的人要没有提前做好准备，不是被甩出船去，就是摔个骨断筋折。

“别松别松！千万别松！再往前追一点点，我们就能把丰姑娘救回来了。”袁不毂断然制止死鱼。

“救不了了，听天由命吧，再不松舵连我们都会没命的！”

“死鱼，你要是敢松舵，我就先要了你的命！”袁不毂后背贴紧缆桩，尽量将身体稳住，双臂将弓拉开，一支随着船体剧烈震动的箭支对准了死鱼。

死鱼愣住了，没想过袁不毂会把箭对准自己。死鱼害怕了，知道就算在如此不稳定的状态下，袁不毂的箭仍是可以随他心意射入自己身体的任何部位。而且袁不毂这次搭在弦上的是一支铲头箭，这箭的宽刃箭头可轻松地将自己开膛破肚掏出心来。

“你别、你别射！我听你的。”死鱼胆怯后发出的嘟囔被排浪的喧嚣掩盖了，袁不毂根本听不到。所以死鱼果断将三页帆微微偏转，手中舵把猛地一带，军船剧烈跳动几下后往前蹿了两蹿，竟然借助了风力和浪劲，在两道浪道的夹缝间急冲出一段，拉近了和前面军船的距离。死鱼确信这么做是制止袁不毂向自己射出箭的最好办法。

但是这种借力往前的方式并不能持久，蹿出两下后船速马上就又降了下来。而且这样的强进反将船驶入更加不利的位置和角度，在排浪多重力道的夹击下，整条船竟然跳动起来，就像水下有无数重锤在冲捣船底，船上的木架木板发出瘆人的吱呀怪响，感觉随时都会被破拆成碎片。

“不能这样走船，舱里有太多的火药火雷子，把这些摇晃热了那是要炸的呀。”小糖人声音里带着垂死的哭腔。他跪抱住瞭台下的一支斜撑柱，就好像抱着袁不毂的腿在求他。

袁不毂没有说话，而是断然转身，单腿绕住缆桩上的缆绳并死死地踩在脚底，眼睛首先瞄住最近的船舷边线，然后往前瞄住湖面上排浪的水线，再锁定前面军船桅杆的三根竖线。所有这些线都是跳动的、晃动的，但跳晃并不妨碍它们作为袁不毂布局的参照线。

袁不毂的身体也在随着船身跳晃，他需要参照线来控制自己的频率。前后两艘军船以及被拖拉的客船距离、角度有着偏差，跳晃中偏差更大，而且在不停变化。袁不毂需要参照线来对比偏差，将所有跳晃相互弥补和抵消，最终瞄出一个稳定画面。

“要没命了！要没命了！”死鱼也发出了垂死的哭腔。这个久经海上风浪的汉子，竟然被内陆湖面上的排浪吓坏了，也不知道是真怕还是在做戏。

有一点可以肯定，袁不毂被死鱼的哭腔干扰到心神，明明瞄准的线往旁边微偏了一下，眼角扫到大片被前面军船上火光照亮的水面。

这片水面上仍是只有排浪，却并非由一个方向翻滚而来，而是从几个方向一起往中间冲来。一面冲来的排浪，已经让军船像要被拆散一般，如果是几面排浪围绕着一起冲来，这中间的位置还不跟磨盘一样？而此时前后两艘军船以及被拖拉着的客船就正好冲进这磨盘里。

铲头箭带着种哀怨的声响飞出时，人们并不知道它会带来幸运还是不幸。如果更早看到四面八方而来的排浪，袁不毂不一定会射出这支箭。问题在于他是个顶尖箭手，费了极大心神和体力瞄好的稳定画面绝不会轻易放弃，所以就在死鱼喊声带来干扰的同时，箭也射了出去。

铲头箭准确斜削在拉住客船的绳索上，一前一后的位置关系导致箭头无法直接横切在绳上。不过斜削的力道也不小，沿着绳索削了足有一尺半的长度。绳索很粗，一尺半的长度仍未能让它整个断开。削破处的麻线松散了、蜷曲了，但仍有那么一小撮还连着。

这时候三条船都进了磨盘，水势顿时出现变化，客船的船尾不仅渐渐抬起，而且还在剧烈扭动，就像一支鞋锥，使着各种劲要往水里钻。不管拉车，还是拉船，在拖拉受力过程中都最怕两点，一个是各种外力的突然变化，还有就是拖拉力道的似断非断，而眼下丰飞燕的客船两点占全了。

“死鱼，再往前追点！”袁不毂已经没有其他办法了，这种状态的客船不用等到多面排浪过来就会翻。他必须追上去补一箭，让客船彻底脱离拖拉再说。

“你这是要我们陪着你一起去找死呀！”死鱼怨怒地吼一声。但手中仍是巧妙地微微操控，让船跃上滚浪急冲一段。

面对眼前状况和同伴的埋怨，即便是弓射的天才，袁不毂也再难沉下心稳住自己了。而且余下的那一撮绳索更加细了，摆晃更加急了，所以他的第二支铲头箭索性射偏了，连绳子毛都没碰到。箭壶里只配有两支铲头箭，接下来只能用大月刃头箭来射，这难度比铲头箭要高出许多。

“再往前点、再往前点！”袁不毂还在喊。他心中越是焦急，手上就越是不稳；船只越是往前，脚下也越是不稳。弓箭虽然在手，袁不毂信心却是急转直下，甚至出现了从未有过的惧射。因为每一次出箭的失败都意味着丰飞燕生命的远离。他怕出现失败，更怕失去丰飞燕。

“死就死吧！”死鱼闷吼一声，将船头微微一调，沿着一道排浪到顶后滚落的势头斜线冲下。这有些像冲浪，横着沿一道浪持续往前冲。这样方向上肯定会有偏离，速度上却可以提高许多，然后到下一个排浪过来时，可用一个陡然折转斜插到前面军船的侧面。

也就在这时，拉住客船的最后一撮麻线再承受不住排浪的冲击，无声地撕扯断了。连续的排浪将早就已经蓄满力道的客船顶在浪尖上远远送出，那船就像片残破树叶在喧腾的浪头上跳跃、盘旋，一下不见了踪影，比射出的箭消失得还快。

客船突然脱离牵拉并快速从眼前消失，袁不毂对此还没来得及表示惊愕，就已经被从前右舷扔到了后左舷。这还幸亏他的位置比较高，整个人从舱顶上滚过。要是在低些的位置，人砸在舱壁、瞭台上，骨断筋折是完全有可能的。

小糖人虽然抱紧了瞭台的斜撑木，但也被震脱了手臂，一个翻滚跌回舱门里面，并顺木阶滚到舱底。

将两人摔出去的大力来自两船相撞。绳子断了，客船无可阻挡地随排浪而走，而在排浪上斜线冲下的军船同样无法调整、无法回头，只能按原定的路线直冲而下。这一冲借了排浪的势头，军船竟然追到前面军船的半船位置，随着急促的折转，硬生生撞在了前面军船的左后部，撞断了至少三支长桨。

大力的撞击不仅摔出了袁不毂和小糖人，还改变了前面军船的划行方向。前面军船船头瞬间偏转，并且就此一直转动下去，再无法掉回。和袁不毂之前说的一样，水下真的有让船自旋的力道，一旦陷入其中，再想拔出就难了。

撞击前面军船之后，袁不毂他们的船也同样未能脱身而出，一股巨大力道将其与前面军船紧紧贴在一起。前面军船自旋，袁不毂的船也跟着一起旋转。这种状态下就算死鱼操船的本事再高，都无法将两条船控制住。

炸双船

陷入自旋中的两艘船，袁不毂他们那条其实更加危险。对方的船上火势未灭，火苗、火星，以及即将熄灭的火灰，旋成了一个巨大旋涡，将袁不毂的船也圈带在其中。而袁不毂的船舱里堆满了火药和火雷子，哪怕几点火星顺舱口飘进去，都会让他们眨眼间灰飞烟灭。

“关了舱口，别让火星进去！”袁不毂大吼一声。

此时小糖人已经艰难地从舱底重新爬到舱口位置，听到袁不毂这声喊，用尽全力控制住自己随船旋转的身体，将舱门拉合并死死顶住。但这番努力终究还是晚了一些，有几片火星、火灰已经飘入舱里，并随着军船自旋到处乱飞。

小糖人后背用力顶住舱门，眼睛却始终随着舱里飘飞的火星、火灰乱转。火星和火灰最终都会落下、熄灭，每次落下都是对小糖人心理承受能力的巨大考验。特别是当一些火星、火灰在装了火药桶、火雷子的铁筐、铁笼边落下时，即便排浪滚动船底的声响震耳欲聋，都掩盖不住他自己心跳的扑通声响。

“得把船分开，不然谁都没法脱出漩涡。”摔跌到船尾的袁不毂离舵位近了，与死鱼说话清楚许多。

“没办法脱开，被外侧水力压住了，得把两只船之间硬别个缝儿，再对准浪道剖开才能出去！”死鱼的声音里透着绝望。

袁不毂爬了起来，一手扒住左侧船舷，另一手抓住根缆桩上的绳子并在手臂上连绕几道。他尽量避开旋转飞扬的火势，探身到舷外往前瞄去：“排浪的水线到前面就折转了，那位置正好有个回旋的力道，只差一个船身的距离就能脱出！”

有过铜钱湖怪流的经验，袁不毂知道两条军船其实已经到了混乱水势的边缘。但越到边缘，纠杂的怪力越是复杂，别说一条船身的距离，到这地步甚至往前移动一寸都是艰难的。

其实前面军船的行动把握得很好，如果不是被死鱼用船大力地侧撞一下偏转了方向，他们已经顺利冲出了乱力的范围。而后船不仅撞偏他们的方向，还将长桨撞断，两船之间没了撑推物。此时水势水流本来就湍急，同向而行的船只距离太近后，两船间的水流会更急。水流急了压强变小，在外侧高压强的水力推动下，两艘船势必紧贴在一起。

贴在一起后的两艘船都无法自如控制，只能随着乱流旋转起来。如果最初死鱼撞击对方的目的是同归于尽，那么像这样持续下去应该可以实现了。

“有浪道的，我能瞄到浪道！”袁不毂突然喊道。

“两船间别不开缝儿，有浪道也没用！”死鱼心中最是清楚，要想将目前这样状态的两只船分开，除非是有搬山的天神出现才能做到。

也就在死鱼刚刚说完这话，小糖人猛地冲开舱门跌滚出来，口中声嘶力竭地喊着：“抓好，要炸了，船要炸了！”

船舱中的火星、火灰乱转乱飞之后或粘附在物体上，或飘落下来。小糖人的心也随着这些火星、火灰荡来荡去、起起伏伏。但是幸运并未兼顾到所有火星、火灰，最终还是有那么一小点火星飘落在一笼火雷子上，并且正好点燃了药信头子。

小糖人一下全身绷紧，气血不流，剧烈跳动的心脏仿佛瞬间停止。但紧接着，他就又像释放的崩弓弹跳起来，在旋转得越来越快的船舱里朝点燃的药信子踉跄而去。

船晃荡得厉害，小糖人好不容易凑到了铁笼跟前，伸手去抓点燃的药信子。只要他能把这药信子咬断或扯断，那么就能将危机消于无形。

伸出的手已然碰到了药信子，就在他五指一收就能将其握住的瞬间，那药信子上闪烁的火花突然间四分五散了。火雷子全固定在铁搁笼中的架格上，每排火雷子的药信子也集中绕束在一起，否则挂得到处都是拿取搬运都不方便。火星只点燃了一根药信子，但这一根烧到后面却将整束的药信子都引燃了。引燃之后整束的药信子全散挂了下来，这样一来除非小糖人是个千手观音那才能将每一根药信子都抓住。

小糖人顿时蒙了，面对一大片在自己面前晃荡的火花，双手完全僵硬，不知该伸向哪里。而这么一大片的火花只要有一个不能及时消灭，结果和所有药信子都点燃是一样的。

这个时候应该逃跑！但是现在又能往哪里逃？只要逃不出这船，最终都会葬身急流滚浪之下。除非能够缩小爆炸威力，在爆炸之后船只侥幸地不出现翻沉。

小糖人左右看看，舱里只有一扇充当炮窗的射窗打开着。他想都没想，弯腰弓身，不顾一切地用肩膀顶住装了火雷子的铁搁笼，猛吼一声往炮窗那边推去。

铁笼快被推到炮窗时撞在那里的炮架上，整个倾倒过去，而这正是小糖人想要的。倒下的笼子斜斜搭在炮窗上方，笼门打开，点着药信子的火雷子差不多都滚出了炮窗。剩下些掉出铁笼的，小糖人也都借倾斜的铁笼撑住身体，用目前能使出的最快速度一个个捡了扔出窗口。

要在平时，这个办法绝对可以解决眼前危机，火雷子通过炮窗掉到外面的湖水中，药信子马上会熄灭。即便不能马上熄灭，火雷子爆炸的威力也会被湖水缓冲。

但是现在的状况是两船贴靠在一起，两边略带弧形的船壁只在上下留下了些空隙。炮窗位置靠上，所以掉出炮窗的火雷子大部分落在了两船贴近位置上方的空隙里，还有小部分则通过撞裂长桨的桨孔落进对方船舱里。

到这程度小糖人再没有一点其他办法可想，只能跌撞着冲出船舱。出舱口后，他扑倒在地，不仅是因为船身旋转无法站稳，还因为预计火雷子即将爆炸，急急地趴平身体是为了减少冲击。

火雷子炸开了，巨大的气浪将袁不毂他们的军船高高抛起，连前面一半的船底都抛离了水面，随后再重重砸下。

舵位那里如果不是有专设的盾板，死鱼肯定直接被抛进湖里。袁不毂所在的左后舷虽然不是火雷子爆炸的正上方，遭受的冲击却是几个人中最大的。好在他之前抓根缆绳并绕在臂上，所以爆炸之中他的身体只是以缆桩为中心被连甩几番，但始终都没将他甩飞出去。

袁不毂被连甩几番，说明火雷子的爆炸不是同时的，而是有先有后，这和配置的药信子长短有关系。也正因为有先有后，后面的很大一部分点燃药信的火雷子未能爆炸。因为前面爆炸的气浪将袁不毂的军船掀开，贴近的两船暂时分开。空隙中未来得及爆炸的火雷子直落水中，或熄灭，或在水下爆炸。

即便如此，袁不毂所在军船的船壁还是从前到后被炸出连贯的大洞，就好像把左侧船壁完全扒开，露出大半个船舱。多根承力支柱被炸断，导致船身结构变形。这还好在火雷子都在船壁外爆炸，只零星一两个是在铁笼中爆炸的。有了船壁和铁笼的阻挡和缓冲，没有导致其他铁笼的火雷子和火药继续爆炸。

比袁不毂他们军船受损更严重的是对方军船。火雷子炸开时，它与这边军船恰恰相反，是被猛地往下按去，这主要是通过桨孔滚入船舱内部的火雷子爆炸力起的作用。

滚入内舱的火雷子还将些撑梁弧柱炸断了，少了支撑的船体承受不住上层重压，半边甲板顿时斜塌下来。整个右舷一下比袁不毂他们的船矮了许多，而舱壁上炸开的大洞也比袁不毂他们船上的洞更宽更低。被爆炸力道按下的瞬间有大股的湖水疯狂涌进破洞，若不是水下浮力和排浪怪力及时将船重新推托上浪尖，估计这船很快就会被湖水灌满，继而沉入湖底。

被推托到浪尖的对方军船与袁不毂的军船错开，两船间就又多出些距离。惊魂未定的袁不毂仍敏锐地发现到这个机会，再次冒险探身到舷外。

“死鱼，快！快把舵对正！看准那道卷浪！”袁不毂在拼命叫喊，他瞄到的浪线是不多的机会。如果再不能借此将两船彻底分开，摆脱现状冲出排浪范围，接下来自己所在的船恐怕很难承受怪力水势的冲击。

死鱼艰难地爬起来。他头上青肿，口鼻流血，浑身骨头裂了一般地疼。虽然他没有直接受到爆炸气浪冲击，但仍是被从舵台上大力甩出，整个人在盾板上撞了个结实。

眼见着卷浪的浪头朝船头斜冲而来，死鱼忍住身体的疼痛，紧抓住了舵把，运丹田气发出一声嘶吼，用整个身体的重量吊住舵把往后拉去。

船底的水势很急，要想扳转过舵叶非常费力，但只要转过了一定角度，过了水势最强端，水势力道便会陡然让舵叶快速转向。

船舵在急流和人力的对抗中剧烈震颤，死鱼也随着舵把剧烈震颤。这让他受伤的身体很疼很疼，更让他担心舵叶、舵杆随时会断裂。但他运足的劲头一点都没松，现在要是忍不住疼稍松下劲，后果将是丢掉性命。至于船舵能不能承受就只能听天由命了，逃命的机会只有一刹那，必须不顾一切地去做，来不得半点迟疑和顾虑。

船舵发出一声“吱呀”惨叫，死鱼拼命使劲的身体突然一空。他心里绝望地暗呼声“完了”，刚才的感觉像是舵叶从舵杆上别断了。

“转了、转了！快把方向把准了！”袁不毂的嘶喊声传来。死鱼这才明白刚才那一下是过了水势的最强端，舵叶一下被扳转到另外一侧来了。于是他跪趴膝行两步，双手握住舵把往回推动。那姿势就像虔诚的求拜，无比地小心和投入。

一下转过来的船头重新退回了一点，推带着旁边的军船一起对正斜插而来的卷浪，恰到好处地让这道卷浪的浪线直插两船之间的空隙。船体在卷浪作用下剧烈跳动着，船上不停地有木材断裂的声响传来，清晰得连浪声都掩盖不了。这让所有人都以为受损严重的船体会彻底垮塌，而他们唯一能做的就是死死抱住身边大块的船木。这样他们可以将身体尽量稳住，一旦船体垮塌，还能凭借它们浮在水面上。

两艘船很突然地彻底分开，像堕入深渊般同时急漂出去。这是好事，他们终于从排浪范围的转角上脱出了。这也很难说是好事，排浪范围之外并非风平浪静，只是浪势稍减。所以直漂而出的船体依旧很难控制，破损严重的两条军船有可能会与其他死船相撞，也有可能撞到泥漂子上。不管是哪一种情况，给他们带来的仍会是船毁人亡的结果。

无声射

排浪变成粼粼微波，湖面真正平静下来。天上浮云抹去，一轮明月挂在中天。袁不毂他们的军船歪歪地漂在水面上，刚才急漂而出时，撞到了两条死船。好在那两条死船都不大，撞击虽然让受损严重的军船雪上加霜，船体出现了倾斜，但至少还没有倾覆。

对方的军船则直接撞在了泥漂子上，已经垮塌的甲板彻底被压落下来，不知船上的人有多少被压死，没死的又能不能从船体中逃出来。三根桅杆上依旧有火苗在晃荡，就像招魂的残烛，估计不把粗大的桅杆烧完是不会熄灭的。

周围很静很静，包括泥漂子上的破军船，所以当袁不毂从一堆缆绳中艰难爬起时，怀疑自己到了另外一个世界。于是他很自然地放低声音，轻轻呼唤死鱼和小糖人，并往右舷那边找寻过去。

天上月光映照，湖上波光反照，在月光和波光之间，袁不毂眼角还敏锐地瞄到一点异常的光。这是一种带着寒意的光，一种可以穿透魂魄的光。

异常的光来自泥漂子上的那艘军船，袁不毂想都没想就纵身扑倒，一支狼牙箭从他扑倒过程中的身影上掠过，竟然没有发出破空的声响。

“当心！无声暗射！对方会用无声暗射！”舵台下方传来死鱼的声音，但看不到他的人。这是他害怕无声暗射，不敢将身体有丝毫暴露。

与仙琴弩的乱声惑敌、惊音怔敌完全不同，无声暗射是以无息无音来偷袭制胜的。须臾箭的材料几近透明不可见，而无声暗射的箭支如果用烟木熏黑，在黑暗处应用的话效果会比须臾箭更好。刚才那支箭应该是对方箭手身在塌垮的破船上，随手摸到支狼牙箭就赶紧用了。否则就算袁不毂眼力再强数倍，也都无法瞄到箭芒寒光躲过暗射。

与仙琴弩、须臾箭最大的不同是，无声暗射完全依靠技巧，仙琴弩须臾箭重点是在武器。会无声暗射的箭手随手拿来的弓箭，都可以瞬间进行简单修改，让其成为无声射杀的利器。就好比刚才暗射袁不毂的一箭，其实用的就是普通的雕喙弓和狼牙箭。只是这张弓弓头临时多缠了几道布条，在狼牙箭上也临时刻了一条螺旋槽。

临时改造的弓箭和专门制作的无声暗射弓箭差别其实不太大，射出的过程并非完全没有声音，只是声音很小，可借助一些自然的声音进行掩盖。比如弓射的声响可以用湖水声来掩盖，箭支飞行的声响在螺旋槽作用下减弱到极点，同时还可以利用螺旋槽将声响改变得与风声相似。当目标听到并辨清微弱的箭支划空声时，那箭已经到了无法躲避的距离，因为箭上的改造还有加速箭支飞行的作用。

后半夜的湖面很凉，对刚刚在怪浪和对战中折腾了一身热汗的人来说更加明显。而袁不毂一身的热汗已然凉透，一身的冷汗正从他身上悄悄沁出。

冷汗是因为无声暗射，一点寒光的提醒让他躲过了第一箭。但这并非是他有躲避无声暗射的能力，而是对手在仓促中没有拿到适合无声暗射的箭支。所以袁不毂这次的活命完全出于侥幸，至于下一箭是否还能这样的侥幸，得用命继续去试才能知道。

无论什么样的弓箭，都是会有弓射声响的，这一点熟知弓弩特性的袁不毂能够肯定。而无声暗射的箭手能做的是将这声响降到最低，让目标在有效射程内忽略弓射的声响。再有就是将降低到最低的声响混杂在其他声音里，利用环境声响进行掩盖。这样一来，就算目标注意到弓射的声音，也必须要在极其短暂的瞬间将弓射声与环境声区分开来。

袁不毂很认真地聆听着周围的声响，能听到的只有湖水拍打船体的声音。这是与弓射声非常接近的一种自然声响，无休无止，逐渐在听觉中形成惯性。这样就算明知道对方是利用这水声掩盖箭声，也都无法在箭射的短暂瞬间中进行区分并躲避。

所以当无声暗射的箭手功力达到一定程度时，他可以将暗射当成明射来用。只需占住一个合适位置，他就再不会让锁定的目标有露头的机会，更不可能让目标有逃走的机会。

躲在舱顶后面的袁不毂在不停地流着冷汗。这倒不是因为根本没有露头的机会，以他现在的耐性，可以一动不动地和对手僵持个几天几夜。流冷汗是因为他又听到了其他声响——肆无忌惮的划桨声，是划破水面的船行声。对方的船虽然搁浅在了泥漂子上，但这里终究是别人的地盘，可以召唤更多其他的船只来继续攻袭。自己却只能躲在角落里一动不动，就如放在砧板上的一块肉。

“有船过来了，船不大，数量不少。”死鱼在舵位盾板后面喊了一声，证实了袁不毂的担心。

“能让我们的船动起来吗？”如果船能够动起来，袁不毂就可以借助船体角度的偏转快速转移自己的位置，躲开被对方无声暗射锁定的尴尬局面，甚至可以进行回射。

“摸不着舵把，看不见水道，动不了。”死鱼立刻回复道。

“能不能移位诱点？”袁不毂又提出一个要求。这是他们训练组合射阵型的术语，是问死鱼有没有办法配合吸引对方射手的注意力。

“不能，动一下我就得死。”死鱼回答得很干脆，面对无声暗射很有自知之明。

位置很不好，船又不能动，袁不毂无法改变自己被锁定的被动处境。而对方能够用来实施攻击的不仅无声暗射，还有其他配合攻击的船只。这其实也是一种组合射阵型的形式，只是将迂回助攻的射手换成了灵活的小船，是更适合水上弓射的形式。

袁不毂弓在手里，箭也在弓上，但现在最大的问题是无法露头，无法找寻对手的位置，就连制止小船靠近自己的出箭线路都找不到。对方无声暗射的箭手早就将他所有可以成功出箭的可能性都料算好了，指导小船逼近的角度线路全都避开了这些可能性。

还有一个大问题是他连冒险行动的机会都没有，因为他无法听到对方弓弦绷弹的声音。如果对方箭手的第二支是经过熏烟处理的全墨箭，那么他做出的任何冒险行动，都只会成为送死举动。

也就是说，虽然对方的战船歪搁在泥漂子上动不了，但对方掌握的种种攻杀条件就如一只绳套勒住了袁不毂的脖子，并且在不断地慢慢收紧。而袁不彀就像个被麻醉了全身的人连挣扎一下的法子都没有，甚至连自己是怎么被慢慢杀死的都不知道。

一簇火苗从对面军船飞射而来，钉在倾斜的舱顶盖上，距离袁不彀只有两步远的距离。袁不彀眼角一闪，就已经判断出这是一支普通的火箭，一般只用作夜间指示或者定位。而且这支箭并非刚才那个无声暗射的射手射来，应该是他的助射手所为，可能是为了吸引自己冒然动作，也可能是其他助攻方式的先行程序。

袁不彀等了一小会儿，果然出现了后续状况，在对方军船上仍未熄灭的火光中，有多道影子扑腾而起，盘旋几下，像是在找方向，然后猛然飞高，这应该是要对准找到的目标来一个疾速的俯冲。

袁不彀猛然想起了什么，耸鼻子闻一闻，闻到一股焦肉混杂了血腥的味道，心中不由得暗叫一声不好:“夺火夜鹰！”

当初袁不彀和八足水黾李踪去往鲔山时，为了把密杀骨鲔圣王的活儿做好，一路上李踪给袁不彀恶补了许多与西北地界有关的江湖见识，其中就曾提到夺火夜鹰。夺火夜鹰并非什么特别品种的鹰，而是经过特别训练的漠北鹰。一般的鹰不能摸黑飞行，但鹰眼锐利，对黑暗中的光尤为敏感，所以有人便训练了飞速快、爪力强的漠北鹰，专门盗抢野外夜宿的过往客商。在客商点篝火烤肉烘馍、整理货物时，夺火夜鹰便会寻火而去，不仅抢食，还啄人抢物，尤其是在篝火下闪光的东西。所以客商们被抢的东西大多是金银物品和身上佩戴的珠玉宝石，最容易被啄伤的身体部位是眼睛。一些关于西北风情传闻的书籍中提到的漠北飞盗，所指的就是这种夺火夜鹰。

火箭只是个引子，真正助攻的是夺火夜鹰。只要夜鹰飞到焦肉血腥味的火苗附近，那么离火苗只两步远的袁不彀，他的眼睛、箭支、甲扣等闪光部位都会成为夜鹰抓啄的目标。而这种抓啄攻击只需将袁不彀身形逼出隐蔽物外一下，就会有无声的箭支穿透他的身体。

一声夜鸮的哀号，就如地府索魂鬼使发出了喝令，太过突然，深夜之中必然会让一些心中有鬼、脚下发虚的人惊悸和恐惧。而正在聚精会神准备杀人的人，更是会有心促气急的自然反应。

袁不毂就是在这一声哀号声中移动位置的。他一直在仔细聆听，聆听周围所有与水声不同的声响，因为这些声响极有可能就是要他命的杀招。所以在哀号响起后，他想都没想就前扑而出。他已经被对方箭手锁定，现在又放出了夺火夜鹰逼迫他露出身形，所以他无论如何都得先离开无奈等死的位置，转到个可以搞清自己怎么死的位置。

这是一次危险的移位，因为在身体扑出的瞬间，会有一小部分身体露出在无遮挡的空当中，而一支无声的、通体全黑的箭便恰好抢射到这个空当。

虽然被夜鸮的惊叫震荡了心神，但绝好的箭手依旧可以快速抑制心促气急，在瞬间准确出箭。真就是半口气的时间差，箭手完全调整好状态只吸入了半口气，手中的弓是在吸入半口气的过程中拉开的，箭是在心平气静后射出的。有旋槽的全墨箭不仅声微，而且速快，所以袁不毂未能逃过此箭。

也正是因为有半口气的时间差，袁不毂头部和上身都及时通过了空当，对方的箭只射中他的腰部以下。而他腰下挂着的箭壶正好挡在身体一侧，那支无声且墨黑的箭死死地钉在箭壶上。

通过身体的震动和箭支钉入的声响，袁不毂确认自己中箭。通过这箭的射中位置和射入角度，袁不毂在脑子中拉扯出一根虚无的线来。这线的另一端就是对方射手的大概位置，也是他回射的目标位置。于是扑出后的袁不毂没等身体完全稳定，就也回射出去一支箭。这所有一切，全在电光石火之间。

袁不毂快速移位已经让对方箭手感到意外，而那一记回射更是让对手惊觉自己遇到了前所未有的强敌。这一箭虽然没有给对方射手造成任何伤害，却给他心理上陡然增添了一份重压。对方射手弓射对战的经验丰富，面对此种情况立刻改变策略，占据更加安全的位置。防守和攻击总是此消彼长的，这样一来，势必牺牲部分攻击力，给袁不毂腾出些可辗转的空间，所以对方的做法很难说是对是错。

鸮斗鹰

又一声夜鸮的哀号响起，从声音方位上可以推断这夜鸮是迎着对方那几只夺火夜鹰过去的。于是紧接着就是几声尖利的鹰唳掺杂进哀号声中，四五个扑闪的飞影盘飞成团，多只夜鹰开始围攻夜鸮。但反过来也可以说，这几只夜鹰被夜鸮阻止了行动。

夺火夜鹰，都是由最好的漠北鹰训练出来的，是最擅长捕猎的猛禽。它们的能力在白天光线好的情况下可以发挥得更加淋漓尽致，但在黑夜之中只能追光而行。夜鸮却不同，黑夜是它狂舞的天地。而且敢独自应对鹰群的绝非普通夜鸮，主动邀斗是出于某种指令，也可能是出于自身本能。

袁不毂移动后的位置仍不算好，是右侧舷板与瞭台间的角落里，无法后退避让，也不能随意抬起身体。但这个位置有瞄线的视野和出箭的空间，对于一个箭手来说，能看到敌人并射出箭去杀死敌人，就是最好的后退避让。加上对方箭手提高戒心，加强防守、减弱了攻击力，目前至少处于一个相对平衡的对峙状态。

看过箭壶替自己挡住的那支箭后，袁不毂的信心更是提升了许多。他已经躲过了对方两支箭，其中第二支箭还是烟熏的全墨箭。不管是自己运气好还是对方有问题，都意味了无声暗射不是无隙可破的。所以只要他能坚守住出箭位，不让围逼过来的其他船只得手，等到对方出现可破之隙的时候，胜算应该更多地是在自己这边。

能够心存这样的想法，是因为袁不毂已经想到出现可破之隙的机会可能是在天亮之后。无声暗射的优势一个是无声，还有一个是暗不可见，只要等到天亮，就算依旧无法听到弓射声响，他至少可以看到全墨箭的飞射。

“不够！小船已经接近，他们像是要上船。我们该怎么办？”死鱼能通过水声推断船只的大小和远近，也能通过距离的远近来判断对方的意图。

“小糖人，能不能用火雷子将他们逼退？”袁不毂知道死鱼也在对方箭手锁定范围内不能乱动，面对其他小船的威胁只能寄希望于小糖人了。

“不行，他们在另一侧，我过不去。”不知道小糖人是在哪里回话的，从出声的方位来听，估计是在船体被炸开的左舷。的确，左侧可以避开与对方军船的正面对敌，但对方小船正面过来的话，他同样无法做些有用的事情。

就在小糖人刚刚回复不行之后，连续几只锚绳被抛上船来，挂住船舷。然后几条船同时回划，绳子一下绷紧，本就已经出现倾斜的船体猛晃一下。

“怎么回事？他们要干什么？”袁不毂觉得事情不太妙。如果对方发动弓射或者意图攀船，这都在他预料之中。但是对方抛锚拉船，那肯定是有了比攻杀方式更加恶毒的意图。

“他们是要把我们的船拉走。不对、不对！他们是想拉翻我们的船！”就在死鱼这声喊的同时，又连续有多条锚绳被抛上船来。

军船船体高，桅杆也高，船上面又有很多武器装备并装有铁护具。当左侧船壁被炸破后，船体本身就已经出现左轻右重的倾斜。而火雷子爆炸的冲击力，又将船舱中沉重的炮架、铁笼全都推移到右边，挤堆在右侧船壁处，导致破损船体左轻右重的状况更加严重，整个往右大幅倾斜过来。而现在对方那些小船用锚绳集中拉住右舷，再同时拉动的确有可能让军船倾倒翻覆。

随着船体大幅倾斜，袁不毂在隐蔽的位置已经有些站不住了，只能随着倒下的趋势持续溜滑。而这样一来原本挡在他面前的舷板就变得越来越矮，很快就会将他的头部暴露出来。而更加危险的还不是暴露自己，一旦这船被拉得扣覆下来，都不用对手出箭，他就得埋骨洞庭湖湖底。

就在这紧要关头，一艘轻巧的船快速闯入小船群中，就像飞掠对方军船的夜鸮一样——船帆尽落，桅杆朝前倾斜，船头有种高频率的小幅度自由摆晃，这是船尾以快速摇橹为动力才会出现的状态。

没人发现这船是从哪里出现的，可能是躲在哪处黑暗里，也可能是混在那些死船中。但出现得很突然也很快速，完全出乎对方的预料，又快得让他们无法应对。

轻巧的船朝前倾斜的桅杆准确撞在一条小船竖直的桅杆上，被撞小船缆桩上紧绕拉住军船的锚绳，被撞之后不能自然地随水而荡，船体以绳头为中心摇晃一下侧向没入水中。虽然船上人及时调整站位，将船体恢复过来，但这一下已经舀进了半舱多的湖水，保持不沉已是不易，再想出力拉翻军船却是没有可能的。

而轻巧的船撞击之后顺势往旁边一闪，船尾正好对着另外一艘小船的侧舷。船尾上摇橹的人似乎早就想到了这个情形，顺势将长大的摇橹从水里拔出，高高抬起，然后猛地砸向那小船的侧舷。

“咔吧”一声爆响，船舷被砸开个豁口，湖水无遮无拦地直灌进去。这船比前面那船要惨，眼见着渐渐沉没下去，船上人只能跳水游到其他小船上去。

两只小船的损失，让整体拉力小了许多，看似即将被拉翻的军船一下恢复了不少。而轻巧的船还在继续攻击，整个过程流畅得就像训练过无数次一样，这让那些小船全都陷入恐慌之中。有的船上舞篙挥矛开始防御，有的船上开弓端弩准备反击，这样一来拉翻军船的目的只能暂搁一边。

“点火！”“点火！”……突然响起的喊声就像边塞上的烽火一样，持续地往远处传去。随着这喊声，泥漂子上、对方的军船上、小船上，以及湖面上其他不知什么位置上，陆续有火光亮起。这火光是针对轻巧小船的，也是针对空中夜鸮的。一个掌控周围局势、熟悉周围环境的群体，遇到突然闯入其中的个体，盲目追击只会对自己不利，还可能会出现相互干扰、误撞误伤的情况，所以最好的办法是让所有同伴看清个体，然后合力围击。这道理就像几个人可以摸黑分掉桌上的一只肥鸡，但是当出现一只将肥鸡抢走的狸猫后，再要摸黑那是绝对无法将肥鸡抢回的。

点亮灯火的做法是完全正确的，但影响也是难以想象的。深夜的湖面，天地如同混沌的一团墨玉，其中有一块却闪烁出光来，只要有人看到必然会感到惊异和疑惑，并且会很快流传开来。而如果灯火亮起的地方有着某些人不愿被别人知道的东西，看到灯火亮起的人中又有着朝廷里最为重要也最为聪明的人物，那么最终的影响更会难以想象。

湖面被灯火照亮，空中也被灯火照亮，但是情形仍不能完全被看清——一是因为速度太快，二是因为场面太过混乱。湖面上试图拉翻军船的小船有几艘已经松掉绳子，转而围击那只突然出现的轻巧小船。这些船现在全都采用划桨或摇橹来作为动力，穿插盘绕在一起就像形成一个不规则的漩涡。

天上的则更加无法看清。几个影子一会儿拔高，一会儿掠低，一会儿深入远处的黑暗里，一会儿又忽地从火光前闪过，翅膀扑动的风力几乎将灯火苗子带灭。

“是朱满舱的船！”死鱼突然发出声喊。

刚刚袁不毂变动位置后，对方射手也只能被动变位，这样一来死鱼就可以在袁不毂后方一定角度内露脸查看局部的湖面情况。而他能认出那条轻巧的船是朱满舱的客船倒并非因为看清了船形和船上的人，而是看到那船刚刚用连续的一个左满舱和一个右满舱巧妙脱出对方的三角合围。

“这朱满舱厉害，能边摇橹边转舵，而且摇橹的力道可以协助舵叶微调角度，准确在船缝中穿插。”死鱼告诉袁不毂这情况，是提醒他注意朱满舱的不同寻常。

袁不毂没有回话，他并不担心朱满舱是否存在问题，就目前来看，朱满舱做的都是对自己这方有利的事情。差点被拉翻的军船在朱满舱突然出现干扰后渐渐恢复，袁不毂现在最担心的仍是对方能实施无声暗射的箭手。

军船破损后已然是倾斜状态，所以回复到原状的过程并不长。但这个不长的过程中，他不可能一动不动，必须随着船体的变化而身不由己地移动。而他瞄到的线只能针对对方，并不能站在对方位置瞄到自己。所以在这个移动过程中，自己是否会有哪一处的身体部位露在隐蔽处之外，船体是否会有一个突然的变动将自己暴露到对方射杀范围内，他全都无法知道。

湖面的船斗混乱且惊心，天空中的鸟斗疾速且惊险，但都比不上袁不毂和对方箭手的对决。这是眨下眼、呼口气就会决出生死的战斗，而战斗条件对于袁不毂来说依旧不利。

对峙的时间拖得很长，对方似乎并不着急。袁不毂原来想到对方出现可破之隙最可能是在天亮之后，而现在觉得对方似乎也在等天亮。一旦拖到天亮，可见度是再多火把灯笼都难以相比的，那样一来朱满舱和夜鸮的处境会陡然变得恶劣。而这些可以帮助自己拖住对方其他手段的强援一旦失去，袁不毂能不能在对方多重攻击方式下等到可破之隙就难说了。

湖面上火光亮起时，莫鼎力刚好赶到岳阳楼外，看到一个怪异的人。他没能看清那人的长相，但是那人的装束让他吓了一跳，因为那是让大宋历代皇上都会犯忌讳的乌金氅、金牛冠。

夜间昏暗，城外道路崎岖，行走无法快速，好在方向辨别准确，莫鼎力一路顺利到达西门偏南的那段城墙外面。

岳阳虽然不是边界城池，但洞庭湖是水军重驻地界，城里有不少水军的相关职府，无形之中提升了岳阳城的军事层次。所以岳阳城防方面并不亚于边界城池，更有很多与水上互动的信号设施是其他地方没有的，就算是夜间，城头上也是定哨、游岗全部署到位。

和夜攀华蓥三城不同，那是在毒变人冲城的状况下，本就是要通知城头兵将赶去通蜀门防守的，不怕惊动到守城的兵将，所以采用的是扣指飞爪的攀索，而这一回莫鼎力悄悄潜回岳阳城，不能惊动任何人，只能采用慢攀爬的器具蜘蛛爪，像个影子般悄悄上了城头。

城头上竟然没有看到一个守城兵将，莫鼎力并不感到意外，因为李诚罡要在岳阳城里处理一些事情，那么出现什么不合常规的情况都是有可能的。

既然没有见到定哨游岗，上了城头之后，莫鼎力就立刻悄然朝位于西门城头上的岳阳楼靠近，这个选择是他在往回赶的路上详加思索确定下来的。

夜探楼

莫鼎力最初跟着李诚罡进入岳阳城，随后入局被擒，再被毛驴驮了一路往西往北，从西门送出到城外偏僻处。李诚罡匆匆入城后肯定急切前往需要查证的地方，而且当时进城便沿城墙西拐再转北，这应该是去往关键处的最直接路径。

当发现有人尾随后，最佳的处理方法不是改变方向，那会被别人逆向思维找到目的位置，所以思谋周密的人一般会继续往前，直接从目的位置走过，这样反而不会让人觉察出差异。

李诚罡他们带着蒙了头的莫鼎力沿城墙内路一直绕到西城门，在主干道处可以转向城中心。但如果是这样，在进南城门之后李诚罡就应该直走，也可以继续沿城墙往北。但到了西北的拐角后只能转向北城门，这同样是没必要的绕路，李诚罡进南城门后直走也可直接到达北门，所以目的位置就在西城门这边，带他出西城门就是直接从目标位置走过的做法，为了让他觉察不出差异。

莫鼎力仔细回想了自己走过的那一路，可以听到的、闻到的肯定不会是对方要掩盖的，否则不会只是让自己看不见。那一路看不见的东西有很多，其中最值得看一眼的应该就是西城门上的岳阳楼。

莫鼎力弯腰闷头踏着小碎步，如狸猫一般快速接近楼的一侧。楼的周围能够掩藏身形的位置太少，还亏得有些守城的器物和装置，否则他连个蹲下的角落都找不到。

周围没有守城兵卒，这让莫鼎力确定肯定是有什么重要的人物要进岳阳楼。但楼外似乎也没有厉害的护卫，这情形又和前面的结论有些矛盾，重要人物怎么可能没有严密的防护？难道是自己来晚了，他们该看的都看过、该找的都找过，现在已经离开了？

莫鼎力提着心溜到一个擂鼓的鼓架底下，借助鼓架的阴影遮掩，探身伸头往楼里看去。这样距离虽然远一些，但自己至少不会被对方的人发现。

底楼很昏暗，看不清里面有些什么，但莫鼎力估计那里面一定会有几个厉害的护卫。周围未见大范围防护，应该是护卫人数不多，都集中在了最为关键的位置。

二楼光线昏浊摇曳，是只点了一两支细烛的亮度。莫鼎力先在东侧窗棂上看到一个人的影子，再勉力扭下脑袋，才又在西侧半开的窗页后面看到半个影子般的人。这人竟然穿戴了金牛冠、乌金氅！

当年赵匡义替太祖皇帝行秘事、除异己，就是穿戴了金牛冠、乌金氅。据说后来赵匡义入宫夺皇位，也是穿戴了金牛冠、乌金氅。所以这金牛冠、乌金氅在宋家皇朝中其实是兄弟相残、谋反篡位的象征，每一代皇帝都深有忌讳。

岳阳楼是建在西城门城头上的城上楼，白天可远眺洞庭湖风貌，夜间自然也能看到湖上亮起火光。不过今夜湖上火光是偶然亮起，正常夜间看不到，所以这装束奇怪的人要是没有预测的本事，就肯定不是来看湖上火光的。不是看湖上火光的，那这人夜间进到岳阳楼里，估计是要在这楼中找点什么。

莫鼎力准备再往前靠近几步，看清穿着乌金氅、金牛冠的人到底是怎样的长相，但才挪到楼前石台下，就发觉城楼楼梯那边有轻盈脚步挟带着劲风快速上来。这种响动莫鼎力极为熟悉，当初在宫中当带刀侍卫时，每当皇上要到各处走动之前，宫中侍卫都是以这种脚步和身形先行占据各处要害位置。而他最近听到这种响动是在一堆驴粪旁边，随着这响动自己被绑成个驴褡裢。

应该是李诚罡带着那些侍卫到了，莫鼎力知道自己必须避开他们。但城头上本就没有什么可以藏身的地方，再遇上那些最会选定要害位置的侍卫，他除非跳出城楼才不会被他们发现。

莫鼎力真的跳出了城楼，但只是在城墙外面，并没有落地。蜘蛛爪可以让他攀爬上城头，也就可以让他挂在城垛的外侧，而那些侍卫上来后马上检查了楼里楼外和两边城墙上的所有情况，却怎么都没想到城墙壁还会挂着一个人。

夜很静，静到足以让袁不毂听到了李诚罡毕恭毕敬的声音：“王爷，你怎么亲自到这里来了？”

“王爷？”莫鼎力一愣，难道铁耙子王亲自到了岳阳城？

“没人知道我来岳阳城，就连皇上都以为我去静海天禅寺求医治病了。并非我不信任于你，只是此处的事情牵涉太大，搞不好会危及大宋社稷，所以我左思右想还是决定跟在你后面走上一趟。”

莫鼎力以往没听赵仲珥说过几句话，现在距离又比较远，所以不能确定说话的是赵仲珥。

“王爷重披旧袍再入江湖，担当扫邪解难大任，实属大宋社稷之幸，也顿时给了我等骨胆，此处丢船失炮的案子定能查个水落石出。”

“先不说丢船失炮，你来看看那湖上火烧一般的是怎么回事？”

“我之前打听了下洞庭湖上的一些诡异现象，其中就有这种情形，叫‘湖鬼烧尸’。传说后羿斩修蛇于洞庭湖，但修蛇死后蛇身不化不僵，时不时会挣扎翻转，卷浪盘涡。所以后羿留百个湖鬼，逢蛇身将动之前，用鬼火烧焚。虽不能烧化，但可以使其暂时枯僵，无法为害。”

“这个终究是传说，没有几分可信，反倒有可能为人利用，借以掩盖不轨行迹。数年前杨幺作乱，就曾借用了多种诡异妖象。”

“这个、这个，王爷，当地人可不这么说，他们世代居住于洞庭湖周边，还有的专在湖中讨食，都坚信种种现象是鬼神作为。而且他们说这些现象是有佐证的，从此岳阳楼中便可找到。”李诚罡并非坚持自己的说法，而是尽量将自己获知的信息予以禀告。

“找佐证不如亲身去探、亲眼去看。你立刻去调用最近的水寨船只，即刻查明那湖中到底发生了什么。”

这话说完之后，便是杂乱急促的下楼声。脚步很快远去，但莫鼎力依旧挂在城墙外面纹丝未动。根据他的经验，那些护卫会留下两三个仍在原地，看周围有没有之前未曾发现的钉子出现。一旦钉子以为盯住的目标已经走了，也跟着现身离开或者继续追踪，那就正好落入留下侍卫的套子，再难有机会脱身。

莫鼎力等了足有半顿饭的工夫，吊住蜘蛛爪的手臂已经发麻发僵，到这时候才又有两道身影从阴暗角落里蹿出，沿城墙马道快速奔了下去。莫鼎力赶紧翻身用腿钩住墙垛边，让发麻发僵的手臂舒缓一下，然后才挺腰收腹重新上了城墙，屈膝弯腰走碎步，老鼠一般钻进岳阳楼里。别人不愿意找寻的佐证，他却是有兴趣查一查的。

楼里面和莫鼎力想象的很不一样，没有什么家具物件，显得空荡荡的，只在墙边角落里放了旗杆灯笼之类的东西，都是远距离发令信用的，平时用不着，就暂时存放于此。

莫鼎力不敢点火折查看。别人才走不久，可能会回头。而守城兵将也随时会回岗，点火折会是非常危险的做法。另外他也是觉得底楼不会有什么，否则刚才也不会一片黑暗，显然他们要找的东西不在这里。

于是他提步上楼，二楼真有支点亮的细烛，就用流蜡粘立在地板上。而且那支蜡烛已经所剩不长，如果是用整只新烛点的，应该燃了足有半夜。

莫鼎力看着那蜡烛狠皱了下眉，蜡烛烧到底有引燃地板的危险，所以这支烛应该很快会有人来将它熄灭，自己必须抓紧时间查找异常。

只扫看了一圈，莫鼎力就失望了，二楼也没什么东西，空荡得可以什么都不看直接下楼走人。但是作为一个优秀的追查者，最起码的素质就是要能看到别人看不到的东西，或者从谁都看得到的东西里找出别人看不出的玄妙。

“只有屏匾是唯一的特殊之处。”结果仍然让莫鼎力感到失望。他发现二楼唯一的特殊点是一幅刻了《岳阳楼记》的屏匾。这屏匾公然挂于此处已经有些年头，看过的人更是无数。要是这其中有什么秘密，莫鼎力自己都很难说服自己相信。

屏匾材质不错，做工也好，但是显得陈旧。由于潮湿和其他原因已经痕迹斑驳，日常应该没什么人擦拭维护。对于这一点，莫鼎力倒也不觉得奇怪。他做宫中侍卫时听那些文职官员说过与此相关的事情，当初滕子京被贬岳州后为显示功绩，妄用巨额公款重修岳阳楼，且不立账目无法查证。建成之后，他请好友范仲淹写记，是为了给自己歌功颂德。但其实当时洞庭湖周围民不聊生、饿殍满地，所以岳阳楼建成之后，特别是滕子京将《岳阳楼记》花高价制刻成屏匾挂于楼上后，老百姓们很不以为然，甚至对此屏匾有着一种恨意。

世事就是如此，让百姓觉得好的，他们会敬你为神，供你在庙，就好比岳飞。若是损及百姓利益的，再是自我吹嘘，请名士高人妙笔粉饰，终究难逃落寞寂寥、无人问津。

看着屏匾，莫鼎力感触颇多，抬手拂拭了一下那屏匾，手指从“浊浪排空”滑到“浮光跃金”，再回头望望远处湖面，回想刚刚在湖边看到的回头浪。回头浪势头不在回头，而在冲岸的浪与回头的浪相撞处，那应该可以称得上浊浪排空。而在出现那样的势头之后，竟然还出现了湖鬼烧尸的异常火光，这到底是在烧修蛇残尸，还是在烧浊浪中丧命的人尸？而且在那茫茫水面之上，又是如何架火烧起的？难道真是浮在水面的火光？

就在此时，突然听到一阵“吱呀”响动，莫鼎力心中一惊，以为是有人进楼来了，赶紧闪身躲到二楼门外的廊道里，但出来之后立刻发现那声音不是从楼下传来的，而是从城下传来的。对了，刚刚赵仲珥吩咐李诚罡，让人去往湖上查看“湖鬼烧尸”到底是怎么回事，这声响应该是在开启城门。夜间开城要有本城最高官员的手令才行，现在盏茶工夫就打开了。看来真是铁耙子王到了岳阳，知府、镇守使都在城下候着呢，否则就算是李诚罡出面，也不可能这么快在半夜将城门打开。

从莫鼎力的位置看不到城门开启，也看不到人马出城，直到出城的人走出一段路过了城墙遮住的范围，才可以远远看到。但是城里出去的那队人行进速度极快，昏蒙夜色中，他只能看个影子。

“这些人的行动看起来眼熟呀，但不是禁军护卫，也不是羿神卫。而捉奇司中几处做外活儿的高手都是各有各式的江湖人，不可能这么齐整。”莫鼎力心生疑惑。出城的那队人马行动方式和身形动作极为统一，他应该在哪里见过。

前面那队人还没完全消失于昏蒙之中，城里就又有一队人快速出去，队式身形和之前一样。这一回莫鼎力看得真切了些，猛然间从另外一个思维角度找到眼熟的原因:“黑衣人！这些是黑衣人！”

更梆惊

莫鼎力感到头有些晕，思维有些乱，但是一阵夜风很快就让他清醒过来。而且随着清醒，他心中一连串的结似乎全都松动起来。

“怎么会这样？这么会这样？”莫鼎力反复自问几次，“会不会是哪里出现了误会？”想到这里，莫鼎力猛然回身，疾步下楼，直往城墙边奔去，也顾不得会不会有人发现自己行踪。

到城墙边时，他还能看到后面一队黑衣人的尾影儿，得出的判断依旧和之前一样:“是的，确实是那些黑衣人。”

人是确定了，但他们要做什么事情，他还不知道；他们做的事情和铁耙子王到底有没有关系，他也不知道。不知道的就得查清，更何况黑衣人本就是莫鼎力追查的重点。于是他果断以蜘蛛爪抓墙，直接大头朝下从墙顶上爬了下去。

爬到城门洞一半靠下点的高度，莫鼎力准备撤爪直接翻身跃下，就在这个念头还未来得及转换成动作的瞬间，门洞右侧的草顶茶棚里悄然蹿出一道身影来。那身影样子怪异，全身上下都用布条缠裹着。若是直挺挺躺在那里，瞧见的人还以为那是一具没有棺椁的待葬死尸。

除了装束怪异，身影的动作也很怪异，跑动起来就像个歪头跛子，速度却是不慢。从跑动方向上看，那身影是直追黑衣人而去的。深更半夜中突然出现，目标明确，急奔紧赶，说明此人早就盯住了黑衣人，在那茶棚中也等了不是一会儿半会儿了。

意外出现的怪人让莫鼎力吓了一跳，这时才再次意识到自己的行动鲁莽了。既然铁耙子王和李诚罡就在这西城门附近，那么周围犄角旮旯处完全有可能藏伏着诸多暗卫、暗哨。所以莫鼎力立刻收敛了动作，慢慢将身体横转过来，这样就能悄无声息地溜滑下城墙，然后贴墙根借城下阴影遮掩离开。

就在双脚即将溜滑到地的刹那，莫鼎力突然手臂运力停住了身体，整个人就像个十字弩挂在城墙上。旁边有怪声传来，是城门正在缓缓关上，城头上也有打更人的梆子响起，似乎在告诉所有人岳阳楼上下重又恢复原样。

莫鼎力轻舒口气，气未舒完，就又再次紧张地提起。他看到贴近自己脸的城墙上贴着两张纸，一张是缉拿自己的布告，李诚罡果然说谎了，缉拿令并未即刻解除。但让他紧张提气的是旁边一份新贴不久的缉杀令——缉拿只是抓捕，缉杀是可以当场格杀的。也就是说缉杀令上的人要比挟持钦差的莫鼎力更加危险，罪责更大。

“丁天！”莫鼎力一眼就认出缉杀令上的画像，而朱笔红圈之中赫然写着的名字也证实了他没有认错。“这是怎么回事？滇蜀事了之后，丁天不是已经带人回临安了吗？这短短时间中他犯下什么弥天大罪，竟然落到可格杀当场的地步？”

心中思考疑问，手上不由得一松，莫鼎力一下滑溜到城墙脚的黑暗中，并把自己缩成了一团暗影。他暂时不想动了，周围黑暗且陌生的环境让他有种莫名的恐惧。另外这半夜里灌注脑中的信息太多、太乱，他需要静下心好好捋一捋。

有很多时候一个正确的答案，就能回答所有问题，而这个正确答案便是铁耙子王和黑衣人的真实关系。

众多黑衣人潜入岳阳城并非冲着李诚罡而来，而是因为铁耙子王要来。但他们并非要对铁耙子王不利，恰恰是过来受他差遣的。也就是说黑衣人是由铁耙子王掌控的，不管他们属于天武营也好，还是属于其他军营，都是捉奇司在正常势力范围之外隐藏的一支秘密力量。不！不对！他们应该不属于捉奇司的力量，而是只属于铁耙子王个人的秘密力量。

有了这个答案，从最初在古坝处与两河忠义社接洽时觉察到危险，在均州遭遇黑衣人阻袭，再到猰貐坟、九婴池黑衣人始终占住先机如影随形，都一下说通了，因为自己每次行动都会由沿途暗点报知捉奇司的赵仲珥。而赵仲珥可以根据自己的行动和目的安排黑衣人采取相应对策，或利用、或堵截，或争夺、或灭口。自己在解法寺中找到的齐云牌被夺走，在猰貐坟也只是充当了个引路的，而境相夫的意外出现，应该是吴勋笺从老水鬼口中掏出了什么信息，恰好凑在倾江时节去到那里，与黑衣人遭遇。

鲔山密杀一事，天武营始终按原计划行动，并非没有得到铁耙子王告警的消息，而是得到只有一个人去密杀的消息。赵仲珥不提任何异议就同意让一个刚入羿神卫的新手去做密杀之事，应该是觉得这种密杀完全没有成功的可能，对他密谋的计划没有影响。事实确实如此，若没有寻找钦差的江上辉带人出现，顺带救出袁不毂，袁不毂定会死在骨族的囚笼中，更不要说杀死骨鲔圣王了。至于天武营能够被自己恐吓诈骗到停止计划，其实是因为计划被发现了，而自己又是替捉奇司做活儿的。所以他们并不清楚自己的出现是否铁耙子王的安排，又该如何处理自己，这才暂停等待铁耙子王那边的指示，否则怎么都不会因为自己几句话就中止了原有计划。

在去往九婴池的半路上，黑衣人再次出现，这有两种可能——一种是他们之前就已经盯上猰貐坟残余的境相夫并跟踪到蜀地，然后故意将天武营调去滇蜀防止因疫而乱，实则以此为后续实力追查齐云牌秘密，同时还能顺理成章地将对己不利的其他暗势力除掉；另一种可能是杜字甲带人加入寻找毒源的队伍后，向捉奇司反馈的行踪被转递给了附近的天武营。这样一来天武营派出的黑衣人便能借助人多的优势，更早找到其他进入夜郎古国的路径。

“应该是这么回事，他们来岳阳也是受铁耙子王的调派。”莫鼎力此时更加肯定，洞庭湖周边定有大事发生。赵仲珥亲自出动了，不仅调动天武营黑衣人，湖上说不定还另有他原本就安排好的人马。比如说千马涂的樊惠丙，本该是华舫埠血案中的死尸之一，案发之后却成了假冒的，岳阳这边的樊庄主仍在。如果这其中有替换操作，那么消息传递的速度必须要快过三法司的缉令道，而这只有捉奇司的飞信道可以做到。另外当初血案发生后捉奇司并不主动参与破案，这也是非常蹊跷的事情。

但是这里到底会有什么大事发生呢？和岳阳城有关，还是和洞庭湖有关，或者和大宋水军有关？就在莫鼎力感觉脑汁即将干枯的时候，眼前突然闪过岳阳楼上那道奇怪的身影，穿戴了乌金氅、金牛冠的身影。顿时间，一种遍布全身的惊寒将他浑身汗毛全顶竖起来。

金国南察都院的阿速合带人从均右县“鬼拉人”开始一路追查十八神射到底从玄武水根穴起走了什么，并根据各种迹象也摸向了猰貐坟。在赶去猰貐坟途中，他们意外发现了一些情况，在一段很少有人会走的僻静道路上，有大队的牛车马车在运送物品。

车队运送物品很正常，走偏僻道路也不算奇怪，问题是运送的都是木料、石块、掩土之类的东西。南宋时的运输行业已经有很大发展，但集中在水运。像这类廉价的物品都是就地取材或就近采购，贩运是挣不到钱的，更不会用牛马车旱路运输。除非是什么重要的大型建筑要赶建，而附近又采办不到这些东西。

“什么地方会连木料、石块、掩土都买不到？这些东西就算不买，花点人力伐取、敲挖也能就近获取。除非、除非这些人不想别人知道他们在做的事情，生怕就近购买和自取的方式成为别人追查他们目的的线索。”阿速合能在南察都院独当一面，主要是靠的脑子。他对一些非正常现象的推断总能揭开盖头渐入主题。

但是当时阿速合的主要任务是追踪玄武水根穴中起出的东西，正循着黑衣人的踪迹赶去猰貐坟，所以只是将此事急速回报南察都院，然后派一小队人坠上这些车队的尾儿，随时向他汇报动向，而他则带人继续推进猰貐坟的行动。

在猰貐坟一无所获之后，南察都院严允素的暗信正好也传到阿速合手中，信中让他转而追查之前发现的车队。因为严允素也觉得这是南宋境内正在秘密实施的一项大工程，这工程有何作用，又是针对哪一方的，他们必须提前弄清楚。

几乎与此同时，他之前派出的小队也给他发来急报，说是在坠尾过程中见到一个被灭杀的群体。经查，这个群体全是江湖暗组织“死过卒”的成员，“死过卒”本该是在临安一带活动的，不知为何来到了汨罗江边，也不知道他们是因为什么目的，还是无意间撞到人家秘事，结果被尽数灭口了。

随急报一同来的还有半支从尸体上挖出的断箭。阿速合是弓射高手，就凭这半支箭，他便认出这与均右县雉尾滩截杀天狼十八神射以及难民群的是同一用箭。

“蒙古，或者契丹。”这是阿速合之前追查雉尾滩截杀时得出的推断，而此时他更坚信这个推断，“他们是要在南宋境内做什么大手脚，而天狼十八神射拿到了他们行事的证据，死过卒恰好撞到了他们行事的过程，所以都被灭口了。”

“虽然不知道他们做的事情会不会关系到金国利益，但只要暗中进行的大事能够成功，就必定会有某一方受益。而受益的只要不是金国，就肯定会给金国添一份威胁，所以必须查清，必要时予以阻止。”这是严允素给他的指令中提到的，现在看来这思路极为睿智。无论蒙古壮大还是契丹重振，抑或南宋暗中强大，都是对金国莫大的威胁。

阿速合立刻聚集附近隼巢可用人手，特别是擅长操船弄水的。因为汨罗江周边水系复杂，且连接了大泽大湖。在这里行事做活儿，下不了水、玩不了船肯定不行。

阿速合追到汨罗江后却没找到之前的车队，也没找到自己派出的小队。

他们以此为中心扩大范围查找，来来回回查了几个月，都没能查出点蛛丝马迹。直到这两天，他撒出的一小队人马竟然全未能回来，于是他带人根据所留记号追查到洞庭湖边。

和袁不毂一样，阿速合也在湖岸边查到包括雕喙弓撑地在内的一些痕迹，并以此确定自己派出的人凶多吉少。而雕喙弓的痕迹让阿速合再次确定是蒙古人或契丹人在作妖，因为这种弓的使用者主要集中在蒙古和契丹。

阿速合是等到排浪差不多平息时才入湖的，而且是沿岸赶到距离燃烧桅杆最近的位置才入湖的。这样倒是不必像袁不毂他们一路遇到各种阻碍，辗转很长时间。当发现围攻朱满舱的小船武器装备都带有蒙古特点之后，他立刻指示自己的船队杀入战局。此趟他的目的本就是要阻止蒙古或契丹，至于与他们争斗的是什么人并不重要，至少暂时不会是自己的敌人。

湖面上僵持的对决突然间被打破，阿速合指挥的十几条小船呈直长队列冲入战局时，就像射入了一支阴黑的冷箭。这让追击朱满舱的那些小船有些措手不及，也让朱满舱有些措手不及。

鱼皮甲

十几只小船以直长队列连贯出现，是因为他们是从某个狭窄位置进入的。在如此宽阔的水面，却从狭窄位置进入，是因为阿速合手下高手及时发现了湖中装置，并从这些装置的漏洞中杀入，让对方措手不及。

直长队列的小船目标明确，出现之后立刻就向围击朱满舱的那些小船发动了攻击。他们主要采取贴近搏杀的方法，远距离的对射只寥寥几个。而之前那些小船目的是要拉翻袁不毂他们的军船，也未准备太多远射武器。加上阿速合的那队小船出现得突然，又备有防御远射的器具。所以两边一下就裹缠在了一起，展开了硬碰硬的近搏。湖面上一时间全是兵器碰撞的声响，拼命格杀的喝喊，还有受伤丧命发出的惨叫。

朱满舱的船开始也裹缠在其中，并未能及时脱出，但因为船上没有与别人格杀的人手，反倒让那些小船放过了他。小船上的人应该是觉得攻击只有一个操船船夫的空船没有什么意义，不如集中力量消除有攻杀实力的目标。借着这个机会，朱满舱单橹快摇，找个空隙冲出缠斗的圈子，迅速往袁不毂的军船靠拢过来。

袁不毂的心一下收紧，身体也骤然绷紧。朱满舱从纠缠的圈子出来，反会成为一个明显的目标。对方军船上的箭手很有可能会将朱满舱一举射杀，以免朱满舱干预他们下一步的行动。而对方箭手只要出手，就相当于给了袁不毂一个准确的射杀点，他可以抓住这个机会反杀对方，运气好的话一下就能解决自己眼下的被动局面。

"不要过来，回去，往黑暗处去！"袁不毂很快决定放弃利用朱满舱射杀对方的机会，他宁愿继续在危险的对抗中寻找机会，也不想眼见一个刚刚和自己同舟共渡的鲜活生命就此消失。

朱满舱应该没有听清袁不毂喊了什么，所以还特意停下橹抬头看看军船。这是很自然的反应，他是想通过看到的情景来弥补未听清的信息。这也是个很多人都会预料到的自然反应，特别是已经将箭尖对准他的箭手。

一支箭无声地射向了朱满舱，可能是第六感觉察到要命的危险，他下意识地缩下脖子。但是这一箭是把他宽厚的背部当靶子的，缩不缩脖子都一样。虽然只是一支细长的箭，但仍是让他像块被櫺木撞断的石碑重重跌趴在船板上。

几乎与此同时，袁不毂的箭也射了出去，又快、又准、又狠，箭落之处，一顶头盔随箭飞起。对方箭手预料到袁不毂会回射，箭出之后便立刻缩回身体，但袁不毂的反应速度却是在他预料之外，他自以为足够快速地缩回，还是被袁不毂抓住点边角射掉了头盔。

也是几乎与此同时，空中有只夺火夜鹰发出惨鸣，随即毛散羽落地从空中旋落而下，摔砸水面再不挣扎。而夜鸮肥大的影子直追那只摔落的夜鹰，快到水面时才一个横向掠飞重新升空而去。这样子应该是怕那鹰没有死绝，才直追到水面。

“鱼鸮猎鹰！是鱼鸮猎鹰！”死鱼发出惊呼，竟然并非为袁不毂那一箭未能成功射杀对手而惋惜，而是为了那夜鸮追击跌落的鹰而惊叹。

“什么是鱼鸮猎鹰？”看不到小糖人躲在什么地方，他发出的疑问，其他人却听得清清楚楚。

“洞庭鱼鸮，体大羽宽，但偏偏飞行灵巧，能疾速穿过极小的洞孔和缝隙不碰分毫。目锐爪劲，擅长夜间捕鱼，还喜欢与其他猛禽相斗。若再经过特殊训练，这种鱼鸮可用来专门猎杀其他人训养的鹰鹞。”

“死鱼兄弟，你虽然是海上出身，但对内陆渔家似乎更加熟悉。若非祖上本就是从内陆水道转至海上的，那就是死鱼兄弟刻意做过这方面的功课？”小糖人选择这种时候突然询问戳人要害的问题，其实是颇有技巧的江湖盘问法。

死鱼果然被小糖人一言问住，一时间不知该怎么回答，本想以沉默应对，但是眼前出现的一个情景让他惊讶得脱口打破了沉默:“铜鳖铁盖！我该想到的，他那身形确实像练过这本事的。”

死鱼看到的情景是刚刚被箭射倒在船板上的朱满舱一骨碌又爬了起来，像什么都未发生一样快速摇橹，躲到军船的另外一侧去了。这不是传说中的死而复生，也不是诈尸，而是身怀绝技根本未曾被箭伤到。

“据我所知，铜鳖铁盖单练是不行的，还得会做。要是做不出上好的千晒鱼皮甲，刚才那一箭，练得再好的铁盖也受不住。”小糖人竟然也知道铜鳖铁盖是怎么回事。

“千晒鱼皮甲其实不是甲，就是一种质地坚韧的衬衣而已，更接近水靠。”袁不毂在造器处听那些专制异器的高人们说起过千晒鱼皮衣。

“这东西是取虎口鲛的鲛皮，经过反复的尿液浸泡和晒干，直至鲛皮薄如纸、坚如铁。但即便不辞辛苦按着程序做也不一定能成，浸泡用的尿液和晒干的程度极有讲究，稍有差错最终都难以成甲。一次制作耗时得小十年，不管成功还是失败一辈子也就能耗个几次。而成功做成的甲皮质地坚韧难破，缝制成背心、内衣可如皮肤般贴肉穿着，遭遇砍扎不仅可保性命，甚至连皮肉都不伤。”小糖人接着在说。

“不对不对，单是穿了千晒鱼皮甲还不成，还必须练就铜鳖铁盖的功力。那功力是将肩背皮骨练得坚实有力，肌肉弹劲足，运转灵动。练成此功者胸厚背宽、四肢有力——遭遇外击时，背部肌肉以及周身力道能下意识地卸力并反弹；裸身状态下，棍棒、鞭锏等器物的攻击能直接承受；若是刀枪、箭弩的伤害，只需有个坚韧物垫住，不让其直接触及皮肉也难伤到。而千晒鱼皮甲作为垫物是最合适的，所以专门与铜鳖铁盖搭配。”说到功力武器，死鱼的口气越来越像江湖人。

“你这是后来话，千晒鱼皮甲最初不是这个作用，就像袁大人说的，真就是个护体的水靠。”小糖人坚持自己的说法。

“你凭什么说是水靠而非护甲？”死鱼竟然也不让步。

“因为千晒鱼皮最初是齐云盟中定圈水一派创出的。此派主理湖泊水系，与其他水系不同，除了负责岸堤围堵和疏通流道工程，还需要入水解决怪涡、怪物。为保入水后不受异物怪力伤害，他们才创制了这种水靠！”

“那朱满舱会不会是定圈水的传人？”袁不毂很是吃惊。

“没错，我是定圈水的传人。”军船左舷传来朱满舱瓮声瓮气的声音，带着股凶悍之气。这朱满舱绕到军船另一侧之后，竟然沿船壁爬上了军船。那边无梯无绳，直削的船壁本来是很难攀爬的，但是现在被炸得全是连贯的大小破洞，借着破洞搭手踏脚，上来就容易多了。

听到朱满舱肯定的回答后，袁不毂心中一抖，身体更是一抖。就这微微一下将身体从船舷板后抖出一小块来，于是一支无声的箭立刻追击而来，让人很难相信对方箭手是依赖火光辨别出如此微小的差异。

箭头射破了袁不毂的衣服，划破皮肉，带着一片沾了些许血滴的布片钉在后面的舱台壁上。

没有觉察到箭破皮肉的痛苦，是因为这箭射得太快，箭刃也太过锋利，但袁不毂真真切切地感受到了死亡的恐怖。利箭射穿衣服、划破皮肉的声响和触碰感与射穿身体极其相似，有那么一刹那，袁不毂恍惚以为自己踏入了鬼门关。

恍惚之后是慌乱，袁不毂在慌乱中胡乱还了一箭，远远偏离对方箭支射来的位置。而这一箭不仅射得盲目，还给对方射手透露了一个信息，就是他正处于非常不好的状态，或是受惊，或是愤怒，或是绝望。这状态对于对方箭手来说是个极好的机会，于是对方箭手大胆地将身体偏移了一点点，这样可以从更好的角度地捕捉袁不毂随时可能露出遮掩物的身体部位。

小糖人和死鱼听了朱满舱的回答后心底也是一寒，他们都知道定圈水脱离齐云盟投靠摩尼教的事情。这一派如果还有传人，应该是与贼盗为伍、与大宋为敌的。袁不毂他们是大宋兵将，朱满舱现在将他们当作敌人也算在情理之中。

朱满舱之前显示了各种过人本事，是一个可怕的敌人。更可怕的是他距离袁不毂他们很近，而且是在他们对敌的后侧，袁不毂他们处在腹背受敌的状态下。

最先在左侧船舷出现的不是朱满舱本人，而是他的客船的大摇橹。他竟然挟带着一只大橹爬军船，真的很难想象那会是怎样的一种姿势，或许厉害的船家攀爬船壁也有自己独到的绝技。

死鱼只看了一眼那只大橹，心就深寒。那竟然是一只铁头橹，也就是说用来划水的前端是用生铁打制的，就像未曾开刃的大铡刀，后面木制的部分则像长刀柄。这整个结构其实非常接近一种江湖奇门兵器阎王牌，只是做了一些变形改造。另外就是加大了许多倍，必须是臂力超常之人才能使用。如果必须给它个名字，可以叫作阎王橹。这把铁橹之前挂在船尾，橹头入水，谁都没有注意到这划船工具会是件霸道的武器。不过也只有这样沉重的霸道武器，才能像刚才那样将一条小船一下砸沉。

死鱼原来也将弓箭拿在手里，见朱满舱拿着阎王橹爬上船，他赶紧放下弓箭端起凤尾寒鸦。船上设施比较多，便于躲藏，不利于弓射，对方的阎王橹却是适合近战的武器，船上所有木制器物在大力攻击的阎王橹面前全都难以抵挡。所以他们躲藏没用，而近距离缠斗时，凤尾寒鸦的功用要远远好过长弓大箭。

“都不要误会！我不是来对付你们的。”朱满舱上了船并没有采取什么行动，那铁橹支棱着，其实是处于自我防护的姿态，应该是怕表明身份后遭遇攻击。

“你是定圈水的？可有齐云牌证明？”小糖人问道。

“我是定圈水的一线分支，师祖辈开始就再无齐云牌传下。说是齐云盟本就散了，要那牌子已是无用。但我知道我们派牌子是修蛇钮头在上，正面齐云，背面无字。若是门长的牌子，背面是‘调势’二字。因为洞庭湖水理的独到之处便是可调节九穴十三道出入的水流水势，继而调节所连江河的水势。”朱满舱说得仔细明白，再加上铜鳌铁盖的本事，基本可以确定是定圈水后人。

“就算你是定圈水的人又怎样？据我所知定圈水早就主动脱离齐云盟，改去信奉了摩尼教，不再做修水疏脉造福苍生的事情。”小糖人知道的事情都是老水鬼灌输给他的。

“我就说是误会吧。定圈水的人并未都入摩尼教，入了摩尼教的也不见得就为害百姓。”朱满舱的强辩并无有力证据。

“舒姑娘呢？石榴呢？你把他们怎样了？”袁不毂最担心这些。丰飞燕还没能救回来，舒九儿再要出点什么事情他死三回都不够赔的。

“完了，那个叫石榴的大块头完了。”朱满舱发出一声哀叹，“遇到‘坤水乾浪’时他们两个没来得及稳住，一起跌撞出去。我连怎么回事都没看清，大块头就直接栽下了船。”

“你是说那排浪叫‘坤水乾浪’？”袁不毂心中一动，他想到淮王圭看不懂的那一面上，似乎有和这名称非常相似的字样，然后又猛然想到之前他们提到的‘留土扎堤’，好像也是在那上面有的似是而非的字样。

第五章

魅影现西楼

反弓射

朱满舱脖子梗一下："我不知道别人怎么叫，定圈水将排浪就叫这名字。"

"这可能是根据乾坤卦图的形状给起的名字，排浪卷来，只有连贯的横道和断开的横道。"袁不毂点点头，然后马上就拉回了原有思路，"舒姑娘怎么样？"

"舒姑娘倒是没事，可能大块头及时帮了她一把，这才没有一起栽下船。"

"她现在人在哪里？"袁不毂很激动地问道，身体也因为激动往旁边稍微晃动了下。就在一晃之间，又一支无声的箭射到，挑破了他的肩部皮甲。

这一回虽然没有伤及皮肉，箭尖却穿破皮甲，钻入肩部和皮甲之间的空隙，直直地钉在那里。

"不好！"袁不毂慌忙往旁边躲让，这下躲得有些猛，从另一边露出些身体来。幸亏他及时觉察到自己的失误，赶紧缩回，这才躲过从另一边射来的无声箭支。

这次虽然反应及时没有中箭，看似比之前两回都要好，实际上却是又给对方传递了一个有利信息：袁不毂当下状态已经从恍惚到慌乱，再从慌乱到无措了。

"排浪之后我们遇到帆下丢失的客船，那上面除了死尸就只有个受伤的胖丫头。舒姑娘说是她朋友，要留在那船上救治她。"

"胖丫头？啊，肯定是丰姑娘。她们两个这下都没事了。"死鱼抢着说道。

"不对！你没有理由将她们两个留在那条全是尸体的客船上。"袁不毂此时显得有些无措，是因为担心舒九儿。朱满舱的话初听让人觉得舒九儿和丰飞燕远离对仗，不再危险。但反过来想，如果朱满舱是在说谎，那么落在他手里或者已经被他害了的人就又多了个丰飞燕。如果他没有说谎，可在这危机遍布的湖面上，将两个弱女子留在满是尸体的客船上随波而荡，怎么都算不上明智之举。

“是舒姑娘自己坚持要留在那船上的，我本来倒是准备将她们先送到相对妥当的地方。”

“你帆下丢失的船已经找到，带走也好、丢弃也好，都算是把自己的事情了结了。丢下两个姑娘家已是说不通，再转头回来蹚浑水岂不更是说不通？”小糖人也觉得朱满舱说法疑点很多。

“我是定圈水的人，洞庭湖是我派祖地所在。虽然这么多年我们定圈水传人所剩寥寥，但要是有人在洞庭湖做破水局，我们拼了性命都是要阻止的。否则不仅败了我派声名，也会更让世人加深对我们的误会。”

“定圈水脱离齐云盟，投靠摩尼教，这个无论官家还是江湖，都是知道的，还有什么误会？”

“的确是误会了。定圈水以洞庭湖为据，疏调九州湖泊水势，必然是要与江湖组织一江三湖十八山常有沟通。一江三湖十八山为南唐所用，太祖皇帝登基之后下旨暗剿一江三湖十八山为征伐南唐做准备，定圈水因此受到牵连，仓促解散各自逃命，其中确实有部分人无处可去，只能寄身摩尼教。”

“难道是将你们误会成一江三湖十八山的人马了？这不大可能吧，当时完全可以用齐云牌证明你们身份的。”小糖人觉得朱满舱说的误会有些牵强。

“有些内情我知道，你也该知道。四大家中砥流坝楼被当时还只是指挥使的太宗皇帝遣鹰狼虎豹四队剿灭，几近灭门。那个时候拿齐云牌证明自己身份，简直就是寻死。”

“后来方腊起事，你们加入摩尼教的传人辅佐他了？”袁不毂联想到莫鼎力告知他的所有关于齐云盟的信息，从摩尼教联想到方腊，从方腊联想到陶礼净以及陶礼净追查的财宝去向。

“这个我就不知道了，我派解散之后，几条支线相互间没有联系。不过我倒觉得可能性不大，之前的遭遇让人寒心，要让他们在隐姓埋名的状态下继续一代代地传承技艺，这种无名无利只会招祸的事情估计没谁会干。”

“但你刚刚很爽快地就承认自己是定圈水的门人！难道不怕招祸？”袁不毂抓住朱满舱话里的前后矛盾。

“我师门一线比较特别，和其他分支不大一样。本就是以水为家、操船挣食，必须是有这传承才能做活儿养命。如今齐云盟早就散伙了，大宋江山只剩半幅，一江三湖十八山也销声匿迹多少年，定圈水更是无几人知晓，所以承认了也不打紧，没谁会觉得我还能对朝廷社稷有什么不利。”从朱满舱的话里可以听出，他这一线的定圈水传人也非专职治水，而是以行船为职业。

“仅仅如此？”

“当然不仅如此，我还发现你掌握着金字圭，应该与淮王堂有着极大关系。那小胖子虽是个贼相，但言语中透着他是懂理脉神坊技艺的。所以你们两个应该都是齐云盟的后人，是为洞庭湖水势异变而来。”朱满舱能认出淮王金字圭，能看出小糖人是理脉神坊的传人，这其实比拿个齐云牌更能证明他的出身来历。

“洞庭湖水势异变，是像你刚才说的有人做了破水局吗？”

“目前还无法确定，洞庭湖水势主要是受连接的多条江河水流影响，任意一条相连的江河出现水势变化，都会在洞庭湖中有所体现。所以出现异变后，很难说是湖中原因导致，还是所连的江河流势变化导致。”

袁不毂像是从朱满舱的话里找到了什么破绽，突然身形一震，面朝着朱满舱拉开了弓，厉喝一声:“你在说谎！”

不知道袁不毂是从朱满舱说的哪一点上发现破绽，但从他的架势上看，这个破绽应该是会带来严重后果，所以他才会如此激动，完全没有意识到自己本就很难掩藏的身体已经从舱壁角边露出了一些。而厉喝声还提醒了对方的无声箭手，让对方及时发现并锁定他激动之下暴露出的身体部位。

这是个很可怕的疏忽，之前他几次辗转身体已经给对方箭手预算到可攻击的趋势方位，并且对方箭手已经尽量移转到可以瞄准袁不毂更多身体部位的攻击点上。而袁不毂此时出现的疏忽，已经在对方的弓射视野中暴露出了小半个身体。无声暗射的箭手绝不会放过这样大好的机会，果断闪出半边身体，将一支全墨箭对准袁不毂右腋下射去。

腋下是小半个身体中最模糊的可射目标，不像其他部位有火光的照耀，但这又是最为稳妥的一个可射目标，不仅是目标范围大，而且火光的照耀会凸显出这个模糊的部位。一旦射中这里，锐利的狼牙箭头会从腋下钻进胸腔、穿透心肺。

一个专注的箭手往往会在这个专注的过程中忽视了别人射向自己的箭，特别是迎面而来只能看到箭尖的箭。更何况袁不毂之前铺垫的恍惚、慌乱、无措，意图都是要对方射手错误判断自己的弓射方式，忽视自己射出去的箭。

袁不毂的箭是在对方箭手出箭之前射出的，因为他的弓早就拉好了，就等着对方射手从掩藏物后面出来——没错，他的拉弓动作是朝着朱满舱的，但拉开的弓架却是弦在前、弓在后，左手推的是弦，右手拉的是弓。这叫反拉弓，姿势虽然和正拉弓差别不大，箭头却是朝向身后的。一般而言除了傻子估计没人会这样拉弓，因为没法瞄准，甚至连大概方向都对不上，所以会射箭的人都不会想到有人会这样拉弓，但袁不毂偏偏这么做了，这对会射箭的人来说是个会要命的意外。

袁不毂不是傻子，他不仅是个极具天赋的射手，还是个手艺精湛的修弓者。为了检验一张弓的性能，需要正拉、反拉、正压、侧压、对弓正、看弦颤等手法。所以他不仅会反拉弓，而且拉得很正很稳。

而用反拉弓来完成真正的弓射，前提首先是不用瞄准。袁不毂射箭靠的是瞄线，瞄好的线就像木匠弹下了墨，无论从头还是从尾，无论正锯还是反锯，都不会出现偏差。

再一个重要前提是要确定目标。反拉弓的意外射杀机会只有一次，射过之后如不成功，对方就会有所提防，再来不得第二回。而刚才一记回射射飞的头盔让袁不毂确定了射杀目标。羽林卫造器处里会用各种盔甲来试射弓箭，所以袁不毂不仅熟悉弓箭，还熟悉被弓箭射到的盔甲。回射的那支箭射飞不同头盔时会有不同结果，飞起后翻过半圈便直落而下的是铜包盔。而对方军船上有资格戴铜包盔的只有那个队正。

那个队敢站在船头不动，是因为他本身就是个弓射高手，可以从对方弓射的动作姿势、视线角度来确定箭是不是射向自己的，并保证自己能够躲避或格挡，然后用仿佛吓呆了的样子，看清两船纠缠的状态并发出指令，摆脱逼撞。

明白这些之后，袁不毂决定向对方学习。他确定了对方箭手身份，并从掩蔽物后露出的一点点甲胄边角确定了队正的位置，再通过位置瞄到了对方可显身出箭的线道。随后他依旧保持根本不了解对手状况的样子，装作在多重逼迫下逐渐失去有效防护，并且在某个意外事情刺激后表现出动作失态。而这一切，最终目的就是让对手直接暴露在自己的反拉弓下。

无声暗射箭手的出箭很迅速也很隐蔽，他只从掩蔽身形的盾板后面露出半张脸和小半个身体，就已经足够把箭准确射出了。但他刚刚极为专注地将全墨箭射出，袁不毂的箭就到了，是一支最为普通的军船用箭。

袁不毂用这种箭也是向对方学习的。对方的箭可以无声，是因为被改造过，将射声降到最低，并应和了环境声响。袁不毂用这种最为普通的箭也是同样道理，湖面上小船与小船的对战多有箭射，普通的军船用箭混杂其中会让人难以察觉。

普通的箭同样可以杀人，哪怕这人是最厉害的无声射手，哪怕这人是心机缜密的假冒队正。当一点寒星紧贴着盾板侧边没入眉心，他发现自己上当时的所有懊悔、沮丧、惊恐瞬间终止，留下的只有再不用操心这世上任何事情的一具死尸。

箭射出之后，袁不毂顺势转身看了一眼。这转身正好可以让开射向自己腋窝的全墨箭，这一眼正好可以看到对方射手中箭后撒手扔出的无声弓。那弓和一般的雕喙弓确实有些区别，两边弓头位置缠绕了一些兽皮似的毛绒物，这些东西可以吸收弓弦的崩弹余势，将弓射时的声响降到最低。

射杀了无声射手，也就是对方军船上真正的指挥者后，整个对战的局势立刻发生变化。不过变化对袁不毂他们很是不利，巧妙设局杀死对方头领非但没能震慑住对方，反是让对方认定袁不毂是最大威胁，必须立刻采取非常手段灭杀、清除。

知惊水

周围能亮起那么多灯火来照亮一片水面战场，说明这其实是对方的地盘，或是对方已经完全掌控了这场水上的战局。只是可能觉得没有必要大动干戈，不慌不忙地将冒然而入的这些人逐个解决就行。

但是鱼鸮和朱满舱是个意外，阿速合的船队是个意外，射杀无声射手的袁不毂更是个意外。特别是袁不毂这个意外，让对方猛然警醒，目前看似自己掌控的局面，一不小心就有可能被对方彻底撞破。那样一来，导致的后果会是非常严重的，多年的酝酿和实施真有可能化作洞庭湖中的一道逝水。

袁不毂射杀对方无声射手后心中一下轻松许多，毕竟是从一个随时可能要命的战局中解脱出来。但他怎么都没想到，自己已经成为别人最大的威胁，并试图采用更加狠辣的手段来要他命。本该抓紧时间离开这片杀戮水面的他，仍不急不忙地在把朱满舱的身份作为一个重要问题详加盘查。

“定圈水的祖地就是洞庭湖，你却说不准洞庭湖水势异变的原因。而且还拿不出齐云牌来，那符图呢？通过祖地符图的对比，也是可以找出水势变化的源点在哪里的。”袁不毂的追问比之前流畅多了，之前是把更多精力放在设局杀无声射手了。

“定圈水和其他三门不一样。我们的祖地就是整个洞庭湖，无须前往线路。悟出的独到功夫可以调节水势，也无法用符图表示。所以定圈水的祖地符图和其他治水门派的不一样，就是一张展现洞庭湖几种特殊景象的山水图。但这图也非一般的图，其中暗藏玄机，没几人见过，见过的人也没几个能看懂。”

“你见过吗？”

“没有，非但我没见过，我师父、师爷都没见过。”

“怎么回事？难道失落了、被偷了？”

“好像都不是，这图在定圈水解散时被其他分支带走。后来其他分支又将这图借给了什么人，但借了之后就再没还回来。”

“这和偷也差不多，不对，还不如偷呢。这是失信朋友的无赖行为。”小糖人轻蔑地撇下嘴。

“那你又是凭什么说洞庭湖水势异变的？”袁不毂继续追问。

“洞庭湖水势受连接的江河水道影响，影响最大是在春末夏初的洪汛集中期间。但是近些年来水势变化却是在秋冬交接时最为剧烈，今天的月半排浪你们都见识过了。秋冬交接之际也有潮汛，是东边大海反灌江河的暗潮。其势虽大，但流动缓、推进慢，不像春夏洪汛那样湍急迅猛。当下湖中出现的泥漂子、暗礁子有些蹊跷，像是将洞庭湖的水理脉络给改了。而且这还只是酝酿阶段，种种现象应该是在积攒一个更为巨大的变化，将秋冬暗潮掉转为剧烈水势。”

“你这说法若是真的会有什么后果？”袁不毂急问道。

“一个大大的破水局。破损洞庭湖水理水势，将其变成危及周边百姓生计性命的凶穴！”

这话把袁不毂吓到了：“如果真是设的破水局，百姓受罪是肯定的。但真正的目的应该有两方面，一个是折损湖中的大宋水军实力。另外洞庭湖周边本是鱼米之仓，接荆湘，连鄂赣。如因水而灾，大宋国力将受巨大影响。”

“然后有人就可以借此机会攻打大宋，大宋便会难以抵御。如果是这样的目的，那么暗中操作此破水局的最有可能是金国，只有他们时刻觊觎大宋，有一举吞并南方的野心。”小糖人觉得自己找对了方向。

“不对不对，如果金国要吞并南宋，他们就不必签下隆兴和议。何苦放弃之前已经掌控的战局优势，改作偷偷摸摸做局，并且一做就是好多年。”袁不毂觉得有些说不通。

“或许当时他们觉得实力还不够，也或许有什么意外的情况影响到他们。”小糖人仍是觉得自己的想法是正确的，“你刚才不也说这些人用的雕喙弓，星位方向是北方草原的规则，那除了金国也没谁了。”

“这个，恐怕不一定。金国之北不是还有已然崛起的蒙古吗，他们所用的器械和方位识别应该与金国人相差不大。”朱满舱虽然是个操持客船的挂帆老大，但客船上听闻的东西最广最杂。

“蒙古与大宋之间隔着金国和西夏，他总不能跳过他们来吞我大宋吧。”小糖人的说法也很有道理。

“如果不是金国也不是蒙古，那么会不会还有其他什么人可以从洞庭湖破水、水军大损、民承水祸这一系列事件上获得利益呢？”小糖人怕大家争执不下，于是改换一个角度，转移大家的争执点。

所有人都沉默了，凭他们的见识确实很难理清这些关乎国家百姓的大事件。过了一小会儿，袁不毂突然把头一抬："死鱼，我们这船还能动吗？去找舒姑娘和丰飞燕，她们或许对此间事情有独到想法。再不行我们就去岳阳城，寻找莫鼎力。他专职查探此类怪异事件，应该有更准确的判断。"

"为何不将此事立刻报于官府，让他们来查明？"像朱满舱这样的平民身份，都觉得将异常报知官府是最正确的做法。

"官府规矩多、办事慢，如若不敢对此破水形势下定论，再逐级往上呈报的话，那就不知何时才能真正着手处理了。但找到莫鼎力却可以直接通过飞信道与临安联系，甚至可以在最短时间内呈折到皇上面前。另外舒九儿目前仍是钦差身份，真要是事态紧急，可以让她出面强行要求官府采取行动。"袁不毂说出自己的理由。

朱满舱微微张大嘴，是惊讶也是怀疑。他知道面前这些人是官家人，却没有想到其中还有钦差，可以将消息直接传递到皇上面前。

"在没有找到舒姑娘和莫大人之前，我们应该先通知湖中各处水营，还有湖边最先可能遭到破水祸患的百姓，让他们及时撤离危险区域。"小糖人这样的建议是出于一个治水行门人的角度，由此可见他跟着老水鬼并非完全瞎混，一些大道理还是懂的。

又一声夜鸮的尖啸穿透夜空，一只夺火夜鹰随着尖啸声翻滚落下。夜鸮这回突破夺火夜鹰的围击圈子后再没有继续盘旋纠缠，而是径直掠低疾飞，绕过袁不毂的军船，朝深黛色的水天交接处飞去。这情形像是预感到了什么，又像是在逃离着什么。

"鱼鸮知惊水，有危险！快让船动起来，离开这里！"朱满舱沉声说道，同时往四周眺望，看来他只知道有危险，但并不知道是什么危险。

死鱼之前一直没有说话，这时才从舵台的盾板后面探头看向袁不毂，而袁不毂正朝着他挥手:“暗射的点子已经抹了，快离开！”

袁不毂的话给了死鱼两个信息，一个是暗射的射手已经被解决，还有一个是他相信朱满舱的判断，死鱼于是立刻起身，把舵转帆。本来歪斜斜漂在水面的军船微微一振，然后缓缓移动起来，船没有掉头，而是直接往后退去。

“看到什么了吗？”袁不毂显然是在问朱满舱。

朱满舱没做声，只是摇了摇头。他的神情极度紧张，眼睛和耳朵都没歇着，在竭力寻找周围的异常。

泥漂子的北湾里，静静地漂着一艘客船。这是那艘装满尸体的客船，受伤的丰飞燕就在船上。但是现在丰飞燕比尸体也好不了多少，排浪中一番惊心动魄的挣扎和颠簸，让她伤口重新绽开，而连坐车都会晕得不省人事的她，在这番狂浪翻卷中更是晕得死去活来。

其实客船刚开始被军船拖着疾走时，她是惊吓多过晕眩。当拉绳被射断后，客船随着排浪左旋右转、上颠下落，晕眩顿时变得和惊吓一样多了。那是肉体和精神的双重折磨，有那么一刻她甚至希望自己就此死去再不要醒来。

晕得连意识都模糊了的丰飞燕不知道船是什么时候平静下来的，也不知道船上什么时候上来人的，木然睁大的双眼里除了金线乱舞，其他什么都看不见。

舒九儿上客船时，朱满舱确实建议将丰飞燕移到自己船上来，他可以先将她们送到相对安全的地方去。这是凶险的水域，附近还有凶险的人，将两个弱女子留在装满尸体的船上，怎么都说不过去。

可舒九儿非但拒绝了朱满舱的建议，反还让他赶紧去找跌入湖中的石榴。她说的也有几分道理，没谁会想到装满尸体的船上还有两个活女子。所以她们藏在满是尸体的客船上，要比其他相对安全的地方更加安全。

朱满舱离开后，客船继续随波漂荡。舒九儿根本不管这船会漂到哪里，也没管伤口重新绽开的丰飞燕现在怎么样，而是马上检查了船上那些尸体。或许对于她来说，尸体要比活人更有吸引力。

丰飞燕是在伤口疼痛的刺激下慢慢清醒过来的，清醒后她首先看到的是正逐个翻弄尸体的舒九儿。

“舒姑娘，你怎么在这儿？”丰飞燕非常惊讶，一副犹在梦中的表情，但马上就反应过来，舒九儿的出现应该和袁不毂有关。

舒九儿愣了一下，可能是没有想到丰飞燕这么快就能清醒过来。但她也只是愣了一下，就像翻尸体翻弄累了一般抬身喘口气，然后边继续翻弄边回答丰飞燕的问话：“还不是那袁不毂要不顾一切地来找你，白天黑夜里，愁苦得像个没魂的人。没办法，我只能寻借口陪他走这一趟，还好没有白跑。你先别乱动，我查看完之后马上帮你处理伤口。”

听了舒九儿的话，丰飞燕心中泛起一丝甜蜜。虽然她预料到袁不毂会不顾一切循着自己留的记号追来，但听到说是为了找她而来的，心底透出的那股子舒畅一下就将晕眩和疼痛压制得没了踪影。

“这些尸体不是一个来处呀。”舒九儿嘟囔一声。

“没错，下面的是这客船上的乘客，莫名其妙地闯入鬼门关，死得真是可怜。上面那些本是在岸上的强人，被军船上的官兵射杀后拖到船上的。不过那军船上的官兵应该不是真的大宋官兵，很有可能是此处的水匪湖盗，他们把这装了尸体的船拖到全是废弃船只的僻静水域后，就自行离开了。”丰飞燕很长时间没有和人好好说过话了，搭了个话头便喋喋不休，知道的、猜测的一股脑都说了出来，连伤口的疼痛都没有那么明显了。

"嗯嗯。"舒九儿先哼两声礼貌地打断丰飞燕的话头，"这里光线虽然无法看得太清楚，但我瞧着那些乘客也并非真乘客。虽然这些人年龄差距很大，但有两点却是一致的，一点是这些乘客全是男性。"

"我知道，乘坐圈线客船的以妇人居多，就算男性也都是年老体衰走不动路的。全是男性肯定不对，其中必有蹊跷。"丰飞燕在湖边等待袁不毂到来时，遇到最多的就是走圈线的客船，并且向船上人买过食物用品，对客船的一些基本情况知道得比较清楚，"嗯、我这张嘴除了抢吃的快就是抢话快，你说、你接着说，还有一点是什么？"

舒九儿了解丰飞燕的性格，根本不会和她计较。她过来查看下丰飞燕的伤口后，然后才接着说道："这些男性四肢肌筋健壮，肩胸和肘膝有老茧。"

"肌筋健壮，当兵的、做活儿的都会这样，挑担的、扛木头的肩部都有老茧，拜佛念经的膝部肯定有老茧。这些人不像挑担的也不像拜佛的，不知道是干啥的，还那么巧集中在一条船上。"丰飞燕又啰里啰嗦插了两句，最终却又没说出个所以然来。

"我知道有种人肌筋健壮且肩胸和肘膝带茧子。"舒九儿说话的同时，已经用一把随身带的小刀将丰飞燕自己缝合伤口的线头全都挑掉。

"什么人？你快说是什么人？"丰飞燕很好奇，急切地想知道。

"带符提辖。"

"带符提辖？对对，他们地下打洞，破石挖墓，确实都是……哎呀！"

丰飞燕话没说完，突然发出一声痛呼，正是舒九儿手中的刀子巧妙地一旋一挖，将丰飞燕所中箭头挑了出来。她手法轻快精准，箭头出来后并未带起大量的血，而丰飞燕也只是痛呼一声便止住，可见并不是太疼。

“只是外形特点像，是不是却不一定。但上面那些死尸却可以确定是金国人，如果判断不错，应该是南察都院辖下隼巢的谍探。”

这一回丰飞燕没有马上说话，像是被疼痛压迫了神经、压住了口舌，过了好一会儿，才缓缓问一句：“你是如何知道隼巢的？”

“嗯，这从司部官坊间的闲话中便常能听到。”舒九儿边说边掏出个小瓷瓶，这和袁不毂去密杀骨鲔圣王时她给的药瓶几乎一模一样，又顺手从旁边尸体上抽来一条还算干净的背刀带。

“我就不曾听到过。”丰飞燕皱眉说道。

“呵呵，你的问题正是说得太多、听得太少了。”舒九儿轻言轻笑间，已经将丰飞燕伤口包扎好了。

周围的灯火是同时熄灭的，熄灭之后人们才发现，月亮已经模糊成了西天的一片惨白，东边的天色开始有一点点泛亮。对方搁浅在泥漂子上的军船只剩一支桅杆还有火苗飘动，仿佛招魂鬼差遗忘在阳间的最后一点引渡鬼火。这似明不明、似亮不亮的情景使得周围越发昏暗，能见度反倒不如半夜时分。

“撒沙！八方梳辫。”阿速合这声高喊的意思，是让所有船只散开，然后各自分头逃走。丰富的江湖经验给了他非常敏锐的判断，小船突然间都放弃对战，发了狂一般往远处划去。在他们自己的地盘中还如此不顾一切地逃走，说明真有非常恐怖的危险正往这边过来。

“听到没有？你们听到没有？有异常响动！就在附近。”朱满舱紧张地问。

袁不毂摇摇头：“大概在什么方向？”

朱满舱深吸口气，微闭眼睛，然后猛然睁开，朝着西天惨月和桅杆鬼火之间的夹角指去：“那里！声响正从那里过来。”

“什么样的声响？”袁不毂仍是没有听出来。

“水声，像有东西拨乱了水面。”

朱满舱此话刚刚说完，两只往那方向快速划去的小船上突然传来几声极短暂的惊呼，然后几乎不曾有什么挣扎颠簸，两只船便成了随波漂荡的空舟。

紧接着又有几只小船发生同样现象，这些船不仅是在朱满舱所指方向上，也不仅是阿速合带来的船，还有对方的小船。这表明危险到处都有，针对的目标没有特定选择，而是遇船就杀。

袁不毂也仓皇地扫看着周围，最终将目光落在一小块水面上。那小块水面有对方军船桅杆上最后一点火苗的倒映，是现在唯一能看清的水面。

“有乱纹，水面有密集的曲折乱纹。怪了，乱纹中还有金线闪动。”袁不毂从那一小块水面上瞄到些东西。

“你确定是密集乱纹？而且有金线？”朱满舱的语气带着些被惊吓的震颤。

“没错，你知道那是什么？”

还没等朱满舱回答，又有不同方向的几条小船传来惨呼。

“那边，还有那边！怎么到处都有的，哪来这么多的！”朱满舱有些语无伦次了。

“那到底是什么东西？”死鱼忍不住也追问道。

“别啰嗦了，快退！离开这里！”朱满舱吼叫一声，身体却不由自主地抱住铁橹团缩起来，就像个恐惧而无助的孩子，和他横厚的体形反差很大。

朱满舱的反应让人明显觉出事态严重。四处而来的危险显然比刚才军船对射、小船助攻更加可怕，甚至是比之前的排浪还要可怕。所以死鱼再不多问一句，立刻深屏住气，竭力将帆和舵调整到最大的受风角度，持续加速往后退行。

湖面上除了船体划开水面的声响外，还有箭射般的“嗖嗖”声。声音贴紧着水面，但是没人会趴在水面上放箭，所以这肯定不是箭射的声响。

"它们在追我们，还要快，还要再快才行。"朱满舱已经是带着些哭腔了。

军船的移动看似缓慢，其实是一直呈提速的趋势。问题是湖上夜风本就不大，附近又没有可借力的水流道，船上也没有其他推动装置可用，速度提升到一定程度后就再也提不上去了。而且军船已经被炸得歪歪斜斜，速度太快说不定什么时候就彻底散架了。

"快是快不了了，要想不被追上就只能走最短路线。你们看下，那些要命的东西到底是从哪边来的，这样才好找准最直接的相反方向。"这是死鱼能想到的唯一办法了。

"多个方向都有，看不出具体哪边追来的。"不仅是看不出，而且还看不见，对方突然间将所有灯火都灭了，应该也有这样的意图。"不过刚刚遭遇袭杀的小船大概是在西、西南、南这三个方向上，我们现在往相反的东北方向走应该不会错。"袁不毂只能通过刚才发出惨叫声的位置，大概指出个相反的方向。

"这样不行的，我得下去，回自己船上去。我那船应该可以摆脱它们。"朱满舱突然站了起来，往左侧船舷走去。他从那边爬上来时将自己的小客船系在了军船旁边，小客船不仅有帆有橹，还暗藏了其他推动装置，连暗设的尺沉礁都能跳过。所以用他的船逃脱危险的确是比用这艘破损严重的军船有把握。

朱满舱只走出两步，猛地就抬头停住了，然后从小腹处憋出股挣出硬屎的劲儿高喊道:"快让！要撞上了！"

世事轮转就是这么快，半夜之前死鱼还控着船追着别人撞，这时自己却成了被撞的对象。他们的船已经破损得歪歪扭扭，再经不起冲撞，而鬼魅般出现在他们左后侧的偏偏还不是一般的船，是高大程度有他们两倍还多的溺魂船。它只需轻轻一碰，就能让他们破损严重的军船彻底桅断架散，魂沉洞庭湖。

传说溺魂船是鬼魂操控的船，说不定真是的。他们白天已经遇到过一次溺魂船，那船是突然间出现又突然间消失的，整个过程就像见到海市蜃楼般虚幻。而这次再遇溺魂船是在晨前的昏黑中，更加无法看清溺魂船是从哪里冒出的。船身只是一片比天水颜色稍深的灰黛，就算朱满舱这样久走洞庭湖的挂帆老大，也是等看出直压而下的船形轮廓了，才知道黑暗中竟然有这样一个巨型的怪物正撞向自己。

溺魂船的撞击不仅仅靠船行的力道，还有船身摇摆的力道。不必等到两船贴靠，就能实现撞击军船的意图。而要想避开溺魂船的撞击，除了要能够让开它冲过来的航线，还要有足够的力量阻止它摆击的船身。军船受损严重，溺魂船又近在咫尺，要想做到第一点已经非常非常艰难，至于第二点，不要说袁不毂他们了，除非是大罗神仙下凡才能办到。

袁不毂的军船上没有大罗神仙，但有小糖人。小糖人这个山中贼与一般的贼大不相同，比如他的夜视能力就比一般的贼要强，即便不是在山中而是在湖上，他也可以比别人更早地看清楚一些东西。再比如他会玩火器，虽然不能把火炮打得像羿神卫射箭那么精准，但是打个山一般撞压而来的巨型船只基本不会出现偏差。而且，他似乎对炮打溺魂船这件事情很感兴趣。

三门火炮摆放的位置有前有后，军船被炸之后，所有火炮都被推到了船舱的右侧。而凭小糖人一个人的力量，他只能是将其中未曾堆叠到一起的火炮掉转下方向。船舱的左侧壁板现在几乎全是被炸开的连贯大洞，这倒是比原先的射窗方便多了，不用凑到窗前就能将炮丸打出。

溺魂船是倏忽一下突然出现的，才出现时小糖人就发现到了。因为他那时正好在船舱里，虽然天光极其微弱，但突然出现的溺魂船遮挡了通过破损船壁投过来的天光，就像山谷上方突然有乌云遮住了星光月光一样。这溺魂船再次出现的情形吓得他几乎说不出话来，只有手脚还能机械地动，也好在这三门炮已经装好了炮药炮丸，只需强压惊恐点燃药信就行了，三门炮的位置虽然前后参差，炮丸却几乎是同时打出。

三炮中有两炮打在溺魂船船壁上，崩散开大片的银星，发出陶缸四裂般的声响。这越发看出溺魂船的诡异了，就好像船身是用磷石做的一般。还有一炮打到船上面去了，不知落在甲板的什么地方，发出的倒是正常的木料断裂声。

溺魂船的摆击重重地停顿了一下，停下的状态恰好只差一点就砸到军船，近到要是有人愿意的话，纵跳一下就能攀到溺魂船船壁。这下停顿之后船体没再继续击落，而是一个很快很大力地回撤，整个船身猛然回摆向了右边。

但这次摆击的未成功肯定是暂时的，猛摆向右边的船身还会摆击回来，而且会比刚才更快更急。更何况这三炮只是阻止了一次摆击，并未阻止船行，溺魂船高耸的船头依旧朝着破损的军船斜冲而来。

大满舱

小糖人已经来不及再装炮药，就算来得及装，这火炮若不能将溺魂船击沉，仍是无法达到彻底阻击的效果。此刻，另一边箭射般的“嗖嗖”声也追到了，密集得让人听了都犯恶心，这声音中有些会突然拖个长音往高处飞起，就像水面上有人用弓箭朝着军船抛射。

袁不毂瞄到了线，金色的线，飞过船头的高度后再往船上落下。袁不毂不知道那是什么，如此紧急的状况下也不容他细想那是什么。但有个念头是他之前就有的，那就是追逼上来的东西很危险。

很危险的东西当然不能让它们落在船上。袁不毂果断出手，凤尾寒鸦连射了三根还在半空的金线，带着它们重新落回到湖里，然后扔掉十字小弩，挽弓快射，不过之后的第四根却是射慢了，箭支带着那金线钉在了船头甲板上。那金线剧烈地挣扎成一团乱光，并发出“咕咕”响动，隐隐还有焦臭的味道传来。

这情形让袁不毂感到了害怕。这只是最前端的几根金线，如果后面的全都追到并飞射起来，就算有一支弓射大军，也是无法将这些飞起的金线全都射落的。

“抓稳！”死鱼发出的是可以喊破海风的吼声。随着这声吼，帆叶、舵叶同时大幅动作，军船猛然掉转头尾。

小糖人打出的三炮暂缓了溺魂船的摆击，也给死鱼留出了一个躲开斜撞的余地。只是要想让开还得用险招才行，能否胜利最为关键的是看已经破损得歪歪斜斜的军船能不能承受得住。

军船的各部位发出爆豆般的响声。破裂处在继续破裂，榫接处在极力扭转挣脱，尚且完好的部位在承受正常情况下几倍的力道。声响最大的是船舵，就像发出了一声长长的沉闷的牛鸣。随着这声沉闷牛鸣，歪歪斜斜的军船头尾陡然掉转，擦着边儿让过了溺魂船，并且借着溺魂船冲开的水浪急驶出去，恰好又躲过了溺魂船更快更急的二次摆击。

“大满舱！这是大满舱。这么大的船，这么破的船，竟然也能转过来！”朱满舱由衷地感叹着，目光中毫不吝惜对死鱼的钦佩。

溺魂船的斜撞落空还有一个好处，就是巨大的船体短时间内替破军船阻挡了后面追来的“嗖嗖”声。大片本该飞上军船的金线像一团金浪撞在了溺魂船的船壁上，否则就算袁不毂长了三头六臂，也无法将这么多的金线都射落湖里。

所有人都提着心、憋着气，暗暗地给破损的军船加劲，只想尽快离开，离着这片诡异的水面越远越好。眼见着溺魂船消失在黑暗中，嗖嗖响的金线也没有追上来，袁不毂这才轻舒口气，对死鱼说:“去之前我们见到的那座水营。”

这是个非常明智的决定，离得最近的庇护所应该就是那座宋军水营。而且要想将此处凶险情形及时报知岸上，也应该是去那座水营。

月头转西时，靠坐在城墙根的莫鼎力终于确定了自己下一步该怎么做。

夜探岳阳楼的所见所获，竟然关系到一个顶到天的秘密。让他不由地心惊胆战，不知该何去何从。但是这个秘密目前来说只是就所见情形做的推测，没有任何实质证据。而如此重大的事情万万不可轻易下结论，必须找到更多线索才行。

其实要是换个人，说不定立刻就将铁耙子王有可能在密谋造反的事情找个合适的途径急报给朝廷了。一则这会是一个千载难逢的立功机会，可以飞黄腾达、光耀门庭；再则从莫鼎力的角度来讲，他目前是捉奇司的属下，若赵仲珥真有此谋逆行径，及时将情况密报上去至少可以将自己撇清。

但今天晚上在岳阳楼外的是莫鼎力。他做事严谨细致，在没有更多证据之前，只凭穿了乌金氅、金牛冠，只凭深夜可以打开城门自由出城的黑衣人，就断定赵仲珥密谋造反，不仅是草率，甚至有些无中生有。他觉得就这些情况上报到皇上那里，只能说赵仲珥行为不检、效仿太宗皇帝穿着，最终给皇上心中添点堵而已。所以要想证明更多，要想确定自己一直追踪的黑衣人确实是由赵仲珥掌控，还需要更多实锤的证据才行。当然，最好还能查清他们在此到底做了哪些不为人知的事情。

“千马涂、上善庄，这或许是个突破口。李诚罡让自己去那里找樊惠丙要船进湖，如果自己假说是按铁耙子王令前来的，并以夜间黑衣人赶往湖边的情况试探，会不会套出更多隐情呢？”

李诚罡到岳阳后，自己轻易就被拿住。现在赵仲珥也来到这里，自己要想在城里再寻到些什么有价值的线索基本没有可能。于是莫鼎力最终确定自己应该仍是去往千马涂，从外围找寻有价值的东西远比在赵仲珥周边找寻容易且有效得多。

拿定了主意，莫鼎力却没有马上站起来，甚至连头都没有抬起来。就在他入神思考的时候，有个长长淡淡的影子悄无声息地靠近了他，而他竟然没有丝毫的觉察。直到那影子进入到他低垂的视线范围内，在他准备起身的那一刹那才看到。

影子肆无忌惮地往前逼近，在进入城墙的阴影后更是显得淡不可见。但是莫鼎力依旧能觉察到影子移到了自己脚边，又移到了自己身上。不管来的人实际有多高，到这程度已经是近得不能再近了。

低头坐着的莫鼎力手脚同时一撑，整个人弹起时仍是保持原来的坐姿，弹起的同时反手抽出雁翎雪花斩，划成两道月弧朝前对合削出。这是他在所处状态下能采用的最突然、最快捷的攻击方式，也是防护范围最全面的自保招式。

淡淡的影子只往后稍微滑移半步就躲开了莫鼎力的双斩对合，看样子早就料到莫鼎力会采用这样的招式，所以这滑移的半步掌控得恰到好处。莫鼎力双斩过了对合位之后，影子只需重新往前进半步，就可以采用多种方式击中莫鼎力的面部和下腹。而身体弹起、双斩合过的莫鼎力却再没办法躲避、抵挡对方的后续攻击。

退后的影子没有攻击，而是任凭莫鼎力收腿落地，并将双斩交叉挡在自己面前。待莫鼎力将防守架势完美摆好，并看清影子其实是个穿了开襟长袍的书生时，他还看到一把精美的剑连着剑鞘平抵在自己小腹上。书生的动作全是最小幅度的，快而直接，一招到位，不多浪费一丁点力气。好在对方只是想让莫鼎力明白杀他比杀只小鸡还容易，并且没有真要杀他的意思。

书生低声问道："走夜梁的猫子，寻的是鱼还是鼠？"

寻鱼的是贼，寻鼠的是捕，这江湖黑话莫鼎力当然听得懂，于是赶紧回道:“脊上的兽子，看护主家不遇鬼。”

过去房屋屋脊上有脊兽，是用来镇妖驱邪的。莫鼎力这话是告诉对方，自己是护卫，夜间行动是在保护上司。

“你不是锅里盛出来的，偏还兜了一勺驴粪。”对方是说莫鼎力不是临安带过来的护卫，并且还知道他昨天白天被人用驴粪设局擒获的事情。

“呵呵，我是外面拖回的簸箕，狗屎驴粪都会沾点。”莫鼎力回答自己是在外面做活儿被指引到这里来的，同时用自嘲掩饰一下自己被擒的羞愧。

“脊上兽子扔墙外，那今夜沾的是狗屎还是驴粪？”

莫鼎力这回没有马上回答，而是眨巴着眼睛在琢磨什么，过了一小会儿才略带犹豫地说道:“你这声音我听过，在古坝河上。”

“我也想起来了，发假讯在均州解法寺前与我交涉的就是你。”

只这两句话，便可以确认双方身份了。因为那两次与两河忠义社的碰头，知道的人极少。特别是第二回解法寺前，除了莫鼎力就只有两河忠义社的人。

“铁耙子王终究还是信不过我们呀，明明请了我们来彻查，另外又差遣外面做活儿的再来查。做法真是严谨，思虑也没毛病，只是把托付的人掂量轻了。”如果换了两河忠义社的其他人，对赵仲珥这种做法也就认了，但那书生正是两河忠义社的老大李归星，这种做法是对他能力和诚信的质疑，所以心中非常不痛快。

“王爷这人往往是拉住缰绳还不算，得把马蹄握手里才放心。更何况此趟的事情确实严重，否则他这么多年都没离开临安一步，此刻也不会亲自跑到这小小岳阳城来。”莫鼎力并不清楚赵仲珥让李归星查的什么，但是要想显示自己确实是临时调来参与此间事情的，就只能顺着李归星的话往下说，并且在话里还要维护着赵仲珥，以此显示自己是捉奇司亲信，知道的事情很多。

“什么？你说铁耙子王也来了这里？”李归星很是惊讶。他不仅不知道赵仲珥会来，甚至连想都没想过他会来。

“嗯，是的，要不然也不会将我们这些在附近做外活儿的都调来。”

“那就不对了，李诚罡是主动来岳阳追查洞庭湖运炮船失踪事件的，而铁耙子王让我们跟踪彻查李诚罡，然后他自己也赶了过来，若非不信任我们的彻查结果，那就是怕出现结果后不能及时处置。”

李归星是个秘密组织的头领，说话行事肯定严谨，能在莫鼎力面前说出这些话来，主要还是因为古坝和解法寺两次与莫鼎力的接洽，让他确信面前这个人是给赵仲珥办事的亲信手下。所以当他惊讶于赵仲珥亲自来到岳阳后，随意说些关联内情的话来拉近关系，目的是从莫鼎力口中套出更多自己不知道但又必须知道的信息。

“调我过来时也说让我追查李大学士，但是就像你见到的，我才入城就踩了驴屎局被李学士的护卫拿住了。之后李学士遣我去湖上寻他朋友借船，我走到半路觉得不妥，怕是把我支开他好做事，就又赶了回来。”莫鼎力从李归星简单的两句话里便听出了些原委，而他知道要想获知更多线索，自己就必须顺着李归星的话头继续往下。同时他还知道在李归星面前尽量不能说谎，对方掌握的东西要比想象中多得多，把一些情况实话实说，反而能更好遮掩自己虚假的一面。

“没有吧，那李诚罡入城之后便做自己的事情去了，你确定指派你借船的是他本人了？”李归星觉得蹊跷。

“我被护卫拿住后用黑氅盖了眼目，听口气、声音倒是像的。但也不排除他让人冒充了来打发我，而他自己则可以抓紧时间去忙更要紧的事情。”

“问题是他并没有去忙要紧的事情。到岳阳后有关运炮船失踪案的线索他问都没问，反是在城里到处找寻一幅老画。而且第一步就是上岳阳楼找的，没找到后又在城中的官家库房和古董商家中找寻，后来索性找城中画师询问有没有能够临摹出那幅画的。”

“第一步就上岳阳楼找寻？那么这画肯定是与岳阳楼有联系。”莫鼎力的判断敏锐而准确。

晚秋图

“我找那些古董店和画师打听了下，他要找的原来是《洞庭晚秋图》。这个我早就知道，当初滕子京重修岳阳楼后，请范文正公作记。当时范文正公并未来岳阳登楼观湖，而是凭着滕子京送去的一张画撰写了《岳阳楼记》，这画便是《洞庭晚秋图》。作记之后此画的去向无人知晓，有说随记文一同还给滕子京了，也有说范文正公将画转送他人了。”

“《岳阳楼记》竟然是看着一张画写出的？很难想象这会是怎样的一幅画。”莫鼎力想到自己在岳阳楼屏匾上抚拭的几行字，那内容写了阴也写了晴，写了白天也写了黑夜，且不说其他各种细节了，就这几种对立相反的景象，画中又是如何表现出的？

“据说那是一幅奇画，是从江湖中一个治水门派中得来。但具体神奇在何处，没几人见到，更无人说起。”

“李大学士一到岳阳就马上找寻这张画，定是此画比运炮船失踪案更加重要。估计他之前就已经得到相关线索，深研过后把重点放在了这幅画上了。王爷遣他前来岳阳查案转而又让彻查他，定然也是临时从哪里发现李学士正在破解与此画相关的什么秘密。”莫鼎力将自己想到的毫不保留地说出，是想从李归星的口中得到印证和引申。

“如果是这样的话，那么铁耙子王亲自赶到岳阳来就不是不信任我们，也不是怕查出的结果不能及时处置，而是因为他发现李诚罡试图破解的秘密会对他不利，所以亲自过来要让秘密永远成为秘密。”

“金牛冠、乌金氅，莫非这幅画中牵涉到的秘密和这有关？”

“什么金牛冠、乌金氅？”李归星眉尖一凛。

“嗯，这个也没什么。”莫鼎力从李归星的神情马上反应过来他是知道金牛冠、乌金氅意味着什么的。李归星是两朝老臣李纲的孙辈，官家出身的子弟，怎么可能不知道金牛冠、乌金氅的忌讳。

“说实话。”李归星的剑再次挑起。莫鼎力仍是未能有任何应对动作就又被连鞘的剑抵在了小腹上。

“嗯，是这样，今夜在岳阳楼上我见到一个穿戴金牛冠、乌金氅的人。”

“而今夜铁耙子王也在岳阳楼上？”李归星问完这话后微微吸口凉气。

“我没看清穿戴金牛冠、乌金氅那人的模样。”莫鼎力不想这么快就确定那人就是赵仲珥，更不希望在没确定之前就将这事传出去。

“那你又怎么知道铁耙子王也在岳阳楼上的？”

“李学士带人赶到岳阳楼来拜见王爷，我听到他们对话了。”

“又是听到，非眼见不为实。”李归星嘴里这么说，但凛起的眉头并未松下。

就在此时，附近有秋虫鸣叫声传来，听声响应该是一种少见的异种蟋蟀。李归星撤回长剑，顺带用剑头挽了个小小的圈儿。这圈儿应该是一种指令信号，等那剑重新收入他的长袍里时，一个车夫模样的大个子已经健步纵到李归星的身旁。

大个子车夫是疯子金刚吴同、吴东分舵的舵主。他都被调过来追查李诚罡，不仅是因为李归星对此趟活儿极为重视，也是因为两河忠义社眼下人手紧缺。江湖暗活儿多凶险，人手折损得快，要找合适人选补充确实不易。

粗犷高大的吴同与整洁修挺的李归星对比鲜明，吴同要稍弯些腰才能趴到李归星肩上低声说话。说话时两个人的眼睛始终盯着莫鼎力，神情都在微微地变化，这让莫鼎力心中很是不安。

“你说得没错，赵仲珥真是到了岳阳城。不仅如此，洞庭湖周边还出现了蒙古人和金国人，摩尼教教众也有露头。对了，还有以货物为掩饰，不停往湖边运送土石的车队，你知道是哪一方的吗？”

莫鼎力摇摇头，眼神有些茫然。运送土石已经让人费解，还掩饰成货物，难道这土石中能淘出金子来？

“也不管你知不知道了，事出反常必有妖孽。哼，看来这涡子搅旋得可是不小，无论哪一路人是金牛冠、乌金氅找来助力的，都是失大义背骂名的罪过。我们两河忠义社可为伐金复地、还我山河流血舍命，却绝不蹚这争权夺利的浑水。”

说完，李归星和吴同果断转身而去，转瞬便不见了踪影，只留下莫鼎力一人依旧呆站在原地，不知该走该留，走又走去哪里，留又能做些什么。

夜间湖上火光闪动，莫非正是蒙古人、金国人还有摩尼教的人在搞什么事情？而岳阳城夜开城门后，派出去的不是官兵衙役，而是黑衣人。这些黑衣人是由铁耙子王所控、所遣，到达湖边必定是与盟友合作、与对头开战。只要知道了谁是铁耙子王的助力盟友，那就不难查出他们在此间筹划些什么事情。而知道了他们做的到底是什么事情，也就能确定赵仲珥到底是握有铁耙子的王，还是穿戴金牛冠、乌金氅的鬼。

思维挣扎到了极点，思路也就转回了原点，到这地步莫鼎力才意识到继续追踪黑衣人才是最为正确的方法，真相还得从这些黑衣人身上撬开口子。那些黑衣人离开已经有小半个时辰，莫鼎力不知道自己还能不能追赶上他们，追上了又能不能抓到有价值的证据。

阿速合是从千马涂上的岸。船队散开后各自逃命，但好像就只有他们这个方向的三条小船逃了出来。而让他们从骨子里感到发寒的是，他们自始至终没有看清其他同伴是怎么死的，整个过程就像湖面上刮过一阵怪异的风，风过之处，所有生命全都消失。

说消失是有理由的，他们在上岸之前遇到一条自己隼巢同伴的空船。船上只有武器和携带物，还有少许他们身上衣物的碎料，但是人却没有了，连尸骨都不见。而船上余留的些许焦臭，让人怀疑这些人是在瞬间被烧化掉了。

对于这种情况，阿速合不敢多想也没时间多想，现在逃上岸才是第一重要，逃离洞庭湖区域是又一个第一重要。一则这里充满危险必须远离，再则应尽快将此处的怪异情况传递回南察都院。特别是蒙古人竟然出现在南宋洞庭湖，这情况说不定就是之后不久多国局势变化的一种预兆。

上岸之后才走出百十来步，阿速合身形微微一抖，定在了那里，就像一只狼嗅到了猎犬的味道。但他的动作依旧自然，就像随意停下喘口气，而其他人仍在继续往前迈步，停下的阿速合就这么退到了人群的最后。

弓弦声响起时，阿速合直接团身顺着湖岸斜坡往湖中滚去。当其他人在一轮箭射下全数倒下时，他正矮着身子沿湖边急窜，就像一只突破围剿的孤狼。

“还有一个，往北边跑了。”有人在喊，有人在追。阿速合急速的逃窜未能逃过伏击者的视线。

阿速合背着弓箭，但他完全没有想过要回身阻射。对方能在一轮弓射中将自己所剩同伴全部射杀，那说明他们不仅人数多，而且个个都是弓射高手。自己只剩一个人，此时只要略微停缓些脚步，被后面那些射手追赶到有效射杀距离内，就再没有机会逃脱。偏偏附近这片湖岸还没有什么可掩身的地方，只能尽量快跑，只要拉开距离跑入黑暗中就能彻底摆脱追杀。

事情并没有他想的那么简单，设围伏击的都是弓射高手，那么指挥设围的也绝不可是个庸才。更何况这是个临湖的地界，没有什么遮掩物，在这里设下个围子是很难出现漏洞的。所以看似可以逃脱的黑暗处，说不定就是又一个杀人场。

奔跑中的阿速合听觉受到自己急促呼吸声的影响而减弱，所以没听到弓弦的声音。箭支破空的风声他也是直到箭头距离自己只两步远时才听到，而此时他还在往前急奔。这样的状态下把箭躲过是不大可能的，最好的方式是尽量将身体拔起，让开被锁定的上半身要害，用不太重要的身体部位去承受躲不开的箭支。

阿速合在急跑中以一个前空翻摔倒，这是身体拔高过程中被箭支大力射中下半身而导致的前空翻。摔倒后的阿速合一动不动，死去了一样。而其实刚刚本该射在左胸和肝部的两支箭，一支钉在大腿上，一支穿过腰胯，都不致命。此时他要是强行起来反倒是致命的，那会有后续的射杀瞬间而至。

前面的黑暗中出现两个和黑暗一样黑的人，他们手持弓箭慢慢朝阿速合靠近。阿速合屏住呼吸，忍住疼痛，他现在唯一还有的逃命机会就是耐住性子等着对方靠近，然后用近搏手法拿住对方做人质。

黑暗中的人，往往会更注意黑暗的位置，并因此疏忽了与黑暗恰恰相反的白色。而黑暗中的白色也确实比较让人难以捉摸，就像一抹雾、一团沙、一朵拍岸的水花。白色人形是突然从地面上冒出来的，就在两个逼近阿速合箭手的身后。冒出之后肘撞掌切，只一招就让两个箭手同时倒地不知死活。从身形手法上可以判断，这白色人形不仅隐蔽得巧妙大胆，其近搏格斗的技艺更是高超。

阿速合久经凶险、经验丰富，箭手一倒地他立马坐起，然后弯弓搭箭往身后连珠射去。刚刚这么一耽搁，背后追赶的射手已经离得近了。即便是有人援手救助，要是不能将追兵逼退，多个帮忙的人也就相当于多具死尸而已。

阿速合能成为隼巢的支柱人物靠的绝不是运气。黑暗中的连珠射虽然没能准确射杀几个人，但是箭的落点不仅可以有效阻击追兵，还能震慑住他们暂时不敢往前。直到白色人形将他拉起，一同踉跄着逃入远处的昏黑中好久，后面追击的射手才又重新进逼过来。

阿速合被白色人形重重扔在地上时，他的下半身已经被鲜血浸透。箭支插入的伤口一直都在淌血，两人急着逃命又没时间处理。而白色人形这时候将阿速合扔倒就是怕他失血过多死去，那样他人就白救了，想问的事情也没法问了。

阿速合看一眼面前的人，这人身上很多处都用白布裹紧，而且那些白布并不洁净，上面透着的污秽色应该是伤口渗出的血渍。其中腿部裹着的白布最是污糟，是刚刚又被阿速合的鲜血给沾染红了。

白色人形头脸也用白布裹着，除了眼睛就只能看到嘴巴以及嘴巴边的黄须。不过那人手中指着自己的尖头铁棒，阿速合认得是怒龙直须锏，这种异形兵器就算中原人都很少会用。

“你是金国人？”对方能这样问，说明他已经从某些特征看出阿速合的身份。

“对！”此时此地承认自己是金国人，等于给了对方一个杀死自己的合适理由，但阿速合还是承认了。

“是南察都院辖下隼巢的？”这个问题显示对方对金国的了解程度。

“对！”阿速合依旧承认。

“为何到此？”

“发现有人作祟，而且极有可能会影响金宋关系。”这是个很好的回答。目前南宋和金国有着隆兴和议，有人企图破坏和议制造冲突，金国秘密组织发现后潜入宋境解决祸源，粗听下真是无可厚非。

“知道作祟的是哪路人吗？”

“可以肯定的有蒙古人，在湖上我与他们交手了。”

“不能肯定的呢？”

“不能肯定的我就不多说了，你应该也是做秘事的，想都想得出。蒙古人若没有凭借，怎么可能在大宋水军聚集之地作祟。你要细查究竟，可以回头去找刚刚追杀我的人，他们明显是要灭口。”

看不出白色人形是什么表情，但从他长久的沉默、气息难平的样子判断，此刻他应该很震惊也很愤慨。

过了许久，白色人形才又沉声问道:“知道作的什么祟吗？”

“未来得及查清。不过我们与蒙古人交手时湖上还有一只破损的宋军军船。上面的人与蒙古人纠斗许久了，知道的肯定比我多，你可以去寻那艘船问个究竟。”

“好！”白色的人说完扭头就走了。身形带起的急风以及起伏的脚步将脸上白布掀落了一些，露出的部分脸面足够别人认出他正是新发的缉杀令上的丁天。

丁天就这么简单地离开了，让阿速合很是意外。直到远远地再看不见丁天背影，他才确认对方放过了自己，于是长长舒出口气。他心里清楚，只要丁天不要他的命他就不会死，中了两箭虽然受伤不轻出血很多，但不远处就有一个隼巢的秘窝，只要到达那里他就算活转了回来。

盘蛇塔

歪斜的破军船接近昨天看到一角的那个水军大营时，天色已经大亮。秋天风清气爽，湖面远阔净明，可以一眼眺清数百步之外。

正因为视线清楚，所以才刚刚转入直对大营行船门的流水道，他们就都看到丰飞燕的那条客船。和之前不同的是客船上的尸体全不见了，就只剩舒九儿和还在昏睡的丰飞燕。舒九儿给丰飞燕包扎伤口用的伤药果然是有奇效，血一下止住，也不感觉疼了，就这样团着身子死死地睡上一觉，连船上尸体是怎么扔掉的，客船又是怎么漂到水军大营附近的都全然不知。

直到几个人搭手把丰飞燕拖上了军船，她才被移动导致的伤口痛感唤醒过来。醒来后迷瞪瞪的，第一眼就看到了袁不毂，于是立刻不顾一切地扑过去紧紧抱住，又是哭又是笑，嘴巴里的嘟囔再无法停歇，似乎要将这些日子没人可诉的话一次说完。她诉说着自己这些日子的所有经历，也诉说着对两个老爷子死的懊悔，只是含糊得没一个人能够听清。

话说得含糊是因为太激动，也是因为舒九儿给她上的伤药药性没过。要想阻止她这样一直抱着说话还是需要些强制手段的，否则其他还无所谓，被紧紧抱着的袁不毂已经尴尬得在滴热汗了。他眼睛一直瞟向舒九儿，是希望她能够理解自己眼下的处境，也是希望舒九儿能过来帮忙把丰飞燕安抚下来。

“我一个人在湖边等候的日子一直在想着你，但最想你的时候还是在小客船上。你不知道，我是被当成死尸扔上客船的。那船上全是死人，有金国人，有带符提辖，我在死人堆里真的好害怕，但又无处可逃。”时间一长，激动的情绪自然会平复，伤药的药性也渐渐消失，丰飞燕的口齿渐渐清晰起来。

“好了好了，先别抱着了，我得给你伤口换换药，等我换完了你再抱。”舒九儿似笑非笑地走过来，掰开丰飞燕抱紧袁不毂的手，搀着她往航室门口走。换药得脱衣露膀，当着这么些男人肯定不行。

“等等，你说带符提辖？那船上的死尸有带符提辖？”袁不毂虽然尴尬，但他却敏锐地听到了带符提辖。

“对对，不信你问九儿妹妹，那些死尸肩胸和肘膝起茧，是带符提辖做地下活儿才有的特征。”已经往航室门口走出几步的丰飞燕回头说道。

“带符提辖怎会来到这里的？难道洞庭湖下有藏宝的暗构？莫鼎力说过，捉奇司追查陶净礼留下的线索，其中有个疑问就是方腊起事之时，将所有收缴的财富交于方九佛带了西去，难不成是藏在了洞庭湖？而带符提辖在此出现，说明捉奇司已经顺着线索追查到这里了。但是也不对，如若真是带符提辖做活儿，怎么会没有羿神卫配合。就算暗活不需要羿神卫配合，那也该派出护卫保护和监督，哪有让不具技击实力的带符提辖自行活动的？”

就在袁不毂心中各种想法交叉碰撞之时，破损的军船也轻碰上了水军大营的船行门。船行门是用浮船架了柱栅做的横向移动门户，军船船头一碰，那浮船门户竟然直接往里荡开。此情形应该是固定浮船门的链闩或扣环坏了，与栅墙没了连接。船行门是水营最重要的门户，若坏了不及时修好，实已犯了水军防御规矩的大忌。

不对！荡开的营门把袁不毂从乱思中拉回。他心脏猛然收紧，急切地轻喝一声“别乱动！”。眼前的状况才是最实际的状况，稍有疏忽说不定惹来的就是立死当场的后果。而刚刚就在他思绪陷入杂乱之时，眼皮底下差点疏忽过去的异常至少有三个。

“哪里不对了？”小糖人急忙问道，他水上的见识实在稀松。

“这水营哨塔上没有守卫，船行门户没有横闩。军家的营盘在正常情况下不该如此疏于防守的。”朱满舱直接说出两个异常，只少一个水道挂铃，可见对军家水营布置颇为熟悉。

袁不毂没有到过水军大营，但作为羿神卫，训练中被灌输过各种军营的规则和装置。他知道在距离水营营门百步距离的水道上，至少应该设置三处水道挂铃。有船经过，水波一荡，铃声响起，营里的守卫兵将马上就知道了。

奇怪的是死鱼，他也是羿神卫，也知道水营的相关装置，怎会没有任何危险意识地直接用船去碰那船行营门的？

“没有船，这里面没有一条船。”死鱼隔着水营栅墙便做出很肯定的判断。

大家听了死鱼的话后都朝里面仔细查看，果然如死鱼所说，水营里有些木架船型，看着和正常军船差别不大，但都是用来训练的仿造船架子。真正可以航行的船只一个都没有。难怪他们之前经过时就觉得这座水营显得单薄，外围也没有常规设置的防御器械。如果真是一座只用来训练的水营那真是没有必要，但就算专门用来训练的水营那也应该有船，营中各处来往，没船就像没了脚。

“确实没有船，也没有人，这是个废营吗？不对，看这门栅、浮船都是经常使用的，船坞上的摩擦痕迹也是新的。莫非这里面的船一夜之间全沉下湖底，兵将全变水鬼了？”朱满舱的目光很快地在几个点上跳动，这些都是让他充满疑问的点。

“不、不，有人，我刚才好像看到仿造船上有个人。”死鱼说道。

没有船的水营已经让人觉得诡异，没有船却有人，而且只有一个人，这不免让人感到毛骨悚然。也难怪刚刚军船会径直撞向营门，那阵子里死鱼应该是被吓得不轻，全然忘记自己还操控着船只。

和别人的第一反应有些不同，袁不毂听说有人后，立刻舒双臂将弓箭拿在了手中。刚才接近水营时为防止发生误会，他们都将武器收了起来。但是现在不同了，水营如同鬼营一般，完全有可能已经成为别人设局的杀场。而死鱼发现的一个人，若不是死不瞑目的冤魂，那就是设局人的眼探。

“刚才你见到的人是动影儿还是死挂子。”袁不毂小声问死鱼，刚才见到的人是在行动还是躲在什么地方偷窥。

“东三台子蹦到了北一台子。”死鱼答道。

袁不毂马上把箭头指向东北方向的第一个船架子，因为死鱼说他看到的人是从正东的船架子跳到这个架子上了。

“没有出台子吧。”袁不毂又问。

“没有。”

确定那人还在这个船架子上后，袁不毂马上连射两箭。如果是弓射内行的话一眼就能看出，这两箭的落点将那船架子上可掩蔽的位置全都锁定，只要是藏在这范围的人不管朝哪个方向都无法再从袁不毂的箭下逃出。

“不要射、不要射！是我，我在这儿呢！”船架子上的人喊完话后先把手伸出来挥两下，然后才慢慢探出头来。从这小心的架势看，那人是晓得袁不毂弓射本事的厉害的。

“石榴！你没死呀？你不是跌进排浪里了吗？”朱满舱惊讶得口眼变形，就像真在这鬼营中见到了鬼。

“对对，侥幸没死、没死。”

“你能游出排浪？”死鱼的表情比朱满舱更加惊讶。

“我哪有那本事呀，我是从湖底抱石跑到水浅处的。”石榴说的话平常人听了还以为在编神话。

“抱石冲岸！你竟然会抱石冲岸？你落水的地方距离可落脚的泥漂子至少有两里远，能在湖底憋气奔这么远的，从古至今只有方腊手下奇将石宝，他曾在太湖底抱石冲岸两里多，而且还是在水浪平静的状态下。”朱满舱说道。

“我哪能、跑那么远，好在我跌落的湖底、附近有、有堆垒的金字形石堆，奔上石堆顶就能、能出水换气。”石榴说话有些磕巴。

袁不毂仍是和最初时一样将石榴当成不知什么来路的威胁，箭尖始终指着石榴。只要是知道袁不毂弓射本事的人，面对他箭尖所指，都难免紧张得说话磕巴。

“那你又是如何到了这里的？”朱满舱是走圈线的挂帆老大，手下都是些逃躲官司仇家的大滑大奸之人。平时里和这些人打交道多了，无形间练就了从对话中找破绽的本事。

“嗯，要不是有人救了我，我、我现在还在石堆上的浅水里泡着呢。”没等大家追问，石榴急匆匆再补一句，“别问什么人救了我，救我的人一再嘱咐，说出去他们会没命。”

袁不毂终于松开了弓弦:“你刚才说湖底有金字形石塔？”

“是不是石塔不知道，但确实是一块块方石堆垒起来的，而且堆垒得极为巧妙，大体看是四边一顶的金字形，细看下每一层其实都是有规律地递进错开，像蛇盘坟头一样螺旋状往上。”

“盘蛇塔，盘塔旋水，抽江泼湖。坤水乾浪，连势不断，冲塞推淤。留土扎堤，暗坝明洲，星云布道，引流导势。”袁不毂一边念叨一边掏出淮王金字圭，在正面那些不认识的字里，他很快找到了“盘塔旋水”的字样，继而还找出了“坤水乾浪”“留土扎堤”。一字通百字通，这几个字提示了字体的写法，让袁不毂找到辨认其他字的路数。就像宣纸上的墨汁，点迅速散开，连成了片，覆盖了面。金字圭上的内容在袁不毂脑海里似是而非地铺展开。

那是些接近大篆的字体，书写中又刻意地扭曲了些笔画，还有无规则的倾斜。但只要找到字形规律，辨认也就不是太难。随着文字的舒展、辨清、理解，老水鬼的那些话又重新在袁不毂脑海中闪现，与之一同闪现的还有猰貐坟的突山成堰、分洪倾江，鲔山黄河古道的枯竭荒肃、魂飞海子的沙涛泥浪，还有天上河的盘旋曲折、不溢不漫。而袁不毂天性之中也有些东西在此刻突闪出来，那是一些比弓射能力更加玄妙的能力，是与治水有关的遗传灵性。

“这里有个局，很大很大的局。得找个洞庭湖的地图才能看出。”袁不毂左右转两圈，然后猛然想到什么，快步往航室走去。

水形变

航室里有军船上最高指挥官工作的房间，相当于船长室。一般来说这里都会有水形水道图。

推门跑进航室的袁不毂听到一声惊叫，扭头看去，正好看到褪衣换药的丰飞燕露出一挂雪肩、半截肥乳。但发出惊叫的反倒不是丰飞燕，而是舒九儿。袁不毂没丝毫征兆地冲入，将她手中正准备给丰飞燕敷药的药瓶吓掉地上，一直滚落到袁不毂的脚边。

“干吗如此莽撞，人家女孩子在敷药呢，衣着不整的，你这样进来是要坏人家的清白名声吗！”舒九儿很快就从惊吓中恢复过来，表情严厉地斥责袁不毂。

其实袁不毂自己也吓坏了，丰飞燕白花花、软颤颤的肌肤差点没把他晃晕。他赶紧闭眼转身，边蹲下胡乱搜摸脚边药瓶，边心慌神乱地回道:“我没看清，我啥都没看清，不、不对！是啥都没看见。”

舒九儿急走几步来到袁不毂旁边。袁不毂正好摸到了那药瓶，背转身体将药瓶递给舒九儿。舒九儿一把抓过药瓶又急步退了回去，将丰飞燕衣服拉遮起来。

丰飞燕此刻虽然也被袁不毂的突然闯入搞得满脸羞红，嘴里倒还在替袁不毂解释:“算了算了，他进来肯定是有着急事情。不毂，你说对吧。再说了，我终究是要嫁给他的，看就看了呗。”说完脸羞得更红了。

“好了，你现在可以转身了。有什么事情赶紧做完出去。”舒九儿依旧表情严肃。

“哦哦，我知道。”袁不毂转过了身却没敢抬头，只能够看到舒九儿垂下的手和手里握着药瓶。他就保持这样低头的状态走到桌案边，在上面一堆书本纸册中找到张“洞庭水形图”，然后急步走出航室，出来后走出几步了又急忙转身走回，将航室门给带严。

水形图在后桅杆的桩台上铺开，几个人探头探脑地围在图的周围。袁不毂拿出了炭笔，准备在那图上涂画。

“前些时候在九婴池旁石梁上，小糖人的师傅老水鬼临死前悟出，砥流坝楼一派的后人为报复宋太宗赵匡义灭其一门之仇，让李垂进献了《导河形胜书》，由此给大宋设下一个极大的破水局。老水鬼死得仓促，未来得及说清其中窍要到底为何。我本不是治水门中人，也未研读过《导河形胜书》，更是无法弄清奥妙何在。”

“《导河形胜书》其实很简单，李垂以此书劝说大宋朝廷开六条水道，改黄河原有流向，由原来经河南转为经河北，说是以此可阻挡辽国兵进，成为天然的军事屏障。从皇家、军家的角度看，此方法倒也可行。”朱满舱主动给袁不毂做了个解释，毕竟是定圈水的后人，对水道水脉相关的事情知道得很多。

“黄河人为改道，不从自然之理，不顺应天然之势，必会聚灾集害。”小糖人也插一句，但他说的是很笼统的大概念，没啥可圈点的细节。

“我到过鲔山，那里的魂飞海子应该是砥流坝楼的祖地。也正因为他们窥破了黄河古道从无到有，再从有到无的玄机，所以没有人比他们对黄河更了解，也没有人比他们更清楚人为改道黄河的危害。”袁不毂说道。

死鱼眉头一皱:“这一说倒真是的，黄河自人为改道后连年泛滥，河北一带粮田淹毁不能复种，泽地遍布无法驻兵。所以金国进犯时，河北一带根本无兵马抵抗，只能任其长驱直入。”

袁不毂点点头。死鱼竟然知道黄河改道后连年泛滥，还知道大宋当年的军事力量的分布，如若不是对这方面特别关心，与精通国势军力的高人讨教过，那就是在进入羽林卫后听谁分析的。只是不知道他了解这些又有什么目的。

“黄河泛滥，齐云盟仅余的两家——理脉神坊和淮王堂立刻查找原因对症治理。但黄河原是由砥流坝楼一派主理，其他治水家对此水脉并不熟悉，另外怎么也没想到这会是人为设置的破水局，且是大宋朝廷自己在操作，极具蒙蔽性。不过淮王堂的人通过自己祖地的天上河特性，再结合派中所传金字圭，终究是悟出了玄妙，找到治理的办法。却又因为摩尼教的插手，只能先找地方隐居，等待合适机会再出手治理。”这些大多是老水鬼临死前告诉袁不毂的。

“淮王堂已数十年未再显迹，这一隐居把个门户隐没了。否则这淮王金字圭也不会落到你手里。”朱满舱说这话时略带着欣慰，他们定圈水虽是齐云盟中第二个散了门户的，但是现在看来，四家之中只有他们还有具备实力的传人。

“金字圭是捉奇司悟秘阁的东西，杜先生暂时留在我这里。你这一提让我想到，淮王堂匿迹莫非与捉奇司相关？捉奇司倒真是有足够能力找到隐居的淮王堂并夺取金字圭的，但夺了金字圭，不懂其中玄妙就还是无用。也不知道他们将淮王堂的后人如何处置了？”袁不毂声音越说越小，心里的寒意却是越来越盛。

“且不管与谁相关了，只说你拿了金字圭悟出了些什么？和洞庭湖中出现的怪异又有何关系？”小糖人有些着急，他陪着老水鬼在川地待了许多年，就是为了找寻这样一个秘密，现在终于要破解开了，难免有种难以抑制的兴奋。

“这还得从天上河说起，咳。”袁不毂调整下情绪，清理下嗓子，“天上河沿山脊而行，不漫不溢，是因为每到一个转折点，都有婉转的宽大水面或者外接水潭。下行水势在此得到盘旋缓冲，水量激增时，这些水面和水潭还可起到临时蓄存、调节水位的作用。”

朱满舱用手拂了下面前的水行图:“就如这洞庭湖，可通过九穴十三道对包括长江在内的五大江和诸多河流起到调节作用。”这一点他最有发言权，定圈水开派祖师的治水之道便是从洞庭湖的水形水势中悟出的。

“没错，这也正是黄河和长江的最大区别。那黄河沿线就缺少这样大面积的水域来调节水量水势，所以一旦逢汛或是有淤堵，便会水漫成灾。而李垂的《导河形胜书》更是将这种没有调节和缓冲的水道增加至六条，辐射于河北界内，造成的灾害便越发严重了。”

“袁大人，老水鬼到死才悟出的道理，你只是见过天上河便想通了。我觉得你不仅天生善射，而且还有治水的天分。”小糖人这话是由衷而发。

“我自小学的木匠手艺，这可能有些与治水相通的地方吧。但要说完全想通天上河蓄水、调水的道理，却是刚刚看到这张洞庭湖的水形图后才悟出的。”

“但是这和金字圭有啥关系，你不是说金字圭是淮王堂悟出黄河泛滥的原因以及治理方法的关键吗？”小糖人又问。

“没错，金字圭上所列方法是有可能解决黄河泛滥的。就比如坤水乾浪，可以推淤冲塞，再比如盘塔成旋，可以让水流在某一处弯口形成缓冲，自调水势。”

“坤水乾浪，这是我们定圈水的术语呀，怎么会出现在金字圭上？”朱满舱感到奇怪。

“坤水乾浪不仅是你派中术语，还是少数水域湖泊的特有现象，所以在你们作为术语之前，还出现在某篇玄妙文字中，并不奇怪。”

“我们石匠行中有盘塔成旋的传说，说技艺顶绝的石匠用方石金字形交错垒塔，可利用水冲潮涌的能量，加上石塔巧妙构造的带引和增强，形成难以想象的强劲漩涡。旋劲至极时，可将空中飞鸟吸入，可现见底的无水空涡。莫非我见到的就是这个？”可能连石榴自己都没有想到，自己踏足的是这样一个神奇的东西。

“难以想象、难以想象，”朱满舱语急气喘地像是发了急病，“留土扎堤的泥漂子，势头越来越强的坤水乾浪，还有水底见到的盘蛇塔，有人竟然是要用这些将洞庭湖做成个巨大的破水局。老君庙附近常有船莫名失踪，不留一丝痕迹，会不会就是这盘蛇塔作的妖？”

“很难说，金字圭是个可帮助治水的奇物，还是个可破水的妖物。其中所列方法工程巨大、难以实现。但是一旦实现，在有些多灾多难的地方可治淤止泛，在另外一些地方却有可能造成巨大灾难。现在看来洞庭湖中不仅仅是有一个盘蛇塔的装置，一些悄然间生出的泥漂子、暗坝还改变了原有水道，与湖中潮势、岛礁、湖岸走形配合，成为破水局的组成部分。但我估计这些也才只是所有装置的一部分，而且还未发挥真正作用。设此破水局的人应该是要破坏洞庭湖的储存调节作用，造成洞庭湖乃至九穴十三道的水情异变。”

袁不毂停了一下，他的胸口有种疏解不开的难受：“昨夜所见的坤水乾浪应该就是这些布置带来的先兆，其先兆之势，就已经如此惊心动魄。而且在万船冢那里又出现了排浪乱向的水面，非自然水相，定是人为的。如果再有多条江河潮势逆注，在流道变更和破水装置的作用下，潮浪势头将会数倍甚至数十倍地增强。如此强大的破水势头，会横扫隐藏洞庭湖各处的水军军营，将大宋水军的主要实力毁于瞬间。再有是洞庭湖周边以及所有连接江河所经地域，也会造成严重水灾。洞庭湖以及连接江河所经地域都是粮米多产的富庶之地，若遭此灾，国之粮仓定会损失过半。”

“而且这样的状况会持续多年，除非有人能够破解这些装置。但如此大的装置非数年之功不能成，就算有破解之法，也是需要花费多年时间和无数财力才能做成。”小糖人语气很无奈，面对这样一个巨大的破水局，要想扭转真就如蚍蜉撼树。

朱满舱表情有些纠结，他是定圈水后人，虽然没有一直驻留洞庭湖，但也回到这里有些年头。之前要说对洞庭湖水势的变化没有一点觉察那是瞎说，可要说有人在湖中做了那么大的手段布置，却又觉得有些难以置信。就像小糖人说的，拆解都需要好些年，那么做成又得花多少人力物力和时间？而且还要别人看不出来。

“不过洞庭湖水域复杂，为多条江河之枢纽，出现些水势变化是在情理之中。逢洪汛、潮汛期起蓄水缓转作用，带入大量石块泥沙在缓流位置形成暗坝、泥漂子也算正常。至于水下石堆到底是不是人为垒起的盘蛇塔，目前也无法确定。我觉得石榴兄弟在抱石冲岸的急切过程中，肯定没有闲暇把那石堆整个看得清楚，最多是摸索了快出水的石堆尖做的推测。”朱满舱的心情可以理解，对他来说，怎么都不希望自己的师门祖地成为一个破水的祸根。这比定圈水灭门更让他痛心。

第六章

符图藏破水

破水局

“是不是破水局，我们可以利用已经掌握的信息反过来推断。嗯，先找出石榴落水的位置在哪里，盘蛇塔是其中一个关键的破坏点。”袁不毂拿着炭笔指在水形图上。

“在千马涂偏南水面。”朱满舱在图上点了一下。就他对洞庭湖的熟悉程度，这一点的偏差最多就在一里以内。

袁不毂在他所指的位置画了个叉，然后又问：“我们经过的出现不久的泥漂子在哪里？对方军船搁浅的泥漂子在哪里？”

朱满舱又指出图上位置，袁不毂用圈儿画出。然后就是君山、积云荡、捞家灶、千马涂，再然后便是改变之后符图一样串联的水流道。这些位置不仅被圈出了点，画出了道，而且根据水流的改变，将可能存在的暗坝也用虚线画出。再有就是尺沉礁、万船冢的位置，以及这些位置可以阻止前往的水面都一并圈出。

随着水形图上越来越多的线条画出，朱满舱的脸色也越来越难看。那些线条在洞庭湖水形图上或交叉、或连贯、或盘绕，最终呈显出一个大片剁肉刀般的形状。定圈水的人最懂洞庭湖的水形水势，而这个“大片剁刀”真真切切地在告知他，这样的水形水势会在某一刻变得无比可怕，漫山摧堤，淹没大地。

“这是原有的水流道，这是改变后的水流道。长江入湖的水道在这几处，而这边正好是盘蛇塔。在这四处位置，水下都可能有暗坝，或者同样设置了盘蛇塔。我估计设置盘蛇塔的可能性更大，因为只要工艺器具到位，垒塔比筑坝省时省力得多。当出现江潮倒涌，下游反上，会在入湖水道形成逆势激流。由这几处的泥漂子和暗坝导流、折转、提速，最终在千马涂西北水面形成坤水乾浪，其势会是今晚看到的数倍。数倍势头的坤水乾浪呈一线斜冲东南堤岸，经过这四个盘蛇塔后，势头又会再激增数倍甚至数十倍。”袁不毂停住话头，最后的结果他不愿说出。

“增强数十倍势头的狂涛巨浪将横扫东北、正东、东南的湖岸，这边上所有水营、堤坝、码头，会摧枯拉朽一般瞬间成为碎片。随后良田淹没、房塌屋倒、人畜难活。”朱满舱替袁不毂说出了可能出现的结果。

“而这只是湖面的东北一角，推算出的势头已能让洞庭湖倾泼了一般。如若这边一角和这边一角也设了同样的装置，横扫的水势继续沿湖冲击后面的装置，那洞庭湖又会是怎么一个情形？”袁不毂不是想象不出，而是吓得不敢说出。

面对袁不毂提出的问题，朱满舱愣了好久，他脸色不停变化，且越变越难看。如果袁不毂的这个假设是真的，那么整个洞庭湖的水势将会成为三把剁肉刀组成的绞肉器，横扫的势头再以倍数的倍数增加，那这湖上无论水军大营还是民船码头，甚至是鱼窝蟹洞都将被扫灭干净。

“这湖得旋翻起来。湖中水可见底，岸上水没房顶，良田成汪洋，城郭变河道……”

小糖人的话没有说完就被朱满舱打断了：“不会的、不会的，没人能做成这样的一个大局，没人能做！哈哈哈，这局面实在太大了，需要的财力人力这世上无人能够负担。而且费钱费力做这祸及苍生的破水局，又能得到什么好处？古往今来没有这样的傻人会做这种事情！”

“有没有好处真不一定，如此之大的手笔，所图必不在小。我等井底之蛙，怕是很难揣测这种人的目的。至于有没有人能做成这样一个大局，事实已经有九分摆在眼前。”

“这应该不是哪一个人所为。或许很久之前就有人看出洞庭湖水形趋势，然后暗中做破水局，但是未能完成。过了些时日，有人获悉此秘密，又在原来基础上再做，最终因为某些原因还是未能做成。直到如今，此破水局的秘密不知又被什么人挖出，借此图谋大事，再次暗中将其构建完善。这样尽几代人之力，才有可能将这么大的破水局实现。”石榴的话听着有些牵强，实则颇有道理。

袁不毂眉头一展：“莫鼎力和我说过捉奇司追查陶礼净之事，陶礼净记录征讨方腊过程细节时发现一个疑问。就是方腊在起事后搜罗了众多的金银珠宝去向不明，有可能是被其亲信方九佛带走去做什么破败大宋气数的事情了。方九佛在方腊起事将败之前西行而去，会不会正是跑到洞庭湖来，做这可毁大宋粮仓、破损大宋国力军力的破水局？”

“这个是有可能的，那时候我门中有人信奉摩尼教，极有可能将洞庭湖的水势特点告知别人。而摩尼教中各路高人众多，最终想到利用这些特点做个破水局来作为打击大宋的另外一种手段也是可能的。”朱满舱表情带些愧疚，毕竟祸根与他定圈水一派有关。

“这样的工程估计凭方九佛所带的财力人力远远不够，而且他是想在短期就挽回方腊败势的，仓促间更是不能完成。那么在这之后续做此局的又是谁呢？”小糖人很好奇。

“这个不难想到，之后在洞庭湖起事的只有杨幺。杨幺本就是洞庭湖人，起事时手下也不乏摩尼教中人，无论从哪一方面讲，他都有可能获知当初方九佛暗做破水局之事。将此局继续下去，说不定正是他们起事的缘由，因为只有这样，才能获取到更多做成破水局的财富，反过来讲，做成了此局也才可能起事成功。但此工程的浩大出乎了他们预料，结果也是未能完成便被追剿到再无退路，只能乘巨船投湖。”朱满舱对洞庭湖相关的事情极为了解，想都不用想就把各种信息准确关联。

“那么现在又是谁在暗中做这个破水局呢？会是和我们对战的蒙古人吗？”小糖人眨巴着眼睛。

“蒙古人有理由做这个破水局吗？他们好像从中无利可图。”死鱼说道。

“但如果有人和他们合作，许下他们想要的利益，那是完全有可能让他们出力参与的。”舒九儿飘飘曳曳地从航室门口走来，就像一朵晨云，“所以关键的问题是谁在与他们合作，合作的人自己又是什么目的。这应该是个拥有极大实力的人，不仅能找出前人遗留下的秘密，而且拥有足够的财富和权力。”

“这个的确是不太容易。我也算得治水行中人，在洞庭湖上行船这么多年，都没觉出一点破水局的边。能发现前人未完成的局，定是找到了什么关键的线索。”朱满舱说道。

“你说这线索会不会是一张图？范文正公写《岳阳楼记》就是看了一幅图，你们瞧出大概的破水局局相也是在这水形图上点点画画。”舒九儿的话像是在故意引导。

“钦差姑娘博识，范文正公写《岳阳楼记》时确实未曾前来岳阳楼实地观览，而是凭着一幅画写成。我估计这画便是我门中失落了的祖地符画，但这只是猜测，因为定圈水破散后我这一线分支未曾有人见过此画。”朱满舱平生第一次见钦差，而且是个女钦差，也不知道如何称呼合适，便将舒九儿唤作钦差姑娘。

“既然你未见过，那又是如何知道范文正公是依据你祖地符画所作？”舒九儿追问道。

“我门中祖地符画和其他治水行门派不同，是用的阴阳色符。正看是一幅描绘洞庭湖晚秋景色的平常画作，换了不同角度，则可以看出昼、夜、阴、晴种种不同时间和气象下的景色。这是因为画作彩料中掺入了洞庭荧贝磨成的粉，不同角度下折射的色彩光度有着极大差异。而《岳阳楼记》中景物的描写有夜有昼、有阴有晴，所以我师祖一直估猜这是依照我派符图而写出。”

“既然猜测是你门中符图，为何不曾设法取回？”小糖人问道。

“我师祖也是在知晓《岳阳楼记》内容后才猜测那是根据我派符图所作。当时滕子京对外宣称那画是朋友借于他的，我师祖便以为是其他分支与滕子京交好，遂借他符图，也就未曾继续追查。”

“此画作记之后范文正公并未留下，而是与记文一同还给了滕子京。后来滕子京被贬岳州后治理有功，转任苏州知州，为谢皇恩浩荡，临任之前将《洞庭晚秋图》献入了宫里。所以你定圈水的人就算想找回此图，入宫之物亦是无计可施。”舒九儿对赵家宫院中的事情了解颇多。

“也就是说此后能看到此符画者，必须是宋家皇室之人？”小糖人又插一句。

“赵家皇室盛行字画之风，只要不是皇上独爱的字画，朝中大臣也是可以借览的，特别是那些大学士和记史官。但是靖康之乱后，宫中收藏字画大多被掠被毁，如今可借览的好字画已无多少。”

“那我门中的符图到底还在不在了？”现在变成了朱满舱在追问。

“不知道。上次宫中负责藏物整理的高公公到我御医馆配药时闲聊，提到李诚罡大学士曾询问过那幅《洞庭晚秋图》。但按高公公的说法，此画在靖康之乱前被史官陶礼净借览，未及归还就逢金人攻入，从此再未见此画现世。”

许久未说话的袁不毂眉头抖动下，话头转来转去竟然又提到了陶礼净：“陶礼净追查方腊财宝，定然是找对了洞庭湖方向。但他只是一个史官，无法勘破破水局的秘密。直到被金人虏获，在玉盘坨水根穴巧遇理脉神坊门长苏定波。苏定波那时已经从大宋惨败的局面上勘破黄河之灾与李垂《导河形胜书》有关，两下里一凑，便不难想到洞庭湖可能还有个极大的破水局。于是两人交换身份，陶礼净掩护苏定波逃出，让他去修治黄河破水局并制止洞庭湖破水局，却没料到水根穴中暗河水道纵横盘绕，他手挖人钻最终没能出来。”

“李大学士也在追查此图，莫非捉奇司早就窥破了此处的破水局？”死鱼说道。

“这倒未必，如若捉奇司窥破秘密，定然早就在此有所行动了。而李大学士虽是捉奇司的要人，却没有实际的指派权力。如没能完全查清并掌握证据，是没有办法说动铁耙子王采取行动的。”舒九儿对捉奇司也非常了解。

“或者李大学士只想从《洞庭晚秋图》中找其他一些感兴趣的东西，凑巧与此处破水局应合上了。朱老大你对洞庭湖最为熟悉，应该知道此处有些什么让人感兴趣的奇景异物。对了，那些追逐我们的金线是什么？所经之处船上的人都瞬间消失了。”

袁不毂突然想到自己射落的那根金线，没等朱满舱回答就疾步走过去看。金线掉落的地方除了些许焦黄的痕迹之外什么都没有，就像是用官府刑讯的火烙铁在这位置烫过。而射落金线的那支箭断成了几节，同样像是用烧红的器物烫断的。看到这情形再回想当时闻到的焦臭味也就不奇怪了，只是这被射下的金线到底是什么东西？能在水中游动，能往船上飞起，还能将木板、箭杆烫焦烫断。

“这是扇鳍飞蛇，传说后羿斩杀修蛇于洞庭湖，修蛇的余魂化作了这怪异的蛇种。但其实这种蛇更接近《山海经》中所提的儵蝾，‘其状如黄蛇，鱼翼，雷声惊，出入有光’。它们通体一根发光的金线其实是毒腺，其毒不仅剧烈且带有极强腐性，中者即死，死后即化，尸骨无存。而此蛇若是被杀，也会即刻自化。”

听了朱满舱所说，不难想象夜间那些小船的遭遇是如何惨烈，也不难想象被袁不毂射下的飞蛇落在甲板上后先是盘绕箭杆，流出的蛇毒将箭杆腐断，然后在甲板上一番挣扎，腐蚀甲板并最终化为一摊黄水。

对楼记

“扇鳍飞蛇群居喜光，容易被响声惊动，多在日朗月明之时出来活动。但一般都是在偏僻无人的地方活动，并不主动袭人。而湖上知道扇鳍飞蛇的船家，只要看到出现异常的金色粼光就都会绕行。昨夜追击我们的扇鳍飞蛇像是被什么东西诱导或驱赶着，这才会如此发狂。”朱满舱的表情可以看出他对昨夜扇鳍飞蛇的追击仍心有余悸。

“皓月千里，浮光跃金，”舒九儿从朱满舱所说扇鳍飞蛇的特性想到了《岳阳楼记》中的两句，“你门中符图《洞庭晚秋图》是否描绘了扇鳍飞蛇出来活动的景象？”

“我派符图主要描绘了秋天洞庭湖上的几种奇异景象，以提醒后辈门人行事时注意，扇鳍飞蛇便是其中一种。但这图阴阳符画法不是谁都能看全的，就算看出也无法领悟其中奥秘。范文正公智慧之人，窥全了画中全景，但他不是治水行的人，无法领悟画中景象表达的真意。”

“那你可知图中还绘有其他什么奇异？”

“坤水乾浪是一个。”

“阴风怒号，浊浪排空。”舒九儿对应说出《岳阳楼记》中相似的描述。

“墨汁夜是一个。无星无月的夜晚，加上气温骤降，湖中水雾凝结，整个湖面就像变成了完全看不见的墨团一般。”

“日星隐曜，山岳潜形。”

“过龙吐水也是的，连接的江河水量暴涨后往湖中注入，会在水道口涌起层层云气，并有龙吟般的声响在湖中漂荡。这一般会在春汛和夏汛时出现。”

“薄暮冥冥，虎啸猿啼。”舒九儿相信符画上为了表现龙吟般的声响，肯定画了吼啸的虎和猿。

“还有无影漂子，也叫荧贝漂子。我之前说过，那符画就是用掺了荧贝粉末的颜料画的，这才会出现光线和画面的变化。而泥漂子被大量荧光蚌贝碎片覆盖，映照湖色天光，明明很大一片浮泥，看上去却和水面一般无影踪，不管白天还是夜间都可能在这上面撞船翻船。不过技艺高超的船家可以通过水鸟的起落和湖鱼的游跳及时发现到无影漂子并绕开。”

“上下天光，一碧万顷；沙鸥翔集，锦鳞游泳”，舒九儿又对上两句。

“除此之外就是一些惯常可见的花草、打渔情景，没有什么特别的了。”

“这些奇异景象都是可以被利用来做破水局的。且不说扇鳍飞蛇是不是人为驱动了追杀我们，就那看不见的溺魂船，我都觉得和刚才所说的无影漂子有某种关系。”死鱼一直很认真地在听，难得发表一下意见就显得别有见地。

这边一说一对很是热闹，算是颇有收获。但心思细腻的舒九儿发现袁不毂根本没有听他们讨论符图和《岳阳楼记》的关联内容，只把目光望向水营里空荡的水面，显得专注又迷茫。此时有两道微微的涟漪由远及近地荡来，却不知能否将袁不毂心中的重重迷惑激起一丝波澜。

袁不毂应该是在专注与迷茫中觉得自己该做点什么，于是将弓囊里的弓抽出，又拿出一把刮刀。刮刀是老弦子修弓的工具，老弦子死后袁不毂就将这刀带在了身上。他将弓背两端的厚度刮去了一层，然后换锉刀再把弓弧处锉掉一些，最后拿弦扳把弓弦紧了两把。

杰出的弓射者会根据不同环境、不同对手改换不同的弓箭，而袁不毂曾经是个极好的修弓者，成为弓射者后他不仅会根据需要使用不同的弓箭，还可以根据需要临时修改弓箭。只是这个时候他却不知为了什么突然改弓，让人难以理解。

“这张弓背削一层、弧锉一分，弹劲就会更强，射速也更快，只是最多再用百十下，弓就得废掉了。至于为何如此改弓，目的是积聚全部能量、发挥最大功效，不惜以废损为代价来达到杀敌的目的。”

大家面面相觑，没人知道袁不毂莫名其妙地说这些话是什么意思。

“飞燕现在怎么样？”又是和眼前讨论的事情不搭界的问话。

“她睡着了，和之前一样。伤药里有麻醉镇定的药材，对于体质强悍的男性来说，只能起到止痛效果，可对于体弱者和女性，不仅能止痛，还能催眠促睡。”舒九儿解答得很是仔细。

“九儿姑娘，你还是先回航室照料一下飞燕吧，其他事情我们需要从长计议。小糖人，你也到舱里查看一下，那些炮药、火雷子可是一点都马虎不得的。”袁不毂吩咐的同时，已将一支箭搭在刚改过的弓上。

“对对，我也该找个妥当船位把船定下来，总这么漂来漂去的不是回事。”死鱼说完后主动回了舵位，甲板上就只剩下了袁不毂和石榴、朱满舱。

石榴可能觉得自己也该做些什么才好，于是扭头四处看看，但他的目光最终还是不由自主地回到袁不毂手上。袁不毂搭上弓的箭虽然是往斜下垂放的，可对着的方向却是朝他。石榴心里比任何人都清楚，在这么近的距离里，面对这样持弓的袁不毂，就和面对索命的鬼差没有什么区别。

“刚才的对话中我注意到了，别人都是把知道的尽量说出来，以便查清破水局的真相。只有你明里暗里地掖藏着些事情始终不说，这很让我怀疑，你是不是非常希望这个破水局能够做成？”袁不毂的这个问题很突然，但石榴却没有显得很无措。

“我是怕死，也是怕你们死，所以不说，免得大家都做改过的弓。”石榴面颊肌肉抖动下，“如果你实在想知道，告诉你也是无妨的。”

“这样最好，”袁不毂眉头挑动一下，“第一个问题，是你想暗藏着的。你知道溺魂船是怎么一回事吗？”

“呵呵。”石榴发出两声干涩的笑，就像从喉咙里硬憋出的两声干咳，“你既然这么问了，那肯定确认我是知道的。”

“我是听你提到盘蛇塔才想起溺魂船是怎么回事。而你就算之前没有意识到溺魂船是怎么回事，后来自己到过盘蛇塔，也怎么都该知道了。但你提到盘蛇塔时却没说溺魂船，这肯定是故意而不是大意。”袁不毂直接点戳了石榴的破绽。

这次石榴连遮掩的干笑都未能发出，眼神中流露出难以置信，可能是因为没有想到袁不毂竟然是从这一点上发现自己有所隐瞒的。

“希望此处破水局能够做成的人，我觉得应该是方腊或者杨幺的后人。对了，你外号叫石榴，莫非这名字是欲擒故纵的障眼法——外号就是真名，叫石流或石留，原名刘石反倒是个假名，这种主动将自己真名变换成外号的做法一般人确实很难想到。所以你姓石，不仅与方腊手下奇将石宝同姓，而且也会石宝抱石冲岸的绝技。这样你的真实身份就不难猜到了，想要破水局做成也在情理之中了。”袁不毂说话的同时将箭尖抬高了一点，弓弦也稍稍加力拉开一些。

石榴的脸色由黑变红，再由红变青。他想辩解，却又不知道如何辩解，面对袁不毂抬高的箭尖，只能下意识地抬起双手挡在脸前，嘴里急促而慌乱地说道:“等等、等等，误会，这里有误会！”

“另一个问题是你明摆着不愿告诉我们的，但现在你必须告诉我——是谁救你出水并送你到此处的？”

“是谢天谢地两兄弟，他们现在加入了黑衣人。”石榴这次回答得很爽快，但听着却像不高明的谎言。

“他们把你送到这里后有没有离开？或者你们到这里来时有没有带来其他的人？”袁不毂把弓又拉紧一点。

“离开了、离开了！就他们两个没其他人。哎！谁？那是谁？”石榴看似真诚的回答突然间变成与回答完全矛盾的高声断喝。

而这声断喝还未发出之时，袁不毂的箭就已经射了出去，贴着石榴脖颈右侧擦过，直奔他背后一个训练用的船架子。

刚刚他凝视的水面荡过两个涟漪，这在他眼里是非正常的波线。从出现的位置和扩散的范围来判断，应该是有什么东西碰撞到了东边的水营栅墙而产生的涟漪。这个水营的栅墙虽然不是非常高大结实，但能够碰撞出如此清晰涟漪的应该是船只，且是大小和强度都不低的对仗用船只。

水营里无船，水营外要是有船来该走正门。所以袁不毂立刻判断有人是用船靠住栅墙后翻越进营。这样偷偷接近、偷偷进入的人肯定不会是大宋水军，最大可能是昨夜对仗的那些人追杀而至。

一道健硕的身影随着袁不毂射出的箭从板壁后面撞出，在箭支的大力带动下直撞到后面的航室壁上，并被穿透左侧脸颊的箭支钉在壁上。从这一箭可见袁不毂改弓的效果：一是弓射速极快，此人偷窥时只露出小半个面颊，竟然都未来得及缩回板壁躲开箭支；再一个是改过的弓力道强劲，射出的箭支竟然能将人整个带跌出去并钉在壁上。

这一箭的射出相当于声明自己已发现对方，对方本来准备实施的暗袭也就一下改成纷乱的明战。多个船架子上的暗藏点都有远射武器攻击过来，种类很多，有弩箭、有碟镖、有棱锥，更有甚者连梭矛、短叉、旋抛锤都夹在其中一起覆盖过来。

袁不毂又连射两箭射翻两个暗藏的射手，然后才从容闪身躲到后桅桩的背面，恰到好处地避开第一轮的远射武器。而他快速闪身的过程中搭上弓弦的第四支箭仍是锁定的石榴。

石榴靠在右侧船舷边，觉察到不对，立刻脚下一滑主动跌坐下来，利用船舷遮掩住自己。在用最为简单的动作避让开那些远射武器的同时，他双手齐动，先将自己随身带的石匠锤掷出，从闪身到后桅桩的袁不毂身边擦过，直击还未曾完全反应过来的朱满舱。

射似雨

朱满舱是头一次与袁不毂他们接触。虽然他江湖经验丰富，但羿神卫的那一套暗示却是不懂，所以没能及时从袁不毂突然地转移话题里领悟局面的变化，没能像死鱼那样不动声色地将自己预先置身于有利位置，好在远射武器攻击过来时他手中拿着铁头大橹，橹头一竖、身子一缩，倒也能挡住那些远射武器。

石榴掷出的锤子撞在大橹的橹把上，重重的撞击加上杠杆作用，将大橹击偏了些许。幸亏对方的第一轮远射攻击已近尾声，只有一枚短枝弩箭擦过被击偏的大橹钻进朱满舱大腿。

紧跟在锤子之后的是一把刀，是羿神卫正常配带的狮吼腰刀，但是石榴的这把狮吼刀却有些不寻常，刀把上面不知什么时候缠系了一根精钢细链。刚才锤子的飞击不仅是让朱满舱有可能被远射武器所伤，更是要他抓牢大橹、靠紧大橹，这样钢链缠系的腰刀抛甩出去后就不会被大橹格挡，可以绕过竖直的大橹反砍到橹后的朱满舱。

袁不毂救助朱满舱的箭射出时确实迟疑了。如果这箭是射向一个不认识的敌人，或者射向一个蒙着脸不知来历的对手，他都不会迟疑，但眼下他要射的是石榴，是曾经和他同过甘苦、共过生死的伙伴。即便他之前在心里反复提醒过自己射时绝不能迟疑，但当箭支离弦的刹那，他从手臂到指尖仍是下意识地僵硬了一下。

所以石榴的刀是在他中箭之前甩出的，以刁钻诡异的角度飘斩过去，绕过竖直的大橹重重砍在朱满舱的背上。

朱满舱的背上发出一击破鼓般的声响，铜鳖铁盖的功力和甲衣未能挡住那把狮吼刀。甲衣被劈开了个大口子，同样长度的伤口也在肌肉横凸的背阔上卷绽开来。

刀砍中朱满舱的同时，袁不毂的箭也钻入了石榴的心窝，强劲的箭力让他身形往后一撞，再随着未消的余势往一侧翻滚过去。在这过程中，石榴的手臂依旧随着自己心意挥洒，细钢链随手臂抖起，腰刀随钢链跳起。跳起的狮吼刀灵闪得就像一只毒狠的蛇头，在细钢链的又一次带动下快镰割稻般横切向朱满舱后脑。

挨过一刀的朱满舱还未能完全搞清情况。但作为江湖人求生的本能，他蹲身缩脑尽量躲避攻击，同时大橹改直持，铁橹头不管不顾地往刀飞过来的方向直捣过去。

翻身而起的石榴已经来不及将狮吼刀收回，只能随手抓过旁边一个床弩弩架迎着大橹而去。两下里相撞，碎木弩件乱飞，弩架断成好多截。石榴没想到朱满舱被自己砍中一刀后仍能保持强悍的战斗力，而朱满舱同样没有想到袁不毂射中心窝的那一箭丝毫没影响石榴的浑身蛮劲。

第二轮远射武器又到了，朱满舱要想不被射中就只能矮着身子一直前冲，直到石榴那一侧的船舷下面。但是要想达到这个目的就必须将石榴逼开，更乐观的思路是将他直接逼迫到那些远射武器的攻杀范围中，所以紧接着，在破军船甲板上出现了连续的弩架、弓架与大橹铁头撞击，无数碎片碎块低矮地飞舞着。

“咚”，小糖人朝其中一个船架子打出一炮。这一炮的效果极好，船架子上大片的构架断裂，掩板破碎。好几个暗藏于掩板之后的射手惨叫着，随倒塌构架一起摔入湖里。这一炮的威力让暗藏的射手们暂缓了第三轮的攻击，袁不毂这才有了再次弓射石榴的机会。

石榴已经意识到自己的处境，也发现偷袭的人暂缓了攻击，于是在将手中又一个弩架撞碎的同时，他钢链甩动，腰刀飞出，钢链缠住不远处一个船架子的高架杆，手到臂、臂到肩、肩到腰背猛一运力，整个人翻出船舷，四肢和脑袋团缩，像只肉球般擦着水面，往对面船架子上荡去。

袁不毂在石榴荡去的过程中连射两箭，其中一箭准确命中荡在水面之上的石榴，但是这一箭和射中心窝的那一箭一样，根本没有杀伤效果。到这时袁不毂才猛然想到石榴身上带有两条从天光神殿中得来的不死蚕纱，改过的弓虽然力大也还是无法将其射穿。于是接下来改射挂住高架杆的钢链，但也未能给钢链造成损坏，可见那钢链是特别工艺打制的。

石榴团身荡过水面，就是怕在这过程中被袁不毂射中不死蚕纱无法保护的头部和四肢，但是荡到最终位置、落下身来的瞬间，仍是无法逃过袁不毂又快又准的箭射。

袁不毂已经看准石榴荡到位置后必然会落脚踩踏稳住身形，所以接下来准备好的两支箭一支会射石榴的左膝弯。此处中箭后，石榴的身形荡势未尽，必然会出现失足后仰，而这个瞬间正好可以让他的后脑勺成为下一支箭的目标。

袁不毂算计得十分完美的两支箭最终还是临时无奈地改变了方向，用来将射向自己的几枚梅花镖和星形镖撞飞。有人对袁不毂他们发起的一轮猛烈攻击恰好救了石榴的命，差点要了袁不毂的命。

两支箭撞飞了不少飞镖，朱满舱急切中挥出了一橹砸破舷板，激飞的碎木也撞飞好多丧门钉和蒺藜锥。但他们两个还是发出了痛苦的闷哼声，对方如雨的暗器仍有不少打中他们。

发出痛苦声响的远不止他们两个，躲在舱里正在装炮的小糖人也未能幸免。对方有一部分暗器是看准炮窗位置射入的，这是针对火炮采取的攻击。而死鱼只是想查看下盾板外面的情形，好调整船位走向配合袁不毂他们的攻守进退，但就是这么一个突然的探身，也没能躲开一柄飘飞而过的翻叶刀。幸亏阳光在刀身上的反光更早地从他眼中闪过，让他下意识避让了三寸，否则这一刀就不是划破肩头，而是杀鸡一般划开脖颈。

对方射出的各种暗器也有一些穿过格窗射入航室，里面的舒九儿和丰飞燕倒是一声未吭，也不知道是及时躲避未曾受伤，还是被一击杀死来不及发出声响。

在这场暴雨般的暗器飞射后，短暂混战停止了，周围变得沉寂，只有微微轻浪拍打船身和栅墙的“哗哗”声。水营中原本平静的水面此时波线混杂，各种飞射武器落入水中荡起的涟漪在交叉、碰撞、重叠，顽强地证明着刚刚有过一场极为激烈的混战发生。

混战停止了，并不意味杀戮的结束。对面船架子有块支出的挑板，上面站着一个黑袍客，他就像从天而降的死神，黑袍之内随时会撒出催命的符令。

对方的人停止攻杀是因为他们知道，黑袍客一旦出手就再用不着他们多事。而袁不毂这边的人停止行动却是因为再没一个人能够进行攻杀行动，也不敢再有任何行动。黑袍客挥洒如雨的暗器根本无法躲更无法挡。

不过刚刚被暗器射中的人，并没有像以往那些被黑袍客杀死的人那样立死当场，这是因为破军船与黑袍客所在的船架子距离太远，没有达到黑袍里面那些发射器具辅以黑袍客双手力道的有效射程。小糖人运用的火炮威力太大，这让黑袍客不得不仓促发起攻击。虽然射出的暗器不少，也有多枚射中了袁不毂等人，但是伤害程度都不太大，未及筋骨和内脏。

黑袍客清楚自己射出的那些暗器没有达到想要的效果，也就没有继续这效果不大的攻击。另外可能也是认出了袁不毂，古夜郎的天光神殿里袁不毂射中他一箭，好在被黑袍挡住了。但是作为一个擅长运用远射武器的高手，他对袁不毂和他的弓箭记忆极为深刻，当再次遭遇后，黑袍客知道袁不毂的这把弓箭是他的最大威胁，必须最先除掉。

黑袍客的黑袍渐渐隆起，从外部看应该是在黑袍里面拉开了一张弓。当徒手和采用其他武器都无法有效灭杀对手后，换成可以将自身力量成倍发挥的弓箭是一个明智选择。另外当一个远射高手遇到与自己能力匹敌的敌手时，用同样的武器进行对决，不仅充满刺激和乐趣，而且也是对自身的印证。

妙对决

袁不毂的身上中了四枚镖，鲜血顺着镖尾滴滴答答地溅落在甲板上。他很痛，也很晕，许久未曾发作的畏血症在别人的鲜血中适应了，但是面对自己的鲜血仍还有着极为难受的反应。除了痛和晕，袁不毂心中还有股急火和愤怒，他现在面对的不仅仅是一个普通的杀手，这还是他杀父杀师的仇人。这一刻他恨不得能够扑过去把黑袍客一点点地撕碎嚼成碎渣。

像这样的对决，一丝思维的旁入或感觉的偏差都会增加对手获胜的砝码。所以作为一个优秀的射手，最起码要做到辨清面前局势，并根据局势调整好自己的心态，然后摒弃其他所有感觉和想法，把身心灵魂都放在手中的弓和箭上。只有这样才能杀死黑袍客，最大程度地保住自己和同伴们的性命，否则就再没人知道此处的破水局，更不会有人来阻止这个破水局。

在黑袍客的黑袍完全隆起时，袁不毂也平心静气地将弓拉满了。他忍住了疼痛和眩晕，也抑制住急火和愤怒，隐隐地有股气势从袁不毂身上波荡开来。这气势中挟带了强烈的杀意，还有股无可阻挡的决然。一种莫名的寒肃杀气在他的箭尖与黑袍客之间来回窜流，让周围人心中顿生畏惧，不由自主地往后挪动步子，生怕受到这股杀气的波及。

黑衣人站在挑板上纹丝不动，他也能感受到袁不毂张弓之势的杀气，但他更清楚自己浑身上下都没有让这杀气透入的一点缝隙。他只要保持这样的姿势，不抖不动，不让风将衣袍掀起，那么对方再强的杀气对他来说都不会有任何作用。

相反地，他在袍中拉开的弓箭却可以用最佳力道和速度射中袁不毂。他之所以要用弓箭与袁不毂对决，倒并不是别人以为的要用同样的方式来体会战胜高手的快感。杀手最讲实际，杀死对手且自己不被伤害就是最大的快感。最佳的杀人方式和武器，应该最简便而有效，所以选择弓箭没有错。而眼前两人之间的距离也决定了必须使用弓箭。再有袁不毂是个少见的弓射高手，要想战胜这样的高手，黑袍客运用自己的终极招法“不可见箭射”也是势在必行。

所有人都静止在原处关注这场对决，对决的输赢不仅决定两个对决者的生死，还决定了其他人是死是活、是进是逃。

丰飞燕是被小糖人打出的炮声惊醒的。要是在那炮声中仍能昏睡，那么舒九儿给她敷的伤药里就不是含有麻醉成分，而是含有毒药成分了。

醒来后的丰飞燕马上跑到航室的格窗口，这很危险。像这种半掩半明的位置最容易遭到对手加倍注意和快速打击，因为这种位置也是最适合用来攻击对方的。

舒九儿没有阻止丰飞燕，可能没注意到她醒得这么快，也可能根本不知道窗口的危险程度。好在丰飞燕趴到窗口时黑袍客已经全神全力地进入对决状态，再无法分心关注其他位置会出现什么人。而其他那些偷袭杀手也都把注意力放在这场对决上，没谁注意到航室格窗后面隐隐有个女子的胖脸。

丰飞燕只在窗口处看了一眼，便立刻躲到旁边窗与门的夹角里。这是见到黑袍客后下意识的恐惧反应，也是为了把自己藏在一个安全的位置才好提醒袁不毂一些事情。

“他那黑袍和我们平常穿的不一样，不是对襟开合的，而是从头上往下套穿的。”丰飞燕从半开的航室门往外轻喊，用的是浙东方言。

袁不毂能够听懂这种方言，他距离航室门只有十几步，也完全听清了她说的内容。而黑袍客离得又远又听不懂方言，无法知道丰飞燕给袁不毂提供了什么信息，自己又该采取什么应对措施。

“没有对襟开合，就少了被射入的危险。但他是怎么从里往外发射武器的？”袁不毂回问一句。

“他的袍子上有多个可出手发出杀器的孔洞，形状大小不一。而且孔洞的口子是用了特殊缝制法，开启幅度小，闭合速度快，这与我会的汉法七针中的‘云掩身过’颇为相似。你得从黑袍的变化看出他在里面的动作，还要预先知道他会从哪个孔洞出手，否则躲不过他的射杀。”丰飞燕说的道理其实和射覆非常接近，但这个方式却和袁不毂状态、心态并不符合，他不是想躲开黑袍客准备射出的箭，而是想杀死黑袍客报仇。

袁不毂心中没了周围一切，眼中也只剩一条线。线从自己的箭尖连到黑袍客身上，再从黑袍客身上连到自己手中的弓箭上。但是这条线在黑袍客身上的落点却是不定的、抖烁的，这是在急切地寻找、摸索，试图找到一个可以射破黑袍的缝隙。

黑袍客摆好姿势后就只有用来瞄准的半只眼睛可见。而这半只眼睛不仅可以用来瞄准，还可以观察到对方的状态，以及一切可能针对自己的进攻。他是个稳妥而警觉的杀手，他并不急于将箭射出，他不想自己在匆忙射杀目标的时候，留下破绽成为别人攻杀的目标。

另外在天光神殿时，他的同伴除了丢命还留下了四条不死蚕纱，他在射杀之前必须确认自己的对手身上有没有这种不可射入的保护物。再有就是观察袁不毂的身形和步形，袁不毂最有可能做的事情应该是闪躲。黑袍客自信自己的箭速无人能够躲过，但他还是希望可以预先看出袁不毂的躲让方位从而一击而杀。

袁不毂没有不死蚕纱，他拿的两条一条给了杜字甲。杜先生死后不知谁给收了去，也或者谁都没收，最终被收他尸的天武营拿了。还有一条钻鼠道时随衣物脱下，虽然后来小糖人替他收了带回，但从华蓥三城匆忙出来时却未带上。所以现在他面对黑袍客，就好比鸡蛋碰石头，是铁定打不过、撞不过的，唯一有可能让自己存活下来的方法就是躲让。

老弦子临死前给他留过话，说除非练过射覆和盲射才有可能战胜凶手，而这两种方法首要的都是躲让箭支。一个是躲开从遮掩物后射出的箭，这和躲避黑袍客的攻击一样。还有就是在看不见的状态下躲开任何射向自己的箭，这比躲避黑袍客的攻击还要高出一筹。但是袁不毂现在却是很坚定地侧身丁步，双臂舒展到极点，将弓拉到圆满，从姿势上看，他根本没有一丝想要避让的打算。

等待，周围的人都在等待，以至于紧张得气都透不过来。袁不毂也在等待，等待黑袍客气势的变化，这变化会出现在他决意出手杀死自己的那一刻。

天虽然大亮了，却一直阴沉着。云层就像黏稠的糯米糊，太阳在其中使劲挣脱。一角金亮的光芒终于漏了出来，落在洞庭湖的湖面上，落在军营的湖面上。

也就在光芒落下的刹那，黑袍客的气势陡然一变。这变化极快，幅度却不大，所有人中只有袁不毂看出来了。

黑袍客的杀气全都笼罩在黑袍之中，这也是他能够在转瞬间杀死那么多高手的原因之一，没有谁能预先觉察到他的杀气。而当他杀气突出、杀器疾射时，整个笼罩的黑袍像胀鼓了一下。这个瞬间中，有无形气势的虚幻变化，也有从黑袍中射出杀器的真实变化。

这个瞬间必然会来，因为黑袍客最终的目的就是要射杀袁不毂。而袁不毂也在等这个变化的瞬间，并抓准时机以一种释放灵魂般的忘我状将箭射出。

眼睛连到黑袍客身上的线是不定、抖烁的，但绝非鬼画符般急切无措地寻找缝隙。恰恰相反，它是将黑袍客的整个轮廓勾勒出来，将被黑袍笼罩的拉弓姿势勾勒出来，将黑袍客手中拉开的弓箭勾勒出来。袁不毂来不及练习射覆和盲射，但他学过木匠和修弓，他知道如何描绘花样轮廓，更熟悉拉弓的姿势和拉开的弓箭，哪怕姿势和弓箭都被黑袍遮掩住，他都可以通过隆起的几个点位勾勒出全部。

轮廓勾勒出来了，也就确定了黑袍客的箭将会从哪里射出。黑袍客出箭的心意刚动，他就已经通过轮廓边缘的微动觉察出来。而他手中刚刚修改过的弓确实最大幅度提升了弓力和箭速，虽然不能抢在黑袍客的箭射出之前射到，却可以抢在黑袍客箭射出后、袍衣未及拢合时射到，此时的袍衣虽然只剩一个极小缝隙还未拢合，却足够让一支箭钻入其中。

黑袍客留在袍衣外的半只眼睛可以及时发现各种针对他的攻击，却偏偏疏忽了对方和他射出的箭支几乎完全吻合的攻击线路。两支箭紧贴着相对而过，只需偏差一点就会箭尖撞箭尖。而黑袍客万万没有想到，对方的箭速会比他还快，就像一缕妖风钻入黑袍没了踪影。

黑袍客的箭射中了袁不毂，刹那间弓折飞、人惨叫，整个人直直地仰面跌倒。而黑袍客依旧挺立在挑板上，黑铜钟般纹丝未动。

周围的人也都没有动，他们根本就没有看清这场对决是怎么回事，不知道黑袍客是用什么妖法将袁不毂射倒的。

过了一会儿，袁不毂上半身缓缓坐直，拎起折断的弓看看，再摸摸自己被折断的弓头和崩弹的弦线击伤的脑袋。他把自己的箭射入了黑袍客的袍衣里面，黑袍客射向他的箭便再没可能被避开一分一毫。好在他的箭与黑袍客的箭射线几乎重叠，他只需将手中的弓做一丝丝调整就能将对方的箭挡住。

黑袍客的箭射中袁不毂的弓背，这支速快、力大的箭轻易就将弓背射断。在弓弦的弹劲带动下，两边的弓头、弓身都反转方向击打过来，砸到了袁不毂的脑袋和膝盖。射断弓背的箭支也横甩过来，抽击在袁不毂胸口上。打击是多重的，但都不会要命，所以袁不毂很快坐了起来。

袁不毂坐起了，黑袍客却像块墨条翻转了大半周然后横摔进湖水。袁不毂并不清楚自己的箭射中了黑袍客哪里，大概的范围是在左腋到左腰这一段。这范围的射中并不能保证一击而杀，而且箭支还有可能被黑袍里面暗藏的诸多武器和装置阻挡。但黑袍客横摔入湖中的结果很明确地在告诉他，袁老爹和老弦子的仇报了。

“不闻动静只看气，声势之前度其意，管他玄妙无穷杀，我自抢先取其命。”老弦子留下射覆和盲射两种可以战胜黑袍客的方法，最后还留下四句顺口溜。这四句顺口溜和射覆盲射基本没有关系，所以袁不毂完全有理由想到这是老弦子给的第三种方法。这是想到袁不毂短时间内无法练成射覆和盲射，所以给出的一个更适合袁不毂发挥天才的方法。而抢先取命的方法必须要有取其命的途径，丰飞燕对黑袍客衣着特征的分析很及时地提醒了袁不毂，让他找准位置及时抢到一个入箭的缝隙。

栽落湖中的黑袍客荡开的几道波浪，以不太规则的圆圈扩展开来，波浪扩展到接近水营大门时，有几片金光闪过。云层间的光芒落在湖面上，的确会反射出大片的粼粼金光，但那几片金光显然与反射的光芒不一样，它们不仅能闪烁，还能游动，应该还会飞起，只是还没到起飞的时候。

一场妙到毫巅也险到极至的对决，只用了眨眼间的工夫就结束了。但无论胜的一方输的一方，其他同伴都未对结果做出什么反应，依旧保持原状一动不动，就好像对决依旧在进行着。

金铺漫

营门口的那几片金色只是开始，波动渐渐平复后，更多厚稠的金水从营门口涌入，从栅墙的间隙中涌入。随即，有从间隙中拥挤不过的金色顺着栅墙木柱盘游而上，再顺着栅墙往两边铺延开来，快速地将黑褐栅墙覆盖成金色栅墙。

但是这金色并不单纯，其中有火焰般的赤红，那是金线两边的赤鳞。还夹杂了慑人魂魄的碧绿，那是金线顶端的一对眼睛。所有这些盘缠成一团，堆涌在一起，游动着、滚卷着，让人眼晕，让人恶心，让人从头顶到脚底都遍布着恐怖的寒意。

谁都不知道扇鳍飞蛇怎么会全集中到这处没人没船的水营来的，但可以肯定，这些要命的东西绝不会无缘无故出现。它们肯定是随着黑袍客和他的手下而来，是他们完成任务的后续保障。而且一旦他们的任务未能完成，最终会和他们的目标一起被扇鳍飞蛇同等对待。

黑袍客刚刚在对决中输了，扇鳍飞蛇便急切地出现，可见对方要将袁不毂他们赶尽杀绝的念头很坚定。黑袍客带来的人要比袁不毂他们更加熟悉扇鳍飞蛇，所以全都没有动，他们不动，袁不毂这边的人也都跟着不动。而保持不动的状态至少有个好处，就是不会引起扇鳍飞蛇疾速的飞起追击。只不过被密密麻麻的蛇群慢慢逼近、围拢缠绕，直至咬死、化成黄水的感觉更加可怖。有很多人面对蛇群已经在无声地号哭，有人的肌肉系统已经无法控制排泄，人还未化成黄水，裤管中就已经有黄水流落下来。

湖上起风了，破军船在水营的水面上漂转着。一般的水营都安扎在便于隐藏船只和躲避风浪的地方，但是训练用的水营却不同，是需要些风浪的。另外水营中的军船行动时需要有足够的反应速度，也需要在风力足够且有水流道的地方，保证船只可以得到足够的自然动力快速进出。而现在虽然不能借助风力把船驶出水营，却可以让不敢乱动的袁不毂随着船的漂转观察到更多情况。

有一道光从袁不毂眼中闪过，不是金色的光，金色只是这光中的一种，也不是从铺延的金色那边传来，而是在水营的后面，从某一处栅墙的间隙中闪出。那里应该有黑袍客和他手下的小船，但除了他们的小船之外还有一条只载了一个人的船。这船上的人带了一个可发光、可反光的石晶球，一个和黑袍客一样来自西域的怪异石晶球。

“是那光球引导扇鳍飞蛇来这里的。”朱满舱竟然也发现到那只石晶球，擅长操船的人对湖面和船只上的异常最为敏感。

“我也看到了，但是太远，弓箭射不到。”袁不毂低声说道。

“那这些大弩呢？它们的力道应该可以射那么远的。”朱满舱朝船舷边上设置的三弓床弩努努嘴。

袁不毂没有出声，只极为缓慢地摇了摇头，因为随着船的漂转，他发现有大片金色加快了接近破军船的速度。看来这些扇鳍飞蛇真的不是蛇，蛇只有内耳，听觉很差。而山海经中的鯈蠑却是对声音敏感，听到雷声、风声就会出洞。或许它们的扇鳍不仅可以用来飞行，还能感觉到空中声波的震动。

“那床弩离你只七八步，已经上好了箭。你冲过去把那光球射掉，飞蛇应该来不及反应。”他们在逃到水营来的过程中，为防止再遇意外攻击，将船上设置的大弓大弩都重新崩弦上箭了。朱满舱拿铁头大橹与石榴对击时砸坏了不少大弓大弩，否则会有床弩离着袁不毂更近。

袁不毂极为缓慢地摇了摇头。没人知道射掉那个石晶球后扇鳍飞蛇会不会即刻停止攻击，如果石晶球的光只是引导，如果引过来的飞蛇已经处于自主攻击状态，那么袁不毂只要迈出一步就相当于送死。

蛇群开始朝军船加速游来，水面上的已经接近船头，旁边栅墙上的也已经铺延到离军船最近的位置。

“不行了、不行了！那些蛇要上船了。”船舱口传来小糖人憋急了屎尿般的声音。也真是难为他了，身上中了黑袍客多枚暗器，虽然不会丧命，但难免疼痛，好不容易才熬住疼爬到舱口，偏偏从这里能通过船壁破损的大洞看到水面上密集得让人恶心的扇鳍飞蛇。这些飞蛇都不用飞起，只需扭动身子就可以从离水面很近的洞口游进船舱。

“啊！天啊！”有人比小糖人更早崩溃，是一个躲在最南边船架子上的对方杀手。

随着这声怪叫，那杀手脚踏挑板纵身往栅墙跳去，他是想抱住栅墙木柱攀翻过去，然后跳到墙外的小船上驾船逃走。这想法确实不错，做法也没有失误，只是没有考虑扇鳍飞蛇的速度，人跳在空中还未碰到栅墙，就已经被箭支般“嗖嗖”飞出的扇鳍飞蛇咬住。当他抱住栅墙木柱时，整个人已经被金色盖满。很快，随着一阵焦臭和黄水滴淌，这团金色就像瘪了的虫蛹从木柱上滑入水中，翻转一下再也不见。

整个过程诡异而恐怖，再没人继续以这样的方式崩溃，因为全都被吓傻了。真正崩溃的反倒是最早清醒过来的，比如说死鱼。他没有跑没有跳，但是却以极微小的动作调整了舵叶和帆叶。船依旧像在随风漂转，速度却是逐渐加快了。虽然提升起来的速度肯定无法摆脱扇鳍飞蛇，但是可以像助跑一样积攒更快的速度和力量，然后尝试着撞开某一处还未被金色覆盖的栅墙冲出水营。

破军船在极力地加速准备撞开栅墙的时候，石晶球所在船只的背后突然出现了一条小渔船。小渔船之所以能够如此突然地出现，是利用了附近石礁、苇草的遮掩，悄悄接近到最近距离后才发力疾冲过来。

渔船上有两个老渔翁和一个莫鼎力。莫鼎力并不清楚那光球到底有什么用，从他的位置看不到金色蛇群。但他之前看到了翻越栅墙的黑袍客和杀手们，也隐约看到水营中被困的破军船，水营中箭射炮轰的对战则是他靠耳朵听出来的，所以他认定那个光球是指挥攻击的一种器具，而黑袍客攻击的对象肯定和自己是一路人。所以再不多想，让那两个老渔翁设法在对方不觉察的情形下贴近过去。

老渔翁在洞庭湖上混了几十年，小渔船已经在老渔翁手中摆弄了几十年。这样的渔翁可以让渔船水老鼠般偷偷地在几处苇草石礁间辗转前行，等到再没有可借助遮掩的物体时，再突然发力，如贴水飞行的鸥鸟直接冲向石晶球。

不等船只减速，莫鼎力就已经顺势从船头扑向对方的船只，双刀带鞘出手，风轮般狂卷而去。对方船上就两个人，一个负责操持石晶球，还有一个负责操船。不等两个人有任何反应，带鞘的刀就在几乎同时的两记闷响中将他们砸晕。莫鼎力行事老到谨慎，在没有搞清对方身份和目的之前，是不会轻易下杀手的。

石晶球滚落舱底，被砸晕的操持者跌下，正好盖住光球，这让周围光线一下清爽自然了许多。很巧的，破军船正好也在这个时候全速往一处栅墙冲去。石晶球突然消失后，那些扇鳍飞蛇很明显地停顿了下，不仅没有朝猛然提速的军船飞去，反而还被拉开了一段距离。

“撞不起，这船撞不起！”朱满舱刚刚才看出死鱼的意图。他高声喊叫“撞不起”而不是“撞不动”，是因为觉得根本不用考虑栅墙的牢固程度，结果只会是已经岌岌可危的军船彻底塌毁。

已经停顿下来的扇鳍飞蛇被朱满舱的喊叫声吸引，水面上的金色立刻形成一个巨大箭头的形状急追过来。

死鱼拿定主意后本就不会听朱满舱的，更何况他此刻的疯狂其实是另外一种形式的崩溃。无论这艘破损严重的军船撞上船架子和栅墙后会有什么结果，都必须试一试，因为这已经是唯一有可能逃脱蛇吻的方法。

扇鳍飞蛇从被引导变成了自主捕食，这之间有一些不同。被引导会始终保持一定的速度，而自主捕食开始时比较谨慎，速度会慢一些，之后会越来越快，以疾风卷浪般的速度追捕目标。

开始时的慢速度给了破军船撞击的机会，虽然这撞击几乎可以肯定会成为一场自杀行动，但已然失去理智的死鱼仍是不屈不挠地按照自己的意图全力而行。

“咚”的一声响，船舱右侧炮窗打出了一炮，小糖人看出死鱼的心意决然，所以从舱口一下重又滚回舱里，将一门装好炮药炮丸的火炮的药信一口咬断，只留半指长短。这么短的药信用火筒的火苗一沾，那炮立马就打响了。

火炮打中的是船架子。这种仿造船形牢固度很差，支柱少，打入湖底也不深，始终保持一定的摇晃是为了增加训练真实感，再一个是船架子上一般只有人跑来跑去，没有重型的武器装备，也确实无须搞得太过结实。所以这一炮虽然只打中了一个支柱和横杠的绑扎连接处，导致的后果却是支柱接着支柱、横杠压着横杠、船架子推着船架子全都颤巍巍地出现倾斜，再加上破军船往中间一挤，顿时开始了连锁式地倒塌。

躲在船架子里的那些杀手、射手，都像树倒时的猢狲四散蹦出。只要迟疑一点的话，很有可能就会被架子压在水里。

军船挤塌了船架子，但刚刚提升起来的速度也一下减缓下来。现在就算他们能够撞开栅墙，也无法逃过正在快速提升追捕速度的蛇群。更何况按军船现在的冲击力，连把栅墙撞塌的力道都不够了。

又是小糖人，他从左侧船壁的大破口中甩出去一个麻绳网兜。这网兜里有点燃了的几只火雷子，几只火雷子加在一起分量不轻，小糖人咬着牙忍着痛运足吃奶的劲才甩了出去，顺带还把受伤手臂上的一串血珠子甩在自己的胖脸上。黑袍客密集的远射武器虽然没有要了他的命，却给他留下了不少的伤、许多的痛。他现在做的一切都是为了保命在拼命。

网兜挂在了栅墙木柱的尖头上，只晃荡两下就炸开了。而军船此时离栅墙已经很近，几枚火雷子不仅将栅墙木柱炸飞了好多根，还将军船的铁护头炸落，把船变成个没鼻子的豁嘴样。

颇有威力的爆炸还在栅墙和军船之间的水面上激起巨大浪柱，这又将船行的速度阻了一阻。就这么一阻，蛇群分布而成的金色箭头追到了破军船。

袁不毂很绝望地射光三支凤尾寒鸦，这三支凤尾寒鸦射落的都是朝船尾舵位上飞去的扇鳍飞蛇。但这三支射完之后再来不及填装箭支，原来的弓与黑袍客对决时也已折断，接下来只能眼睁睁看着舵位上的死鱼落入蛇口。而死鱼一完，也就意味了他们全都逃生无望。

很多时候希望总是在绝望中神奇地出现，射落三条试图飞上船尾舵位的扇鳍飞蛇后，竟然再没有其他扇鳍飞蛇继续飞扑死鱼。蛇群的金色箭头突然之间就分了岔，往两边的船架子上散去，转而追击那些从船架子隐蔽处蹦出的杀手、射手们。

情渐明

破军船发出长长一声怪响，摩擦着破损的栅墙冲出水营。出来后回头再看，水营里面的蛇群已经成了巨大的蛇漩涡，把所有生命都卷入其中再无踪迹。石榴刚刚虽然凭借不死蚕纱逃过了袁不毂的箭射，但要想逃过蛇吻之灾估计也是不行的。想想这人所求匪浅、欲望之强，转瞬间也就没了，所以说勇也好、奸也好，人间存身才是真，争也罢、失也罢，到头不过梦一场。

而袁不毂他们能够逃脱这个漩涡其实极为侥幸，有可能是那些无奈逃出隐蔽处的杀手、箭手吸引了蛇群的注意力；也有可能是小糖人炸开的那一网兜火雷子中含有大量硫磺成分，蛇虫最惧硫磺，所以当即避开转而捕捉其他目标。但不管是哪个原因，都是暂时性的，要想摆脱恐怖的蛇群必须尽快远离此地。

死鱼根本不管后面发生了什么，只是全神贯注地调整帆叶方向，找准水流道，将船速快速提升起来。军船撞翻了栅墙外运送那些杀手射手的小船，并径直朝石晶球所在的小船冲去。

莫鼎力看出了军船的不顾一切，能够冒死撞开栅墙冲出水营的船只，决不会顾及到别人的生死，所以他赶紧带着石晶球跳回自己的渔船，摇橹的渔翁把船转了半个圈，提前让开军船直行的路线。

回到渔船的莫鼎力并不知道自己面临的危险，水营里的蛇群如果继续追出来，他们这只小渔船将首当其冲。不过好在他看到正在船舷边回看水营的袁不毂，于是口中急打个唿哨，袁不毂立刻转身，也一眼看到了莫鼎力。

“快走！快离开这里！”袁不毂先是朝着莫鼎力大喊。

“是莫大人，快把船缓下来，带上他们！”袁不毂又朝舵位上的死鱼高喊。

军船拦腰将石晶球那条小船压沉，船上两个被打晕的人虽然被冷冽的湖水激醒，却卷入了军船船底再没能出来。从这情形可以看出，死鱼绝不会把船放缓。

“接住！”朱满舱听到袁不毂的喊声，知道下面是自己人，于是赶紧将缆桩上的一条绳子松开，扔给下面的小渔船。而此时军船已经从渔船边上过去，马上就要将渔船甩在后面了。

渔船上的未摇橹的长脸渔翁抓到了绳子，但已经来不及找地方拴系。于是他果断将绳子往肩背上一绕，双脚踩住小渔船舱底边角，反身弓背，身体趴倾。绳子带力之后，这长脸渔翁就像个倒插的楔子固定住绳子，让大船拖了小船一起快速航行。也就是说长脸渔翁像纤夫一样拖住了军船，而目的却是让渔船跟着走，方法虽然极为简单，但老头的背拉力量却让人感到意外。

湖风渐起，死鱼在朱满舱的指点下又找到个大的水流道，破军船越行越快，绕过一个长满苇草的泥漂子后再看不到水营了。扇鳍飞蛇被彻底摆脱，也或者它们根本就没有追上来。失去了石晶球的引导，捕食完毕的蛇群应该回归老巢了。

直到一处四面可见的宽阔水面，死鱼才将船速缓下来。而此时不仅拉绳的长脸渔翁已经筋疲力尽，就连后来一起帮忙的莫鼎力和红鼻渔翁也都累得不行。毕竟莫鼎力奔波了一夜水米未进，两个老头也只吃了点焦煳的鱼粥。

船缓下来后，三个人这才腾出手将绳子系在了船绳环上，然后都坐在那里喘粗气。而军船又往前行了一段距离，在朱满舱确认到了之前有尺沉礁的水面，死鱼才将军船停了下来。这是既有江湖经验又有行军经验的做法，利用别人的装置作为自己的保护。

一见到莫鼎力，袁不毂便迫不及待地将湖上的种种遭遇和发现一股脑地告诉给他。舒九儿细心，在旁边加以说明和补充，并且将他们自己的推断和分析一并告知。两个人你言我语地有些急乱，颇费了些力气才把湖上发生的事情全都倒腾给了莫鼎力。

袁不毂如此急切，是因为觉得破水局的事情应该马上传递出去，然后制止也好、躲避也好，总归是要做得了主的人出面处置才行。

莫鼎力一直认真聆听，没有多插一句话。所有信息在他脑子里渐渐排布开来，并且与自己在岳阳城里获得的信息一一对应，结论再次圈定在朝廷高官、皇家近戚中，除此之外没人可能有此财力人力来做这种事情，而且还能隐蔽得不让附近的官府和军营知道。而所谓对朝廷高官、皇家近戚的猜测，最终只能是落在赵仲珥身上。

“嗯，你们刚才提到带符提辖。”莫鼎力终于开口。

“是的。”舒九儿只回了两个字，她觉得莫鼎力独独提出这一点来，肯定还有话要说。

“铁耙子王已经亲至岳阳。”莫鼎力尽量平静地说出这个信息，免得大家反应过于激烈。

沉默，刚才是莫鼎力保持沉默认真聆听，现在变成了其他所有人都在沉默聆听。莫鼎力的这个信息的确让人震惊。

“我昨晚湖边遇到丁天，他带领的小队只剩他一个了，而且浑身是伤。据他自己说是遭到了黑衣人的袭杀，而这次黑衣人用的组合杀很像羿神卫十八神射。”

第二个信息更加让人心惊肉跳。不仅是将死去的十八神射复活了，还恰好与死去的带符提辖搭配上了，让一些不敢轻言的猜测逐渐明朗。

“石榴被逼说出他在湖上是被谢天谢地搭救，而谢天谢地也都成为了黑衣人，这话不知是真是假。”死鱼从冲出水营开始就一直神经紧绷，到现在才说第一句话，而且从话里可以听出，他的思绪仍纠结在水营里发生的各种细节上。

“从石榴当时的反应来看，他没有说谎。”袁不毂相信自己的判断。

“那两兄弟应该是投降了对方，愿意为那些黑衣人卖命效劳，这才能活下命来。”小糖人觉得见机行事投降保命是非常明智的做法。

“不对，就算他们投降了对方，在这么短的时间内，黑衣人也不该如此放心地让他们两个单独行动。除非是用什么法子要挟住他们，让他们不敢也不能私逃回来。可这也不应该，如果是被要挟住了，他们见到石榴后也该让他通风报信想办法解救他们，怎么都不该让石榴不要说出见到他们？”袁不毅怎么都想不通这是怎么回事。

舒九儿轻按一下袁不毅的胳膊，低声说道：“有一种解释可以说通，就是他们认定自己的投降不是投降，而对方也认为他们投降后马上会忠心做事。”

小糖人眼睛滴溜乱转，手掌摩挲下胖脸：“没明白，真没听明白。”

“是没明白，一点没明白。”最喜欢多话的丰飞燕更是不住地摇脑袋。她从一开始就没能听懂，现在更是越听越糊涂，即便心中有着万分想说话的愿望，也不知道该说些什么，只能跟着小糖人凑份子。

袁不毅看一眼舒九儿的明眸，心中捋出一个关键点：“如果那些黑衣人是天武营装扮，并且是在做上峰派遣的秘密行动，那么谢天谢地兄弟两个完全有理由转而为他们尽心尽力。”

“不不，如果只是表明天武营身份，再凭空口几句话，是很难让谢天谢地心甘情愿地为他们效力的。除非那些黑衣人具备更有说服力的身份，让谢天谢地觉得投降他们不仅合情合理，而且更有前途。比如说那些黑衣人也是羽林卫、羿神卫，是在为捉奇司做更高层次的暗活儿，那他们投降就相当于归队。”莫鼎力的分析正中关键。

袁不毅眉头紧皱：“黑衣人受捉奇司操控倒也不是没有可能，只是太难理解了。如果是这样，那在猰貐坟、古夜郎，他们几次与我们对敌，目的又是什么？我们不也是为捉奇司在做事吗？”

“你做的是明面事，获益的是朝廷。而他们做的是暗底事，获益的是捉奇司或某个人。”舒九儿的话没有完全说明，但其实已经引导大家把幕后操控者的思路圈定在捉奇司和赵仲珥。而如果是捉奇司在暗中与人合作，赵仲珥也必然是首位嫌疑人。所以不管话怎么说，这幕后操控者的罪名铁定是落在了赵仲珥头上。

“可是铁耙子王又何苦如此？他已经是一人之下万人之上，做这样的事情不值当。”袁不毂仍是想不通。这若是个等级不高的官员，比如吴勋笺，也还值得花这心力、冒这风险，而赵仲珥离最高处只差一阶，真的没啥必要。

“人的欲望是不可度量的，更何况换个座椅就是换个天地，这种诱惑不到那层次是难以体会的。另外有一件事情我还没告诉你们，我昨夜在岳阳楼上见到了穿戴乌金氅、金牛冠的铁耙子王。”莫鼎力这句话相当于给赵仲珥盖上了罪戳。

袁不毂一下惊愣在那里了，口中有些语无伦次：“乌金氅、金牛冠？是铁耙子王？倒也是的、倒也是的，就他是有理由、有资格穿戴这一套的，我之前怎会没想到。”寻找这么多年的仇恨对象，竟然就这么不经意地摊摆在了面前。

“对了，不毂，你不是说你全家都被穿戴乌金氅、金牛冠的人杀了吗？你要找的报仇的人，原来就是铁耙子王呀。”很难说丰飞燕这一刹那的脑子是清楚的还是继续糊涂着的。

“只要有胆子，谁都可以穿乌金氅、戴金牛冠。那么穿乌金氅、戴金牛冠的也就不一定是铁耙子王。若是要找的真是他，现在知道了也是好事，反正他是跑不掉的。”莫鼎力并不知道袁不毂还有这么一层仇恨，于是赶紧把话缓转过来。因为现在铁耙子王还是铁耙子王，这时候把袁不毂激起了去找他报仇，只能是自寻死路。另外破水局的事情还需要袁不毂去深查、去阻止，这件大事万万不能被其他变故给岔开了。

“这种事情，不能草率确定的。”袁不毂深喘两下，让心情尽量平复。他觉得莫鼎力的话很有道理，那垄韭菜已经在脚边了，割不割、什么时候割得先把草和韭菜分辨清楚，再把刀和筐准备周全。“还是应该立刻呈报朝廷，以最快速度查清真相。那样不仅能把企图谋朝篡位的鬼揪出来，说不定还能让幕后操控者说出布设关键，解了破水局，尽量减少此局带来的恶果和后患。”

袁不毂拎得清轻重缓急，他的做法很谨慎，话也说得很谨慎，始终只称幕后操控者，并不直呼赵仲珥。

陀螺船

莫鼎力点点头："呈报肯定是要的。但是既然涉及到捉奇司，飞信道已经不能用了，而天武营被操控，军信道同样不能用，其他最快的呈报途径只有找边辅走皇信道。岳阳虽不是三关边界，却也是大宋水军重驻之地，此地应该会有边辅暗点。"

"我觉得呈报还在其次，倒是应该先疏散洞庭湖周边以及相连几条江河附近的百姓。破水局做到这个程度，就算朝廷拿住操控者，也是无法短时间内将破水局装置破拆掉的，潮势一到，局势仍会运行，祸及苍生。"朱满舱则是抓住另外一个重点，显出治水人家悲天悯人、救助苍生的本性。

"这个不复杂，只要通知地方州府衙门就能办成。"舒九儿说道。

"这两件事情都要赶紧进行，但是最为重要的还是阻止破水局做成，或者尽量减小破水局的危害。"袁不毂长长吐口郁气，先把乌金氂金牛冠之事放在一边。

朱满舱摇摇头："这个破水局是经过多少年才构建而成，一根针扔进湖里容易，捞上来却难。要想破解，花费的工夫恐怕得是做成的几倍，真可以说是无解的死局。"

"而且如此巨大的装置，就算我们有实力赶在局成之前破坏掉局部，也无法改变整个大趋势。"小糖人治水技艺半吊子，但他的见识足够给朱满舱做个佐证。

又是一阵长时间的沉默。有人脑子一片混乱，有人已经无法可想，有人什么都不想光等着别人的想法，只有袁不毂完全把复仇的欲望压制到无形，让重新清晰的思路在淮王金字圭的那些金字中冲突，在以往的种种经历和见识中贯连，在遭遇的事件细节中翻找。很多时候灵光不是突闪而出的，而是像初升的旭日，慢慢显露、慢慢积攒，直到彻底跃出地平线、跃出云层，展现出无限光芒。

“不不，这个局在设计上可能和我们现在揣测的不一样，或许它是有匙眼的。”袁不毂说出这句话时眼中充满希望，“否则他们为何一路追来要将我们赶尽杀绝，而且派出的是黑袍客这样的杀手，就是以为我们发现了匙眼会坏了他们计划。”

“匙眼是什么？”丰飞燕还是没能听懂。

“匙眼就是让整个布局运转起来的关键点。一般是等其他所有条件都满足了，最后才布设这个关键点来启动整个局势。”莫鼎力给丰飞燕简单解释了下。

“匙眼是需要一下启动的，这大湖大江做成的巨大破水局，如果设有匙眼，恐怕很难找到合适的钥匙开启它。”朱满舱觉得这个想法不大可能。

“不，对方有合适的钥匙。”袁不毂很坚定地说，“陀螺船！那个陀螺船就可以用来当钥匙。”

“陀螺船？”“什么陀螺船？”“没见过这种船呀！”这一回不仅是丰飞燕没能听懂，其他人也都提出疑问。

“就是你们说的溺魂船，这是一种构造非常特别的船。死鱼说朱老大客船下有特别装置，这才提醒我想到《百匠异器歌》里的‘高舟空，置陀螺，落石推舟，停岸睡卧’。这说的是一种特殊船只，其实也是石匠工具，唐盛之时由技高的石匠与木匠共同设计制造。此船中间有见水空洞，洞上搭构架设置巨型陀螺。说形象点，就是空洞上方架设了个不倒翁，然后利用不倒翁带动空洞下的摆板，起到船桨的作用，以此来推动船行。停船时同样利用陀螺重量，可以整个把船躺停在水面或侧倒在岸边。”

“难怪溺魂船出现得神出鬼没。它若躺在水面或泥漂子上，不管哪个方向都只能看到局部船形，让人误以为是破沉的船只，然后陡然起来，就如鬼船忽现。攻击时无炮无箭，而是采用船身摆击，的确是靠陀螺摆动的工具船。”死鱼的思路豁然开朗。

“我们所见的溺魂船应该是经常刻意停在荧贝漂子上的。荧贝漂子除了黏泥还覆盖了大量洞庭湖荧光蚌贝的碎砾，上面侧卧可粘附厚厚一层坚实的贝砾外壳。洞庭湖荧光蚌贝色彩亮、荧光足，有很强的反光折光功用。我定圈水的符图《洞庭晚秋图》就是用掺有这种贝粉的颜料画成的，不同光线下可隐去其他画面，只见一种画面。同样道理，荧光贝砾粘附在船体上后反射天光水色，便可掩去船形。所以我们两次遇到溺魂船，都是近在眼前了才发现到，然后它又突然间不见了踪迹，应该都和这特点有关。”只有像朱满舱这样熟悉洞庭湖的点滴，才能够从可以侧卧的船联想到它是如何隐形的。

“应该是这个道理。”袁不毂赞同朱满舱的说法。他在死村遭遇过无相狐，而无相狐就是用类似的方式隐形的。只不过溺魂船是利用了荧光贝砾，无相狐是利用了自身皮毛。

“可这和石匠有什么关系？”丰飞燕满脸被疑问折磨的惨样。

“这种船可以侧卧，便于往上装运大型石块，然后可以利用水流对巨型陀螺的反作用力，将巨型石块从中间空洞准确拖放进水中。这湖中的水下暗坝，特别是那盘蛇塔，肯定都是用陀螺船运石搭建的。这船主要是石匠水上做活儿用的，就算唐盛之时也不多见。因为这种船的船形必须高大，才能使用陀螺结构，制造成本很高。中间有空洞，相当于多了四条舷壁，工艺要求更高。而陀螺的高度和重量设定更是需要有极高技艺和丰富经验才能做成，否则轻者会倒不能起，重者直接翻船。”

“这是石匠行的独到器具，石榴认识却刻意隐瞒不说，所以你才怀疑他的身份和目的？”舒九儿问袁不毂。

“我对他的怀疑早在天光神殿顶上就开始了。他拉落升降木架砸死日影环侍卫，我已感觉蹊跷，并由此联想到猰貐坟水道石壁上被撞没脑袋的同伴，两者死法很是相似，只是猰貐坟上那个同伴是因何遭石榴暗算的已经无从知晓。而日影环侍卫使用的是西域异形武器，对西域教派和技艺肯定有着不少了解。他应该看出石榴的本事与摩尼教有关，而且两人暗地里还有过沟通和争执，这应该是日影环侍卫被杀的原因。杜先生的死也是蹊跷，按说用了舒姑娘的药就算失血过多也不至于突然而亡。我当时不在现场，但感觉也与石榴有关系。”

袁不毂停了一下，像是在思考些什么，然后才又接着说：“还有鲔山那次，他也是很不情愿地和死鱼将我从木笼房中救出。我要设局密杀骨鲔圣王，让他带死鱼先走，而他并没有按之前约定的走东南方向，而是走的正东。应该是想让我吸引骨族人马往东南，这样他才好脱身，却没料到形势所逼我也走了正东，并且追上他们，不过那一次我怀疑的对象不仅有他，还有死鱼。再有就是雕凿石船借天上河流势飞击箭壶山山壁，船刚入水便走偏了。当时只以为是小糖人炸开天上河水势突变导致，后来再细想，水势前端的急缓、走向都没变，船的走线也不会变。出现这意外应该是石榴在雕凿过程中玩了手法，而且这手法还瞒过了莫大哥的监督。”

“我也想起来了，应该是最后吹掉的那一口石屑让石船左右轻重不一。正常情况下根本不会有大影响，但在急流中便会走偏。”莫鼎力承认自己的失误。

“但是后来的种种情形又显示他是忠心舍命在做事，让我怀疑自己误会了他。”

“忠心舍命是因为他的目的与我们一致。我们要找治理水患、破解破水局的办法，而他要找的正是破水局本身，以及暗中制止我们破解破水局。”小糖人说道。

“没错没错，他的本意就是要破水局做成的，看出了陀螺船也肯定不会说。可这石榴到底是什么人呢？”丰飞燕才觉得脑子清楚了些，就又陷入了另一个疑问。

“我猜测他应该是方腊手下石宝的后代，真名叫石流或石留。”

袁不毂猜得没错，石榴真的不叫刘石，而是石留，是当年斩杀五个梁山好汉、方腊手下第一猛将石宝的后代。方腊起事失败后，手下诸多将领的后代秘密组成天圆地方会，是想再举大旗反宋夺城。但是这个天圆地方会没有德高望重者主持，也无厚实资本支持，本就人数寥寥，经多年的轮转替换，渐渐地连原来一半的人数都不到了，再举大旗的意图将成泡影。于是石留决定混入羽林卫，这样就有机会刺皇杀驾。一旦成功便是为先辈报了仇，他自己也就有资格振臂一呼，让更多的人随他谋取大业。另外石留混入羽林卫还希望能够接触到方腊失败后留下的遗物，从中找到他们搜罗的财富被藏于何处，将其作为招兵买马的资本。

当初他们三个在训择院跑山时走不出螺蛳道，石榴认为袁不毂带错了路，变得狂躁起来。死鱼说走不出去大不了三个人一起去北三关，石榴以疯狂状态怒吼“我必须留在羽林卫的！否则我干吗来从军”，这其实正是他真实心理的暴露。后来皇帝封赏袁不毂驻守华蓥三城，让石榴他们同往，他又主动提出要留下做宫里侍卫，仍是极力想接近皇上。

“他有没有擅长的武器？”莫鼎力问道，“石宝最擅长链子锤，据两河忠义社传递给捉奇司的信息，处州城外与他们吴东分舵舵主吴同争夺刻字石板的汉子力大无穷，擅长使用链子锤。而自辟道路冲破九婴池封界的人，种种痕迹也显示他擅长使用链子锤，应该与处州争夺刻字石板的是同一人。那人很大可能也是石宝的后辈。”

“没见石榴用过链子锤。但他偷袭朱老大是用钢链挂带腰刀作为武器的，这应该算是链子刀吧。”小糖人当时趴在舱口，整个过程看得非常清楚。

“钢链带刀，其实仍是用的链子锤招法，而且比链子锤更难使用，能一刀砍破朱老大铜鳖铁盖的水靠，这技法需比使用链子锤更加高超。”死鱼语气中带着惊叹和钦佩，“他是真正的技击高手，之前一直装傻充愣藏掖着，要是面对面地搏杀，我们当中可能没人能在他手下挨过三招。”

莫鼎力点点头，脊背上有几丝凉汗。石榴不仅身手藏掖得好，就连表情、动作都躲过了他的观察和判断，由此可见这绝对是经过特殊训练的高手。如果之前石榴暗中对他下手，他恐怕也会像日影环侍卫一样不能幸免，想来着实有些后怕。

第七章

暗鬼剥皮囊

渔纤夫

也正因为听说石榴的链子刀都未能砍死朱满舱，莫鼎力特别注意了一下朱满舱，总觉得他的身形架势和孟和特别像。孟和虽然不像朱满舱这么宽厚，但平时也是挺立得如同铁板一块。而且他先是中箭掉西湖，后又中箭入瓯江，最后仍能出现在华蓥三城外面，现在想来真有可能也是定圈水哪一支的传人，因为定圈水过去与大宋皇家的误会，虽然做的是官事，却找不到一点身份来源，也可能有人知道他的来历，需要用他才帮他抹去身份来源的。华舫埠血案中他应该发现自己误入的事情与齐云盟治水行有关，于是一路追踪黑袍客。虽然在处州没拿到石刻，去蜀地也没能到达天上河，但方向和目的都是对的，只可惜他现在已经死了，再无法知道他的真实身份了。

“其实不一定的，或许有其他原因让石榴一时不敢确认溺魂船就是陀螺船，比如船身粘附荧光贝砾能够隐形。”朱满舱觉得有些东西只属于洞庭湖，外界是很难获知的。

“隐形不改变船形，只要最终能见到，还是可以认出的。唯一的区别就是我刚才说过的，溺魂船太高大了，这可能是此处破水局的工程需要，还有作为钥匙的需要。等等，我再想想，这么高大的船体可能还有一个作用。你们发现没有，扇鳍飞蛇可以飞到我们船上，却飞不上溺魂船。”袁不毂语气里透出一股子兴奋来。

“那又怎样？”丰飞燕脑子又一次被搅糊。

“就我们在水营中被扇鳍飞蛇围困可以看出，这种飞蛇虽然可以被诱导，但是并不识人。什么人都可能会成为它们的捕食目标，包括那些做破水局的人。而溺魂船建得如此高大，如果有不让扇鳍飞蛇伤到的缘故，那就意味着这种船需要经常出入扇鳍飞蛇活动的区域。”

“扇鳍飞蛇多集居在急流、旋流附近的洞穴、深沟。急流、旋流处少有人能去，而洞穴、深沟中如无侵扰飞蛇也不会出，所以洞庭湖中虽然有这样一种异虫，世上却是极少有人知道的。”定圈水的祖图上既然画有扇鳍飞蛇的奇相，朱满舱自然是知道这一特性的。

“设暗坝，改水流，搭筑盘蛇塔，堆聚泥漂子，这些都会惊扰到扇鳍飞蛇。但实际上我们在这些地方都不曾见到扇鳍飞蛇出现，也就是说整个破水局水势最深最急的位置我们还没到过，那正是在扇鳍飞蛇聚居的老巢。”袁不毂握紧拳头。

“而这个位置就是匙眼。”莫鼎力替袁不毂下了定论。

“杨幺被剿将灭时，用巨船载全部财富和亲信家人在长江入湖口自沉，莫非就是在以此方式开启破水局？”舒九儿的思维方式纵横开阖，与莫鼎力有着一拼。

莫鼎力眉头连续抖动几下:“杨幺暗做破水局，还持旗对抗朝廷，临到被剿灭时哪还有什么金银财富，孤注一掷用巨船载土石堵匙眼启动破水局倒是有可能的。但或许破水局还未来得及完成，又或许方法位置不正确，他不仅未能启动局势，就连自己都随沉船葬身湖底了。”

“还有可能是仓促间启动时机未选对，沉船的位置没选准，包括巨船入匙眼后在水流作用下出现移位，这些都有可能是杨幺未能成功的原因。”说到这里袁不毂猛拍一下大腿，跳起身往船头跑去。

前甲板那里，两个渔翁正靠缩在一侧的船舷下打瞌睡。袁不毂他们在靠近舵位的甲板上商议大事，这两个老头肯定不能参与，就到船头处安置休息。而一只胖大的鱼鸮眯眼站在另一侧的船舷上，一群人来了倒也不惊不怕，直到朱满舱走近了，这才扑扇下翅膀扭扭脖子，显然是他驯养熟了的。

袁不毂急急地将其中一个长脸的渔翁拎起，双手一分，粗旧的夹衣便完全敞开。那长脸老头吓得气不敢出，可能觉得袁不毂这样子是要将他开膛破肚。另一个红鼻子老头则发出一声惊恐的闷哼，抱头缩成一团。

长脸老头虽然肩骨嶙峋、肋如搓板，但皮紧肉实，年轻时定是个壮健者。而且在他的胸前和肩上有厚厚的磨茧，这是长久以胸肩位从事重体力劳动留下的痕迹。

“你们看，看他的茧子，胸前、肩上都是茧子！老汉，你莫怕，你告诉我你这些茧子都是哪来的？”袁不毂终于抑制住兴奋，平静地问老渔翁。

“我、我，我是渔纤夫。”长脸老头哆嗦半天才说清这几个字。

“啊！这老汉竟然是个渔纤夫，难怪刚才能够背住绳索拉着渔船急行。”朱满舱感叹一声，“渔纤夫和其他水道拉船的纤夫不一样，是洞庭湖特有的一种职业，一般是与渔夫搭伴合作。因为洞庭湖山岛耸立、土礁遍布、暗流交错，而偏偏大量鱼虾会聚集在这些情况复杂多变的位置。这些地方水质清，湖底多是无泥沙的实地，光线好时能直接看到水下情形，但驾船去打鱼捉虾却很难控制住，船随水走就算看见鱼虾也捕不上来，所以必须要有渔纤夫先上了山岛土礁，用纤绳拉住渔船将其移送到鱼虾聚集的位置，让船上渔夫下手捕捉。但渔纤夫又苦累又危险，常有被纤绳缠裹拖入怪流淹死的事情发生，再加上收获仅能糊口，如今已经没什么人再做。”朱满舱见老头话都说不出来，就主动替他解释了。

“静影沉璧，渔歌互答。月亮映在清澈水下就像沉落的玉璧，有捕鱼人在用渔歌相互交流。这其实就是渔纤夫在拉船捕鱼，你定圈水符图上应该也有这独特一景。”舒九儿把渔纤夫捕鱼的情景与《岳阳楼记》中的描述也对应上了。

袁不毂并不在意舒九儿说的《岳阳楼记》内容，他的注意力全在纤夫这两字上:“舒姑娘，你说朱老大那条失踪的客船上有很多死尸都是带符提辖，因为他们的肩胸有茧子，是打盗洞钻墓道磨出来的。现在你再看，有茧子的不只有带符提辖，渔纤夫也有，其他纤夫也应该有。”

“你是想让我确定那些死尸是不是纤夫？这个真没法确定，除非能够放在一起，才可能从细微处发现差别。”舒九儿脸上带有歉意。

“这个我已经确定了，就是纤夫。洞庭湖的渔纤夫已经极少，只能从其他地方雇用纤夫到此做活儿。而且这活儿只有一个，就是保证溺魂船可以准确沉入匙眼，且不会被潮来时的急流冲走。”

“啊，那么大的船，得需要多少纤夫呀！”

“就是需要的太多，他们自己的船来不及接应，只能雇走圈线的客船。这才会发生误杀。”

“用纤夫将溺魂船拉到入湖水道的匙眼上，这个方法倒真是可行的。”朱满舱由衷赞一声，“只是洞庭湖九穴十三道，这匙眼具体在哪一条江河、哪一个入口上却是无法确定。”

“你不是说可以推动破水局局势的大潮要到下一个月圆才会出现吗，我们还有一个月的时间，肯定能够找出匙眼的。”袁不毂很是自信。他只要找到匙眼，然后通知官府或驻军，从最近处调来军船守住匙眼，不让溺魂船沉入，或者驱散岸上纤夫，不让他们将船定位，那就能成功阻止破水局运转。

袁不毂轻轻把长脸渔翁的衣服拉合上，再拍拍他肩膀说道：“对不住老汉，刚才鲁莽了，你两人到船后压下惊，我们几个有事还未曾商量完。”

其实前面他们说的那些话两个老头根本就没听清，反是袁不毂悄声细语地这么一说他们都听明白了。这仿佛就是饶过他们性命的释令，两个老头惶急地就要往船后走，却又紧张得手脚有些不能协调。

“等等。”莫鼎力手一伸拦住了俩老头，吓得他们猛打个哆嗦，“你们两个还是先下到渔船吧，我们马上就回到岸上去。”两个老头这才又舒口气，赶紧下去从船壁破洞爬回系在军船旁边的渔船。

“该说的其实都已经说了，也没什么需要再细议的。这个破水局既然是有匙眼的，那就有希望阻止它启动。这样，我先上岸，寻找边辅把消息传回临安，从皇上那边想办法让铁耙子王停止填匙眼的行动，而你们可以设法找到匙眼所在。一旦临安那边信了我们的呈报，本地官衙、守军自然也会信。这样即便皇上那边行不通，还可以调动兵力强行阻止他们填匙眼。”

“就这么办！”袁不毂欣赏莫鼎力的果断做风。说那么多、想那么多，其实最终就只需要这样一个双管齐下的应对办法。

“要让朝廷相信，只凭你空口而言怕是不行。现在我们虽然理清了破水局的情况，但手里并没有坐实铁耙子王是幕后主使的证据。你将舒姑娘和飞燕带回去，她们两个都曾有钦差身份，是皇上信得过的人。有了她们两个证人，朝廷至少会重视此事，就算不能马上对铁耙子王采取手段，本地的兵力也应该可以先调动起来，阻止他们填匙眼。”袁不毂除了要给莫鼎力带回两个证明人，更主要的是想把两个姑娘送回安全的地方。

“不毂，让九儿姐姐回去就行了，我陪着你。”丰飞燕脸色痛苦，可能是急促说话牵动了伤口。

袁不毂没有理她，把头扭向一旁挥下手。舒九儿比丰飞燕脑子清楚得多，拉她下舱上了小渔船。袁不毂他们说是留下找匙眼，其实就是再闯回九死一生的险境，那里会有追杀他们的杀手、射手，有扇鳍飞蛇，有怪流狂浪，有摧毁一切的破水局。这一别很有可能从此就阴阳两隔，偏偏还不能让儿女情长影响了他的心态和状态，果断离开让他没有任何牵挂和负累才是对他最好的帮助。

莫鼎力将包着石晶球的布团扔上军船，袁不毂他们在湖上有可能再次遭遇到扇鳍飞蛇群，这东西说不定能派到大用处，然后还不忘朝袁不毂喊一声："袁兄弟，我保证把两位姑娘安全送回临安。乌金鲨、金牛冠的仇人一旦坐实，我也会第一时间通知你的。”

话刚喊完，两条船同时偏向，在茫茫水面上分开。军船上站着的鱼鹗翅膀一张，猛然一个下冲，贴着水面往船头前方疾飞。

去路难料，回路可有？谁都不知道自己最终将面对怎样的结果。

园如井

岳阳是个好地方，湘北门户，车船皆达，商贾往来，文儒喜至，城外系舟煮茶气蒸云梦，城里登楼赏文钟传君山。但是赵仲珥却在这番繁荣雅致的气氛中觉出些异常，似乎有一种无形的锋锐之气在其中盘绕冲撞。

擅长制造危险的人往往更能敏锐地发现危险。赵仲珥觉察到危险的存在，有可能和他久在朝中不出临安有关系，长期处在重重保护下的人，突然到了一个陌生的地方，是会莫名产生危机感的。

赵仲珥自己并不这么认为，当初他也曾亲自带人出入过各种凶境杀场，绝不会因一个地方陌生而畏怯。更何况岳阳是个很不错的陌生地方，他又是住在一个极为雅致隐秘的园子里。

赵仲珥放下手中的茶盏，抬头看一眼守在圆月门外的贴身书童。圆月门外是宽敞道直的香火街，每到初一、十五这里都有许多进香的人经过，还有骡马车辆要停放。两边的店铺比较稀落，毕竟每月就只两天的好生意可做，而且都是挣不得大钱的香烛生意。不过这样的环境对于守卫布防非常有利，特别是以组合射杀为主要方式的羿神卫的布防。稀落的房屋的环境不仅适合组合杀各点的相互呼应，以及组合和组合之间的环环相扣，而且可出箭的箭道多。要想从这种防守中冲过香火街，恐怕得要一支强悍的铁甲军队才行。

书童知道赵仲珥投来的目光是什么意思，于是微微地摇下头作为回复。赵仲珥只能把目光转向砖墙、绿树、假山堆围而出的一方天空。这天空很蓝，但范围却是不大，隐秘的园子庭深屋高，难免让人会有一种坐井观天的错觉。

危机都是有预兆的，两河忠义社突然与自己失去联系应该是赵仲珥最早感觉到的预兆。这么多年以来，两河忠义社都信守承诺，接手的每个活儿不管成与不成，都会在适当的时间节点给予反馈。偏偏这一次不知出了什么问题，两河忠义社始终都不曾有人出现联络，就连一言半语都未曾传递过。这是极不正常的现象，他们这次的活儿与以往相比难度并不高，就是追查李诚罡在做些什么。这活儿随便派个捉奇司的人就能做得很好，只是因为两河忠义社的人对于李诚罡来说都是陌生脸儿，这样不容易被他发现，真没查出什么问题的话，之后也不会影响李诚罡继续效力捉奇司的心。

两河忠义社没有信息传来，李诚罡倒是天天都来，就和在临安时一样。区别也是有的，在临安李诚罡每天过来都会带来各种新奇事件和独到发现，最不济也会把街上坊里的一些家长里短说说，倒也轻松随意。但是在岳阳，他每次来就只说一件事两句话，一句“失踪的军船正在追查”，一句“目前还未查出失踪军船的相关线索”。

这个样子的李诚罡让赵仲珥觉得很是可怕。他要么是为这个案子已经到了脑筋打结、渐生魔障的地步，要么就是深藏了许多秘密不愿告诉自己。前面一个可怕是来自外部，说明做下这个案子的人极为厉害，不仅踪迹全消，而且还能将李诚罡这样聪明且执着的人诱入思维的死圈；后一个可怕则是来自李诚罡本身，说明他并没有专心地去查军船失踪案，只是将军船失踪案作为一个遮掩的借口，所有的心思和精力应该都放在追查他自己感兴趣的秘密上了。而且从这摆明的敷衍态度来看，这个秘密已经接近破解的程度，一旦彻底破解，他对赵仲珥的态度可能会更加恶劣。

除了完全失去消息的两河忠义社和只以两句话敷衍的李诚罡外，还有一个现象让赵仲珥更加郁闷。他离开临安捉奇司时曾吩咐过，将各处暗点收集的信息都集中传递到岳阳的暗点。这就相当于将捉奇司的办公中心临时转移到岳阳来，赵仲珥在这里依旧可以处理各种事务。

刚开始确实是这样的，报折、密信都集中转到了岳阳暗点，但才过两天数量就开始下降了，这两天已经变成偶尔可见，而且还都是岳阳附近几个暗点传来的。出现这种情况最大的可能就是飞信道不再畅通，有些重要的枢纽环节出现了问题，所以赵仲珥立刻传令捉奇司，让那边派人查清缘由。再一个可能就是有许多暗点被人挖根了，但这个可能性不大，且不说暗点隐秘、分布又广，一旦哪一点遭受打击，都立刻会辐射通知周围其他暗点。所以要想一下将那么多暗点挖根，除非是有全部暗点的具体信息，并有极为庞大的力量同时出手。不过事情不能都往坏处想，也可能自己躲到这偏僻园子里后，捉奇司里哪个能做点主的人误以为自己已经返程回临安，将报折、密信重又转了回去。

赵仲珥耸鼻子闻了闻，空气中有香火的味道，是旁边金龙观传来的。城外偏僻处的一个道观能有此旺盛香火，说明周边百姓对洞庭湖以及与湖有关的神祇始终保持着虔诚和敬畏。而能虔诚敬奉神祇的地方，一般都是非常富庶的地方，这倒不是说他们有钱敬奉，而是世人最怕的不是得不到，是怕得到的再失去。有钱有粮、子孙满堂的日子谁都想一直持续下去不生变故。

也只有富庶地界的一个小道观才能在旁边再建一座玲珑雅致的别院。这种院子一般都常年紧锁着，没几个人知道是道观的观产。只有来了重要的香客想要找个清静的地方避世几日，才会悄悄打开隔壁的小圆月边门。

“这几日金龙观里香火不错嘛。”赵仲珥随口和旁边烧热水的道童说道。

“托先生的福，以往到月底最是冷清。先生住到了这里，香火一直都很旺。”道童回道。

赵仲珥微微点下头，他不想持续这个话题。自己悄悄住到这里来了，州府衙门还有李诚罡那边肯定会不时地派人过来巡查，自己不想暴露身份，那么巡查的那些人也就不能暴露出身份来，所以扮成香客来敬香是最为名正言顺的做法。

“不仅我们观里香火好，周围的客栈也都被香客住满，其他店铺和民家也都有香客借宿。”

“这是何故？最近金龙观里有什么大祭吗？”赵仲珥被这个异常信息吸引了。

“我听别人说，我们观里供奉的金龙不是龙，而是蛇，被后羿斩杀的修蛇。修蛇以洞庭湖为穴，死后魂魄散而不离，护佑洞庭湖周边多福无祸。每到秋末收获季节，其散落的魂魄会凝聚一次，以享用世人供奉。以往人们还会入湖投三牲五谷，因多次出事，船翻人失，都以为金龙神要食活人，就再不敢去了，只在观中祭祀。过两天初一日，正逢金龙祭，那些香客都是来抢头香头祭的，抢不到头香头祭也得抢头时香、头时祭。”

赵仲珥的笑脸增加了点自嘲的笑意。道童说香火好是托自己的福，那纯粹是嘴里客气，实则是有些参与金龙祭的香客提前来了，每天都先到观里烧些小香。

“以往金龙祭的时候人多吗？”

“多，多得很。先生莫要嫌吵，也就那么一天，而且没人会打扰这处园子的。只是您也莫要出去，出去也走不了。”道童率真，想啥说啥。

赵仲珥一愣，脸上的笑意僵住，手中捻玩的翠绿玉珠也停住。他似乎从道童的话里听到些不祥的迹象，自己现在已经失去消息联系，莫非还会连路都没处走？

千马涂西北湾头里，原本宽阔的水面上莫名多了两片漂子。这漂子不是泥漂子，不是沙漂子，而是木漂子、石漂子。这种石块和木板构筑的大片漂子实则是一种操作平台，也是一个临时的大船坞子，是为了某种急需的水上作业而在短时间内搭建的。

丁天悄悄爬上紧靠湾头堤坝的一棵榆树，从这上面可以越过堤坝看到湾头里的全景。丁天也算得一个久经江湖、见多识广的人，但他还是被眼前的情景吓到了。这里有车、有人、有船、有骡马，车是看不到尽头的长龙，人和骡马多得就像蚁群。而最让他震惊的是船，多得像蛆虫一样的小船就不说了，有两条巨大的船是他想象都不曾想象得出的，而且这两条巨船竟然都是侧倒着的，就像两只大肚子的肥猪躺在木漂子上。

这些人在干一件大事，而且到了不顾一切的地步，抓紧时间做最后冲刺，否则不会一下集中这么多人搞出这么大的规模，并且不在意别人的发现和怀疑。因为这么大规模的事情不管目的如何都会引起官府的注意，一旦遭到怀疑并插手查证，那么这事情肯定是会耽搁下来的。

“不对，这些人并没有到无所顾忌的地步，他们依旧在尽力保守这个大规模的行动不被外部发现。”丁天毕竟是禁军教头，知道各种排阵布防的方法，所以他很快发现三支沿堤坝巡查的队伍，在湖边也有两支巡查队伍，每队都不少于五十人，衣着战备全和之前他遇到的黑衣人的差不多。

劳作的车队和人群中，专职负责监督的人更多。这些人虽然不成队结伙，穿的也是平常衣服，但都背弓持刀一眼就能从人群中看出。湖上有些游弋的小船也是全副武装，严密注意着湖上的状况，同时防止有人和船从湖上离开。

丁天很谨慎地注视着堤坝外的情形，想从中看出些标识性的东西，从而判断这些都是什么人，又在做些什么事情。他目光在所有可辨识的点上一一扫过，却发现这里没有一件东西也没有一个人可以显示出具体身份和来历。就算是黑衣人，他也无法确定到底是不是之前袭杀自己的黑衣人。

专注地偷窥和搜索，会疏忽其他方面的危险。正在向丁天靠近的危险他本该提前想到：堤坝外面的大场面，要想不被别人发现，怎么都不可能只巡查防守堤坝的一侧，另外一侧也应该会有巡查的人手，以防止有人接近堤坝。

十几个黑衣人距离丁天已经很近了，他才有所觉察，这还是因为其中一个黑衣人踩断根枯树枝惊动了他。晚秋季节树上的枯叶已经很难遮掩住身形，只能微微移动尽量将身体藏在枝杈后面。但是这个样子的话他就有可能暴露在堤坝外的巡查队伍眼中，高出堤坝的树上多了个大白茧子很容易引起别人注意。所以丁天很是懊悔，他的直觉告诉自己这回行事大意了，也急躁了，之前未能很好观察周边情况，未能选择更为合适的窥看点。

堤坝外的巡查队伍正在往这边接近，堤坝内的十几个黑衣人差不多已经到了树下。天色不算晴朗，光线却一点不会影响视线。丁天屏住气，眼睛始终盯着那十几个黑衣人的脸，只要他们中有谁稍稍往上抬眼皮，丁天就会毫不犹豫地扑下去。因为那是一眼可见没有侥幸的结果，只能以最快的手法格杀，以最快的速度突围。

有一个黑衣人似乎听到些动静，抬头看去。好在他视线的方向不是丁天，而是丁天右后侧小土坡上密匝的矮枝毛榛。就在那黑衣人抬起头的瞬间，丁天僵在了树杈上，这张脸他认识，虽然不记得叫什么了，但却清楚记得这是自己在择训院训练挑选送入羽林卫的。然后他从其他黑衣人并未抬起的脸上看出，其中还有几个也同样是择训院送入羽林卫的。

之前他看出袭杀他们的黑衣人有着和羿神卫同样的攻杀路数，但他从没敢想过那会是真正的羿神卫。所以在遇到莫鼎力后并没有跟着他一起进湖，而是依旧独自追踪黑衣人，要查明其中真相。而现在这些认识的脸已经很大程度地说明了问题，是问题更大的问题。羿神卫是从羽林卫中再选的，也就是说择训院选入羽林卫的人才有机会成为羿神卫。而袭杀丁天的人可以确定是择训院选入羽林卫的，用的是羿神卫的招数，得出的结果只能是袭杀者就是羿神卫。

黑衣人从树下走过、走远，这对丁天来说是一份幸运，让他来得及一个翻身倒挂在树杈上，这样就恰好低于堤坝的高度，躲出外面那队黑衣人的视线。那队黑衣人中有的也警觉地看到了榆树的突然颤晃，但算算堤坝另外一边的巡查队伍也该这个时候经过这里，就没有多管。

丁天倒挂在树杈上好一会儿，这样可以以一个静止的状态查看周围是否还有其他危险存在，另外他也需要这样一个状态把自己翻腾的思绪平静一下，想想自己下一步该如何去做。但是不管倒挂的状态还是翻腾的思绪，都是会影响观察力的，所以他没能发现密匝矮枝毛榛后面有几双眼睛和几支箭锁定了他，其中有双眼睛不仅在矮枝毛榛后面，还在狰狞面具的后面，看丁天的感觉就像在看一只瓦罐中的蟋蟀。

终于，丁天在倒挂中理清了思绪：自己也是给捉奇司办事的，羿神卫也是给捉奇司办事的，但他们袭杀自己的队伍却绝不是误会，而是阴谋，或者说生怕阴谋败露。

江上辉去追谋反的吴勋笺，过程中肯定是看到了些什么。吴勋笺被乱箭穿身而未被活擒，这可能是掩盖阴谋的做法。一个地方上的武将，竟然敢起兵谋反，背后肯定是有强大的支持，而他一死，也就再无办法找出背后的支持者。江上辉应该看到了是谁杀死的吴勋笺，那么就不难推断出谁是灭他口的支持者。所以江上辉始终都不肯说出自己见到了什么，正是害怕惹祸上身，但是他怕惹祸祸却会找他，最终仍是成为被灭口的对象。

现在追查下来确认是羿神卫实施的灭口，这符合捉奇司的一贯风格，也符合赵仲珥的一贯风格。吴勋笺死后据说非但未曾定下谋反罪名，反而还以抗击异族侵犯的英名得到封赏，这种操作满朝上下也只有赵仲珥可以做到。

而逃出袭杀后自己又莫名其妙被通令缉杀，这也只有捉奇司能够轻易办到。

接着丁天又想到猰貐坟那次的行动，自己带着假冒的十八神射、带符提辖，是作为替死的幌子。鲔山救助赴西夏使队，最终的功劳成了天武营的。现在想来这完全可以理解，大部分的黑衣人都是天武营兵将，为了掩饰他们进入金国的真实目的，赵仲珥这样做也是顺理成章。

从树上滑落、踩定实地后的丁天有一种很笃定的感觉。他庆幸自己没有跟着莫鼎力走，因为莫鼎力目前也在捉奇司，是人是鬼都未可知。他庆幸自己执着地追踪黑衣人，不仅发现了遭遇袭杀的真相，还发现到这里正在酝酿着更大的阴谋。

现在捉奇司这一线已经没一个能信，自己是被缉杀对象，地方官衙和三法司也行不通。所以他决定马上设法联络禁军指挥使府，因为他职务本就是禁军教头，另外从刚刚所见的规模庞大的场面可以断定，此处酝酿的阴谋已经不是地方官衙能够阻止的。而枢密院和兵部不可能轻易调动，也容易打草惊蛇，因此由禁军出动处置最为合适。

白色茧子般的丁天跌撞着离开堤坝、离开湖边，到这一刻他才感觉到伤口的疼痛和无比的疲累，但也深深体会到自己生命的重要性。

矮枝毛榛后面的面具人微微摇下头，所有锁定丁天的弓箭都收了起来，所有锁定丁天的目光就这么静静地目送他远去。

天是淡蓝的，水是淡黄的，淡蓝和淡黄之间的黑褐色，是一艘歪扭扭的军船。

小糖人从最下面一层的底舱又拉上来两袋面粉，嘴里还在唠唠叨叨："你们也不帮帮忙，还不知道要在这湖上混多少日子，肚子总得是饱的才成呀。"

死鱼摇下头："朱老大不是说过吗，最多是到下个月月圆潮起之时。虽然还有大半个月，但你一袋袋地拖上来那么多的面粉，都够我们四个人吃上一年了。”

“你懂个屁，这船上有大老鼠。底舱里装运的粮食不少都被咬破袋子糟蹋了。想想华蓥三城那些老鼠一样的毒变人，老鼠动过的面粉你还敢吃？”小糖人做山中贼时没少吃野食生食，现在变得如此谨慎，倒确确实实是被毒变人吓的。

死鱼点点头，然后又摇摇头：“其实距离潮水时日还早，没吃的了也可以临时靠岸补充的。再有这几天也能遇到过湖的船只，向他们匀买一些也是可以的。”

“不行不行，要想发现别人不知道的秘密，那么就得先让自己成为别人不知道的秘密。”袁不毂从斜得厉害的瞭斗里探出身来。船体歪斜，航室上面的瞭斗更斜，船摇晃得稍微厉害些，感觉都会把里面的人泼出来。“如若是靠了岸或者与其他船只交涉了，我们这外相特别的船只马上就会被别人到处传说，这就相当于把我们的行踪告知给了正在实施破水局的人。然后主动权就全在他们手中了，可以设法避开我们、设局消灭我们。总之再要想发现他们的匙眼就千难万难了。”

洞庭湖水面茫茫，目光持续见到的都是无变化的单一景象，很容易让人情绪焦躁。加上在这样的湖面上转了近半个月时间，还始终处于专注紧张的状态，若没有极好的心性，是很难习惯这种状态的。

袁不毂还好，做过木匠的人性子一般都会比较沉稳淡定，而且他经历过多次孤独绝望的境地，更是把心性磨砺得无比强悍；朱满舱就不用说了，洞庭湖就是他的家、他的饭碗，在湖面上荡一年都不会有啥不适反应；小糖人差点，但他在山林中也常会遇到深沟密林中无变化的单一景象，目前还算适应；而死鱼以往是在大海上做活儿的，海上的这种状况比洞庭湖中更为严重，他本该是几个人中最能适应的，可偏偏就他显得很是不安，时不时会冒出些怨言，流露退缩意思。

“真是奇怪，都快半个月了，那些做破水局的杂碎始终都没有出现。按说这么大的一个局就算只剩匙眼未填，收尾的工程也必定不小，该提前出现动静的。”死鱼语气中透着股烦闷。

“洞庭湖太大，应该是我们还未找准点位。”朱满舱皱着眉头，他也觉得事情好像并非想象的那样。

“也没见附近驻军和湖上水军有什么动静，看来莫鼎力那边的呈报未起作用啊。啊呸，他也是个鼓气的蛤蟆撑不住台面。”死鱼狠狠地吐口口水。

没人搭话，朝堂上的事情他们不懂，更无法操控，有耐心就等，没耐心就索性不抱任何希望。

“要是临安那边没有反应，就算找到了匙眼也是白搭。凭我们几个怎么都没法阻止他们启动局势，倒不如实实在在提前上岸去劝周围百姓离家避灾。”死鱼这个建议倒是得到大部分人的支持，朱满舱和小糖人都停下手里做的事情，扭头看向袁不毂。

袁不毂在瞭斗里摆弄着箭支，他是在将它们进行一些改制，其中有两支飞翼箭已经改好，是在箭杆上加了一个可伸缩的单翅。这是袁不毂从扇鳍飞蛇飞射空中悟出的，单翅可根据箭射出的力度自行伸张大小，劲强则直飞，劲弱便会带动箭支掉转方向。原来他咬箭尾羽也曾让箭微微转弯射杀敌人，但这飞翼箭肯定和咬尾羽不大一样，它可以真正实现大角度的转弯。

现在袁不毂手上正在改的是另一种具有强劲击穿力的重头卡扣箭，这种箭的箭头要比平常的箭坚硬，且重了三分。这是因为在箭头侧面加了一对弹片，在射入后遭遇最大阻力时弹片会弹出，卡住箭支，这样就能固定得非常牢靠。他觉得这种箭在下一次遇到溺魂船时应该可以派到用处。

专心改箭的袁不毂觉察到其他人都看着自己，于是放下箭抬起头来：“我刚刚改了两支会转弯的箭。箭能转弯，人更要学会转弯。死鱼说得没错，如果再找不到匙眼，官府和驻军也没有反应，那我们就只能上岸了。上岸一个是可以转移百姓，再一个可以直接去找那些纤夫。没了纤夫拉船入匙眼，这个破水局至少无法准确启动。”

“你说再找不到匙眼再上岸，也就是说接下来我们还得继续找。但我们该找的地方都去过了，什么结果都没有。”死鱼抓到袁不毂话里的匙眼了。

“这件事情同样要转个弯。”袁不毂从瞭斗里站起来，往远处隐约可见的湖岸指一下，“我们确实查寻了很多点位，但这都是点状分布的寻找，就像朱老大说的是在捞丢进湖里的针。刚刚你们说要上岸提醒了我，拉船入匙眼，人是要在岸上的，这样的话那船肯定不会离岸太远，也就是说匙眼就在湖岸的附近，至少也是在实地或山岛的附近。”

“我们可以不用上岸，就保持在距离湖岸一定距离的水面上走一圈，这样肯定可以找到些异常。”朱满舱毕竟是走圈线的挂帆老大，一下就想到袁不毂是想采用这种拉网式的追查。

“洞庭湖那么大，选几个点走下还行，要走圈线且还要一路把可疑的景象查看清楚，就凭我们这船的船速，估计到月半潮起时，连半圈都走不下来，到头来还是白费劲。”死鱼又打退堂鼓。

这其实不算奇怪，朱满舱和小糖人且不管治水本事学得怎样，他们都算得齐云盟的人，面对即成的破水局，全力以赴去阻止是职责所在。袁不毂手中掌握着淮王金字圭，然后又从成长流和老水鬼的所托所述中获益匪浅、悟到颇多，现在也可以算得治水行中人了，而且他心地善良，总是牵挂百姓苍生的命运生计，所以也把阻止破水局作为自己必须的担当。唯独死鱼是海上渔家，和这破水局的事情没什么关系。

“走圈线不算坏事，真要遇到异常情况，我们可以就近靠岸逃走。”小糖人的想法很实际，而且这话可以打消死鱼的些许顾虑。

“其实走圈线还有个好处，就是只需走北圈线。”朱满舱挺一挺他鼋鳖般宽厚的脊梁，很是自信地说道，“南边圈线我常走，可以断定没有异常。单走北线，可以省下一半时间。”

“那么从哪里开始？”死鱼不知是被两个人说服了，还是出于一比三的无奈。

“从荷花坞开始吧。南圈线是到小鱼码头结束，北圈线是到荷花坞结束。”

袁不毂盯着朱满舱:“南北圈线为何不设同一个终点？”

“这是因为这两处之间有一大块突出到湖面的地块千马涂，北圈线若绕过这千马涂到岳西滩上岸，要多花一天的时间，不如直接从荷花坞下客，然后从岸上走。另外我和你们说过，千马涂以及周边的湖面属于樊大善人私产，在那里行船捕鱼是要缴纳高额例银的，行船的、坐船的都不划算。这善人其实最是不善，为富不仁、横霸湖上、苛剥民财。”说到这里，朱满舱猛然间意识到些什么，“樊大善人如此豪富还盘剥民财，莫非是在给此处的破水局支出费用？”

“你意思这樊大善人是破水局的操控者？”小糖人觉得不大可能。破水局的幕后操控者不仅要有钱，还要有权，否则地方官府的耳眼无法掩蔽，更不可能指派黑衣人的行动。

“就算不是操控者，那也可能是专为操控者打理财物的。还有，千马涂的水面和地界，随便找个角落就能做很多别人不知道的大事。”

袁不毂把手中的箭往瞭斗杆上一扎:“去千马涂！”

急冲岸

时间紧迫，袁不毂他们连夜急赶，差不多是在辰初赶到千马涂的附近。据朱满舱说，千马涂附近有樊大善人家的教习、家丁设游哨和浮卡，专收过往船只踩水金，遇到捕捞的渔船，会把渔船大部分的收获收作赁水金。不过今天倒是有些特别，他们的船一路畅行，连个翻白肚的鱼都没碰到。

沿着千马涂往北转过去，又行了半个多时辰。天已经全亮了，但日头被掩在云层里，视线算不得好，湖面这边水面平阔倒还看得清楚，湖岸那边却是混混浊浊不知道堆积了些什么。

“这是什么地方，岸边长的是什么特别的东西？”袁不毂从瞭斗里探出身来问朱满舱。

“这是到了千马涂的北钩角，从这边再往北去就出了千马涂到达荷花坞。这北钩角其实就是个水湾，东边湖岸连着南边涂地有半圈堤坝，北边荷花坞有一矮坡支出。人家说这堤坝和矮坡叫钩心斗角，所以起个容易记的名字北钩角。”

“那岸边有什么特殊建筑或树林吗？”袁不毂是想问这个。

“别说，那一处起伏连绵的倒真和古夜郎的山顶坟场有些像，我估摸应该是树林，但颜色怎么是灰白色的？”小糖人抢先发表了看法。

朱满舱没有马上回答，而是手搭凉棚遮额头仔细看了看，最后也不十分确定地说道：“没听说北钩角有大片树林呀，这树林子又不是一天两天就能长起来的。我瞧着像是雾气，就像积云荡那样的团雾。但是这边并没有大片芦苇拢聚水汽，而且团雾多出现在初冬初春，季节也不对呀。”

“那会不会是烟？我怎么闻到一股松油柴木的味道。”死鱼说着话又耸鼻子嗅闻两下。

“是有烟味，那就是团雾没错了。这里虽然没有大片芦苇拢聚水汽，但如果燃烧了大量的柴木，烟雾和扬起的木灰也是会起到同样的拢聚作用，将水面蒸腾的水汽结成雾气。然后北钩角两面有堤坝，一面有矮坡，是藏风聚气的格局，可将很快出现又很快吹散的团雾长时间保持。”朱满舱这回确定了。

“湖边上燃烧大量柴木，难道是有船只遭遇火灾了？或者是在这里烧制些什么。”小糖人眨巴着眼睛。

“还有一种可能。燃烧大量柴木为了照明，在连夜做什么大场面的事情。”袁不毂说道。

“我知道你想说什么，但是不可能。这个位置没有任何激流水道，铁定做不了匙眼。”朱满舱拍着壮实的胸脯。

“不猜了，我们凑近些看看不就知道了吗。”好奇心让小糖人变得勇气可嘉。

“这个恐怕不妥，不清楚团雾之中有些什么就冒然而入，若真的落入虎狼窝中后悔都来不及。”死鱼很理智，不愿意冒这样的风险。

“你不是一直都想上岸吗，进那团雾就是往岸边去的，到时候不管雾里有什么，你径直往前冲就能遂了你的愿顺利上岸。”小糖人给死鱼抛了个极具诱惑力的甜果子。

死鱼不是傻子，就小糖人的话忽悠不到他。但这个破损的军船始终让他有种不安的感觉，莫鼎力那边无果更是让他觉得希望渺茫。凭他们几个人和这艘破军船肯定无法阻止破水局的运行，所以真要有个机会可以把这里的事情丢掉，不算坏事。

“想什么呢？你现在应该盼着团雾里有些蹊跷才对，那样你才能合情合理地顺利上岸。要是什么都没有，那我们还得走圈线。”小糖人又补一句。

“行吧，反正是死是活我就闯这一回了！”死鱼终于动了心，他把舵叶一偏，帆叶一转，军船对正北钩角直驶过去。

就在军船已经很接近团雾的时候，突然有股强劲湖风吹来，死鱼果断调整帆叶，借着这股风将船提速直闯入雾中。这一刻所有人都提着心，因为不知道团雾里面有什么。而船的铁护头已经在冲出水营时炸掉了，再经不起剧烈撞击，搞不好最后真就得在这里无奈上岸。

湖风强劲，可让船加速，更可将团雾吹散。团雾本就聚集得快，移动得快，散去也快，只要有风一搅，让木灰浮尘上的水汽化成水滴，脱离沾附往下一落，整个雾团就像揭去的幕布一下子不见。

团雾不见了，太多的东西就能看见了，一个让所有人惊骇的巨大场面顿时展现在袁不毂他们面前：就在这个北钩角的大水湾中，有无数的小船，有不少的大船和军船。但最让他们惊骇的是两艘巨大的溺魂船，就躺在搭建的木平台上。

看得出，这里的人和船已经忙碌了一夜，篝火、火把、灯盆、烛笼都才刚刚熄灭，仍有袅袅的轻烟在飘散着。忙碌了一夜的人睡意浓重，反应缓慢，袁不毂他们的船径直闯入其中，竟然没有一个人发现和告警。

直到袁不毂他们的船一直往前、收不住撞翻一条小船后，人们才意识到这是一条外面闯入的船只。于是螺哨声、角号声四起，另外还有金属的敲击声和人嗓发出的喝骂声。前者是负责望风的哨卫发出的，后者是做完事正在收拾的役工发出的，但不管前者还是后者，告警的目的都一样，要将袁不毂他们的船拦下。

“快跑！别让他们兜住了。”逃跑是做贼的特长，小糖人根本没看清怎么回事，就已经确定必须以最快的速度逃出去。

其实根本不用小糖人说，死鱼完全清楚眼前状况，所以他依旧保持船的航向状态，全速通过了北钩角中大小船只铺开的摊子，从两艘躺着的巨船旁边擦过，直奔岸边而去。

“快追，把那船截停。”“拦住！前面的拦住。”……北钩角里一片混乱，大船来不及启动，溺魂船仓促间更是无法起身，小船虽多，但主要用于警戒和防止有人外逃，都分布在水湾的外围，靠近湖岸这边只有零星几条协助水面运送的船只。所以眼下状况是袁不毂他们的军船急速往前，一大片的小船在后面紧追。

袁不毂他们也都有些蒙，这状况出现得太过意外。找匙眼找了这么久都没有结果，猛然一下就闯入了别人的老巢。好在死鱼憋着劲儿是要往岸边去的，那些小船提不起速度，估计在军船到达岸边时仍会落后很远的距离。

“不能往岸边去！这里是长坡滩，离着岸边很远就会搁浅。”朱满舱朝死鱼高喊道。

“搁浅了就用你的客船上岸。”死鱼竟然是想好的。大船搁浅后如果下湖涉水上岸，基本可以确定会被小船上的守卫杀死在湖边浅水中，但是用朱满舱的客船上岸，仍是能够在上岸时落下他们一段距离。

“不行！上岸是找死！”袁不毂边说边从瞭斗中下来。

死鱼身体移到一侧盾板的边上，让开船上的遮挡往前看去，他看到堤坝那边至少三个方向有全副武装的黑衣人往湖边跑来，跑动中已经刀出鞘、箭上弦，做好随时发起攻杀的准备。

“这回可是被那贼坯子害惨了。”死鱼嘴里骂一声小糖人，手中缓缓转舵，让船沿湖岸浅水绕个大的弧线。已经到这程度死鱼仍是没有死心，他想让船往湖岸一侧走一走，看其他位置有没有机会冲上岸去。

军船的船身从湖底擦过，带起一道浑浊水线，这样的拖拉让船速很快降了下来。而后面追赶的小船却可以在浅水区保持原有速度，很快就对军船形成包抄态势，离得最近的几条小船已经抛出锚绳钩住军船。

“打他们，用炮打他们！”死鱼朝着小糖人喊。

“打不到，离得太近了。”小糖人焦急地回道，“连火雷子都没法用，这么近的距离，炸了人家船也会震到自己船，我们这破船吃不消了。”

他们这些天将船舱里的火炮都搬了出来，在船上各处进行了安置，可对船头船尾以及两侧的敌船进行打击。但是没一个火炮炮口是朝下安置的，这样就无法打击到近距离的敌船。而且小船用锚绳将自己与军船拉近之后，袁不毂想用弓箭都需要将身体探出船舷才能做到。这样的射杀对他自己来说也是非常危险的，不仅可能会因为船体不稳摔下去，还会成为别人非常明显的射杀目标。

军船上的人焦急却没有好法子，人家的小船则在继续，很快就又有几条小船抛锚绳挂住军船。

“不要沿湖岸走了，快掉头出去！被他们缠住我们就死定了。”朱满舱看出了那些小船的意图。他们这是湖盗劫货船的方式，用小船将大船拖缠住，让大船无法加速逃脱，然后再攀爬大船杀人抢货。

死鱼这时应该也意识到了这一点，推舵把、转帆叶，将正在绕行的弧线改成折转。折转后军船控制得并不太好，再加挂上的小船越来越多，拖缓了速度拉偏了方向。眼见着军船歪歪斜斜地越行越慢，并且朝着左边那一片木平台撞了过去。

“要撞了！都抓稳了！”死鱼高喊一声，然后猛然转舵。

船撞在了木平台上，但不是军船，而是挂住大船的一些小船。被小船挂住肯定不行，但是这些小船没法用炮打、用火雷子炸，所以死鱼才采用这种方式，利用木平台将这些小船撞落下来。

撞击的效果挺好，有两条小船被撞翻，还有两条小船为了不被撞翻丢掉了锚绳。但这么一撞之后，军船也差点完全被拉停，而且经过这么一缓，另外一边又有更多小船将锚绳挂上军船。

死鱼急了也慌了，自己的办法显然得不偿失，于是舵把再推，船朝着另外一边的木平台过去。但这一回速度已经无法提起，只是将那些小船推压到平台上，可这并不能将小船撞翻，也无法让锚绳松脱，反变成军船拖着一大串小船慢慢地在平台上摩擦。

袁不毂快速出箭了，就像给馒头点红点一样，箭箭命中、箭箭要命。准确的射杀让后面继续追上来的小船无法靠近抛挂锚绳，还有就是抢先将两边木平台上用各种武器和方式向军船发动攻击的目标一一解决。但是更多的小船还在往前拥，平台上也有更多的人在对军船发起攻击，岸上的几队黑衣人顺着木平台到岸边的栈桥正在急速赶来，眼见着就会赶到。

军船越来越慢，除了拖着一大串小船在木平台上摩擦，还有风向水流的原因。刚才一阵湖风是往岸边吹的，可以借势直冲。现在要往北钩角外面去，这就变成了逆风。逆风加小船拖拉，还有两边不断增强的攻击，袁不毂他们这回真成了陷入泥潭的石牛，怎么都无法脱身出来。

烧钩角

“对了，可以用面粉烧他们！快帮我搬面粉！”小糖人趴在他搬上来的面粉袋后面躲过两支箭后，突然想起一个对付小船的法子。

“把面粉袋扯开，从船尾往下撒。”小糖人把面粉袋横搁在尾舷上，手掌一翻亮出小划刀，在袋子上横竖一划。湖风吹过，十字型破口的布片掀起，面粉飘飘洒洒落下去，弥漫成团雾。

旁边朱满舱不知道小糖人什么意图，但很听话地拎两袋面粉跑到船尾，也都横搁在船舷上。小糖人过来刀子一划，这两袋面粉也立刻飘洒而落。

“再去拿！”小糖人吩咐朱满舱的同时将火筒掏出，开盖吹燃，点着旁边一支火把，等朱满舱再将两袋面粉撕开撒落下去时，他将火把随着面粉一同扔下。

火把的火苗变成一个大火团爆燃开来，在面粉飘洒的范围整个炸开。这种爆炸虽然不像火雷子那样碎铁碎石四射，但爆破的力道却也不小。一些人被气浪直接掀飞到水里，还有一些虽然没有落水，也都被爆燃的火团燎烧到。脸焦了、眼盲了、头发衣服火苗乱窜的比比皆是，一时间惊叫声、惨呼声此起彼伏。小船落满零散的火苗，其中有几叶船帆和锚绳也都烧了起来。

小糖人自己也愣住了，他只是有一次夜间偷窃商队，见商队的人直接用面粉做饭烧到自己，所以知道面粉是可以燃烧的，却没想到还会出现如此威力的爆炸和爆燃。军船像一口气憋了许久后突然吐出，往前轻轻一窜松脱了许多。

“继续，快！”袁不毂也拖了两袋面粉到了尾舷。刚才那一记爆燃吓到了对方那些攻击的人，让袁不毂腾出手来帮忙运了两袋面粉。

又五六袋面粉撒落下去，这一回不曾用火把点，也没出现爆炸。纷散弥漫的面粉是被之前炸开后散落的火苗点燃的，然后由下而上烧成持续的大片火团。第一次爆燃之后军船已经摆脱了大部分小船的拖拉，持续燃烧后余下的小船也都丢掉锚绳迅速划开，竭力远离面粉弥漫的范围。

虽然第二次的火团没能点燃更多的小船，但是与木平台上的散落火苗连接后，火势快速延伸开来。这是因为水上使用的木料为了防腐都会刷上几遍桐油，木料中渗入了油料会变得非常易燃。

对方果断放弃对袁不毂他们的拦截和攻击，改为全力救火，这样的火势延伸开，有可能将他们的努力全都毁掉。

“火势太猛了，救不了的。赶紧离开，让船起身离开。”有人很明智，下令采取了另外一种自救方式。

军船此时正好行到木平台的中间位置，从袁不毂这边可以看到巨形溺魂船侧躺后里面的情况。这真的是一个中间有陀螺架杆的陀螺船，船里叠装了满满的石块。

听到指令后，有很多人都往溺魂船那边跑去，解缆的、退楔的、推陀螺的，各司其职，他们是要在最短时间内让溺魂船竖立起来离开这片水湾。

“死鱼，把船放缓，贴到木平台那边。小糖人，快去点炮，打那溺魂船，别让它起来。”

听到袁不毂的吩咐，小糖人马上纵身跳进船舱，那里的火炮炮丸火药全都装好了，只需点燃药信子就能炮击。

但是船没有放缓，也没有靠上平台，而是直接加速往水湾口子外面驶去了。小糖人下到船舱里时，所有安置好的火炮炮口都已经错过了炮击溺魂船的角度。

袁不毂猛跺下脚，这个机会错过真的是太可惜了。否则只要打断溺魂船的陀螺架，溺魂船就得躺在这里一年半载起不来。而现在再要把船转回去也是没用了，那溺魂船固定的拉缆、楔子拆得差不多了，随时都会忽地一下竖起身来。

看着再没其他办法，袁不毂只能往船尾急走几步，从身上扯下一挂布带，系牢在刚刚改制的箭支上，然后朝着那溺魂船射去。改制的箭支钻破溺魂船粘附了贝砾的坚实船壁，牢牢地钉在上面。

当袁不毂准备向另一边的溺魂船射出同样第二支改制箭时，死鱼早已经找准水流和风向，将船的速度提起，远离了木平台，加上箭支绑带了东西加重了分量，就算射程还能达到，这箭估计也是钉不进船壁的。袁不毂只能放下了弓箭。

军船东撞西突，又撞翻两只小船和一些水面装置后，终于冲出了北钩角。而两艘溺魂船和大片的其他船只也都跟在后面一同挤了出来，就像从失了火的羊圈中拥出的羊群。此时不仅木平台被彻底引燃，两边的木栈道还将火势延伸到岸上，将湖边的枯苇干草全都点着了。很多太靠平台和岸边的船只都没跑掉，全陷没在了火海之中。

死鱼并不知道后面那么多船是和自己一样在逃命还是在追击自己。所以他只能继续以最快速度往前行驶，尽一切可能摆脱后面的船只。直到再看不见后面有一个船的影子了，他还是像张绷紧的弓，全神贯注把船往前急驶。

一片树叶飘落在石磨茶桌上，随着树叶一同落下的目光看到茶桌上的茶杯已经空了，于是赵仲珥的身子离开椅背，弯腰去拿茶壶斟茶。他在吃喝上的规矩很重，打水、泡茶、倒茶都是自己亲自动手。安排在园子里的道童说是伺候他泡茶的，实际只负责烧炉子。只要水一烧开，赵仲珥便会示意他离开。

就在赵仲珥的手刚刚搭到壶把的时候，一个阴影遮住了他。赵仲珥缩回了手，他能觉察这阴影是个人的影子，但是这人进来得悄无声息，圆月门外面的书童也没出声示意，这让他心中不禁有些发颤。

眼皮带着微抖慢慢抬起，站在他面前的是李诚罡。他走得有些近，正好把从树顶上落下的少量阳光遮住了。

赵仲珥的手缩回袖子里，捏住一块不属于碧玉手串的碧玉，那是一把短剑剑柄上的装饰。这是把直锋双槽缠枝花造型的短剑，尖窄锐利，易藏易出，俗名寻骨缝。

摸一摸剑柄倒不是要对李诚罡怎样，而是为了平复一下心里的紧张。李诚罡这么悄无声息地突然出现在离他很近的地方，确实吓到了他，难怪古时多疑的枭雄会出那种睡梦里杀人的事情。

李诚罡的样子很是反常，以往很是随意洒脱的一个人，今天表情凝重得像是在给谁送葬。

“进来时没见到人？”赵仲珥恢复了状态，平静问道。

“见到了，还挺多。”

“道观这两天要做大祭，没想到会有这么多人来到这荒僻之地参与。”

“人多了也不见得不荒僻，首先这路就比荒僻处更难走了。”

赵仲珥觉得李诚罡话里有话，但他反是将摸着剑柄的手伸了出来，拿起茶壶把茶斟上，同时一语双关地问道:“你有事？”

“嗯，没事，但很快就会有事的。”李诚罡的话像是有些混乱。

“和运炮船有关？”

“应该有关吧，都是在湖上。”

“没接到暗点呈报，是哪边过来的信儿？”

“哪边的都有，我这不就正在给你呈报吗。”

赵仲珥菩萨般的笑意渐渐散去，李诚罡的阴阳怪气让他觉得周围一直存在的锋锐之气更加灼盛。

“那你拣重点说，我今日有些心烦，不想再添烦乱。”赵仲珥的语气变得凌厉起来。

李诚罡则微微一笑，弯腰伸头带些神秘状地说道:“重点是有人要谋反。”

“这个是意料之中，从运炮船失踪就能想到这一层。”赵仲珥对这个信息显得很是平静。

“谋反之人将破损洞庭湖水形，毁国之鱼米重仓。”

“洞庭湖小天下，既然选在洞庭湖动手，这个也能想到。”赵仲珥反是放松身体轻轻靠上椅背。

“正是、正是，听说那谋反之人登楼夜观小天下，穿戴的是乌金氅、金牛冠。”李诚罡的语气像是在感慨。

赵仲珥没能靠上椅背，身体在离着椅背还差那么半指的间隙突然停住。像这样半靠半不靠的样子腰背会非常吃力，除非是身体突然间变得麻木和僵硬。

过了许久，赵仲珥才长叹一声，菩萨般的笑脸变得苦涩无比:“唉，平生唯一做过的轻狂事，就是当初效仿太宗皇帝穿戴乌金氅、金牛冠夺了个淮王金字圭。那也是你查出的密宝，抢到手后却没有像你说的大用处。”

“夺金字圭不算做错，那真的是好东西。只是此行此道中人都只能弄懂一二，外行又如何能悟出真章。而穿戴乌金氅、金牛冠倒真是犯了忌讳，至少成了个别人可摆弄的把柄。”李诚罡说道。

“看来你不仅知道金字圭里有何真章，而且还知道如何摆弄那把柄。”

“知道，知道也不能说，这都是要自己悟的。那把柄不是我能摆弄的，而能摆弄的人怕是不会再给你时间去悟了。”

赵仲珥身子微动一下，是想打破麻木和僵硬，但是没有成功：“时间都不给了，看来这是场要命的摆弄。”话说到这里，赵仲珥气息变快了。他想到捉奇司飞信道最近再无密信传递到自己手上，想到外面这几天出现的很多据说是参加祭典的人，还想到李诚罡刚刚进来时直走到自己身边都不曾有人吱一声，看来自己的感觉没有错，危险的锋芒已经架在了自己脖子上。

“其实乌金鳖、金牛冠谁都可以穿戴，不一定就是我。”赵仲珥很难得说出这样自我辩解的软话。

“但是能够让人犯忌讳的只有你。”李诚罡这话已经很明显。赵仲珥是皇帝赵昚的亲弟弟，这关系和当初的赵匡胤、赵匡义是一样的。而赵仲珥掌控了捉奇司，手脚触及大宋的每一个角落，这比当初的赵匡义有过之而无不及。所以真就只有他有穿戴乌金鳖、金牛冠的资格，也只有他有穿戴乌金鳖、金牛冠的理由。

“忌讳要有实事垫高了，才会砸破脑袋要人命。”这话又软了一层，至少在犯忌讳这点上他认可了李诚罡的说法。

李诚罡方正的脸扭曲一下，露出个不大厚道的歪笑：“那我大概说说，你也帮着斟酌下这些事情会不会把忌讳垫高了。淮王金字圭，是淮王堂治水的秘笈，据说可用于整治水系龙脉，被王爷您多年前将其夺取在手并一直掌控。玉盘坨水根穴启开后，其中所得秘密应该也是与水有关，而之后你也确实派人根据其中线索去了猰貐坟，那是理脉神坊的祖地。从那里你得到了一张符图，循着符图你又派人潜入鲔山，进入魂飞海子地下的封豚宫，这是砥流坝楼的祖地，而砥流坝楼正是被太宗皇帝灭门的。此期间发生了华舫埠血案，有人从宫中盗出藏物，对于此事你却未让捉奇司参与追查，很是蹊跷。后来你还收买两河忠义社，从处州夺得破损的石刻两块，通过那上面的线索可以到达淮王堂的祖地天上河。你还设计腾空捉奇司，诱出诈死的成长流，让他临死托付袁不毂去往古夜郎找寻自己门中传人。之后不久你派出杜字甲和带符提辖追随袁不毂去往了那里，从那里得到些什么只有你自己知道。”

“这些事情你都参与了，有什么内情你都知道。你添油加醋地报个流水账，又能说明些什么呢？”赵仲珥的表情显得有些疑惑，他没觉得这些有什么不妥。

“水根穴中起出的牌子上有齐云二字，这其实是当初治水四大家组成的齐云盟的标志。你派出的人先后到过理脉神坊、砥流坝楼、淮王堂三家的祖地，最终又亲自来到第四家定圈水的祖地洞庭湖。这里有从方腊到杨幺耗尽财力物力却未能完工的破水局，要是能将这局继续做成，其影响可将大宋变了天地，最不济也能分割了河山。”

赵仲珥听到这里僵硬的身体猛地一凛，过了些许才慢慢说道：“就算能通过那几处线索寻到这个破水局，要想短时间内完成也是不可能的。”

“范文正公凭赏看一幅《洞庭晚秋图》，写下了《岳阳楼记》，因为那幅图中暗藏洞庭湖秘密，可窥查出此处破水局。这图现在就在捉奇司悟秘阁中。金字圭中所悟，可以继续完善破水局装置，杜字甲拿去天上河验证，得出结果由唯一幸存的带符提辖季无毛转交给你。而其他几处的安排，除了找到尽量完善此处破水局的办法外，还是为了不让别人找到破解此局的办法。”

赵仲珥把所有事情回顾一番，发现李诚罡的剖析环环相扣，最终的结论也合情合理。虽然有些虚言假话、有些断章取义、有些强拉硬连，但绝对是个精彩的故事，而且这个故事不是一般人可以讲的，必须是有足够的底气才行。于是他盯着李诚罡的脸，一字一句说道：“我错了，你从一开始就不是为我办事的，而是给我找事的。”

“我当然不是给你办事的，我是给皇上办事的，你也是给皇上办事的。这一点我和王爷倒是平起平坐的。”李诚罡表情很端正。

提到皇上，赵仲珥麻木僵硬的身体微微一松，软软地靠在椅背上。

跪求助

其实就在赵仲珥发觉有身影遮住自己的时候，死鱼也被长长身影遮住，而且是三个。一直全心全力驾船急驶的死鱼眼中只有茫茫水面，正是因为视觉感光的突然变化，这才从专注中回过神来。

正对他的是袁不毂，空着双手，旁边的朱满舱没拿大橹，但是握着一把船上搬运货物用的铁手钩，而小糖人则在手指间不停翻弄着小划刀。

“你是谁？”袁不毂问的像废话。

“余四。”死鱼的回答一本正经。

“姓余名四，还是余下的第四个？”袁不毂又问，像奇怪的废话。

死鱼闭下眼睛，适应一下被身影遮挡后的光线:“这个问题我以为你会在更早之前就问我的。”

“是的，我没问，因为你暴露的各种异常都不害人，反而是在关键时刻救助了我们。”

“那么现在又干吗要问？”

“因为你总想抛下眼前事情上岸离开，而我们离了你又实在不行。”袁不毂指一下朱满舱，“包括他都说，像这样的破损大船，只有你能操控好。”

“可惜这里的事情和我无关，我犯不上拿命冒险。”死鱼面色死沉，语气死硬，“我的确叫余四，同时也是余下第四个的意思。名字是我自己起的，因为我想成为和三个先辈一样的英雄。我不是大宋人，我来自海外一个小国度，来大宋只是看看风情，交交朋友。当然，情形不对的话我也准备着随时离开。”

“你这准备随时离开也是学了那三个先辈的吗？”

“你能问到这儿，至少已经猜到了八分。梁山好汉征方腊之后，混江龙李俊带童威、童猛出走海外，后来在海外占地称王。我起名余四，意思就是要追随三位先辈成为余存下来的第四个好汉。现在这形势看得我心惊胆战，是到了学他们果断离开的时候了。”

“你来中原大陆应该不只是为了看看，看看又何苦投军？出走海外之人，祖宗仍是在华夏，到一定时候难免会想到回归。你回到大宋应该也是这样的目的。目前的大宋息兵兴业、民富国强，你们只要不是为了夺城占地，随时可归来耕作行商、立业成家。但我估计你们的意图是想从大宋占得一席土地，那么眼前这个破水局，以及破水局之后可能会出现的权力争夺，都会给你们制造机会。所以你不愿和我们一起阻止破水局，始终都想着离开。但这样一来，你和石榴也就没有什么区别了，更不要说什么追随先辈成为英雄了。”

“你小看我了，机会是靠实力寻的。借了这等害人的龌龊手法，我还怕折损了先辈英名。只是我本应该与大宋做对头的，现在对头不做了总还不至于转而为它卖命吧。”

“这话不对，你之前也和我一起出生入死过，因为那种情况下你认为自己不是为大宋卖命，而是为兄弟、为朋友在卖命。同样道理，我们现在做的事情是在替苍生百姓卖命，是在替他们的子孙后代卖命。你先辈是梁山好汉，你也应该知道梁山的道义宗旨，这种状况下他们若在，都会为民舍命的。”

死鱼不做声了，像在咂摸袁不毂的话。

“救人其实也是给自己机会。回归，那得百姓容你；做英雄，那得百姓承认。”朱满舱也劝。

“我不回归、不做英雄，那百姓便与我无干。”死鱼真像一条干瘪成硬板的死鱼。

“替天行道！这一回你就当自己是梁山好汉，不为大宋也不为百姓，你是替天行道！”小糖人也劝。

沉默了一会儿，死鱼慢慢地摇下头：“我的命就是天。”

袁不毂真的有些急了，事态紧急，他必须在最短时间内说服死鱼。于是双手抱连心拳，单腿在死鱼面前跪下：“日月悬肝胆，兄弟共死生。兄弟呀！我求求你了，你就帮帮我吧！”

男儿膝下有黄金，袁不毂这一跪，死鱼顿时慌了神。他立刻也单腿跪下，双手托住袁不毂抱拳的双臂，连声说道：“受不起、受不起，你起来，我帮你就是。”

袁不毂手腕一翻反抓住了死鱼的手臂：“你说帮我了，那就铁定要帮的，英雄言出，天地立柱，不能反悔了。快！我们马上转舵修蛇窟。”

“马上转舵？这么急，不是还有半个月吗？先找地方好好休息一下再说呀。”

“来不及休息了。我们在北钩角见到了两艘溺魂船，和之前我们听说的杨幺沉船有些不同，这应该是用在更大匙眼上的。而杨幺沉船已经是长江最大的水道口，再要大的话就只有蛇吞象的修蛇窟。”朱满舱解释道。

“修蛇窟怎么就来不及休息了？”

“修蛇窟不算江口水道，而是一个梁滩。江中水小，就是个潭湾，江中水大，漫过梁滩后冲流下来，水道更宽、势头更大。修蛇窟的梁滩入湖处有两山夹两礁，就像一个大张的蛇口。而梁滩上水流冲入湖中，天长日久，在此处水底形成了一个大窟。”

“你还是没说为何来不及。”

“过梁江潮和平常水道暗潮不一样，需要上游水下，下游潮上，恰好是在梁滩位置对冲，这才能涌过梁滩冲入湖中。两边潮势虽然都没有单向潮势头汹涌，但上下叠加，再加上对冲力道，合起来的上下潮的势头会大大超过单向潮。这样的上下潮持续时间不长，而破水局也不需要时间长。只要启动了，其中的装置会将初始力道反复叠加。嗯，还有一个就是对冲的潮水是出现在月初而不是月半。”

“月初？也就是明天？你们是都商议好了才来动情动理地诳我的对吧。”死鱼觉得自己上当了。

“不是诳你是求你。你已经答应我了，要做英雄的人不能反悔！而且这个忙是我黄金膝盖跪出来的，你必须帮。”袁不毂生怕死鱼反悔，赶紧用话把他将住。

“你以为你膝盖值钱，我要是不愿意，你把头磕成猪头我都不会理你。”死鱼一撇嘴。

“那你是冲啥答应他的？”小糖人很好奇。

“就冲他没有像对石榴那样用箭对着我。”

赵仲珥在椅背上靠实后，心里也平静了许多。他看看李诚罡，觉得自己应该把话题继续下去，否则会显得自己无能又无助。

“你的故事很精彩，但是破绽也不少。你觉得这么个故事就能给我坐实罪名？”

“我刚才不是说了吗，有些证物已经在捉奇司了。”

“这个我相信，而且应该早就想到的。那一回我请了督水监绘图的老郎中问话，他说鲔山水文图被捉奇司的人借走，而后你一来他再不说话，那借图的就是你吧。还有这《洞庭晚秋图》，你到岳阳就寻查类似图画，并找人仿制原图，捉奇司那图应该就是这样来的吧。好在东西来路是能寻到根源的，我估计有许多图物的来源最终都会落实在你的头上。”

“就算落在我头上也是没用。因为人家都知道，我寻我借都是为你在做。”

“你这话太过牵强，懵懂世人会信，你觉得大理寺、御史台的人会信吗？这应该是你那个故事破绽之外的破绽。”赵仲珥此时冷静许多，思维也逐渐清晰。

“我知道你在想，所有事情你都没有留下坐实的证据，就连证人都没有留下。但我告诉你，所有一切都能坐实。”不知什么时候开始，李诚罡的气势竟然压过了赵仲珥。

“是吗？所有事情是哪些事情，怎么我自己都不知道。”

“呵呵，有很多事情你不是不知道，而是想不到。你从陶礼净查找方九佛带走方腊财宝一事，找准正西和西北方向。再利用《洞庭晚秋图》，找到洞庭湖的破水装置。然而你使用的樊惠丙并不安分，通过孟和找方公公，从宫中套取从前的藏物，被你发现后将所有人都杀死，不留一个证人。杜字甲去往龙头卷子，也是尽数被灭口，只留下个季无毛。成长流被你设局独闯捉奇司，最终也没活得下来。还有不死卒、吴勋笺、江上辉等都是一样。”

“哈哈哈，”赵仲珥发出一阵干涩的笑声，“你没感觉自己越来越不自信了吗？从你刚才说的这些我至少知道了一点，你们真的没有证人啊，哈哈哈。”

李诚罡的脸又扭曲一下，这一回笑得有些羞涩：“谁说的，不是还有我吗，以我在捉奇司的身份，说些有关王爷的秘密人家肯定会信的。”

赵仲珥身体挺一挺，脊背离开了椅背，同时手又摸到寻骨缝剑柄上的那块碧玉。

“当然，你也可以现在就杀了我。但这种饮鸩止渴的方法我觉得你这么聪明的人不会用，因为我死了也就更坐实了你的罪状，连证人都不用了。再说了，如果就我一个证人，我会自己站到你面前吗？还告诉你我会成为让你万劫不复的一个筹码？据我所知，前几日就已经有人赶回临安，在朝堂之上当众呈报你的罪状了，他们的身份和手中的证据比我更加可信。”李诚罡似乎觉察到赵仲珥身体的细微变化。

"既然是谋反的罪名，我不仅不能杀你，而且这时候还不能调动捉奇司的力量替我做些什么，最多是保留保护自己安全的防卫，也不能设法逃走，哪怕是有类似逃走的外出，那都是在替自己坐实罪名。我只能待在这个园子里等着，等着你们的局做成。这也是你今天来的目的。"赵仲珥理智地松开了剑柄，"这样看来我还真就没有渡过此劫的可能了。"

"你真的太睿智了，跟你这么些年真是受益匪浅。"李诚罡笑笑，摇摇头，准备再说几句让赵仲珥死心的话。突然门口有人急步走了进来，凑到李诚罡耳边说了些什么，李诚罡的脸色一下变得非常难看。而此时外面也传来低沉的嘈杂声，是有很多人在惊讶、在议论。

"好像又有事情发生了，不知道这次和我的罪状有没有关系。"赵仲珥说这话时已经看到井口般的天空中快速飘过一缕烟云。

"北钩角发生大火，烟云遮天，是个意外。"李诚罡说得很是含糊，方正的脸也被搓捏了些愁苦的皱褶。

"哈哈，从你的表情可以看出，这不仅是个破绽，还是个死穴。那夜湖鬼烧尸，今晨北钩角大火，这些意外若是毁了破水装置最终无法启动，这无妄的罪状又如何栽赃？而且若我估计得不差的话，意外还在不可控制地持续着。"赵仲珥坐直了身子，脸上重新展现出菩萨般的微笑。

李诚罡往圆月门口走几步，马上又踱了回来。如此来回，像是瓷缸中受惊的鱼，最终一个扭甩，摆着袍襟出门而去。

第八章

舍命冲潮门

修蛇窟

传说修蛇窟是后羿斩下的修蛇的头颅化成，但其实从湖面上远远看去并没有一点蛇头的样子。不过两边山石巍峨对立，颇有气势，中间两座礁石像巨大利齿嶙峋支出，也颇为险峻。整体看虽不像蛇头，却似一张大口。《岳阳楼记》中“衔远山、吞长江”，不知是否因此处景象有感而发写下的。

袁不毂他们的船是从修蛇窟西南方向过来的。死鱼驾船一路疾走，硬是走偏了方向走过了头，在袁不毂跪求之后这才重新调整方向转了过来，又跑了整整十二个时辰才看到修蛇窟。他们的船刚进入修蛇窟的水域，袁不毂就从瞭斗上发现东南方向过来一群船。

“来了，启匙眼的来了。”袁不毂朝下面喊一声。

朱满舱抬头看看日头，低头看看人影:“时辰差不多。江口那边的上下潮未初时开始，潮水过梁滩再冲到修蛇窟大概在正未时。他们时间算得刚刚好。”

“没见到溺魂船呀。”小糖人的疑问很正常，匙眼需要溺魂船来启动，两艘溺魂船没有出现，难道匙眼的位置不在修蛇窟?

“溺魂船难见船形，应该不会和其他辅助的船只一起行动，那样反而会暴露。快看看其他方向，它们很有可能会采用很突然的方式出现到修蛇窟的口子上，这样可以避免很多意外情况。”袁不毂说道。

“可是怎么看？总得有点痕迹可循吧。”小糖人搓着手。

“找寻一挂红色布条。”袁不毂射钉在溺魂船上的卡扣箭，系了他从身上撕下的布条。那布条是他用来包扎伤口的，黑袍客的暗器虽然没能杀死他，却给他留下几处伤口。草草包扎伤口的布条上留下了红色血迹，钉在溺魂船船壁上是个不能隐形的异物，可以作为找寻溺魂船的标记。这个方法袁不毂还是学了丰飞燕的，就和她沿路留丝线是相同道理。

世间事多变化，曾几何时袁不毂是个见血就晕的患症之人，现在却在极力地找寻染了自己鲜血的布条。茫茫湖面茫茫天，这一挂沾血布条或许就是拯救许多苍生性命的救命稻草。

“那些船看到我们了，正朝我们这边过来。”死鱼说的是几条战船，有大有小。它们应该是替溺魂船扫清障碍的，在发现袁不毂的破军船后马上转向围了过来。

“就一根布条真不太好找，离得远根本看不见。还有其他办法吗？”小糖人很快就丧失了寻找的耐心。

“溺魂船需要纤夫才能被准确拖拉到匙眼位置，而这个纤绳不可能是从沿岸一直牵拉着到这里的，必须是到了匙眼的附近才会放下并牵引到岸边，再由岸上纤夫背拉到位。”朱满舱的丰富经验起到了作用，“快找纤夫在哪里，还有牵引纤绳的船只在哪里。”

“那边，看那边，那里有几条小船好像早就停着了，不知是干什么的。”找寻东西谁都比不过小糖人的贼眼。

“可能就是等着牵引纤绳的，不然不会停在岸边和修蛇窟之间的。快，我们也过去，把他们赶走，别让他们把纤绳拖上岸。”袁不毂觉得自己目前能够做的只有这个。

就在此时，船头立着的洞庭鱼鸮尖啸一声扑闪而起。有种说法，夜鸮夜间号啸，是见到了鬼；夜鸮白日号啸，是见到了无数的鬼。

袁不毂虽目力极强，却无法看到鬼，最多是在鱼鸮扑飞而起的瞬间，用眼角瞥到了一抹红色。

“转舵！快转舵！”袁不毂声嘶力竭地喊着。

听到喊声后的死鱼一下扑压在了舵把上，极力将船往旁边偏开。船体发出“吱呀”声，并且随着越来越剧烈的跳动发出更多奇怪的声响，仿佛随时都会爆裂开来一样。而本已经倾斜很多的船体，在转舵偏转后倾斜得更加厉害，袁不毂必须死死抱住瞭斗的支柱才能不让自己从瞭斗里被倒出去。

红色布条就在刚刚的一瞬间中找到了，位置在军船的正前方。这一次溺魂船面对面直撞过来，船头推起的激浪推压着破损军船，让它发出痛苦的呻吟和抖颤。

但痛苦总比毁灭要好，袁不毂及时发现加上死鱼及时反应，让两艘船的船头恰好偏开，在船壁和船壁即将接触时，溺魂船破开的水浪恰好又将军船推开。军船在推开的浪头中大幅度地来回摇晃，瞭斗里的袁不毂不仅觉得自己会被远远扔出船外，还觉得这船随时都可能从船壁破损处整个地掀揭开来。

如此近距离的遭遇不仅惊险万分，更让船上的人一时间不知接下来该何去何从，好在经历过无数次险情的袁不毂果断发出指令:“追上它，不要让它跑了！”

刚刚偏转方向的军船紧接着来了一个陡转，那是只有死鱼才能做到的大满舱。这时船上的人已经忽略了自己对船身的怪响的承受力，他们得先保证自己还能在船上，保证自己不会因为晕眩而把内脏给呕吐出来。

军船逐渐平复了晃荡，但想彻底稳定并不可能。他们跟在巨大的溺魂船后面，始终处在溺魂船拖出的尾浪中间。这种状态是很影响速度的，如果没有特别的动力装置，就只能被前面的船越落越远。

破损的军船慢了，对方从后面追来的大小战船却没有慢，眼见着距离袁不毂他们越来越近，最前面的一艘军船开始使用床弩、案弩进行抛射。这种方式的攻击杀伤力虽然差，但用来干扰船上的行动和船只的控制，还是非常有效的。

袁不毂下了瞭斗，跑到船尾，用三弓床弩对后面追来的战船来了个抛射反击。他的弓射技艺足以将看似射不到的箭射到位，将只能射伤的箭变成射杀。后面战船上两个操控床弩的箭手被钉在了甲板上，其余箭手马上转入隐蔽位置，但船依旧在往前行近。

后面战船的攻击刚被压制住，小糖人马上见机行事冲到船头，将架在船头那门火炮的药信点燃。炮丸准确击中溺魂船，但只是打落了些黏土贝砾的外壳。

“别打外壁，这船用火炮都打不沉。打陀螺杆架，让它停下或走偏。”袁不毂喊道。

“陀螺杆架在哪里？”小糖人问。

“在上面，船体中间，和航室差不多的位置。”

说话间，小糖人已经把炮药炮丸装好，将炮身抬高了一点，这样才能把炮丸往高处打，打到溺魂船上面的中间位置。

“差不多，就这个高度。”袁不毂站在船尾，竟然也能帮助小糖人瞄准炮击的角度。

又一炮打出，落点和袁不毂所要求的差距不大，但是依旧没什么效果，溺魂船速度不减，径直往前。

“让我来。”袁不毂急了，纵身往船头奔去。

到船头时，小糖人正在添炮药，袁不毂赶紧帮忙拿炮丸。两个人配合默契，火炮在最短时间内准备好了。袁不毂竖起食指作为参照对下距离位置，确定不需要再次调整炮口高度仍能打到准确标点，这才果断点燃药信。

这一炮和前面的一样，准确命中但是毫无效果。

“怎么回事？还是没有反应？连个人的声响都没有，莫非真是溺死的鬼魂在操船？”小糖人比袁不毂更加焦急。

“后面追上来了，快躲箭！”朱满舱一直注意着后面追来的战船，见他们又重新展开攻击，立刻高声提醒大家。

这次的箭射得很平直，是有效射程达到后的攻击形式，而且比刚才密集了许多，应该是不止一条战船追了上来。袁不毂他们处境顿时尴尬了，前面的溺魂船打了没效果，后面的战船却越来越近、越来越多，搞不好溺魂船没挡住，自己这艘破船就得被人家搞沉了。

“不对，前面那船有古怪。船是笔直往前的，舵叶像是钉死了的。”死鱼从后面舵位上看出些异常。

袁不毂猛然想到了什么，推小糖人一把：“看看前面那溺魂船有没有之前被炮打过的痕迹。”

小糖人只探头看了两眼，马上就肯定地回复：“有、有，这船像是那天夜里被我打过的那一艘。”

“我知道了，就是那一艘。那次本来是要被它摆击到的，你打到船上面的一炮让它猛然回摆过去，应该是打到了陀螺杆架。但是这么大的船，构造又精巧复杂，短时间不可能重造，所以他们只是简单修理一下，就势改成了无上杆的摆陀。这样的船无法摆击，但可以设定方向一直往前走。不能摆击对他们来说关系不大，反正是用来沉湖填匙眼的，只要准确到位就行。应该是后面那些船将这溺魂船拉到此处水面，然后设定方向让它自己冲入修蛇窟。”

“那不对，这船不是要用纤夫拉着定位的吗。这样自行入位是无法保证准确度的。”小糖人觉得袁不毂的说法有问题。

“不不，如果是一条船，那必须是准确入位填匙眼。但是两条船就不需要都准确入位了，因为其中一条只单纯起堵塞作用，另外一条才是进行启动和调整的。就像木匠做的榫口接，两边的构料必然是一头采用固定榫接，另一头是可调整卸脱的插口榫接。”

“不毂，你别什么榫头、插口了，就直说接下来怎么办吧。”死鱼被后面战船上射来的密集箭支封在盾板下面有些难受。

“我们得摆脱后面的船只，找到另外一条溺魂船。”

“好嘞，你们稳住了，我要转向了。”死鱼说完立刻拉转舵把，军船陡然拐个直弯。这一下把军船横摆在了后面那些战船面前。

船刚刚转过来，袁不毂和小糖人立刻跑向右舷。后面的战船还在往前急追，船上射手们见前面的船突然拐弯转向，不知道发生了什么，全都下意识放缓了攻击节奏，想看清状况。

也就在对方刚刚放缓的刹那，设置在军船右舷的几门火炮连续打出，各种大弩、弓箭也连续射出。袁不毂和小糖人毫不吝啬地把所有装填好的火炮弓弩全都发射出去。

很多想看清状况的射手在顷刻间丢了性命，遭受迎面打击的战船纷纷转向，避开火炮和箭支。而此刻破损的军船也脱离了溺魂船的尾浪水道，很快便提起速度远离了那些战船。

另外一艘溺魂船上没有标记，所以军船是朝之前停在修蛇窟和湖岸之间的几只小船赶去的。那些小船有可能是给溺魂船牵引纤绳的，找到他们也就能等到另外那艘溺魂船。即便找不到，不让他们拿到纤绳，也能阻止溺魂船准确入匙眼。

透双颅

非常意外的是，第二艘溺魂船很轻易地就找到了。因为船壁上虽然没有带血的布条，却有活生生的人。

活生生的人像壁虎，在沿着覆盖黏土贝砾的船壁往上爬。船壁很高，且呈倒斜面，航行中还不时会有起伏颠晃。这种状况下，即便黏土贝砾的壁面比较容易搭手踩脚，但要爬到船上，没有一点攀爬的真功夫还是绝对不行。

“谢天谢地！你看那船壁上的是不是谢天谢地兄弟俩？”袁不毂问死鱼。

“是他们。”死鱼还没回答，小糖人就已经肯定了。他与谢欢天、谢喜地虽然接触时间很短，但是常年钻山林的山中贼，对擅长攀山钻林的人会格外关注。

“石榴不是说这两人已经投靠黑衣人了吗，他们爬上去要干什么？”朱满舱有些想不通。

“黑衣人是破水局幕后操控者的手下，他们做的事情肯定是为了让破水局运行成功。只是奇怪，什么事情需要到这个份上才冒着风险去做？看来他们的计划不够周全啊。”小糖人肥脸上显出些不屑。

死鱼皱着眉头眨巴两下眼睛：“我知道了，那溺魂船上没有纤绳，他们两个爬上去是挂纤绳呢。应该是我们突然闯入北钩角后那场大火将他们全都赶出来了，他们还没来得及给溺魂船挂上纤绳。”

听到这儿袁不毂眉头一挑：“快！追上去！看到修蛇窟右侧沿岸一线的情形了吗？那里有段往湖中伸出的地块，溺魂船经过那里时他们可以把牵引绳扔下去。”

死鱼手搭凉棚看了看，确定袁不毂所说的情况，然后果断调帆把舵，循水流道和风向提升船速，朝着溺魂船急追，逐渐拉近两船之间的距离。

“不大对呀，这一艘溺魂船为何没有小的战船相随？还有我们背后的那些小船为何都没有再追过来？”朱满舱看看周围状况感觉有些不对。

“谢氏兄弟也不大对劲。往船壁上攀爬虽然艰难，但只要找好落点，一步步慢慢上，凭着他们的底子应该是稳当的。但他们却拼尽全力在往上，像是很惶急的样子。”小糖人从谢氏兄弟攀爬的动作看出问题。

“可能是时辰快到了，怕赶不上潮势？也可能怕自己动作慢了，过了位置来不及将牵引绳头扔下去？”袁不毂猜测着。

“不对不对，离潮起还有些时候。经过凸出地块时他们完全可以先抛牵引绳，然后再系绳牵引，时间上也是宽裕的。”朱满舱否定了袁不毂的猜测。

“那会是什么原因？”袁不毂的表情有些痛苦——懵懂又急于知道的痛苦。

朱满舱还未来得及说话，一声鱼鸮的尖啸突然响起，随后肥大的鸟影从船上低飞掠过。这应该也是一种报警的，只是除了它的主人外，其他人无法听懂，甚至有时候连他主人都不知道是怎么回事。

鱼鸮的尖啸让人心中不安，这种啸声他们之前听到过，是在一场可怖的咬噬开始之前。所以袁不毂眼中的线马上在啸声传来的水面上扫瞄，寻找种种不正常的现象。

“那边有乱纹金鳞，是扇鳍飞蛇！”袁不毂的声音里带着一点绝望的味道。扇鳍飞蛇飞不上溺魂船，谢天谢地兄弟俩只有及时爬到上面才能躲过蛇吻，所以惶急地往上。而自己所在的军船高度不够，完全处于扇鳍飞蛇的猎食范围内。如果继续追赶溺魂船、阻止挂纤绳，船上这几个人都会尸骨不存。

“上下潮过梁滩冲下，将修蛇窟下面冲出深窝。但上下潮难得会有，平时修蛇窟无潮无人，寂静无扰，这里的确符合扇鳍飞蛇做巢聚居的条件。”朱满舱说道。

“难怪后面那些船都退走了，他们知道这里是扇鳍飞蛇的巢穴。不行了、不行了，我们也赶紧回头，我可不想变成一摊黄水连根骨头都找不着。”小糖人越说越怕，嘴唇哆嗦，抖出了些哭腔。

死鱼真像死了一样，以往最想离开的人现在只是保持沉默，并且依旧操控着船快速往前追赶。只是一双眼睛像死了的鱼一样盯着袁不毂，等待袁不毂做出最后决断。

“有没有可能赶在扇鳍飞蛇过来之前追上溺魂船并爬上去？”这可能是袁不毂最后抱的一点希望。

死鱼坚定地摇下头，他能从前后船的距离以及速度来确定，不可能追到。

“追到了也没用，我们都爬不了船壁上不了船，而船上的谢氏兄弟也不会让我们上船的。”小糖人再加一个不可能，把袁不毂的希望彻底掐灭。

粼粼的金光明显近了，范围也大了，是有更多的扇鳍飞蛇出巢穴上了水面，快速铺展包抄过来。这会儿已经到了最后关头，再不拿定主意掉头逃走，很有可能想走都走不了了。

“这样吧，你们继续追赶溺魂船，我来把扇鳍飞蛇引走。”朱满舱语气平静，表情很坚毅，说话的同时稳稳地脱去外衣和已经被石榴砍破的水靠，只留个宽大裤衩，露出满身棱横块凸的肌肉，还有背上那个翻转的暗红刀口。

“你是要拿自己去喂蛇吗？”小糖人惊异地看着朱满舱。

朱满舱“呵呵”一笑，没说话，转身快步跑下舱去，抱起个布包，跳上自己挂在军船后面的客船。

客船缆绳解开，大船一走、水流一冲，两船很快就分离开来。朱满舱抬头看下船舷边与自己对视的袁不毂，郑重地抱了个拳。这是由衷的托付，也是视死如归的诀别。

袁不毂朝朱满舱抱拳回礼时，他已经将布包的裹布拆去，拎出装了石晶球的网兜，把网兜挂在了帆柱上，然后帆转橹摇，朝着西南方向而去。那是与修蛇窟背驰的方向，他想尽量把扇鳍飞蛇诱离巢穴。因为袁不毂他们万一没能成功阻止溺魂船挂纤绳，那就需要更多的时间在修蛇窟那边采取其他措施。

乱纹金粼陡然转了方向，可见石晶球对它们有着很强的吸引力。转了方向的蛇群速度迅速提高，因为朱满舱并不懂如何运用石晶球诱惑扇鳍飞蛇，所以他也只能拼命摇橹加速，不让蛇群追上。

袁不毂视线离开朱满舱的客船回转过来，军船已经距离溺魂船不远了，不过谢氏兄弟已经爬上了甲板。两人一个上船头，一个跑船尾，把携带的牵引绳理开，绳头挂上抛槌做好抛甩准备。这是双保险的做法，一旦船头的牵引绳未能抛到位，还有船尾的可以补救。

"不要抛绳！谢天谢地，不要抛绳！"袁不毂扯开嗓子高喊。

前面溺魂船上的谢氏兄弟好像往后歪脸撇了一眼，但是准备抛绳的姿势未有一丝改变。

"快！再快点！"袁不毂朝死鱼喊了一声。但他知道死鱼应该已经把速度调控到最快了，也知道就算赶到溺魂船旁边，就这么喊两声是根本无法让谢氏兄弟中止行动的。

"射死他们！射死他们才能不让纤绳挂上！"死鱼狠狠地吼道。

袁不毂皱紧眉头，他眼中的线轻易就锁定了谢天谢地兄弟俩。但是他杀过的所有人都是会直接危害到自己性命的敌人，而谢天谢地不仅是羿神卫的兄弟，和自己一起出生入死过，而且他们所做的事情只是恪守职责往岸上抛根绳子，不像石榴那样是朝自己抛出了刀子。在这种情况下，让他一下将这两个活生生的兄弟就地射杀，他怎么都狠不下心来，设想一下那两人倒在箭下的情形，都会有畏血欲晕的感觉。

牵引绳抛了出去，第一根就准确到位。岸上的人把纤绳挂上，谢欢天开始回拉。

"不要拉，放下！快放下！再不放下我放箭了。"

袁不毂说出的放箭对了解他的人绝对有震慑力，谢欢天停住手并且回头朝袁不毂这边看了下，随即马上继续往上拉绳。刚刚的停顿让船多往前行驶了一点，也让他需要拉起的绳子更长了一点。纤绳本来就粗，再加上从湖水中拖过后分量更重，所以在纤绳绳头快拉到船舷边时，谢欢天拉不动了。

谢喜地反应及时，眼见绳子越来越重，立刻疾步奔到了前面，抓住绳子猛一用力，纤绳一下就被拖过了船舷。

也就在这个刹那，一支足以射入溺魂船船壁的重头卡扣箭穿透了谢喜地的整个头颅，并带动他身体往前，让穿透的箭头再撞进谢欢天的头颅。箭头卡扣弹出，把两个脑袋紧连在一起。

谢欢天也是羿神卫出身，刚刚那一眼便看出袁不毂和他之间的距离超过了弓箭的有效射程。但是他没有想到袁不毂不仅把手里的弓进行了改制，射程远远超过正常的弓，就连箭支都是特别制作的，是可以一箭射穿两个脑袋的。

射击头部，不仅因为目标大、把握大，而且还可以一击即死。袁不毂不想听到谢氏兄弟的惨呼，更不想他们临死还能挣扎着把纤绳固定住。采用重头箭一箭双杀，是因为对于袁不毂自己来说，这样的方式要比一个一个地射杀减轻了一半痛苦、少受了一半煎熬。

“啊！”箭中目标后，袁不毂仍是发出一声痛呼，就像他自己中了箭一样。当两滴清泪从他眼中流出时，纤绳从船舷边滑落，像条长蛇缩回了湖里。曾经他的眼中滴进过血，而如今眼里无血却流出了泪，这两种感觉都非常非常难受。

看到纤绳落入水中，死鱼长舒口气，稍稍放松下身体，而小糖人则兴奋得握紧双拳猛跺下脚，震得胖脸上的肉连抖几下。

袁不毂抬手臂用力擦去脸上的那两滴清泪，抬头远远地看一眼修蛇窟右侧山体，再视线一转看下前面的溺魂船:“不对！还是不对！”

“怎么不对？”小糖人问道。

还没等袁不毂回答，远处传来一阵轰然响声，是另一艘溺魂船撞入修蛇窟左边的尖牙礁石与山体之间了，并且在快速下沉。

“那边的溺魂船填入匙眼了。”死鱼站在舵位上手搭凉棚望着。

袁不毂疾步走到船舷边上，也往那边的溺魂船位置看去，然后用很吓人的声音说道:“确实不对，那边的溺魂船可以预设到位，这边的溺魂船同样可以预设到位。他们之所以要攀爬上去挂纤绳就是因为船上没有人，现在虽然没有挂上纤绳，但按船上的预设，仍是可能准确填入匙眼的。

“那怎么办？”

“挡住这边的溺魂船，或者让它偏向。”

“都不可能。那船上装满石料，不仅重，外壁还坚固，无法挡住。能让这么大这么重的船快速航行，陀螺的动力也是极为强劲的。我们这船不仅无法将其方向顶偏，而且现在已经距离修蛇窟很近，在它到达匙眼之前追上它都是问题。”死鱼说的很诚恳，也很无奈。

都说人很渺小，很多时候只能是尽人力看天意。破损的军船仍在极力往前追赶，但追赶的结果只能是更加清楚地看着溺魂船撞入修蛇窟两支尖牙礁石之间，并且快速沉没下去。

而此时的梁滩变得晶亮，是水面的反光。上下潮已经开始，两边潮势涌起的水面正逐渐漫过梁滩。

皇城司

赵仲珥靠在椅背上，仰着头，看着天，到这个时候，他真正感觉到这个园子像个井，也才真正感觉到一丝凉寒和害怕。

李诚罡走了之后，他才完全撇去心中的躁乱和虚慌，静下心来把李诚罡说的话重新回顾了两遍，并且把做过的事情全都进行关联对照，将其中的异常和蹊跷抽丝剥茧。

李诚罡说有很多事情是赵仲珥无法想到的，他这真是太低估铁耙子王了。能够建立捉奇司这么大、这么严密的一个组织，赵仲珥想到的事情只有可能是别人想不到的。

首先确定，乌金鳖、金牛冠只是个引子，可以先放在旁边，因为那是自己的无知行为，并非入了其他什么人的设计。如果有人要拿这个说事，肯定只是为了做个引子。

然后所有事情的起端是玉盘坨水根穴，这是自己从前朝史料中得来的线索，也没问题。但是这个关于陶礼净的线索自己却让李诚罡去追查，这应该是问题的开始。所以水根穴虽然启开，找到个带齐云字样的牌子，但是十八神射在带回的路上却遭暗袭全部殒命。然后是均州，莫鼎力在解法寺中又被人堵住抢走齐云牌。再后来是猰貐坟，自己真做假、假做真的安排，结果真的还是被人家一路抢先，假的一路往正西走，被多方面的人跟踪。其中最蹊跷的是不死卒在汨罗江边被人家全灭，应该是误见了不该见的人或事情，而且现在想来是与这洞庭湖有关的。

后来是鲔山，莫鼎力发现天武营异常，让袁不毂去密杀骨鲔圣王，以此打破天武营计划。但那时候其实骨鲔圣王已经去伏击南宋赴西夏的使团了，天武营若是去那里，做什么事情都不会出现障碍。这可能本就是一个做好的局，但是天武营意外被阻，让左骞不知何去何从。即便这样，还是有个李踪走在了前面，他在魂飞海子做的事情应该正是天武营要做的，而李踪是李诚罡提名派出的，所以这件事情依旧在他们的掌控中。

再后来是成长流夜入捉奇司后被不知什么人射杀，袁不毂受其托付后马上被派往了华鎏三城，自己想留下他都未能成功，并且他还很奇怪地兼职保护钦差去查找治疫办法，这样就有了后面的出华鎏三城走古夜郎。但黑袍客、黑衣人都走在了他们前面，最终找到箭壶山后，是天武营第一时间控制的。

再有就是岳阳这里了，自己这次应该是被李诚罡扇子上的“先天下之忧而忧、后天下之乐而乐”诱至此处，陷在此处无法自如。而且从李诚罡的话里可知，这里有一个巨大的破局正在进行，一旦做成，罪名将会套在自己头上。

能把事情做到这种极致程度，躲过捉奇司耳目，骗过他铁耙子王，并将他陷在这处小园子中无法进退，必须具备三个条件：无上的权力、过人的心智、庞大且精密的组织。

从权力角度分析，皇上最具条件，但别人也可以假借皇上名义；从心智上讲，这一切又不像皇上会做的，但也不排除皇上平时的慈面善口只是一种掩饰；而最大的疑问是在组织上，要想把次次行动都做在捉奇司前面，每次都占捉奇司上风，这必须是一个模式类似于捉奇司，规模实力又远远大于捉奇司的组织。

赵仲珥在脑子里搜罗，同时蘸了茶水在磨石上点画，将各部各司所有构成都扫罗一遍，最终都未找到这样一个组织。然后他又想到边辅，想到禁军，想到侍卫府，但似乎都对不上号。

“皇城司？”赵仲珥最终把思路压在这么一个名称上，“可能吗？”

皇城司，原本是一个由宦官组成的特务机构，主要通过朝中官员的家属搜罗官员的动态和信息，然后及时反馈给皇上。这本是一个不可能具有很大实力的机构，但是到了南宋孝宗时期，不可能变成了可能。

宋孝宗赵昚将这一个只属于皇上管辖的特务机关运作到了极致，其中主要成员从宦官扩展到中高级官员，而且很多是曾经犯过错误的官员。这些官员犯错之后得到皇上宽宏对待，不仅职禄不受影响，而且还得到了更大的信任，此后都会全心全力地尽忠皇上。比如说张俊，隆兴北征中是犯过严重错误的，但宋孝宗没有追究他任何责任，反是让他主持枢密院。宋孝宗的这一做法其实就是把损失当学费，再加上感情投资，让属下从心理到情理都无不甘心付出。所以当皇上有需要又不便亲自出面处置时，这些成员可以运用手中最大的权力暗中解决，一旦其中出现任何问题，会由成员出来承担，不会折损皇上一点颜面和威仪。

而皇城司作为一个秘密的特务机关还有一大特点，就是除了他们自己，没人知道谁是其中成员，而且成员之间平时都保持正常职务关系，只单线向皇上负责，除非有特别需要才会在皇城司的层面中沟通和互助。这是个极其可怕的构成，也就是说你最好的朋友、最佳的同僚说不定就是皇城司成员，你在他们面前表现的一点一滴都有可能呈现到皇上面前。就好比李诚罡，他本是个潦倒没落的官员，受赵仲珥重视升职进入捉奇司，并成为赵仲珥左膀右臂，但其实他在潦倒时就已经是皇城司的人了，在成为赵仲珥左膀右臂之前就已经是皇帝的左膀右臂了。

赵仲珥脑子里努力地想象着，把种种事情与那个原先只能从女人家长里短中打听消息的皇城司挂连，却怎么都连不上。但回头再想想，只需在这些事情前面加一个皇上，所有一切就又都有了可能。

确实，如果皇城司真的是这样一个更大的组织，且是掌握在皇上手里的，那么捉奇司还有存在的必要吗？如果皇上有一个极为重要的需求，那么牺牲一个铁耙子王也是顺理成章的。如果之前捉奇司所做的那些事情中有什么比乌金鳖、金牛冠更犯皇上忌讳的，那么他赵仲珥就只能有罪、必须有罪。

但是，这会是什么忌讳呢？还有，要给自己套个罪名，方式有很多，又何苦费那么多的周折做什么大的破局？

赵仲珥怎么也想不通这两点，这可能就是李诚罡说的他无法想到的。就像一把锁，必须有钥匙插入匙眼才能打开。

莫鼎力这些天都住在岳阳边辅的暗点里，他和舒九儿、丰飞燕上岸后，很容易就联络上了边辅组织。边辅暗点的谍头以最快速度将他们的呈报发回临安，并安排人将舒九儿和丰飞燕送回临安，只留了莫鼎力在岳阳等候朝廷回复的消息，说是一旦圣旨下来后，可能有些事情需要他去做。而莫鼎力也真的不想马上离开，袁不毂他们还在湖上，破解破水局的事情做得怎么样了还不知道。

算算差不多还有半个月时间就到潮起局动的日子，时间似乎还有。但是现在就算拿到圣旨开始行动，要是找不到关键匙眼，这么几天时间也就等于没时间。而且从路途上计算，就算边辅的皇信道再快，皇上那边也当机立断，都得再过两三天，圣旨才能到。

但是让莫鼎力没有想到的是，就在刚才，圣旨竟然到了，并且指定他带官兵抓捕铁耙子王。接到了圣旨，莫鼎力反而感到万分不安，因为圣旨中没有提到派兵协助袁不毂破解破水局的事情，甚至连让官府撤离近水百姓的事也没提，就好像发回去的呈报只提到了铁耙子王谋反，其他事情一概没写入。而实际上这呈报是莫鼎力亲笔写的，并且反复斟酌了好几遍。

从边辅暗点出来，外面已经等着上百个岳阳的衙役和州兵。莫鼎力皱皱眉头，这暗点还能叫暗点吗，怎么感觉就是为了把自己软禁在里面让人找不到的临时居所?

“这两天湖上有大事发生吗？”莫鼎力问带队的捕头。

“有，北钩角大火，烧焦了大片湖岸草滩，连湖边的虾蟹都烤熟了。”

“还有吗？”

“还有，嗯，就不大清楚了，好像没听说什么。”

就在这时，远处有人高喊:“不好了，金龙神发狂了，整个湖旋起来了。”

莫鼎力听到喊声后马上往西城奔去，到了城门下疾步上城登楼，远眺洞庭湖。果然如一路听到的呼喊一样，洞庭湖真像是整个旋转起来，水面凝固了一般。这其实是快速旋转、没有阻碍变化而产生的视觉误差。旋转的中心只微微下凹，且最低点不止一个，这和漩涡起始的形状差不多。但怪异的是这种旋转竟然没有激荡出水浪，漫上湖岸的高度也不大。不过可以听到持续的闷雷般的轰响，这应该是湖底发出的，由此推断水面下有着更加诡异可怕的力量，正在推动着什么，摧毁着什么。这种情形应该是和魂飞海子底下推动起来的土石泥沙相似，不过这里是在水下，更为可怕。土石泥沙加上潮水的力量，是可以把一切淹死、砸烂、磨碎的。

“提前了，怎么提前了。这才月初，哪来的大潮？”莫鼎力眼中一片混乱，心中更是一片混乱，“而且这潮水不对呀，势头虽强，但水没上岸。不对不对，这水势的方向和袁不毂图上描画的也不同。”

“莫大人，先别管湖里了，那边观里的事还办不办了？”捕头在旁边问，态度不是太好。这也情有可原，他们是被派来奉旨抓人的，结果莫鼎力扔下那边的事情跑来看湖水，这要是误了皇上派的差，他们今后怕都得用牌位吃饭了。

“湖上破水局一起，岸上谋反之事必行。现在只有先把铁耙子王控制住了，才可以制止岸上的谋反。”

想到这儿莫鼎力又是转身拔脚就跑，边跑边喊着：“都随我来，去金龙观别院，别让那里走掉一个人。让开让开，奉旨办差！都把路让开。”

莫鼎力想得没错，破水局已启，不仅要立刻将赵仲珥控制住，而且不能让他往外发出任何指令。现在赵仲珥身边所有的人一个都不能跑掉，连鸟儿都不能放走一只。

莫鼎力越跑越快，开始在城里、路上有很多人，出了北城门后，路上人渐渐少了，在接近金龙观所在的北山时，路上几乎看不到人了，可以发足狂奔。

“不对，好像不对。”捕头追到莫鼎力旁边气喘吁吁地说。

“怎么不对？”莫鼎力一下刹住脚步，而其实这个时候他们离着金龙观不远，已经到了香火街的一头街口。

“我听说这一次有很多人远道前来参加金龙观的大法事，这沿途都是骡马车辆，可借住的地方也都占满。但是现在怎么一个人都没有，连卖香的店家都关门打烊了。”

莫鼎力和捕头说话，后面的衙役州兵却都没有停下，一个个争先恐后地往前去，都想从这次奉皇上圣旨办的差事中捞到光宗耀祖的功劳。但是他们从莫鼎力旁边过去后才跑出十几步，一阵不知从哪里射过来的箭支把最前面的几人都射倒了，鲜血和惨叫一同迸发而出。

能叫唤就说明不会死，那些箭支很明显手下留情了，全射在人皮糙肉厚的非要害部位。

“逆贼欺君，抗旨拘捕！快去通报镇守使派兵增援，剿灭逆贼。”有人在喊，有人马上执行，就好像抓捕的事情完全和负责此事的莫鼎力无关。

但是莫鼎力不能让自己变得无关，毕竟他是圣旨中指定的负责人，于是往前走出两小步，扬声说道：“带刀护卫莫鼎力奉旨办差，与谋反之事无关者莫要轻举妄动。”

“羿神卫尽职护主，奉旨办差先拿圣旨来。”声音和刚才那几支箭一样，不知从那里传来的。

莫鼎力的脸像被甩上了一块抹布，他还真是没有圣旨就来奉旨做事了。边辅的谍头的确明告他圣旨到了，要他带人捉拿，但实际上莫鼎力自己没看到圣旨，更没拿到圣旨。

“来人，先把金龙观所有外出道路都封死。”莫鼎力吩咐道，然后拿出自己的一块腰牌交给捕头：“赶紧去我的那个住所，拿我这腰牌找房主人，把圣旨给请过来。”

岳阳镇守使派出的增援很快就到了，反倒是捕头去了迟迟未再露面。莫鼎力执行了一个相当尴尬的任务：进，没有圣旨名不正言不顺，还可能会背上假传圣旨的罪名；退，一旦放走了赵仲珥，就是违旨不办、暗助反贼的罪名。于是他只能一直坚守在原地，圣旨不到不能走，而那圣旨真就始终不到。

这样的尴尬局面直到袁不毂出现才得以解决。袁不毂没有圣旨，但他的仇恨就是他的圣旨，他要进金龙观别院杀死赵仲珥，谁若阻挡，佛魔皆杀。

指作扎

修蛇窟入潮口三门被堵了两门，剩的一门将集中排出原先三门的水量，这样增强了三倍的水势便会沿湖边一线往东、往东南，按袁不毂设想的那样推动第一片剁刀。第一片剁刀运转之后，其数倍增强的势头再推动第二片，第二片运转后的势头再推第三片。所以修蛇窟这边真的是个匙眼，只需要有短暂的潮势冲击，就会像是钥匙插进匙眼。而接下来的运转有没有钥匙都一样，装置本身会以倍数增强水势，还有相连的其他江河水道，也会因为这种抽卷而最大幅度地注入水量。

“两船都到位了，匙眼已填实。上下潮也开始了下冲，我们没任何机会了。”死鱼真的死了心。

“唉，还是慢了一步。要是我们的船和溺魂船一样大就好了，那么我们可以自己主动填入剩下的那个水道，索性把三个潮门都堵了。”小糖人总是异想天开。

袁不毂听到小糖人的话后立刻伸出手掌，做了个瞄标，把修蛇窟周围状况进行了细致的目测度量。

“你们看，右边的山体坡缓土厚，且上面都是矮木杂草，这和我们在蜀地遭境相夫伏击的那处山体很是相似。蜀地那里的山体只被两三个火雷子炸过，便整个坡面往下滑塌几尺。如果我们用船上所有的火雷子去炸那山体，让坡面整个滑塌下来，应该可以堵住第三个潮门。”袁不毂眼中光彩闪烁。

“两个匙眼填满，已经无法把钥匙拔出。那么我们就索性把锁环的眼儿也堵住，让这把锁变成无用的锁。”听明白袁不毂想法的小糖人有些激动。

死鱼本来是个容易被周围气氛影响的人，但是只要握住舵把、拉住帆绳，就会变得无比的沉稳，所以他什么话都没说，只是调整船头方向，找准右侧山体下方一处斜入水中的山坡径直而去。梁滩上的水已经下来，而且流量很快就会剧增，如果不及时冲到山体下面，潮水急冲而下后，这船恐怕再难行到那个位置。所以死鱼通过水流和风向算准，按照他所控制的航线和角度行船，在到达那山坡之后，会在剧增的水流和船行的动力共同作用下，将船搁浅在那个山坡上。

“小糖人，你下去准备火雷子。时间不要设定太长，必须在潮势全到之前炸开，但也要留给我们逃出的时间。”袁不毂吩咐道。

“好嘞，火雷子都串接好的，只要把引信调整一下就成，这都交给我了。”小糖人像只肥鼠般溜下了船舱。

“死鱼，你对准船行方向，将舵把帆叶都固定住，像溺魂船那样，可以径直冲到点位上。”袁不毂又吩咐死鱼。

死鱼点点头，舵位上有现成的固定孔环和绳索，他三下五除二就把舵把和帆绳固定好。

“好了，还有什么需要我做的？”死鱼问道。

“没了，多谢你帮我。”袁不毂郑重地向死鱼抱拳鞠躬，就和朱满舱离开时向他抱拳一样，“现在你可以走了，我知道从这里游到岸边对于你来说根本不在话下。”

“事情还没做完，我陪着你。”死鱼的脸一下涨红，是被感动的，也是为自己之前的想法、做法而羞愧。

“不用了，你赶紧离开，也不要去找莫鼎力他们了，这里的浑水还是离得越远越好。你是有理由不管这些乱事的。”

“不行、不行，不毂你别赶我走，让我和你一起把这里的事情做完，把破水局破解了，救助那些老百姓。”死鱼真的激动了。

袁不毂回头看看修蛇窟，离得已经很近了。于是他果断摘弓搭箭，对着死鱼:“快走！再不走我就射你。”

死鱼愣愣地看着袁不毂:“我因你未对我开过弓而留下帮你，而你为了让我活命却朝我开弓。不管此趟事情结果如何，也不管你我是死是活，你都是我余四永远的兄弟。”说完这话，死鱼轻跳站上船舷，再一个倒栽，斜插入水，等再次从水中露头时，已经离船很远、离岸渐近。

当破损的军船朝着修蛇窟直线冲入的时候，朱满舱的船在打着转儿。

一个人力气再大，都会有消耗殆尽的时候。晚秋的季节，朱满舱赤裸的上身全都是汗。

其实没等力气消耗殆尽，朱满舱就已经好几次差点被扇鳍飞蛇追上。前面几次是他启动了客船下的崩桨助力装置，让船在水面上急速跳跃两下，这才勉强避开蛇群最前端飞射而至的扇鳍飞蛇。

设置好的崩桨全部用完，朱满舱又腾不出手重新紧弦收桨，当飞蛇再次追到足够距离即将飞射而至时，朱满舱的鱼鸮烈啸一声、掠扑下去，拍打翅膀替朱满舱挡了飞蛇的毒噬。

这种以命换命的阻挡只能一次，鱼鸮落入水中瞬间不见，朱满舱失去了唯一的外助力量。而实际上朱满舱自己和鱼鸮是一样的，他是拼了性命替袁不毂他们阻挡了扇鳍飞蛇群。

很幸运的是，朱满舱此时恰好找到了一条流速比较急的水流道，这让他的船暂时保持在蛇群不能进行有效攻击的距离上。但是这种幸运才出现一会儿，绝望也随之而来。分散的蛇群已经迂回到客船的前面，他现在已经无路可走，只能顺着水流道打圈圈，而这圈圈越来越小。

目送死鱼往湖边游去的袁不毂，突然听到一声短暂的惨叫。开始他还以为听错了，但随后又听到的身体重重的摔倒声印证这是真的，于是立刻纵步来到船舱口一侧，张弓搭箭对着舱下，并且慢慢地移动身体，查看下面所有从舱口可以看到的位置。

“小糖人，怎么了？没死回个话，发生什么了？”视线可及的位置没有发现任何异常，袁不毂只能发声呼唤小糖人，但是也没得到任何回复。

眼见着船已经快进修蛇窟了，袁不毂再没其他办法，决定自己下舱。就算下面有什么情况，他觉得只要设法把火雷子点燃就行。

他放下弓箭，换成凤尾寒鸦。舱里范围局限，使用短小连射的弓射武器更加灵活方便。然后他一步一看稳稳下阶，不给别人一点偷袭的机会。

下到舱底，袁不毂一眼就看到趴在装火雷子铁架笼前的小糖人。小糖人的背上插着一把刀，一把系了钢链的狮吼腰刀。

“石榴！”袁不毂头皮发麻，有种恶鬼就在身后的感觉。

恶鬼真的就在身后，船舱阶梯下的板壁突然间破碎了，一个粗壮的黑影撞破板壁扑向袁不毂。袁不毂才转过半边身体就已经被那黑影一把握住脖子，又被一把抓住拿着凤尾寒鸦的手腕，然后一直被他推到船舱另一侧，撞贴在立柱上。

重重地撞击差点让袁不毂晕过去，手里的凤尾寒鸦被震落下来。但是对方的推力并未停止，握住脖子的手将袁不毂顺着立柱往上推起，直至他的双脚都离开地面。而袁不毂只能用手吊住握着自己脖子的有力手臂，尽量减轻窒息的程度。

“呵呵呵，我就知道你们会瞎捣蛋，所以一直藏在下面等着呢。呵呵呵，终于是让我等到了，你们这一回什么都做不了了。”

黑影如果不说话还真看不出是石榴，他头发蓬乱、胡子长杂，浑身上下发出一股子臭味。这应该是好多时日未曾打理过自己了，而且应该是长时间藏在什么污浊肮脏的角落才会这样。

那一次石榴被袁不毂识破摊牌后，用钢链荡到船架子上。但他并没有可逃的路径，而且扇鳍飞蛇群已经开始猎食船架子上那些射手、杀手，所以他利用军船撞击船架子冲出栅墙的机会，从军船破损的壁洞跳回了军船，然后一直躲在底仓阶梯板壁里，这些天只能用底舱的面粉充饥。小糖人之前发现面粉袋破损还以为船上大老鼠偷食，其实是石榴所为。

船上所有的行动言语，石榴都在偷窥偷听。现在到了破解破水局的关键时刻，而且船上只剩两个人，于是他果断出手阻止，掐灭袁不毂他们竭尽所有努力得来的最后一点希望。

“呵呵，快了、快了，破水局势马上就要开始了。没人能帮你，也没人能阻止我！哈哈哈。”

石榴得意地狂笑着。眼下局面确实如他所说，死鱼走了，小糖人死了，袁不毂也快完全窒息，船上再没其他人，所有希望真的是被石榴一把掐灭了。

一点火花闪起，带着青烟和哧哧声，火雷子的引信被点燃了。小糖人艰难地翻转过身，插入后背的腰刀已经从前面露出刀头，口鼻中不停地有鲜血涌出。他脖子用力梗了梗，把堵住喉咙的血块顺了下，然后抖颤着肥脸和厚嘴唇说道:“做山中贼得会装死，那是用来骗笨熊的，呵呵呵。”

“你这死贼！”发狂的石榴放开袁不毂的手腕，脚下一挑细钢链就到了手上，再一抖一甩，小糖人背上插着刀的刀口变成了个四裂的大洞。小糖人的嘴巴也像个四裂的大洞张开着，只有出气再无进气，一双充血的眼睛瞪得很大很大，像是要从眼眶中脱出。

石榴又抖下钢链，要甩刀将点燃的引信砍断。但就在这瞬间他的眉心遭到重重一击，仿佛有一支铁锥戳了进去。

石榴的手松了、腿软了，连续往后跌退，但是那“铁锥”没有松，一直抵在他的眉心，而且还在继续用力往里戳入。一直到他重新退跌到撞破而出的板壁里，那“铁锥”才拔出。此刻快速失去意识的石榴好像听到了袁不毂的惨叫，很痛很痛的惨叫。

袁不毂真的很痛，都说十指连心，他刚刚清楚听到自己指骨断裂的响声。石榴挑起钢链时，下意识放松了握住袁不毂脖子的手，让他的双脚脚尖勉强搭了地。这除了稍微缓解了些窒息感，还让他腾出吊住石榴手臂的手，以做些自救的事情。

脚尖勉强搭地，整个人仍是吊直的，所以腾出的手无法拔出倒插在衣服下摆内侧的眼扎子。当石榴再次甩刀要砍引信时，袁不毂只能不顾一切地出手，把自己的中指当作眼扎子，直戳石榴眉心。

端木磨杵教袁不毂使用眼扎子时说过几层境界，但可能连他自己都从没有想到过，其实还有手中无扎、以指为扎的境界。

局反转

军船轻撞一下搁在了修蛇窟一侧的山坡上。袁不毂忍住指痛，抬起身看小糖人一眼，断定他再无活转可能，于是独自跌撞着跑向船壁上的大破洞，从那里跳下船去，沿湖岸赶紧离开。火雷子一旦炸开，山体滑下，会将山坡这边的一切全都埋入水里。

但是跑出去没多远，袁不毂猛然觉得情形不对，抬头看时，自己已经被一群黑衣人围住，几十张弓弩都对准了他。而在这几十张弓弩的背后和坡上，还有更多的黑衣人和很多带着纤板的纤夫。

弓弩的背后转出了面具人，气急败坏地走近袁不毂：“又是你，谢氏兄弟是你杀的吧？你这次坏了大事！”

袁不毂本想对面具人笑一笑的，但是手指太痛这笑硬是没能挤出来：“事情是我做的没错，但你是用哪只眼睛看到的？”这种状况下袁不毂无所谓承认不承认，他就是想讥笑一下面具人只剩一只眼睛。

“看不看已经无所谓。好在你还活着，好在你落在了我的手里。那么这里的窟窿就得你来填了。”面具人朝前又迈出两步。

“呵呵，你脸上的窟窿我可是不填的。”袁不毂忍着痛挺起身，却惊讶发现面具人双目精光闪烁，明明被自己射瞎的那只眼睛现在是好的，“你的眼睛好了？这眼睛射瞎了怎么可能再治好？不对、不对，你让我看看，我这是遇到鬼了吗？”袁不毂应该是受到刺激，冲动地往前去，一把薅住面具人的衣袍。

面具人后退一步，衣袍竟然把踉跄的袁不毂带跌在地，而旁边两个持弩的黑衣人赶紧过来，想把袁不毂拉开。

也就在这个时候，破损的渔船松松垮垮地膨胀开来。第一层的气浪把整个船体完全冲击成了碎块；第二层是火光，像突然从地下冒出的太阳，光芒刺眼；第三层是铺天盖地的碎块，有石头、有泥沙，还有引信尚未燃尽的火雷子。于是更多的爆炸连串而起，在空中、在水中、在山上。

山体滑动了，整个坡面持续往修蛇窟陷落。泥土石块挟裹了树木草皮，厚实实地填塞下来，不仅将右边剩余的那个潮门全部填满，还将两只尖牙礁石间的水道填了大半。

而此刻漫过梁滩的上下潮正好下来了，堵塞了的水道阻挡了水势，修蛇窟内的水面顿时大涨，将冲流的水势全部挤到了最左边，远远高过堵在那一边的溺魂船，且漫过嶙峋山石和尖牙礁石，沿左岸疾冲而出。

爆炸的刹那，围住袁不毂的那些黑衣人全被震倒了。坡上的黑衣人很大一部分直接被震飞，少部分则被卷入了滑动的坡面中。离得远些的纤夫和黑衣人则被乱石碎片全砸趴在了地上，有一颗火雷子落在他们的附近，把几个纤夫和黑衣人炸得血肉模糊。

最先跌趴在地的袁不毂却没有什么事。当后续爆炸稍微平息一些时，他已经压在面具人的身上，并且手里有一把不知从谁手中夺来的菱角弩，弩上填好的箭尖就斜抵在面具人的下颌上。只要他扳机一压，弩箭便会穿透下颌直达后脑。

“你不能杀我。”面具人又说这话，但感觉没有在箭壶山石梁上那么自信。

“为什么？”

“因为我马上会把你送到灭门仇人那里。”

“我的灭门仇人？”

“乌金氅、金牛冠。”

“我知道，是铁耙子王。”

袁不毂的话让面具人有些意外，语气一下变得更加不自信了：“赵仲珥为了控制龙脉水系，在泗水边残忍地将已经隐居不出的淮王堂灭门，夺其门中宝物淮王金字圭。而根据我们的追查，灭门那晚淮王堂有两个人活了下来，一个是在他们家做活儿的木匠，还有一个就是你，淮王堂嫡亲的子孙。天道公平，不护凶逆，所以我们给你留了亲手报仇的机会，你现在赶去还来得及。”

“我为什么要信你？”袁不毂心中确实存着怀疑。当初袁老爹将他救出带到江南，他一直都以为自己家是被金国兵匪灭门，所以毫无顾忌地把经历告诉给很多人知道，只要是到他居住的山村打听下，都知道袁不毂的身世和经常出现的幻象。而知道了这些情况，就完全可以加以利用，让某个需要去死的人成为袁不毂必须报仇的仇人。

“你不用信我，到那里见到莫鼎力他会告诉你的。”面具人说完招了招手，周围所有还能动弹的黑衣人都把弓箭和兵器扔掉了。

袁不毂站起来时，他看到两个认识的老头，正是划船送莫鼎力的那两个渔翁。

“怕你起戒心，我找了两个你认识的人给你带路。”箭支离开了下颌，面具人的语气沉稳多了。

两个渔翁没有带袁不毂从岳阳城走，而是直接翻越北山，这样可以少走四分之三的路程。爬到北山稍高处时，袁不毂转过身细看了下洞庭湖眼下的局面，最终说了四个字:“反了，也好。”然后他便继续赶路。

前堵后追的几群扇鳍飞蛇突然重新聚成了一堆，朱满舱这才觉察出水势的变化。蛇类觉察环境变化的能力比人敏锐，更何况扇鳍飞蛇很有可能就是山海经中最容易被异响和水势惊动的儵蠑。

本来这个时候朱满舱只要把石晶球一扔，然后找个可以最快到达岸边的水流道就能逃出生天。但是已经准备这么做的朱满舱最终还是停住了扔掉石晶球的手，他不知道袁不毂他们有没有破解成功，也不知道破解后的破水局还会造成多少伤害，可他知道一旦水势泛滥，淹城没郭，那么这扇鳍飞蛇群就会随着水势而行，入城入户，把活人当盛宴，那会给苍生性命造成更大的灾难。

“不能走，我得诱住这群会飞的毒长虫，有机会的话找个法子把它们绝了种才好。”朱满舱暗暗对自己说。

湖面开始盘旋起来后，朱满舱马上看出不对:“这水势好像反了，整个破水局在反转。上涌的水势在往下，冲岸的潮浪变冲底。这局势虽然不会淹没岸上，但整个湖面到湖底怕是要彻底扫荡几番才能打住。”

看出这些时，湖面已经出现多处低凹水面，有一处还出现了方正的大石块，应该是把盘蛇塔顶露了出来。而这个时候朱满舱的客船就像盘子里的珠子，在那些低凹水面中乱漂乱荡。橹把加些力的话，还可以从一个盘子荡到另一个盘子里。而聚集成团的扇鳍飞蛇也始终跟在朱满舱的船后面，像个大金球一样滚来滚去。

“这下仁义过头了，现在想走都走不掉了。”朱满舱很后悔，早知道水势不会上岸，他就不继续诱那些蛇了。

也就在这时，水势加强了，旋转变强了，盘蛇塔露出了更多。可以看出围绕盘蛇塔的漩涡力道无比大，很多随潮而来的石块树木，还有湖底翻上来的杂物，都被漩涡带动着在石塔上击磨成碎屑。估计水势照这样继续加强下去，这漩涡会反旋到底，把整个石塔都露出来。而如果这样击磨的时间持续太长，石塔也会破损、坍塌。

客船的帆叶连着桅杆被甩断，竟然只是船下水流的一次怪异旋转造成的。桅杆砸在舱棚顶上的那一刻，朱满舱知道自己要死了。他不怕死，带石晶球诱走扇鳍飞蛇时他就已经想过自己会死。但他不想就这么白白死掉，突然间朱满舱发现自己真的还有一个很大的价值。

铁头橹快速摇动起来，越摇越快。朱满舱已经决定在他死去之前把所有力气都耗费干净，那样才不算浪费。扇鳍飞蛇聚集的大金球依旧紧跟，始终都不被客船落下。

客船速度很快，并不完全是因为朱满舱的橹摇得快，而是因为船是往水面低凹的中心去的，以至于到最后根本不要摇橹，直接就被中心的旋劲往下卷。

跟在船后的大金球膨胀了下，应该是想四散逃开的。但是太晚了，在那巨大旋劲的作用下已经没有可能了，就算它们能够飞起，也都会被强劲的旋力吸入。所有扇鳍飞蛇都和朱满舱一样，被卷入、被击磨，把血肉都溅洒在了盘蛇塔上。

洞庭湖破水局反向运转了整整三天才停住。湖面上所有设施都被摧垮，但其实湖底暗力的破坏更加大，盘蛇塔、暗坝、尺沉礁尽数被摧毁，就连一些未曾积实的泥漂子，还有人为打基础制造的泥漂子、贝砾漂子也都松散，最终被旋转于整个大湖的力量推动着，堆积到大湖的各个角落。而修蛇窟则被完全堵住，淤积远远高过了脊滩，从此再无上下潮入湖。

而湖中水势形态的突变，加上破水局遗留物的拦挡吸聚，严重加剧了湖中的泥沙淤积，之后洞庭湖湖面大幅缩小，估计与此有着极大关系。

另外还有人传说，破水局的设施没有尽毁，可能还有哪处留有金字形的盘蛇塔。比如说老君庙水域就经常会有船只失事，很大可能就是遗留水下的盘蛇塔导致的。

金龙观外的香火街上看不到一个人，但是在袁不毂的眼睛里，却勾勒出不下十个暗射组合。哪怕这些组合中的人完全藏于墙壁后面，完全被石柱阻挡，他都能一一看出。

这是因为他对这些组合太过熟悉，只要见到一支箭的箭头，他就知道箭是在怎样的弓上，弓在怎样的人手上，人又是怎样的姿势，处于怎样的位置。同样道理，知道了这个人，他便知道与之配合的人距离应该多远，这个距离上有什么位置适合这种组合杀的相互配合，哪怕这些位置上的人完全看不到。然后从这一个组合，以及周围环境，他就可以知道应该有怎样的组合与之配合，与之配合的组合又是如何分布、如何实施攻杀的。

袁不毂手里拿着在湖边抢来的菱角弩。他右手食指当眼扎子杀了石榴，指骨折断后整个手肿得无法用弓，只能用弩。不过这把抢来的菱角经过他的改制后已经不太像菱角，而是像鹰翅，填用的箭是刚刚从州兵箭壶中取来的三棱箭，只是袁不毂将尾羽剪短了些，又在箭杆上刻了些旋纹。

“上有皇差，下有私仇。谁若阻挡，死无回头！”袁不毂站在街口高声喝喊一下，声音虽然嘶哑，但所有人都应该能听清。

然后袁不毂往前稳稳迈出一步：“‘四海升平’，四射同齐，择对正四位。破后左位，余下三射不继。”说完一支弩箭射出。

差不多在小半街的位置有正对的两屋，屋前门廊各有两柱，这一箭将左边靠后的门廊立柱直接射穿，立柱嗡嗡震颤，木屑、灰尘乱飞。随着这一箭射出，四柱后面有四个全副装备的羿神卫弯腰快步退出。

袁不毂又往前稳稳迈出一步：“颠三倒四，‘四海升平’前面应压‘三才斜落’，其中地星最阴也为基础，须先摘下。”说完这话，弓弩一抬，一支弩箭抛射而出，就落在离街口不远的大水缸背后。

水缸后立马有一羿神卫跳起奔出，奔出时可以看见他的发髻上还斜插着那支三棱箭。从街对面的门堂以及后面一屋的屋顶也有另外两个羿神卫退出。

这一回后，袁不毂再往前迈出三步：“四通八达，‘四海升平’后面应垫‘八马背山’，第四马衡左右，折其腿山倒马塌。”说完这话弩弓再射，三棱箭击碎一面白粉壁墙墙头的定砖。定砖一碎，墙头瓦檐倾斜，瓦片纷纷落下，砸在墙后的一个羿神卫头上、肩上。

“八马背山”组合的羿神卫料定袁不毂能够看出自己的攻杀形式和成员位置，所以让主射躲在完全无法射到的墙壁后面。但是袁不毂还是个技艺高超的木匠，知道各种建筑构造的关键点，只要有需要，他可以用不同用途的箭在短时间内射塌整座房屋，射落些瓦片砖头转而攻击对手，对他来说实在是轻松拈来。

整条街沉寂了一小会儿，然后陆陆续续有羿神卫退出。刚刚这一箭让在场所有羿神卫清楚地知道，袁不毂的箭无可阻挡，面对无可阻挡的箭，不想送命就只能退出。袁不毂眼中线瞄着，心里头数着，最终确定所有阻挡的暗射组合都退出了街面。

只用了三箭，袁不毂就站到了赵仲珥的面前。

了未结

“我知道你会来杀我，就现在查到的所有信息来看，确实是我灭了你的家门。”赵仲珥很爽快地承认了，并不做任何的辩解和推卸。

“为何要出此狠手？因公为敌，还是因私成仇？”袁不毂咬牙切齿地问道。

“为公也为私。李诚罡查出那庄族人藏有淮王金字圭，而根据古籍所记，这是可整治调理水系龙脉的秘籍。从公讲，我值守捉奇司；从私论，皇上是我亲兄，那我无论如何都是要把这可影响皇家命脉的东西拿到手的。”

“拿也好、抢也好，东西得到也就算了，何苦要将满门杀尽？”一股悲戚之情充斥在袁不毂的语气里。

“呵呵，处事不留患，除垢务必清。我夺了秘籍，怎可能还留下懂秘籍的人。他们若是记恨此仇，帮别人来破损我大宋的水系龙脉，岂不是留下无穷后患。不过得到淮王金字圭后这么多年，都不曾有一人悟透其中玄机，着实让我后悔当初灭门之举，其实可以连人带物一起拿住的。这是我做得不多的错事之一。”

“错了就要付出代价。”袁不毂握紧了手中的弩。

“应该的，只是在此之前你也该把职责履行完毕。先公后私，先责后仇。”

“我对你好像没有什么公责需要履行。”

“你是我培养出的羿神卫，被派去华蓥任职，带领的也都是我的羿神卫。

所以在那里你查到了什么应该告诉我一声，这是公；再有杜字甲是跟着你一起去的，他和那么多带符提辖都尸留蜀地，他们有许多拼了性命才查明的事情，你应该替他们转告我，也算是替他们完成心愿，这就是责。”

袁不轂并非脑子绕不过赵仲珥，很多时候一个属下绕不过上司只是出于对他地位的敬畏，而现在袁不轂无须顾及这一点。但他决定将自己经历和发现的一些事情告诉赵仲珥，是因为那些死去之人的托付，还因为面前这个将死之人的执着。

将种种经历和发现告知赵仲珥，竟然带给袁不轂极大的快感，看到赵仲珥在那些信息中纠结挣扎、失落沮丧直到颓废绝望，袁不轂觉得比立刻杀死他还要解恨。每说出一件事情，就像给赵仲珥射出一支箭，所以他在不断寻找杀伤力更大的箭，能深深扎入他心里的箭。

“别说了、别说了！我知道了，我全都知道了。”赵仲珥的叫声有些可怜，“我知道我犯什么忌讳了，我不该追查陶礼净，不该启开水根穴。因为这样一路查下来就会查到李垂的《导河形胜书》，查到让大宋失去半壁江山的破水局。”

“为什么不能查到？查出之后应对处置不就可以还百姓良田沃土、大好生计了吗？”袁不轂愣住了，他听莫鼎力说过全部前因后果，始终没觉得追查这个会有什么不妥。

“因为有人不愿意这个被查出。”

“谁？金国吗？”

“哈哈哈，你是神射，在运权治国这方面却是蠢货。”赵仲珥毫不掩饰对袁不轂的鄙视，“恰恰相反，是我们大宋的皇上。那一个破水局做下后，丢了大宋半壁江山。但是现在这破水局是在金国的境内，会让金国一直受此祸殃，损耗国力民力。金国受损负累，那就是我大宋夺回江山的机会。”

袁不轂惊讶地瞪大眼睛，这么简单的道理他真的没有想到：“那你做洞庭湖的破水局，也是为破损大宋国力民力，这样就可以夺取大宋的江山？”

“哈哈哈，我就说你是蠢货吧。局不是我做的，却是我无意间犯的第二个忌讳。我让人查方九佛带走的方腊遗财寻到洞庭湖，并让人冒充樊惠丙从宫中套取废折藏物找更多线索。因为樊惠丙是岳阳人氏，人家会尽量把与岳阳、洞庭湖有关的东西卖给他，却不想让人误会我查到了洞庭湖破水局。如此大的破局做得连我捉奇司都没有一丝觉察，肯定是有更大的罩布遮掩着。这罩布要有皇上的手眼，要有枢密院、兵部、工部，要有地方州府、驻军。最重要的还要有一个比捉奇司更大更隐秘的组织来统筹，我估猜这个组织可能是皇城司。”

“皇城司，比捉奇司还大？他们也有羿神卫吗？对了，我救成长流时在弓射营外遭遇的射手，射杀方式像羿神卫。”

赵仲珥没有理会袁不毂，只管说自己的:“洞庭湖破水局，假借樊惠丙之名与蒙古人合作，其实这蒙古人是真是假都不知道。他们能雇用到西域的杀手，雇用些蒙古人更是容易。也或者真就是蒙古的秘行组织，只不过到此也是被利用的一个角色。此局做成之后有几个用意，其一，是让金国觉得没了后顾之忧，暂时可以不用顾忌大宋，转而放手全力去攻蒙古，来个鹤蚌相争；其二，可让蒙古人觉得大宋水军尽损，军事实力大减，为了防御金国再次侵入，就只能和蒙古合作联手对抗金国。”

赵仲珥的分析非常正确，黑衣人留下阿速合，让他逃回隼巢就是要让他向金国透露这样的信息。

“其三，局成之前调走水军，只留假象。这样便能掩藏实力，必要时给予别人意想不到的打击。”

说到这里，袁不毂想到了那座空水营和那些船架子。虽然里面的船坞有新擦痕，还有炉火做饭的痕迹，但那应该是定时有人到那里生火燃烟，用来让人觉得那是个有兵驻扎的真实水军营盘。

“这个局真的是妙，前无古人、后无来者。但是这个局做下来是需要一个替罪羊的，否则百姓会怨恨皇上无道不仁。而皇上正好有个犯了忌讳的弟弟，也就是我，正好可以拿来当替罪羊，这算得第四个用意。之前的什么乌金鳖、金牛冠，拿来做由头也确实更有说服力。但是又怕把我解押到京里我会胡言说出种种内情，便找个最为合适的对象，也就是你，过来直接将我杀死。”

“可是这又何苦做这么大个局耗财耗力，而且还会毁了多少百姓的衣食生计，让他们流离失所。”袁不毂真的有些无法理解。

“这就像《岳阳楼记》里说的，先天下之忧而忧、后天下之乐而乐。而实际上钱要花，势要造，但损害肯定也会有控制。这其实不难办到，在所做破水局的关键环节上稍稍变动一下就可以了。”

袁不毂傻了，他觉得自己可能误会了一件事、误杀了两个人。如果两艘溺魂船都是设定好直冲匙眼的，无须外力调整，那么谢氏兄弟攀爬溺魂船挂纤绳，就应该是用来变动关键环节也就是溺魂船入匙眼的位置，以此达到最佳势头、最小损失的破水局效果。

“你说的这些若真是事实，那么那些黑衣人、纤夫、战船箭手不都是替皇上做事的吗？”袁不毂不仅傻，还觉得脑子被抽空了。因为他发现，如果真是这样，他可能在这一连串的行动中误会了很多事、误杀了很多人。

“傻了，你这小子傻了。哈哈，知道得太多、参与得太多，早晚和我是一样的下场。更何况你是在和皇上做对头，对了，你应该和我是一样的，一个棋子而已，一个弃子而已。会用箭用弩又能怎样？长得还是被剁的头。”赵仲珥伸头一口唾沫吐到袁不毂的菱角弩上，“在那大势力面前，这就是腐臭垃圾。来呀，把你的垃圾拿好，用它杀死我！”

“杀死你之前，再问你一个事情。你知道我是淮王堂哪一脉、哪一辈的子孙吗？”

“什么狗屁淮王堂，什么狗屁齐云盟，这些我也都是最近才知道，当初要知道，也就不会闹出这些卵事了。泗水城边被我灭门的那庄族人人丁还算兴旺，那日又都聚在你三岁生日的家宴上，哈哈，真是杀了个畅快淋漓。你是他家哪一脉、哪一辈的子孙真不知道，但能全族给你过生日，定是嫡系子孙。所以你找我报仇没错，且必须是亲手杀死我才能解恨。”

袁不毂狠狠地咬着牙，腮帮子上鼓凸出的肌肉块不停蠕动着。但他没有射出弩箭，反是慢慢垂下了弩头。

“杀死我呀，我最后悔的就是当年杀你全家时偏偏漏了你这个小杂种，要是再有第二回我肯定把你剁成碎肉喂狗。”

袁不毂轻轻吐口气，摇了摇头:“我知道你是在激我，是要我杀死你。因为你知道，你若不死，解回临安的日子会更难受，遭殃的人也会更多。但你又没有勇气自杀，就想借我的手。所以我不会如你的愿，我喜欢看你难受，我要让你活着比死都不如。”

袁不毂说完后慢慢退到门口，再一个转身出门而去。他听到背后传来赵仲珥声嘶力竭的声音:“你个蠢货！不仅是我要借你的手，别人也在借你的手，你不杀我你就死定了！没胆的杂种，喂狗的杂碎，来呀，来杀死我呀！求你了，求你杀死我！”

带着哭腔的声音越来越远，袁不毂已经快走到街口了。这一刻他觉得手指很疼很疼，而且还有一种畏血晕眩的感觉。这么多朋友兄弟死了，这么多不该死的人被自己杀了，这到底为了什么？又到底为了谁？

和袁不毂迎面而过的衙役、州兵冲进了金龙观别院，赵仲珥的叫声变得疯狂。

缉拿住赵仲珥后，才有边辅带圣旨出现。圣旨中写得比较含糊，只说经三法司共同查定，铁耙子王赵仲珥怀逆反之心，做局破水，损国害民，现已于捉奇司悟秘阁搜出众多证物，另有莫鼎力、舒九儿、丰飞燕、丁天、李诚罡等一众证人证词。责令当地州府军营协助莫鼎力锁拿赵仲珥，押回临安再审。

当晚，赵仲珥被暂押在岳阳衙狱，翌日将由莫鼎力带人押解回临安。但就在这天夜里，赵仲珥畏罪自尽，用的是一把柄上镶嵌了碧玉的寻骨缝短剑。也不知道那么多的官兵衙役去抓他时，怎么就没能将这把短剑从他身上搜出来。

临安的街要比金龙观门口的香火街宽敞平坦得多，但是袁不毂走得还是非常不自在，因为他不是自己在走，而是骑着一匹高头白马，还穿了新衣挂了彩球，背后跟着花轿鼓乐的迎亲队。但是不知为何，让他心里觉得最让他不自在的是今天的新娘。

从洞庭湖回到临安才三天，头一天都在刑部、大理寺反复讲述所有过程经历，特别是铁耙子王最后说了些什么话。第二天皇上遣宫里的公公送来许多赏赐，有金有银有房子，而最为贵重的赏赐是将舒九儿赐婚与他，并要求按圣意翌日便迎娶过门。

不知为何，收到这份赏赐的袁不毂并没有预料中那么欣喜，所有的心思竟然始终纠结着另外一个女子:“丰飞燕怎么办？”是呀，本来自己明明最喜欢舒九儿，怎么现在却心中放不下丰飞燕。而且袁不毂能够断定，如果新娘换成丰飞燕的话，他心里应该会自在许多。

新娘明明不是丰飞燕，偏偏他看到丰飞燕等候在迎亲的路边，袁不毂顿时有种比畏血还要严重的晕眩。晕眩不会让人死，可当袁不毂转脸看到莫鼎力奔来时，要他命的事情发生了。

莫鼎力回来后便接到枢密院告身，这告身也就是任命书。莫鼎力感到有些奇怪，自己只不过是一个侍卫，并不懂行军布阵的一套，怎么会将自己调入枢密院。本来捉奇司解散，他应该回去当带刀侍卫才对，因为这职务也本就存在的。要实在觉得他在外面野惯了、再不适合到皇家供职，那该将他安排至刑部或大理寺才对。

其实不仅莫鼎力，丁天的处境也有些奇怪。他本是禁军教头，被捉奇司借用了去蜀地，一直到追查到黑衣人的真实身份后才回到临安。本来他将追查结果报给禁军指挥使府，想通过禁军直接缉拿赵仲珥，结果指挥使府一拖就是好些日子，直到朝廷都已经认定赵仲珥谋反了，这才让他添个名字做个证人。而这件事情了结之后，他竟然被派遣到天武营，专职训练天武卫。

莫鼎力是顺路到枢密院交了告身才往袁不毂新房去的。在经过兵部衙门门口时，莫鼎力看到一个人很急匆地骑马过去，这人虽然是很快地擦身而过，但是善察面相表情的莫鼎力还是一眼看出，此人只有一只眼可视物。

“那是什么人，兵部门口还敢如此纵马？”有一名将军从兵部出来，见到刚刚过去的独眼人在兵部门口纵马很是不悦。

有守门军卒见问话的是马武司使毕再遇将军，赶紧凑过来告知：“那是三关副帅薛宏渊的第二子。薛副帅生有三子都不称心，反是从小被人带大的义子左骞还算得力，统领着天武营。”

“左骞我见过，是个会用兵的人物。但他弓马本事怕是不如刚才过去的那个，那子虽然放肆，但从腰背、臂廓可以看出，是个擅长弓射枪棒的好手。”

莫鼎力听到这话后急步走到守门兵卒面前：“薛家那三子长得像吗？”

“亲兄弟当然像了，特别是身量，遮个脸根本分不清谁是谁。”

听完这个莫鼎力什么都不说了，跳下台阶往前奔去。

毕再遇眉头一皱：“又是个不懂规矩的，不过步战功底应该不错。”

来世情

“不毂，我连夜给你赶制了件喜袍，结婚得穿得红彤彤的，喜庆。”丰飞燕笑着把喜袍给袁不毂换上，只是笑着笑着眼泪却挡不住地流出来。

“飞燕，你、你还好吧。”

“我当然好了，”丰飞燕慌乱地用衣袖擦下眼泪，“嘻嘻，送你成亲还不好啊。我们两个这也算有一半成婚了。我这一半没事，总之是要嫁给你的，这辈子不成那就下辈子。”

这话一说轮到袁不毂想哭了，人总是要到这个时候才知道自己真正想要的是什么。

莫鼎力没有追到独眼人，转个弯就不知跑哪儿去了。但他看到了袁不毂和丰飞燕正相对而立，这种哀情切切的样子很是不忍打扰，但又不能不打扰："当心射手！"

而此时丰飞燕其实已经发现了危险。她擅长刺绣的眼神能发现周围细微的变化，特别是衣物的异常变化，所以当一些人掀开袍衣大氅拿出弓弩，她是第一个发现的。

丰飞燕抱住袁不毂转了半圈，偷袭的人总喜欢在目标的背后出手，转半圈正好可以让她的身体替代袁不毂。但是射来的箭支太多，即便丰飞燕身体丰腴，她也无法完全将袁不毂遮住。两人一同倒了下来，两人的鲜血一起把喜袍染得更红更艳。

莫鼎力边跑边全力将身上携带的暗器全数打了出去，他并不刻意要把谁杀死，只是希望可以阻止攻击。而射手们一轮箭射完马上逃走，应该是害怕时间太长会暴露些什么。

一个跑得慢些的射手被奔跑中的莫鼎力顺势一刀背砸晕在地。但莫鼎力脚下没停，一直往前直到袁不毂的旁边。

袁不毂睁着眼睛，看到莫鼎力的第一句话是："小糖人教过我怎么装死，我学会了。"

压在袁不毂身上的丰飞燕已经没有力气将头抬起来，听到袁不毂说话后她的脸上绽放出这一生最灿烂的笑容，就像做了新娘一样："你还活着，真好。这是我最后一次给你挡箭了，以后自己要小心。"

袁不毂抱紧丰飞燕，面朝蓝天号啕大哭。多少年前他也是这样躺着，有一把剑的剑尖将他亲人的血一滴滴地滴入他的眼睛。而今天，他的眼中全是泪滴，仿佛有无数把剑插入他的心里。

"这些是什么人？我去审下那个被打晕的。"莫鼎力见袁不毂只是受些皮肉伤，不会致命，于是回头去找刚才被打晕的射手。被打晕的射手还倒在原地，只是要害处被插了一支箭，永远都不会醒来了。

"手段狠辣的，袁兄弟，快走！他们见你没死还会杀回来。"莫鼎力去拖袁不毂。

袁不毂将刚刚换下的新衣盖住丰飞燕："我知道谁要杀我，娶亲就是为了制造个机会。因为娶亲时我不可能穿甲胄、带弓箭。但是他们没有想到丰飞燕意外出现替我挡箭，也没想到你会突然杀出。"

"是不是面具人？被你射瞎一只眼的那个。我刚刚看到一个很像面具人的独眼龙，是三关副帅薛宏渊的儿子，也是天武营左骞的义弟。"

"莫大哥，你不要问了，知道得越多死得越快。赶紧走，离我越远越好。我去找舒九儿，飞燕的后事就拜托你了。"说完袁不毂立刻朝着舒九儿住处狂奔而去。

在袁不毂的新房里，来吃喜酒的端木磨杵和丁天正在喝茶闲聊。但是听了丁天此趟走蜀地转洞庭湖的经历后，端木老头的眉头紧皱，暗吸凉气。

“不对呀，如果江上辉看到什么又不肯告诉你，那就肯定不是敌人，反倒可能是掌控到他身家性命的什么人。而你当时看到的堤里堤外可能也不是一回事。那些你训练过的人会不会是别人故意给你看的？就是让你以为他们是羿神卫。”端木磨杵听了丁天的讲述，立刻觉察不对，“还有我听说莫鼎力在岳阳楼上见到铁耙子王穿戴乌金氅、金牛冠夜观洞庭湖，这也可能是别人故意给他看的。之后虽然听到铁耙子王和李诚罡见面对话了，那为什么不会先在楼上观湖的是李诚罡，后来上城楼的才是铁耙子王？”

“这么说我们都被人下眼障子了，铁耙子王是被冤枉的？”丁天惊问道。

“不要说，就这样，从此这事再不要提起，否则你会有祸事的。”端木磨杵话刚说完，外面就传来一阵嘈杂声。

丁天立刻转身出去，转眼又奔回屋里：“不好了，外面传说铁耙子王余孽齐聚临安，要杀死袁不毂报仇。”

端木磨杵轻叹一声：“唉，这只是铁耙子王名义的后续利用，袁不毂当时没有杀死铁耙子王，给自己惹祸了。但是就算杀了，也不见得就能避灾。最后与铁耙子王见面的人，会被人认为知道所有真相。”说着话，端木磨杵从旁边把袁不毂的弓箭装备取来交给丁天，“你赶紧找到袁不毂，让他离开临安，去个再无人知的地方。否则索命的鬼差会永远缠住他的。”

丁天拿了装备再次急步出门。

舒九儿的住处门口冷冷清清，也没贴红挂彩，一点都不像要成亲的样子。当袁不毂径直闯到里面时，舒九儿竟然穿着一身白衣坐在堂上，倒像个小寡妇在等丈夫的尸身回家。

见袁不毂出现在面前，舒九儿一阵慌乱，眼中全是难以置信，而凭这眼神、这装束，以及过往留下的一些疑惑，袁不毂顿时明白了许多事情。

“你没准备成亲，因为你知道我会死。”

“对，但我会为你守寡。”

“不是你贞烈，而是因为这是皇上赐的婚，你得给皇上颜面。”袁不毂直接揭开疮疖。

“所以会更苦，因为这颜面得用一辈子给，而且并非自己情愿。”

“为何不悄悄地让我死去，那不是更好吗？”

“原先不是这样的计划，你应该是死在我手上才对。是那独眼的蠢货要报仇，硬是要搞出个当街箭杀的笨招式，也是为了给他的瞎眼挣回颜面。”舒九儿说得很是坦然。

“我想了想，你和药僮困在九婴池边上时，那僮儿应该是你推入九婴藤的，你试图牺牲他为自己抢出一条逃生的路。还有石榴掉入湖中也是你故意撞的，你能教我如何在晃荡的船上控制身形，自己又怎么会把石榴撞下湖去。你手段颇为狠辣，有没有在更早的时候就设法让我死过？”

“当然有，你去执行鲔山密杀，其实是会打破我们计划的。但那时我还没接到杀你的指令，所以就给了你一瓶伤药。这药带毒，用了就会麻痹不醒就此死去。这样做是为了让你在执行任务的过程中受伤敷药自灭自毁。”舒九儿竟然说得洋洋得意。

“我一个人的密杀，能破坏你们什么计划？”

“那计划你至今还没悟出？皇上派出赴西夏使团，并故意通风报信告知金国，向导会把路径带错，就是为了用使团把骨鲔圣王引走，让派出的天武营在魂飞海子顺利完成任务。”

“这么说那次丰飞燕作为钦差其实就是个牺牲品。幸运的是鲔山那一趟我没受什么伤，这瓶药反而是在蜀地时给受伤的杜字甲用了，将他害死。然后是在军船上，你生怕丰飞燕这些日子在湖上发现到什么，想将她灭口，而且刻意不在只有你们两个的时候，而是等我们都在一起了再下手。但是就在你准备用药时我正好进去拿水形图，你以为我警觉到了什么才放弃行动。”袁不毂终于找到杜字甲的死因，“但是鲔山之后为何没再对我下手，反是派我去了华蓥三城？”

“你去鲔山是破坏计划，当然要杀你。之后让你去华蓥三城能起大作用，也就不会杀你了。”

“我的作用就是被你带引着走箭壶山，再闯荡洞庭湖。最终就是利用我把破水局套在赵仲珥头上。或者在套不上头的时候，用乌金氅金牛冠这个引子让我直接杀了他。”

“准确地说，你是因为成长流才会走箭壶山的，让你去当华蓥三城守备并负责保护我就是这个意图。至于洞庭湖这边是丰飞燕引你来的，我只是给你提供些方便。黑袍客杀人只在你面前失手过，那又怎么会杀不了一个丰飞燕。之所以留下她，就是为了诱你。让你发现需要你发现的真相，让这些真相成为赵仲珥的罪证。但是后来发现你有些难以控制了，很大可能还会把即将做好的局给撞破，这才让黑袍客带人杀了你。但你不仅反杀，还逃过扇鳍飞蛇，火烧北钩角，炸塌修蛇窟。不过最终的结果歪打正着，还是如人意的，局做成了，但损失不大。唯一的差错就是你进金龙观别院后没有直接杀了赵仲珥，反是喋喋半天重又出来。这就让人觉得你知道得太多了，必须把嘴闭上。”

袁不毂听得心惊胆战，他根本没想到自己始终都在刀尖上穿梭往来。而且赵仲珥说得没错，摆下这些刀子的真是皇上，让丰飞燕做赴西夏使者的是皇上，让自己去当华蓥三城守备的也是皇上。

“丰飞燕可以为了别人而死，而你却可以为了自己活让别人去死，你真的太可怕了。”

“可怕不可怕无所谓，反正我做的是职责之事。杀过一些人，但救过的人更多。而且按我的职责来说，你到了我这里，我就必须杀了你。”舒九儿嘴角露出一丝冷笑，“但今天是你我大喜的日子，所以我放过你，你赶紧走吧。”

袁不毂很难理解面前是怎样一个女人，她可以不眨眼睛就把身边的人置于死地，也可以不顾疫毒救助很多人的性命。都说每个人的心中是半魔半佛，而这个女人竟然是能将魔性和佛性都发挥到极点。

“你是皇城司的人？”这个问题袁不毂只是出于好奇。

舒九儿点了点头。听到皇城司这个名称时，她的脑子里下意识闪过一些人，李诚罡、张俊、范成大、柴彬、左骞、薛宏渊……

袁不毂转过身去，这一刻，他终于理解赵仲珥为何要自己杀死他了。他心中其实希望舒九儿刚才说的是假话，希望舒九儿能从背后出手要了自己性命，这样死去倒也不算最差的结局。但是舒九儿没有，而是一直目送着袁不毂走出自己的家门。

走出舒九儿住处后，袁不毂感到状况更加不对，所经之处都是掩门闭户、少见行人。而远处人声嘈杂，似有兵马调动，暗处的危险依旧紧紧跟随，偶尔看到有人朝自己窥望，都是手拿武器面露杀气。

袁不毂没敢从原路往回走，而是从东边的街口转而往北，才走出半条街的路程，就听见后面有追来的脚步声。袁不毂握拳猛然转身，看到追来的是丁天，这才松了口气。

“快，跟我走。”丁天把手中弓弩箭壶扔给袁不毂，“说是有人当街杀人，官兵关城缉凶。这应该是针对你的手段，几处城门你是出不去了。”

丁天带着袁不毂走鸭子巷、钓柳桥，再沿照塔河过去，就是漕粮运道的漕船门。从这里可以走水路出临安城。但是两人刚过钓柳桥就看见漕船门的重闸正缓缓放下，他们还是晚了一步。

就在左右无路的时候，突然听到有人在喊:“这边、这边，上船来。”

袁不毂扭头一看，竟然是死鱼。

“快走吧。”丁天拍下袁不毂的肩膀。

袁不毂没有多说什么，只朝丁天点下头便纵身跳到船上。

“你为何没回去？”

“我是觉得你可能想和我一起回去，就留在此处等你了。现在临安只泄水门未关，那门虽然又脏又小，却可以让我们这小船出去。然后走钱塘江入海，就再没人能找到你。”

袁不毂微微点头，这样的蚱蜢舟，也只有死鱼能操控着入江入海了。

不过袁不毂没有跟着死鱼出海，刚出泄水门他就上了岸。这个决定是明智的，能把整个临安城闭城，把自己关在其中被那些射手追杀，那么水路方面肯定也会早有准备。所以当两艘战船在江岔口堵住死鱼的小船时，袁不毂已经跑到城西三十里的百步沟了。

从百步沟穿过，有直往西南而去的骡马道。他准备从这里去往蜀地，去淮王堂的祖地，毕竟他是淮王堂唯一的后人，现在也可能是齐云盟唯一的后人。而且当初在箭壶山上，鼠女离开时曾在他耳边说过：“他日走投无路，可来一起养鼠。”

尾声

如果袁不毂去过均西雉尾滩，他会觉得百步沟和那里很像。石怪林密，日昏水寒，走入其中，时不时会有野狐山兔被惊起。

百步沟不止百步，袁不毂走了一百步时才过了山沟的一小半。就在第一百步的时候袁不毂停住了，不是被野狐山兔惊到了，而是因为这一百步中什么都没被他惊起。

这种野外荒山中，没有东西被行人惊起只有一种原因，就是周围草木丛中的鸟兽已经被惊走了。惊走这些鸟兽的人应该刚到不久，否则鸟兽还会回来。而发现奔逃中的袁不毂，再急赶到他前面设下精妙的绞杀圈，确实无法提前太多时间，这完全符合眼前百步沟内的情形。

袁不毂停住的位置正好被一块怪异大石和一个伞顶状大树的暗影罩住，从这位置再往前，有几段完全暴露在天光下的平坦路段，这和天光神殿有些相似。不过袁不毂非常清楚，如果有人要在这种地方设伏绞杀自己的话，站在暗处不会成为对方的障碍，进入天光落下的位置也不一定是对方的期待。唯一需要的条件就是距离，可以有效射杀自己的距离。

那么自己要想保住性命且通过这段山沟的条件是什么呢？解决整个绞杀圈！但这是个什么绞杀圈，采用了什么组合杀方式，他都一无所知。更重要的是这个绞杀圈上的杀点他一个都没有看出来。

很果断地，袁不毂转身走了，而且像是一去再不回来。这是一个法子，可以让伏击的射手以为自己被发现而宣布行动失败。但是这个绞杀圈始终没有动，不是他们有着远远高于一般射手的耐心，而是他们知道袁不毂往回走根本无路。毕再遇将军率领了卫龙营长弓卫正在往百步沟赶来的路上。

过了很久，至少绞杀圈上的射手是这样认为的，因为他们之前从来没有遇到过如此有耐心的人。所以要么目标真的往回走了，要么是他有什么特殊的方法，正在大家根本不觉察的情况下悄悄接近绞杀圈。

山沟里回声大，可以清楚听到远处兵马的行进声越来越近，越来越清晰。这时绞杀圈上的杀手们都想到目标可能采用的是第二种方法，因为兵马离得这么近了，他就算往回走，也早就该被逼退回来了。

确认是第二种方法后，射手们出现了以往从未有过的紧张。因为目标可能正在慢慢接近他们，而他们却找不到目标，双方的处境整个逆转了。到此时他们才切身体会到，以往被他们射杀的那些人临死前是怎样的一种恐惧状态。

有射手开始用手势示意，让同伴替自己注意某一个或几个他无法观察到的位置。暗射的最大局限就是要保持姿势不能乱动，这样势必会有些位置角度观察不到。一旦对手比暗伏者更熟悉地形环境，隐藏得更加隐秘，那么伏杀者和被伏杀者的关系就会发生互换。而这个绞杀圈装置的时间提前得不多，周围环境又很复杂，虽然设伏之前也做过详细了解，但说不定还是有些疏漏的。

这一个手势引起了更多恐慌，他们都知道自己有观察不到的位置角度。自己找不到的目标或许正在这些位置角度上用弓弩对准自己，这种想法是会让人心中虚慌乱蹦、小腹出现急切尿意的。

于是又有人用手势示意，而且带些急慌。但还没等这一个射手的处境完全确认好，其他点位又有人在示意。

就在这个时候，山沟中突然有一红一黑两个浑浊的影子从树下石后奔出。如果不是山沟中回荡了后面大军行进的声响，绞杀圈上的射手们应该可以更早一点发现这两个影子，因为这两个影子出现之前还做了些助跑，让自己冲入可见路段时的速度处于最高。

暗伏的射手们此刻注意力都有些偏移，所以他们的反应大概慢了半秒的样子。但是出手都是正确的，都先射后面的黑影子，因为一般这种都是在前面摆假样用于吸引箭支，从而保护后面的真人。而且之前已经确认目标是穿着红色喜袍的，他肯定会以此耀眼的红色做假样来吸引攻击。

再有就算两个都是真人，先射杀后面一个可把回逃的路断了，前面一个反正已经在射杀范围内，早晚都是会被射杀的。他们这次在绞杀圈中运用的组合杀叫“日照九州”，是从各个角度位置将绞杀圈中的所有点都作为有效射杀点，只要进来了就再也无处可逃，就像逃不过太阳光的照射一样。这是比“雪舞苍穹”更加密集难逃的组合杀，只有皇城司中最顶级的弓射小组——芒山九圣才会使用的组合杀。

但是所有射手马上发现自己错了，后面的黑影是假的。目标竟然没有更换衣服，依旧以原来样子直冲绞杀圈，只不过是在身后拖了一个修整得有些人形的树枝，而且当射手们把箭支射向树枝之后他就扔掉了手中的拖绳。

组合杀是有规则的，就算在极度意外的情况下，射杀都是有主有辅、有前有后的，所以当发现自己出错后，绞杀圈上至少还有三个射手的箭还在弦上。而这个时候穿着红衣的目标正越跑越近，就像朝着他们的箭头上撞来。箭手只需把箭瞄准，静静地等待他奔向死亡。

袁不毂的箭却抢在射手之前射出，是边狂奔边射的。中箭的射手诧异地看了眼插入他胸口的箭支，在难以置信中死去，就像后羿射下的第一个太阳，怎么都难以相信后羿会把箭射向自己。这正是羿神诀的第一箭，静射。

袁不毂用坚毅的耐心坚持到芒山九圣因为看不到目标而暴露自己的位置。坚持到官兵到达山沟口，距离自己差不多只剩百步，这样就能利用他们的脚步声掩盖自己的奔跑声。

袁不毂的奔跑绝对不同于别人。在这奔跑中，他把跑山的本事完全运用出来。哪里有树、哪里有石，哪里是坡、哪里是角，全都在他眼中和心中呈现，并在对应位置及时采用最佳的奔跑姿势和节奏。在这奔跑中，他对水形水性的理解全都展现了出来，他清楚哪里该急、哪里该缓，哪里该旋、哪里该冲。他把自己奔成了一条天上河，玄妙自在其中，玄妙又在其外。在这奔跑中，他将弓射技法淋漓尽致地发挥出来，奔跑的线路上，有哪些点是射杀对手的最佳位置，他全都预先瞄好。当奔跑到位后，他总能在最短时间里，从各种阻碍中找到缝隙、孔眼以及其他匪夷所思的途径，将自己的箭与对手连成一线。

刚开始时，袁不毂觉得自己就如天上河水流中的一个浪花，随流而行，就势行事。但当他的第二箭突射、第三箭拦射、第四支箭追射射出后，他觉得自己已然是一股怒潮，一路激荡冲淹，无处不达。

“日照九州”，太阳可以铺盖整个大地，无处不在。但其实只要有树荫、有浮云、有伞盖、有屋亭……就能将那光线挡住。而水却不同，所到之处，有缝也好，有洞也好，拐弯也好，旋道也好，它都能流入、渗透、填满。而这也可能正是将羿神诀刻在金字圭后面的原因，箭出之势如潮如流，可顺可逆，可激可旋。

第五箭惊射，箭杆旋转着，先击穿树干再击穿树后射手的头颅；第六箭摧射，重头箭击碎山石边角，溅下的碎石嵌入贴紧山石隐蔽着的那个射手的后脑；第七箭潜射，箭不直射射手，而是从瞄好的灌木草丛间隙中穿过，箭不中要害，而是射穿箭手双脚脚踝，让他从崖石之上倒栽坠落，摔碎头颅；第八箭迷射，箭出之前他正奔入一段昏暗路段，以身体撞开路边一枝软竹，竹摇光来，箭随光去。射手在目光缭乱中被一支箭插入了眼睛。

后羿诀第九箭绕射，箭往斜空射出，箭杆弹出单边飞翼，箭支飞绕个大圈。躲在巨石后面不露一点痕迹的射手无论如何都没想到，会从天上斜落下一支箭插入他的脖颈。

袁不毂逐渐停住奔跑的脚步，握着手中断弓急促喘息着。他在确定绞杀圈上的九个射杀点后，快速将手中的弓修调到最大弓力，但这张弓只能用九次就会弦崩弓折。

身后是嘈杂的脚步声，还有战马嘶鸣声。袁不毂缓缓转过身去，追赶的卫龙营长弓卫就在五十步外整齐而列，队伍前在战马上坐着的毕再遇，也是长弓在手，锐目凝视。

“跑不掉了，终究还是跑不掉的，那就把这百步沟作为埋骨之地吧。”

袁不毂惨笑一下，双臂抬起，一手是散挂的断弓，一手空无一物。但他却注以全部的心力、心神，忘却周围所有，做了个开弓的姿势。这一刻他仿佛看到后羿神朝着最后一个太阳做了个开弓的姿势，用他的精神和气势给最后一个太阳扣上了再不违规的烙印。

“后羿诀第十射——无射！无射即射，射的是魂；无杀即杀，杀的是心！”袁不毂竟然是在这种状况下悟出了后羿诀的最后一射。

长弓卫的队伍齐齐地往后退了一步，毕再遇的坐骑打个小旋儿，发出声嘶鸣。只是一个拉弓的姿势，便让人体味到弓杀的无情和恐惧，让人意识到生命的唯一和可贵。

当坐骑稳住，毕再遇把手高高抬起，这是停止的指令。

袁不毂并不完全明白手势的意思，但他毅然转身，继续朝前路而去。

不管后面射来的会是如雨箭支，还是无数钦佩、仰慕的目光。

八十多年后，蒙古大军到达蜀东小城钓鱼城外。

小小的钓鱼城中可见水流婉转曲折、高低盘旋、不溢不漫，水中肥鱼穿梭，水流之外种粮种菜，林木茂盛、果实累硕。林中还有膘肥体壮的山鸡、竹鼠和野兔，繁殖极快数量很多。这些都是可以不断生产、不会断续的粮草，所以守城的军民不急不慌全心对敌。

蒙古军的铁浮屠开始朝着钓鱼城推进。人和马匹全部罩以坚固铁甲，再将马匹并排相连，铜墙铁壁一般。这个铁甲战阵在无数次的战役中都所向披靡，这一次是要再次卷起钢涛铁流，将钓鱼城淹没、摧毁。

铁浮屠距离城下还有两三百步，城头上齐刷刷端出一种设计奇特的弓弩，随即锐利的重头箭箭杆自旋着射出。箭并不密集，但射得很远很准，每一箭都能轻松穿透铁甲。于是瞬间之中，钢涛铁流翻转了，铜墙铁壁坍塌了，惨叫声、惊呼声、嘶鸣声连成一片。

众多杂乱声响中可以清晰地听到充满恐惧的喊声:“神臂弓！”

（全书完）

图书在版编目（CIP）数据

长弓少年行．终结篇：全三册 / 圆太极著．— 北京：北京联合出版公司，2021.11
ISBN 978-7-5596-5470-0

Ⅰ．①长… Ⅱ．①圆… Ⅲ．①长篇小说—中国—当代 Ⅳ．① I247.5

中国版本图书馆 CIP 数据核字（2021）第 151209 号

长弓少年行．终结篇

作　　者：圆太极
出 品 人：赵红仕
策划出品：一未文化
版权统筹：吴凤未
监　　制：魏　童
责任编辑：徐　樟
封面设计：ABOOK-Aseven
内文排版：麦莫瑞

北京联合出版公司出版
（北京市西城区德外大街 83 号楼 9 层　100088）
北京联合天畅文化传播公司发行
天津中印联印务有限公司印刷　新华书店经销
字数 799 千字　710 毫米 ×1000 毫米　1/16　61.25 印张
2021 年 11 月第 1 版　2021 年 11 月第 1 次印刷
ISBN 978-7-5596-5470-0
定价：149.00 元（全三册）